A
Spool
of
Blue Thread

短名单

Anne Tyler

一卷蓝色的线

[美] 安·泰勒 / 著
李育超 / 译

人民文学出版社

ANNE TYLER
A Spool of Blue Thread

Copyright © 2015 by Anne Tyler
Published by agreement with Hannigan Salky Getzler Agency through The Grayhawk Agency

图书在版编目（CIP）数据

一卷蓝色的线/（美）安·泰勒著；李育超译. —北京：人民文学出版社，2021
（短名单）
ISBN 978-7-02-016705-0

Ⅰ.①一… Ⅱ.①安… ②李… Ⅲ.①长篇小说—美国—现代 Ⅳ.①I712.45

中国版本图书馆 CIP 数据核字（2020）第 216383 号

责任编辑	马　博
装帧设计	李思安
责任印制	王重艺

出版发行	人民文学出版社
社　　址	北京市朝内大街 166 号
邮政编码	100705
网　　址	http://www.rw-cn.com

| 印　　刷 | 三河市鑫金马印装有限公司 |
| 经　　销 | 全国新华书店等 |

字　　数	303 千字
开　　本	880 毫米×1230 毫米　1/32
印　　张	12.25　插页 3
印　　数	1—6000
版　　次	2021 年 2 月北京第 1 版
印　　次	2021 年 2 月第 1 次印刷

| 书　　号 | 978-7-02-016705-0 |
| 定　　价 | 55.00 元 |

如有印装质量问题,请与本社图书销售中心调换。电话:010-65233595

第一部分

狗还活着，人就无法离开

第 一 章

  1994年7月的一个深夜,维特山克夫妇俩突然接到了儿子丹尼的电话。他们当时正准备上床睡觉。艾比身上穿着衬裙,站在梳妆台旁,从散乱的沙金色发髻上取下一个个发夹。雷德是个黑瘦的男人,身穿条纹睡裤和白色汗衫,他刚刚在床沿上坐下来脱袜子,身边床头柜上的电话就响起了铃声,于是他顺手拿起听筒。"您好,这里是维特山克家。"他对着话筒说。

  接下来是一句:"噢,你还好吗?"

  艾比从镜子前转过身来,两只手臂仍旧高高地举在头顶上。

  "这是什么意思?"雷德的语气里并没有加上问号。

  "啊?"他说,"哦,丹尼,你这是搞什么鬼!"

  艾比的手臂垂落了下来。

  "喂?"雷德喊道,"等一下。喂?喂?"

  他愣了一会儿,才放下听筒。

  "怎么回事儿?"艾比问。

  "他说自己是同性恋。"

  "什么?"

  "他说需要告诉我一件事情:他是同性恋。"

  "而你挂断了他的电话!"

  "不是这样,艾比。是他没等我说完就挂了电话。啪嗒!就这么不由分说。"

"噢,雷德,你怎么能这样?"艾比哀号道,转身去拿睡袍——那件原本是粉色的绒线浴袍已经变得暗淡无色。她将浴袍裹在身上,把束带系得紧紧的。"你着了什么魔,居然说出那样的话?"她问雷德。

"我话里没有什么特别的意思啊!有人冷不丁告诉你一个意想不到的消息,你不由自主就会冒出一句'搞什么鬼',对不对?"

艾比从前额上方高高鼓起的头发里抓起一绺。

"我只是想问他,"雷德说,"'接下来你还要搞什么鬼,丹尼?你还打算想出什么鬼主意来让我们烦恼?'他明白我的意思。你尽管相信我的话吧,他明白我的意思。不过,这下子他可以把一切都归咎于我了——少见多怪,老脑筋,随便他怎么说好了。他正巴不得我说出那句话呢。他那么快挂了电话,从这你就能看得出来他的心思:他从头到尾都在希望我说错话。"

"好吧,"艾比不打算和雷德继续纠缠了,"他是从哪儿打来的电话?"

"我怎么知道他从哪儿打来的电话?他根本没有固定的地址,整整一个夏天都没有一丝音信,就我们所知已经换了两次工作,也许还有更多次,而我们整个儿被蒙在鼓里……一个十九岁的男孩,我们却压根儿不知道他待在地球的哪个角落!你不得不去琢磨究竟出了什么问题,对吧?"

"听起来像是长途电话吗?你能听到那种沙沙的声音吗?你想想看。他有没有可能就在这儿,在巴尔的摩?"

"我说不上来,艾比。"

艾比在雷德身旁一坐下,床垫就朝她那边陷了下去。她是个身形宽大、体格壮实的女人。"我们必须找到他。"她说完,又加上一句,"我们应该办理那个什么——来电显示。"她探过身子,直勾勾地盯着电话。"哦,我的天哪,我马上就想要来电显示!"

"有什么用呢?这样你就可以给他打回去,而他呢,在那头让电话响个不停就是不接?"

"他不会那么做。他会知道是我打过去的。如果他知道是我打的电话,他就会接。"

艾比蹭的一下从床上弹起,开始在长条波斯地毯上前前后后、左左右右地踱步——这条地毯经过她无数次踩踏,中间已经磨损得近乎发白。卧室很令人赏心悦目,房间敞阔,显然曾经过精心设计,不过现在整个卧室透出一种舒适随意,不拘小节的味道,让人感觉主人早已不再留意它的模样了。

"他的声音听起来怎么样?"她又问,"他紧张吗?他生气了吗?"

"他好得很。"

"这是你说的。你觉得他是不是喝过酒?"

"我说不好。"

"他身边有其他人吗?"

"艾比,这个我说不好。"

"或者也许……他身边有个单独的人?"

雷德向她投去锐利的一瞥。"你不可能把他的话当真吧?"他说。

"他当然是认真的!他为什么要胡说八道呢?"

"这孩子不是同性恋,艾比。"

"你怎么知道?"

"他肯定不是。我今天把话放在这儿。过不了多久,你就会觉得自己简直是个傻瓜,'哎呀,我真是反应过头了。'"

"好吧,这当然是你所希望的结果。"

"你是个女人,你难道没有一点儿直觉吗?他是那种还没出中学校门就让一个女孩惹上麻烦的小子!"

"所以呢？这说明不了任何问题。这甚至有可能是一种征兆。"

"你再说一遍？"

"我们永远无法确确实实地了解另外一个人的性生活是什么样子。"

"是的,感谢上帝。"雷德咕哝了一句。

他弯下腰,伸手去床下拿拖鞋。艾比不再来回踱步,目光又一次落在电话上,死死地盯着。她把一只手放在听筒上,迟疑不决。随后她一把抓起听筒贴在耳朵上,仅仅过了半秒钟就砰的一声丢了回去。

"来电显示的问题是,"雷德像是在自言自语,"感觉有点儿类似于作弊。一个人在接听电话的时候应该做好心理准备,可能接到任何人的来电。在我看来,这是人们使用电话的基本逻辑。"

他稍一用力站起身子,朝卫生间走去。艾比在他身后喊道:"这事很说明问题！难道不是吗？如果事实证明他是个同性恋的话。"

雷德正要关上卫生间门,闻听此言又把头探了出来,瞪着她。平日里,他那两道浓黑的剑眉像尺子一样笔挺,此刻紧紧地拧成一团。"有时候,"他一字一顿地说,"我真后悔跟一个社会福利工作者结了婚。"

他随即紧紧地关上了门。

等他回到卧室里,发现艾比正直挺挺地坐在床上,她穿着一件前襟缀花边的睡袍,双臂交叉,紧抱在胸前。"你总不至于把丹尼的问题归咎于我的职业吧。"她说。

"我只是想说,一个人有时可能会表现得过于善解人意,"他解释道,"过于富有同情心。比方说,要钻进一个孩子的大脑里。"

"根本就没有什么所谓的'过于善解人意'。"

"好吧,我就知道社会福利工作者会有这样的想法。"

艾比满怀愠怒,长出一口气,又朝电话瞟了一眼。电话在雷德那边的床头柜上,不在她这边。雷德掀开被单,钻了进去,恰好挡住了她的视线,紧接着又伸出手,啪的一声熄灭了床头柜上的台灯。屋内陷入一片黑暗,只有两扇高高的窗户透进微弱的亮光,窗子正对着前院的草坪。

雷德平躺在床上,艾比继续直直地端坐着。她问:"你觉得他会再给我们打电话吗?"

"哦,当然会。迟早的事儿。"

"他鼓足了勇气才打来第一个电话,"艾比说,"也许他已经把自己所有的勇气都用尽了。"

"勇气!什么勇气?我们是他的父母!他给自己的父母打电话,为什么还需要勇气?"

"就是因为你,他才需要勇气。"艾比说。

"真是荒唐。我可从来没有对他动过一下手。"

"你是没有,可你一贯不赞成他的所作所为。你总爱挑他的毛病。你对两个女儿百依百顺,而斯戴姆,比较而言他更投你的脾气。可丹尼呢!对他来说,一切都更不容易。有时候我觉得你压根儿就不喜欢他。"

"艾比,看在老天的分上,你知道不是这么回事儿。"

"噢,就算你是爱他的,好吧。可是我见过你投向他的眼神——就像是在问:'我面前的这个人是谁?'你心里可别以为他没有像我一样看见你的眼神。"

"如果真是那样,"雷德说,"那为什么他一贯试图躲避的人却是你呢?"

"他根本没有试图躲避我!"

"他从五六岁的时候起,就不肯让你进他的房间了。这孩子宁可自己换床单也不让你进去帮忙!他几乎从来不把朋友带回家,不肯说出他们的名字,甚至不愿意告诉你他在学校里一天都做了些什么。'从我的生活中走开,妈妈,'他在说,'别再多管闲事,别再窥探,别再紧盯着我不放。'他最不喜欢的绘本——就是那本他讨厌得要命,把书里所有的页面都撕掉了的绘本,你还记得吗?讲的是一只小兔子想变成一条鱼,一朵云,诸如此类,这样他就能逃走;而兔子妈妈反反复复地说,她也会跟着变,跟在他身后紧追不舍。丹尼把每一页都撕了下来!"

"这件事儿毫不相干啊……"

"你想知道他为什么变成了同性恋吗?我并不是说他确实成了同性恋,而是说如果他是同性恋,如果他产生了这个称自己是同性恋来刺激我们的念头,你想知道为什么吗?我来告诉你原因:都是因为母亲。从始至终都是因为那个逼得人透不过气来的母亲。"

"哦!"艾比叫了起来,"你说的理论纯粹是陈谷子烂芝麻,太愚昧无知,太……荒谬了。对于你这一派胡言,我甚至都不屑于理睬。"

"你为了不理睬我,倒费了不少口舌。"

"如果你想回到黑暗时代寻找理论支持,那我们来看看父亲的角色如何?他那位从事建筑行业的父亲,响当当的男子汉,命令自己的儿子打起精神来,加把劲儿,别再为一点小事儿哼哼唧唧,赶快爬到房顶上去,用锤子把石板瓦砸进去。"

"艾比,石板瓦可不能用锤子砸。"

"这位父亲怎么样呢?"她追问道。

"好吧,我承认!我确实干过这种事。我是世界上最糟糕的父亲。就这么着吧。"

两人一时默不作声。屋子里静悄悄的,只有窗外传来一辆汽车悄然驶过发出的微响。

"我没说你是最糟糕的父亲。"艾比说。

"好吧。"雷德应了一声。

又是一阵沉默。

艾比问："是不是有个数字,按下去就能拨通最后一个来电号码?"

"星号加69。"雷德冲口而出。他又清了清嗓子。"不过,我看你一定不会打这个电话吧。"

"为什么不呢?"

"是丹尼决定结束通话的,这还需要我明说吗?"

"那是因为他的感情受到了伤害。"艾比说。

"如果他的感情受到了伤害,他才不会这么急不可耐地挂断我的电话。但是,他当时给我的感觉,就像是专等着来这一招似的。哦,他简直就是摩拳擦掌做好了准备,等着把这个消息抛给我。他一上来就开门见山,说:'我想告诉你一件事情。'"

"你之前说,他的原话是'我需要告诉你一件事情。'"

"好吧,二者之一。"雷德说。

"他说的到底是哪句话?"

"这有什么关系吗?"

"是啊,有关系。"

雷德思忖片刻,然后试着压低声音说:"'我需要告诉你一件事情。'"接着他又尝试了一下,"'我想告诉你一件事情。''爸,我想……'"他打住话头,说,"我真的记不清了。"

"拜托了,你能不能拨通星号加69?"

"我想不通他的逻辑。他知道我并不反对同性恋。看在老天的分上,我自己就雇了一个同性恋,负责修砌石墙。丹尼知道这件事儿。我想不通他为什么觉得自称同性恋会惹恼我。我的意思是,当然我不会为此而欣喜若狂。谁都希望自己的孩子一生尽可能平顺。可是……"

"把电话给我。"艾比说。

恰在此时,电话铃响了。

雷德刚要抓起听筒,艾比就猛地从他身上横扑过去。还是雷德手快,不过经过一番争抢,最终艾比占了上风。她坐直身子,对着话筒说:"是丹尼吗?"

随后她招呼道:"噢,珍妮。"

雷德又平躺回床上。

"没有,没有,我们还没上床睡觉呢。"她说,接下来是片刻停顿,"当然可以啦。你的车怎么了?"又是片刻停顿,"一点儿都不麻烦。明天早晨八点钟见。晚安。"

她把听筒递给雷德,雷德接过来,伸长胳膊,把听筒放回底座上。

"她想借用一下我的车。"艾比说着,躺回了自己那一侧,床垫随着她的动作陷了下去。

随后,她幽幽地开了口,话音细微而寂寥:"我猜,星号加69现在不起作用了,是不是?"

"是啊,"雷德说,"我想是这样。"

"哦,雷德。哦,我们怎么办呢?他永远也不会再打电话来了!他不会再给我们一次机会了。"

"好了,亲爱的,"雷德安慰她说,"我们肯定会接到他的电话。我敢打包票。"他伸出手臂,将艾比揽到怀里,把她的头枕在自己的肩膀上。

两人就这样躺着,艾比的烦躁渐渐平息了,呼吸也变得舒缓、平静起来。雷德却仍旧睁着眼睛,直勾勾地盯着黑漆漆的天花板。有那么一会儿,他反复尝试着对自己念叨几句话。"'……需要告诉你一件事情。'"他只是在做口型,几乎没有发出一丝声音,接着又说,"'……想告诉你一件事情。'"然后继续念叨,"'爸,我想……''爸,我需要……'"他有些焦躁,头在枕头上翻过来掉过去,干脆从头再来,"'……告诉你一件事情:我是同性恋。''……告诉你一件事情:我觉得我是同性恋。''我是同性恋。''我觉得我是同性恋。''我觉得我可能是同性恋。''我是同性恋。'"

最后,他终于放弃了努力,也慢慢沉入睡梦之中。

后来,他们当然接到了丹尼的电话。维特山克家并不是那种闹剧连连的家庭。就连丹尼也不是那种会突然来个人间蒸发的男孩,他不会断绝一切联系,也不会音讯全无——至少不会是永久性的。他的确没有参加当年的沙滩之旅,不过他不管怎样都会错过那次家庭聚会,因为他必须为下个学年挣点零花钱。(他在明尼苏达州的圣埃斯基尔大学就读。)他给家里打电话是在那年九月。他说他需要钱买教材。偏巧那天只有雷德一个人在家,因此他没能从两人的对话中得到多少信息。"你们都谈了些什么?"艾比盘问道。雷德说:"我告诉他,他买教材的钱只能靠自己去挣。"

"我的意思是说,你有没有提起上次的电话?你有没有道歉?你解释了吗?你问他什么问题了吗?"

"我们没有谈到那个份儿上。"

"雷德!"艾比提高了嗓音,"你老是这样!这是种典型的反应:一个孩子宣称自己是同性恋,可是他的家人依然故我,对此装聋作哑。"

"嗯,好吧。"雷德说,"给他打电话,给他往宿舍打个电话吧。"

艾比看上去有些迟疑。"我给他打电话,应该找个什么理由呢?"她问。

"就说你想拷问他一番。"

"我还是等他下次再打来好了。"艾比做了决定。

不过,他再一次给家里打电话,说的则是为圣诞假期预订机票的事儿——这发生在约莫一个月之后,是艾比接的电话。他说想改一下到达日期,因为他打算先到希冰①探望女朋友。他的女朋友!"当时我能怎么说呢?"事后艾比问雷德,"我只能说:'好吧,没问题。'"

"你还能怎么说呢。"雷德只是附和了一句。

他没有再提起这个话题,但艾比在圣诞节前的几个星期里心绪纷乱、备受煎熬,简直到了爆发的临界点。可以看得出来,她按捺不住急于将事情一吐为快。家里其他人都如履薄冰,小心翼翼地躲避着她。他们对那个同性恋宣言一无所知——雷德和艾比起码在这一点上达成了一致意见,决定秘而不宣,除非丹尼自己公布——不过,大家都能感觉出来发生了什么不寻常的事情。

艾比的计划(雷德并无此心)是等丹尼一进家门,就拉着他坐下,推心置腹地好好来一次促膝长谈。然而,就在丹尼的航班抵达巴尔的摩的那天早上,他们收到了圣埃斯基尔大学的一封信,告知他们:根据合同条款规定,虽然丹尼已经退学了,维特山克夫妇仍有责任承担丹尼下个学期的学费。

"退学。"艾比又念了一遍这个字眼。信封是她打开的,然后夫妇俩凑在一起看信里的内容。她吐字很慢,若有所思,好像在咂摸这个词的种种意味。丹尼退学了;他性格乖僻;他几年前就退出了自己的家庭。还有几个美国中产阶级家庭出来的半大孩子过着跟他一样的生活呢——像个流浪汉一样在全国到处乱窜,完全摆脱了父母的束缚,只是偶尔给家里打个电话而已,并且一贯想方设法不给家人留任何联系方式。事情怎么发展到了这么糟糕的地步?他们当然没有允许另外几个孩子如此放浪形骸。雷德和艾比交换了一下眼神,这是漫长而令人绝望的一刻。

丹尼退学一事理所当然成了这年圣诞节期间的主要话题。(他的全部理由只是自己认定上学纯属浪费金钱,因为他一点儿也不知

---

① 美国明尼苏达州东北部一个城市。

道自己这辈子到底要干什么。他说,也许过一两年就会搞清楚。)经过这么一洗牌,他究竟是不是同性恋似乎被抛到了脑后。

"我现在差不多能看明白,为什么有的家庭假装他们从没听说过了。"节日过后,艾比这样说道。

"嗯哼。"雷德面无表情。

在雷德和艾比的四个孩子当中,丹尼从来都是长得最标致的那个。(两个女孩子没有生得跟他一样漂亮算是个遗憾。)他有一头乌黑的直发,狭长的蓝眼睛炯炯有神,面孔棱角分明,如同雕刻一般——这些都是继承了维特山克家族的特点。不过,他的肤色比另外几个孩子白皙的皮肤略深一些,他的身材似乎"组装"得更为匀称,而不是一副随随便便用骨架和关节支撑起的皮囊。然而,他的面孔总有缺憾——布局有点儿不均衡,不端正或者说不对称,这样一来,他就不能说是名副其实的英俊。人们对他的相貌进行品评,总要慢上几拍,并且语调里透出几分惊讶,仿佛为自己的洞察力感到高兴。

丹尼在家里排行老三。阿曼达九岁的时候他才出生,珍妮那年是五岁。对于一个男孩来说,上面有两个姐姐,是不是会给他造成一种威压?让他望而生畏?让他自惭形秽?这两个姐姐可是自我感觉相当良好——尤其是阿曼达,她天生喜欢指手画脚。不过,丹尼对她多少有些满不在乎,对于像男孩子一样顽皮的珍妮,他倒是有几分亲近和喜爱。所以说,对于两个姐姐倒用不着神经过敏,大惊小怪。可是,还有斯戴姆!丹尼四岁的时候斯戴姆进入了他的世界,这可能会对他造成一定影响。斯戴姆生性乖巧。我们不时会见到这类孩子。他温顺听话,个性甜美,待人温和友善,而且甚至不是刻意为之。

这倒不是说丹尼有什么不好。打个比方说,他慷慨大方,单单这

· 13 ·

一点,另外三个孩子加起来都不如他。(有一回,珍妮心爱的小猫死了,他用自己的新自行车换来了一只送给她。)他从不欺负别的孩子,也从不无理取闹。可他是个少言寡语的男孩,毫无来由地一阵一阵耍倔脾气,板着面孔,做出一副愁眉苦脸的样子,谁的话也听不进去。这似乎是一种向内爆发的脾气,他的愤怒仿佛把他与外界隔绝开来,把他凝固了,或者说把他冻结了。每每遇到这种时候,雷德总是举起双手,一跺脚转身就走,但艾比不能听之任之,她非要把丹尼扳过来不可。她希望自己心爱的孩子开开心心,快快乐乐!

有一次是在杂货店里,丹尼因为某种原因心情不佳,恰恰在这时候,店里的播放器传送出《美好的颤动》①——这是艾比的主打歌曲,她总说她想把这首歌作为自己的葬礼专用曲。她于是开始伴随着音乐跳起舞来,就像是把丹尼当成了五朔节花柱,在他身边绕着圈子,又是身体后倾,又是滑行,又是踩着节拍顿脚……可丹尼只管顺着摆放汤料的过道大踏步往前走,眼睛直视前方,两个拳头插在夹克衫口袋里,旁若无人。等回到家,她对雷德说,这让她显得像个大傻瓜。(她想对此一笑了之。)当时丹尼连瞟都没瞟她一眼!她很有可能被当成了一个疯女人!这件事儿发生在丹尼九岁或者十岁那年,还没到男孩子们觉得自己的妈妈丢人现眼的年龄。然而,丹尼显然从他还是个小不点儿的时候起,就觉得艾比丢人现眼。艾比说,丹尼的一举一动就像是上天给他分配错了母亲,她根本就不够格。

雷德对她说,她这么想是冒傻气。

艾比连连说,是呀,是呀,她心里明白,她想表达的并不是这个意思。

老师一而再,再而三地给艾比打电话:"您能不能来学校一趟,

---

① 英文名为"Good Vibrations",是美国摇滚乐队"沙滩男孩(The Beach Boys)"的一首歌曲。

谈谈丹尼的表现？请您尽可能早点儿来。"谈话的主题总是注意力不集中啦，懒散或者马马虎虎啦，从来没有说过他在能力上有欠缺。事实上，丹尼在三年级学期末还跳了一级，理由是他可能能正需要更大的挑战。但这也许是个错误。这个决定造成的结果是，他越发格格不入了。丹尼结交的新朋友都很可疑：和他不在一个学校上学的，还有偶尔亮相的时候让家里其他人感觉浑身不自在的——他们的表现通常是嘴里咕咕哝哝，脚没处安放，眼睛不敢正视别人。

对了，丹尼也有让人看到希望闪耀的时刻。有一回，他设计了一种包装，把鸡蛋放进去之后不管扔多远，里面的鸡蛋都不会破，为此他在科学竞赛中获了奖。不过那是他最后一次参赛。还有一年夏天，他开始学吹圆号，他在小学期间曾经上过几节课，这次表现出的毅力在家里人看来是史无前例的。一连几个星期，从他紧闭的房门后，磕磕绊绊地传出莫扎特的《第一圆号协奏曲》，他吹奏了一个钟头又一个钟头，声音一会儿低微，一会儿莽撞，一会儿含混不清，吞吞吐吐却又持续不断，最后，雷德忍不住咒骂起来，艾比拍拍他的手，说："哦，好了好了，这还不是最糟糕的情况。他没选'傻冒冲浪手'①的曲子就谢天谢地了。"——那时候，"傻冒冲浪手"是珍妮最青睐的乐队，"我其实觉得，他能给自己找个事情做，已经很不错了。"艾比说。每到乐队演奏部分，丹尼需要停顿下来几个小节的时候，她总是把那段曲子哼唱出来。（这首曲子他们全家人都已经烂熟于心了，因为只要丹尼没有在吹奏，就会让家里的立体音响装置传出高亢的乐曲声。）问题在于，他刚刚能够连贯地吹奏第一乐章，中间不用返回去从头再来，他就决定放弃了。用他的话来说，圆号太没意思了。"没意思"似乎是他最喜欢的字眼。足球夏令营也"没意思"，他刚去三天就退出了。网球也一样，游泳队也不例外。"也许

---

① 原文 Butthole Surfers，1981 年成立于美国得克萨斯州的迷幻朋克乐队。

我们应该沉住气,"雷德说,"不能他一表示对什么有兴趣,我们就兴高采烈。"

艾比的回答则是:"我们是他的父母!做父母的就该兴高采烈!"

虽然丹尼过于保护个人隐私——仿佛在严守国家最高机密一般,但他自己本身却是个不折不扣的窥探狂。没有什么能逃过他的眼睛。他偷看过两个姐姐的日记,还有妈妈的客户档案。他把写字台抽屉表面收拾得非常平整,简直令人生疑,下面却翻了个底朝天,一团杂乱。

等他到了十几岁,喝酒、抽烟、逃学、吸大麻全都来了,也许还有更糟糕的劣迹。总有他们不认识的小子把破破烂烂的汽车开到房子跟前,按响喇叭,大呼小叫:"嘿,出来,混球!"他有两次在警察那儿惹上了麻烦,一次是因为无照驾驶,一次是伪造身份证。他穿衣打扮比一般的邋遢少年还要出格:从跳蚤市场买来的老气横秋的外套,宽松肥大的粗花呢长裤,再加上用宽胶带缠起来的运动鞋。他的头发脏兮兮、油腻腻,还打着绺儿,浑身上下散发出一股发霉的衣橱特有的气味。他这副模样很可能会被当成一个无家可归的流浪汉。这太有讽刺意味了,艾比对雷德说。维特山克家属于那种让人羡慕的家庭,天然流露出强烈的家族意识和团结精神,还有……一种特殊的品质。作为这样一个家庭的血亲成员,丹尼却游离在边缘地带,就像一个接受施舍的穷小子。

那时候,两个男孩都在维特山克建筑公司做兼职。事实证明,丹尼是有工作能力的,但他不怎么擅长和客户打交道。(有个女人用挑逗的口吻对他说:"如果我告诉你,我改了主意,想选用其他颜色的油漆,我担心你因此就不再喜欢我了。"丹尼的回答是:"谁说我喜欢过你?")再说斯戴姆,他对客户很是殷勤,工作也十分投入——总是加班到很晚,勤学好问,还主动要求承担更多的工程项目。他请求说给他安排一个跟木材相关的事儿吧。斯戴姆特别喜欢跟木材打交道。

丹尼养成了一种骄横无礼的腔调,傲慢中夹杂着嘲讽的味道。"当然可以啦,伙计。"——要是斯戴姆跟他要体育版,他会这样回答,还会向艾比抛出一句,"你说怎样就怎样,艾比盖尔。"艾比组织的"孤儿宴"是尽人皆知的,聚集于此的人要么不适应环境,要么不合群,要么就是时运不济。在这个场合里,丹尼谦恭有礼的做派一开始还算讨人喜欢,后来就变成了出言不逊。打个比方,他对马伦太太说:"请您一定要坐我这把椅子,这把椅子更能承受您的体重。"作为一个时髦漂亮的离婚女人,马伦太太对自己纤瘦的身材甚为骄傲,她禁不住叫了起来:"噢!你为什么……"丹尼却回了一句:"您的椅子有点儿不大结实。"他的父母束手无措,在这种情况下,不管怎么做都免不了吸引来更多的目光。还有 B.J.奥特里,一个面颊涂得红艳艳的金发女人,她粗哑刺耳的笑声让所有人都避之唯恐不及。而复活节当日,丹尼用了整整一天时间赞美她那"银铃般清脆的笑声"。虽然 B.J.也毫不示弱地反唇相讥:"毛孩子,你给我走开。"她最后说。后来雷德把丹尼狠狠地训斥了一顿。"在这个家里,"他说,"我们绝不能对客人无礼。你必须向 B.J.道歉。"

丹尼说:"哦,是我错了。我没想到她竟然是这么娇弱的一朵花儿。"

"每个人都有脆弱的一面,儿子,如果你给他们的刺激到了一定程度。"

"真的吗?我就不是这样。"丹尼回了一句。

当然,他们也想过送他去接受心理治疗,起码艾比产生过这个念头。她一直在盘算这件事,只是现在她的想法变得比以前更坚定。但丹尼拒绝了。之后有一天,在丹尼上初中的时候,艾比让他帮忙带家里的狗去看兽医——这件差事得需要两个人才行。等他们把克莱伦斯拽上车之后,丹尼重重地坐在前座上,双臂交叉在胸前,然后他们就开车出发了。克莱伦斯在他们身后呜呜咽咽,转来转去,指甲在塑胶椅套上乱抓乱挠。快开到兽医诊所的时候,呜咽声变成了痛苦的呻吟。艾比开车飞快地掠过兽医诊所,继续往前开。呻吟声变得越来越微弱,并越来越充满疑问,终于他们到了。艾比把车开到一座低矮的灰泥建筑旁,停在大门前,熄了火。她快步绕到副驾驶座那一侧,给丹尼开了车门。"出来。"她命令道。丹尼坐着一动不动,过了一会儿,他还是妥协了。不过他起身的动作那么缓慢,那么不情愿,简直像是从车里一点点渗出来的。他们一起跨上两级台阶,来到前门廊上,艾比用力戳了一下按钮——旁边的铭牌上写着:理查德·汉考克,医学博士。"五十分钟后我来接你。"她说。丹尼冷漠地瞟了她一眼。蜂鸣器一响,他当即打开门,艾比回到了车里。

雷德觉得这实在令人难以置信。"他就那么走进去了?"他问艾比,"他就那么顺从你的安排?"

"当然啦。"艾比说话的语调很轻快,不过紧接着她眼里盈满了泪水,"哦,雷德,"她说,"他肯这么做,说明内心一定有着艰难的挣扎,你能想象吗?"

丹尼和汉考克医生的会面是一周一次,一连持续了两三个月。他把汉考克医生称作"汉汉"。("今天我没时间打扫地下室,真倒霉,我得去见汉汉。")他从来不说他们都谈了些什么,汉考克医生当然也绝口不提。艾比曾经给他打过一次电话,问他是否觉得安排一次家庭会面会对丹尼有所帮助,汉考克医生说他认为大可不必。

这段经历发生在 1990 年末。当时间转到 1991 年初,丹尼和一个女孩私奔了。

女孩的名字叫艾米·林,出身于一个美籍华人家庭,父母亲都是整形外科医生。这女孩生得细骨伶仃,头发中分,穿衣打扮追求哥特风格。两人私奔的时候,女孩已经怀孕六个星期,然而维特山克夫妇对此一无所知。他们从来没有听说过艾米·林这个名字。当艾米的父亲打电话来,问他们知不知道艾米在什么地方,他们才如梦初醒。"您说的是谁?"艾比一开始还以为他拨错了电话号码。

"艾米·林,我的女儿。她和您儿子一起离家出走了。她在留言条上说,他们两个要结婚。"

"他们要怎样?"艾比说,"他才十六岁啊!"

"艾米也是。"林医生说,"她前天才刚刚过了生日。她好像有个错误印象,以为十六岁是法定结婚年龄。"

"怎么说呢,也许在莫桑比克可以。"艾比答道。

"请问您能不能去检查一下丹尼的房间,看他有没有留下字条?我在这儿等着。"

"好吧,"艾比说,"但是我真的认为您搞错了。"

她放下听筒,把珍妮叫过来帮她找字条——在家里,对丹尼的行事风格最了解的人莫过于珍妮。珍妮跟艾比一样不相信这是真的。她们一边上楼梯,珍妮一边问道:"丹尼?结婚?可他连女朋友都没有啊!"

"哦,这个人显然是疯了,"艾比说,"那么蛮横!他还称自己'林医生'。他完全是典型的医生做派,指使别人干这干那。"

不消说,她们没有找到留言条,也没有发现任何蛛丝马迹——比方说情书或者照片之类的。珍妮甚至检查了丹尼藏在壁橱搁架上的一个锡盒,艾比还从来不知道有这么个玩意儿,不过里面只有一包万宝路和一盒火柴。"看到了吧?"艾比无不得意地说。

她们下楼的时候,珍妮脸上带着一副若有所思的表情。她说:"不过丹尼什么时候留过字条呢?不管是为什么事情?"

"这个林医生错得太离谱了。"艾比当即下了结论,她拿起话筒,说,"林医生,可能是您搞错了。"

于是,寻找两个孩子下落的任务就只有林医生一家承担了——

他们的女儿给他们打了电话,说自己一切都好,只不过有点儿想家。她和丹尼当时正躲在马里兰州埃尔克顿镇外的一家汽车旅馆里,在此之前,他们试图申请办理结婚证,结果碰了钉子。这时两个孩子已经失踪三天了,所以维特山克夫妇不得不承认林医生绝不是神经出了问题,虽然他们仍旧无法相信丹尼会做出这样的事情来。

林医生和妻子开车到埃尔克顿镇接上两个孩子,然后直接回到了维特山克家,两家人一起商议此事。这是雷德和艾比第一次见到艾米,也是唯一一次。让他们困惑的是,他们发现艾米长得毫不起眼——脸色灰黄,看上去病快快的,没有一点儿精神。艾比后来说,当她看到林医生夫妇对丹尼似乎无所不知的样子,就像是挨了当头一棒。艾米的父亲是个小个子男人,身穿一套浅灰蓝色的慢跑服,跟丹尼说话的语调那么亲热,甚至可以说是充满了慈爱;当丹尼终于回心转意,承认堕胎可能是更明智的做法,艾米的母亲还轻轻拍了拍他的手,以示抚慰。"丹尼肯定去过他们家好多次,"艾比对雷德说,"而你和我,甚至都不知道有艾米这么个人。"

"怎么说呢,女儿就是不一样。"雷德说,"你看,一般来说,我们总能看到曼迪和珍妮交往的男孩,但是照我看,男孩的父母不一定总能见到曼迪和珍妮。"

"不,"艾比说,"我不是在说这个。问题在于,他不光见过她的家人,他更像是成了那个家庭的一员。"

"胡说八道。"雷德回答她。

艾比看上去依旧不能放心。

等林医生一家人离开之后,他们确实试着和丹尼谈了谈这次私奔事件,可丹尼只说他这段时间一直非常期待着能呵护一个小婴儿。他们说,在抚养婴儿这件事情上,他还太年轻,丹尼就沉默不语了。笨口拙舌的斯戴姆提了一个傻乎乎的问题:"这么说——你和艾米,就像是,已经订婚了?"丹尼的回答是:"啊?我不知道。"

事实上,维特山克夫妇再也没有见过艾米一面;据他们所知,丹尼也没再见过她。在接下来的这星期结束之前,丹尼已经顺顺当当地进了宾夕法尼亚州一家专为问题青少年开设的寄宿学校,这多亏汉考克医生帮他们做的一切安排。丹尼在那里读完了高中三年级和四年级。他声称自己对建筑工程不感兴趣,两个暑假都在大洋城给餐馆打工。他只在家里有重大事情发生的时候才回来一下,比方说道尔顿奶奶的葬礼,还有珍妮的婚礼,然后就又一溜烟儿似的消失不见了。

这不大对头,艾比说。他和父母相处的时间太少了。孩子至少十八岁之前应该留在家里。(两个女孩甚至在大学期间也都没有搬出去住。)"就好像他被人从我们身边偷走了一样,"艾比对雷德说,"还没到时候就被夺走了!"

"你这么说就像是他死了。"雷德说。

"我真感觉就像他死了一样。"艾比回答道。

就算他回到家里,也总是形同陌生人,不管什么时候。他身上不再散发出发霉的壁橱的气息,取而代之的是一种类似于化学品的味道,就像新铺的地毯。他头戴一顶希腊水手帽,这让艾比(她是六十年代的产物)联想到年轻时期的鲍勃·迪伦。他和父母说话的时候,谦恭礼貌中却透着疏远。因为他们把他送进了寄宿学校,他就怀恨在心吗?可他们当时根本没有别的选择!不对,他这种怨恨一定是由来已久。"因为我没有把他保护好。"艾比这样猜测。

"保护他?针对什么呢?"雷德问。

"哦……就当我没说过吧。"

"不会是针对我吧?"雷德又问。

"如果你非要这么说的话。"

"艾比,这个黑锅我可不背。"

"好吧。"

在这种时候,他们之间充满恨意。

后来,丹尼去了圣埃斯基尔大学——考虑到他有过那些乱七八糟的经历,而且平均成绩只有 C-水平,这简直称得上奇迹。虽然并不能说大学可以改变什么。在维特山克家,他仍旧是个谜一样的孩子。

甚至就连那次著名的电话也没有改变什么,因为他们一直没有跟他敞开心扉谈这件事。他们从没有和丹尼促膝而坐,开门见山地说:"跟我们说实话:你究竟是不是同性恋?我们只要求你跟我们把话说明白。"原因在于各种事情接踵而来,而且他在一个地方待的时间总是太短。圣诞节过后,他用返程票回到了明尼苏达,可能是因为他女朋友的缘故。他在一家管道用品店待过一两个月,这是他们推断出来的,因为他寄给珍妮一顶鸭舌帽作为生日礼物,上面写着"汤普森管道配件商店"。接下来他们得到的消息是丹尼又去了缅因州。他找到的工作是改造一艘船,没过多久就被解雇了。他说他打算回学校读书,可是这个想法显然毫无结果。

丹尼在电话里的语气总是显得很紧张,很戏剧性,父母亲会觉得他有什么急事儿不得不打电话。一连几个星期,他每逢礼拜日就给他们打电话;等他们开始有所期待,几乎产生了一种依赖情绪的时候,他则会一连几个月杳无音信,他们也没有任何办法和他取得联系。这么一个行动轨迹无常的人没有移动电话,似乎很有悖常理。虽然艾比申请了来电显示功能,但是有什么用呢?丹尼不在服务区内。他是个未知号码来电。对于他,真该设置一个特殊显示,叫作:你来抓我呀。

他在佛蒙特州生活了一段时间,随后又从丹佛给他们寄来了一张明信片。他还曾经跟人合伙,那个人发明了一款很有前景的软件,但他们的合作也没有持续很长时间。一份又一份工作仿佛最终都让他感到失望,商业伙伴、女朋友、他去过的所有地方,也都同样令他心灰意冷。

1997年,丹尼邀请全家人到纽约一家餐馆参加他的婚礼——他的未婚妻是餐馆的服务员,而他是那里的厨师。那里的什么?怎么会呢?他在家里对餐饮从来没有过什么远大抱负,顶多开过一罐荷美尔辣椒酱。全家人当然全都到场了——雷德和艾比、斯戴姆、两个女孩子以及她们的丈夫。事后他们才觉得,家里去的人可能太多了。他们是婚礼现场人数最多的一个群体。可不管怎么说,是丹尼邀请他们去的!他说他希望见到他们所有人!他的语气很热切,让人觉得他需要他们在自己的婚礼上亮相。于是,他们租了一辆厢式旅行车,一路北上,浩浩荡荡地挤进了那家小小的餐馆,确切地说更像是一家酒吧——狭小的空间里,木制吧台前摆放着六个凳子,还有四张小圆桌。其余出席婚礼的人只有另外一名女服务员、餐馆老板和新娘的母亲。新娘的名字叫卡拉,她身穿一件只能勉强遮住内衣裤的细吊带孕妇裙。卡拉显然比丹尼年龄要大——丹尼那会儿才二十二岁,还远远没到考虑婚姻的时候——她那一团蓬乱的头发染成了均一的深棕色,毫无生气地趴在头上;她有一双蓝玻璃珠一样的眼睛,投射出锐利的目光。她的母亲是个丰满的金发女人,穿着一条背心裙,身上到处都圆鼓鼓的。卡拉看上去几乎比自己的母亲还显老。维特山克一家用尽全力地活跃气氛。他们在婚礼开始之前来回走动,问卡拉她和丹尼是在哪里认识的,问另一个服务员她是不是担任伴娘。得到的答案是:卡拉和丹尼是在工作中认识的,这场婚礼中没有伴娘。

对于丹尼而言,他应酬得还算不错。他穿着一套看起来挺体面的深色西装,配一条红色领带。他热诚地跟大家攀谈,还走到每个人身边聊上几句,每隔一会儿总会回到卡拉身旁,一只手放在她的后腰上,以显示自己对她的独有权。卡拉看上去很开心,但给人感觉有些六神无主,仿佛在担心自己离开家门前是不是忘了关炉子。她说话一口纽约腔。

艾比把结识新娘的母亲当成了自己的特殊使命。到了大家落座的时候,艾比特意在她身边的椅子上坐了下来,两个人开始压低声音说话,脑袋几乎靠在一起,眼睛不断地瞟向那对新人。这让维特山克家的其他成员顿生希望:等到没有外人的时候,他们就可以探听内幕了——这到底是什么情况?两个人结合是相爱的结果吗?这一切是真的吗?预产期是什么时候?

主持婚礼的牧师——如果能这么叫他——是个骑自行车的邮差,有普生教堂签发的牧师证。卡拉称赞他"把自己收拾得很干净",足足说了好几遍,这只能让维特山克家的人浮想联翩,想象着此前这位老兄是何等模样。他留着又短又硬的黑色山羊胡,穿一件黑色皮衣——这可是八月份啊!他的靴子上挂的金属链实在很沉,发出当啷当啷的钝响,而不是丁零丁零的脆响。不过,他履行自己的职责倒是很一本正经。他依次询问新郎和新娘是否发誓关爱对方,等两人都回答"是"以后,他把手放在新郎和新娘的肩膀上,吟诵道:"平安地去吧,我的孩子们!"另一个女招待跟着喊了一声"耶",声音细弱,还带着几分迟疑。然后丹尼和卡拉彼此亲吻——那是一个长长的、真心实意的吻,这让维特山克家的人松了口气。接着,餐馆老板送来了几瓶起泡酒。他们又逗留了一会儿,但丹尼忙着应酬其他人,就起身告辞了。

一家人朝他们的厢式旅行车走去,一路上大家都想知道艾比从卡拉的母亲那里打听到了什么。艾比说,没问到多少。卡拉的母亲在一家化妆品店打工,卡拉的父亲已经跟她们"毫无瓜葛"了。卡拉以前结过婚,但只持续了很短一段时间。艾比说,她一直等啊等,等着卡拉的母亲提起怀孕的事儿,但是对方始终只字不提,她也不想主动询问。莉娜——也就是卡拉的母亲,反而发了半天牢骚,抱怨婚礼来得太突然。她说,但凡早点儿通知她,她就能准备得充分一点儿,给大家一个惊喜,可是她一个星期前才得到消息。这让艾比心里感觉好受了些,因为维特山克家也是在那个时候才得知要举行这场婚礼,为此她还曾经担心,丹尼是不是故意把自己的家人排除在外。莉娜还说了一大堆丹尼这个,丹尼那个的:丹尼的结婚礼服是从一家旧货店买来的,丹尼的领带是老板借给他的,丹尼在一家韩国人开的唱片店楼上找了间挺温馨的一居室。由此看来,莉娜显然对他是有了解的,不管怎么说,肯定比维特山克家对卡拉的了解要多。丹尼为什么如此迫不及待地用外人来代替自家人的位置呢?

开车回家的路上,艾比感到无比压抑。

婚礼过后,几乎有三个月,他们没有得到一星半点的消息。有一天半夜时分,丹尼突然打电话来,说卡拉生下了一个婴儿。是个女孩,他喜气洋洋地说,有七磅重,他们打算给她取名叫苏珊。"我们什么时候能去看她呢?"艾比问道。他回答说:"哦,过一阵子吧。"这本来是完全可以理解的,但是从丹尼嘴里说出来,就让人不得不去琢磨,他脑子里盘算的是多长时间。这可是维特山克家的第一个孙女。艾比对雷德说,如果不让他们和这个孩子的生活发生任何联系,她绝对受不了。

感恩节那天早晨,他们意外收到了一个莫大的惊喜——丹尼打电话来说,他和苏珊正要乘坐火车前往巴尔的摩,问有没有谁去接他一下。说起来,感恩节当天的孤儿宴历来是最盛况空前的,这也是丹尼最煞费心思逃避的节日。可丹尼登场亮相了,他把苏珊用帆布带束在胸前——一个只有三周大的婴儿!实际上甚至还不到三周大。她太小了,还看不出模样来,只是个缩成一团的小东西,脸颊紧紧地贴在丹尼的胸脯上。即使是这样,全家人还是好一阵问长问短。他们一致认为,那一小绺黑头发是纯正的维特山克家族特征,他们还试图舒展开她的小拳头,看她是不是跟他们一样有着修长的手指。他们恨不得让她马上睁开眼睛,好瞧瞧那双眼睛是什么颜色的。艾比把小苏珊从束带里抱出来,想仔细打量一番,可这样也没把她弄醒。"怎么回事,"艾比让婴儿依偎在自己的肩膀上,向丹尼发问道,"你怎么一个人来了?"

"我不是一个人来的啊,我还带着苏珊。"丹尼说。

艾比翻了个白眼,他态度缓和了些。"卡拉的母亲摔断了手腕,"他说,"她得送她母亲去看急诊。"

"哦,那真是太遗憾了。"艾比说,其他人也都喃喃地表示同情,(至少卡拉没有跟他们"毫无瓜葛")"这下可怎么办呢?她泵奶了吗?"

"泵奶?"

"她有没有泵出足够的奶水?"

"没有,妈妈。我带来了奶粉。"他拍了拍挎在肩上的一个粉色塑胶袋。

"奶粉。"艾比说,"可是这样一来,她就越来越少了啊。"

"什么越来越少了?"

"母乳啊!如果给婴儿喂奶粉,母亲的奶水就断了。"

"哦,苏珊一生下来用的就是奶瓶。"

艾比最近读过几本关于如何做个好祖母的书,其中最重要的是,不要指手画脚,不要横加指责,不要提出建议。所以她只淡淡地说了声:"哦。"

"你还想怎么样呢?卡拉有一份全职工作。"丹尼说,"不是所有人都能懒洋洋地待在家里,就为了母乳喂养。"

"我什么也没说。"艾比回了一句。

过去曾经有过几次,丹尼进门后在家里就待了差不多这么长时间。每当在一个小问题上纠缠过多,话不投机,他就夺门而出。艾比也许是回想起了那些往事,不禁紧紧抱住了婴儿。"不管怎样,"她说,"你能回来真是太好了。"

"回家是挺好的。"听丹尼这么说,大家都松了口气。

他大概是在南下的火车上暗暗下了决心,准备改头换面,因为他这次探亲表现得非常随和,甚至对"孤儿们"也没有冷嘲热讽。B.J.奥特里发出一阵嘎嘎的狂笑,像喜鹊粗哑的叫声一样,把婴儿都吵醒了,他也只是说:"好啦,这下你们大伙儿可以瞧瞧苏珊的眼睛了。"他还格外体谅耳朵不大好使的戴尔先生,一句话重复好几遍,也丝毫没有流露出不耐烦的样子。

阿曼达当时已经怀了七个月的身孕,她缠着丹尼问了好多育儿方面的问题,丹尼不厌其烦地一一解答——婴儿床完全没有必要,用衣柜的抽屉就行;婴儿车也没必要买。婴儿椅?也许没什么用吧。他还非常得体地跟大家谈了谈维特山克建筑公司的业务,不光是和父亲,还包括现在在公司担任木工的珍妮,甚至和斯戴姆也聊了聊。斯戴姆面面俱到地跟他说起一个运营方面的小问题,他一边静静地听着,一边频频点头。("就是说,客户想要整体落地式橱柜,你明白吧,所以我们把吊顶全都拆除了,可是后来他又说:'喂,先等等!'")

艾比给婴儿喂过奶粉,拍了奶嗝,还给她换了一片小小的一次性纸尿裤,她努力克制自己,才没有冲口说出"垃圾填埋"这个词。她发现苏珊有着圆圆的下巴,轮廓优美的嘴唇,眉头微蹙,一双灰蓝色的眼眸透出凝视的神情。艾比把她递给雷德,雷德夸张地做出一副惊慌失措、笨手笨脚的样子,可是后来大家发现他把鼻子紧紧地贴在苏珊毛茸茸的脑袋上,深深地吸了一口婴儿特有的气息。

丹尼说他不能在家里过夜,大家当然都很理解。艾比给卡拉和她母亲打包了一些剩下的火鸡肉,雷德开车送丹尼和他的婴儿到火车站。"这回可不要再杳无音信了。"丹尼下车的时候,雷德叮嘱了一句。"不会的,很快就又见到你们了。"丹尼答道。

这句话他说了不知多少回,从来都没有下文。但这次不同,也许是因为他做了父亲的缘故,也许是因为他开始意识到家庭的重要性。不管是出于何种原因,圣诞节他也回家了——虽然只待了一天,但终归是回来了!而且这回他不光带来了苏珊,还有卡拉。苏珊有七个星期大了,比上次见面有了一个很大的飞跃——她可以体察周围环境了,有人跟她说话的时候她会注视着对方,还歪起小嘴微微一笑,右边脸颊上浮现出一个酒窝。卡拉表现得非常轻松随意,待人和和气气,虽然看上去没太把这一晚当回事儿。她身上穿的是牛仔裤和圆领长袖运动衫。于是,原本过于郑重的艾比继续穿着自己的粗斜纹棉布裙,没有为晚宴专门换装。她说:"卡拉,我给你倒杯酒怎么样?你不用哺乳真是太好了,想喝什么都可以。"两个女儿不约而同地冲对方转了转眼珠子:妈妈表演得太过火了,跟往常一样!不过她们自己也极尽殷勤之能事,挖空心思对卡拉每一处都进行夸赞,包括她左臂弯上的文身——那是她的小狗的名字。

全家人事后一致认为,丹尼这次回家探亲进行得很完满。丹尼自己大概也这么觉得,因为他后来差不多每个月都带苏珊回来一次。(卡拉没有和他一起来是因为他来的时候总赶上卡拉的工作日。据丹尼说,卡拉现在在一家汉堡店打工,他们两个都已经离开了那家餐馆,不过他自己的时间表更为灵活。)苏珊已经可以坐起来了;开始吃固体食物了;再往后又学着爬来爬去。丹尼有时候会在家里住上一晚。他睡在自己原来的房间里,苏珊的婴儿床就摆放在他床边——这还是艾比自己小时候用过的婴儿床,她一直保留到现在。正当此时,阿曼达的女儿伊莉斯也出生了,全家人聚在一起,动不动就开始想象两个小女孩怎样一起长大,成为一辈子最好的朋友。

然后,丹尼被父亲的一番话激怒了。那是在夏天,他们聊起了全家人将要进行的沙滩之旅。丹尼说,他和苏珊可以去,但卡拉那几天还得工作。雷德于是问道:"那你怎么用不着工作呢?"

丹尼回答说:"我没必要。"

"可是卡拉必须得工作?"

"对。"

"好吧,我实在搞不明白。卡拉才是母亲,对吧?"

"这又怎么了?"

当时在场的还有艾比和珍妮,她们俩立刻紧张起来,不约而同地朝雷德使眼色,示意他注意。但是雷德仿佛视若无睹。他又问:"你有工作吗?"

"这和你有什么关系呢?"丹尼反问道。

雷德不作声了,尽管他努力克制自己才做到。事情似乎就此画上了句号。然而,当艾比让人帮忙搬出婴儿床的时候,丹尼告诉她不用麻烦了。他说,他不打算过夜。他表现得很有风度,若无其事地告辞离开了。

大家再次得到他的消息,已是三年之后。

起初的几个月,他们什么也没做。由此可以看出,他们有多顺从丹尼,对他的沉默多么战战兢兢。不过,苏珊的生日那天,艾比还是给他打了个电话——这个号码第一次出现在来电显示中的时候,她就记了下来。(有丹尼这种行踪飘忽不定的儿子,做父母的自然而然会具备间谍手段。)雷德悄悄地站在她旁边,做出一副漠不关心的样子。然而,艾比听到的只是一段语音,说她拨打的号码已经停用了。"他们大概是搬走了。"她对雷德说,"不过,这是件好事,你不觉得吗?我敢打赌,他们搬到了一个更大的房子里,好让苏珊有自己单独的卧室。"紧接着,她给查号台打了电话,问有没有一个叫丹尼斯·维特山克的人新登记过号码,可是对方没有查到相关信息。"那有没有卡拉·维特山克的号码?"她心慌意乱地朝雷德瞥了一眼。(或许他们俩已经分开了,这也并不是绝不可能发生的事情。)可最后,她挂掉电话,说:"看来我们只能等他主动打电话来了。"

· 29 ·

雷德只是点点头,踱进了另一个房间。

几个月过去了。几年过去了。苏珊一定在到处走来走去了吧,接着,应该学会说话了吧。这是个让人眼花缭乱的时期,小孩子的语言能力呈指数级增长,他们就像海绵吸水一般积累语言——这一点一滴的成长,维特山克一家全都错过了。这时,他们已有两个外孙女——丹尼最后一次探亲之后不久,珍妮就生下了黛博。然而,看着两个小女孩一天天长大,想象着苏珊也和他们一样,只是没有机会亲眼看到,这只会让他们更不好受。

后来发生了"9.11"恐怖袭击事件,艾比为此忧心忡忡,几乎发了疯。当然,全家人都有些担忧,但就他们所知,丹尼不会在世界贸易中心里有什么活儿干;所以他们宽慰自己说,丹尼应该是好好的。没错儿,是好好的。艾比同意他们的说法。可大家看得出来,她的心还在悬着。她像着了魔一样看了两天电视节目,高楼大厦坍塌坠落的镜头早就让家里其他人感到厌烦了。她开始设想丹尼有可能出现在事发地点的种种情况。丹尼总是让人捉摸不透的;他曾经从事过那么多不同类型的工作。也可能他当时碰巧从附近经过呢。她甚至开始相信自己有心灵感应,可以觉察到丹尼遇上了麻烦。事情总感觉有点儿不对劲儿,她说。也许应该给莉娜打个电话。

"谁?"雷德问。

"卡拉的母亲。她姓什么?"

"我不知道。"

"你一定知道。"艾比说,"你好好想想。"

"亲爱的,我觉得我们从来没有听人说过她姓什么。"

艾比开始来回踱步。他们俩正待在自己的卧室里,艾比又像以往一样,反反复复地踩踏长条波斯地毯,睡袍在她的膝盖处飘摆不定。"莉娜·阿伯特……亚当斯……阿姆斯特朗,"她嘴里念叨着,

· 30 ·

"莉娜·巴布科克……博耐特……布朗。"(有时候,字母表对她很奏效。①)"丹尼给我们互相介绍过,"她说,"他介绍时,一定跟我们说起过她姓什么。"

"据我对丹尼的了解,他应该不会提,"雷德说,"他居然还给我们做了介绍?这我已经很吃惊了。不过,就算他这么做了,当时他很可能说的也是:'莉娜,来认识认识我的家人吧。'"

艾比无可争辩。她继续走来走去。

她脱口而出:"还有那个服务员呢。另外一个。"

"哦,我不知道她叫什么。"

"是啊,我也不知道。不过,我听见她管莉娜叫某某太太。我记得很清楚。我记得,当时我脑子里就在琢磨,她一定属于那种有点儿羞怯的类型,现在都什么时代了,她还不肯对莉娜直呼其名。"

她收拢步子,绕到自己那一侧的床边,说:"嗯,没关系,我会慢慢想起来的。"她对自己惊人的记忆力颇为骄傲,不过,在某些时候,灵光一现得会有些迟,"如果我不硬逼着自己去想,它自己就会自然而然浮现出来。"

她躺在床上,抚平身上的被单,故作姿态地闭上了双眼。雷德也跟着上了床,熄灭了床头灯。

半夜时分,她突然戳了戳雷德的肩膀,说了声:"卡鲁奇。"

"啊?"

"我脑子里能听见那个服务员说:'卡鲁奇太太,我再给您倒一杯酒好不好?'我怎么能忘了呢?卡拉·卡鲁奇:第一个字相同。我刚才去上厕所,突然想了起来。"

"哦,挺好。"雷德说着,平躺了下来。

---

① 阿伯特、亚当斯、阿姆斯特朗均以"A"开头,巴布科克、博耐特、布朗均以"B"开头。

"我要给查号台打电话试试。"

"现在吗?"他眯着眼睛瞥了一眼收音机上显示的时间。"现在是半夜两点半!你不能这时候给她打电话。"

"我不给她打,但是我可以先问到她的号码。"艾比解释道。

雷德继续睡觉了。

第二天早晨,艾比宣布,在曼哈顿有三个人名字叫 L. 卡鲁奇,她准备挨个打过去,并且决定从七点钟开始实施计划。此时才刚过六点——维特山克夫妇俩一向习惯早起。雷德说:"有的人七点钟可能还在睡觉呢。"

"也许是吧,"艾比说,"不过,从严格意义上来说,七点已经算是早晨了。"

雷德说了声:"哦,好吧。"随即他下楼去煮咖啡。通常情况下,他这时候正该离开家去上班,顺道在唐恩都乐①停下来买早点。

离七点还差五分钟,艾比就迫不及待地拨通了第一个电话:"早上好,请问我可以和莉娜通话吗?"随后是,"哦,真对不起!我肯定是拨错了号码。"

她又拨通了第二个号码。"喂,请问是莉娜吗?"一闪而过的停顿之后,她赶紧说,"哦,很抱歉。是的,我知道现在时间还早得很,不过……"

她显出几分畏缩,再一次拨号。"您好,是莉娜吗?"

她挺直了身子。"哦,你好!我是艾比·维特山克,从巴尔的摩给你打的电话。希望没有把你吵醒。"

她默默地听了一会儿。"哦,我明白你的意思。"她开口道,"我老是跟雷德说:'有时候我真搞不懂干吗要上床睡觉,睡也只能睡着

---

① 唐恩都乐,是一家专业生产甜甜圈并提供现磨咖啡及其他烘焙产品等的快餐连锁品牌。

那么一小会儿。'你觉得是因为上了年纪吗?还是因为现代社会带给人的压力?说到这个,莉娜,我想知道,卡拉和苏珊,还有丹尼,一切都好吗?我的意思是说,发生了上星期二的事情之后?"

(当时人们还在用"上星期二"代指那个恐怖事件。等到下一个星期,他们才开始改称"9月11日"。)

"哦,真的啊,"艾比说,"我明白了。还不错,总算得到了一点儿消息!这下我就安心了。这么说,你不……哦,我当然能够感觉到,你不会……哦,太感谢你了,莉娜!请代我向卡拉和苏珊问好……嗯?……是的,家里每个人都好,谢谢。太感谢了!再见!"

她挂上了电话。

"卡拉和苏珊都很好。"她说,"至于丹尼,她觉得不会有事儿,但是她不能肯定,因为丹尼在此之前就搬到新泽西去了。"

"新泽西?新泽西的什么地方?"

"她没提。她说她没有丹尼的电话号码。"

雷德说:"可是,卡拉应该会知道。因为有苏珊的关系。你应该跟她要卡拉的号码。"

"哦,这有什么意义吗?"艾比说,"我们已经知道,事发当天他离世贸中心远得很,这难道还不够吗?我甚至不觉得卡拉有他的电话号码,如果你想听我说实话。"

说完,她开始往洗碗机里堆放餐具,雷德站在一旁,张口结舌地看着她。

如此说来,他人在新泽西。又一段破裂的感情。应该说是两段感情——除非丹尼还和苏珊保持着联系。雷德说,他当然不会对苏珊不闻不问,他是他们见过的最亲力亲为的父亲,难道不是吗?艾比说,那并不一定会一直持续下去。也许对苏珊的关爱只是他又一次心血来潮,就像那个半途而废的软件项目。

这番话很不像是从艾比嘴里说出来的。她一贯打心眼里相信,

· 33 ·

人有能力改变自己,这种执拗有时候让家里其他人感到颇为恼火。然而现在,她似乎妥协了。她给珍妮和阿曼达打电话,把这个消息告诉她们的时候,声音出奇地平淡、冷静;她还告诉雷德,等他到公司见到斯戴姆,跟他说一声。"我这就去告诉他,"雷德假装出一副热切的样子,"他这下可就一块石头落地了。"

"我不懂什么,"艾比说,"从来就没有什么真正的危险啊。"

第二天是星期六,一大早,阿曼达没打招呼就顺道来了。阿曼达是个律师,在几个孩子中是最精明、最能干,也是最有担当的一个。"这个什么莉娜的电话号码在哪儿?"她问。

艾比从冰箱门上取下那张便笺递给了她。(她当然保留着这个号码。)阿曼达坐在餐桌边上,伸手拿过电话开始拨号。

"喂?是莉娜吗?"她开口道,"我是阿曼达,丹尼的姐姐。请问可以把卡拉的电话告诉我吗?"

话筒那头传来一阵急促的说话声,显然对方有抵触情绪,因为阿曼达紧接着解释说:"请你相信我,我不想惹她不高兴。我只是想联系上我那个混蛋弟弟罢了。"

这句话似乎化解了对方的敌意——她把空着的那只手伸进包里,掏出一个记事本,上面附带着一支小小的金笔。"您请讲,"她写下一串数字,"非常感谢。再见。"

她又一次拨号。"占线。"她对父母说,艾比咕哝了一声,阿曼达却说:"当然会是占线,她妈妈会立刻给她打电话提个醒啊。"她用手指在桌子上敲打了一会儿,再次拨号。"嗨,卡拉,"她说,"我是阿曼达。最近怎么样?"

卡拉并没有跟她啰唆,即使如此,阿曼达还是显得很急不可耐。"那就好,"她说,"哦,你能把我弟弟的号码给我吗?我要狠狠骂他一顿。"

她写下号码的时候,雷德和艾比躬身向前,死死地盯着记事本,大气都不敢出。"谢谢啦。"阿曼达说,"再见。"随即挂了电话。

艾比迫不及待地伸出手去抓记事本,但阿曼达把本子一收,说:"我来打这个电话。"她又一次拨号。

"丹尼,"她开口道,"是阿曼达。"

他们听不出丹尼是何反应。

"总有这么一天,"阿曼达说,"当你人到中年,回顾自己的一生后,你会禁不住想知道自己的家人都在做什么。于是你跳上一列火车,一路南下。当你在一个宁静的夏日午后来到巴尔的摩,阳光正透过宾夕法尼亚火车站的天窗斜照进来,灰尘在光柱里跳舞。你穿过车站大厅,来到街道上,那里没有人在等候你,不过这也无所谓,反正没人知道你要回来。你一个人孤零零地站在那里,看着身边的旅客和迎候他们的人热烈拥抱,坐进车里,绝尘而去;这一切还是让你感觉有些落寞。你走向出租车道,把要去的地址告诉一个司机。你坐在车里穿过这个城市,眼中尽是过去熟悉的情景——一座座联排住宅,成行的布拉德福德梨树,还有坐在自家前廊上看着孩子们玩耍的女人们。当出租车拐到布顿大街上,你立刻产生了一种奇怪的感觉。我们家的房子显出些些点点年久失修的痕迹,这是父亲过去绝对无法忍受的:漆面上起了浮泡,百叶窗的窗叶零零落落,修补步道的灰泥是胡乱拼凑的,门廊台阶上钉着橡胶踏板——所有这些修补一看便是出自哈利房主服务公司之手,是父亲一贯嗤之以鼻的。你握住前门把手,用特有的方式先朝外拽一下,接着去按门闩按钮,然而门是锁着的。你按了一下门铃,却已经坏掉了。你喊了一声:"妈妈?爸爸?"无人应答。你又喊了一声:"有人吗?"没有人跑过来,没有人猛地一下推开门,对你说:'是你啊!见到你真是太高兴了!你怎么不事先打个招呼?那样的话我们早就去车站接你了!你累不累?饿了吗?快进来!'你在门口站了一会儿,不知道该如何是好。于是你转身朝街道望去,想起了家里其他的人。'也许该去找珍妮?'你暗自思忖,'或者阿曼达?'但你知道吗,丹尼?别指望我对你敞开大门,因为我内心充满了愤怒。我恨你这些年老是用花言巧语哄骗我们,不单是最近几年,而是始终如此——所有的节假日都自动跳过,沙滩旅行从不露面,爸妈的三十年和三十五年结婚纪念日全都错过了,珍妮生孩子的时候你不知道在什么地方,我的婚礼你也没有参加,甚至没有寄一张贺卡或者打个电话祝福我。不过,说到底,丹尼,最让我恼恨的莫过于:你把爸妈的一点一滴的关爱全都吸走了,让我们其他几个孩子什么都得不到,为此我永远都不会原谅你。"

她打住话头,听丹尼会做何反应。

"哦,"她说,"我很好。你最近怎么样?"

于是,丹尼回家了。

第一次归家,他是一个人。他没带苏珊一起回来让艾比感到有些失望,但雷德说,他倒情愿如此。"这和他之前回来不一样,感觉他是要先处理好跟我们的关系。他没有想当然地认为自己可以随随便便地从哪儿中断就从哪儿重新开始。"

雷德说的有一定道理。丹尼的确表现得与以往不同——他变得更小心,也更善解人意了。他发现家里有一些小小的改进,对此点评了一二,还说他很喜欢艾比的新发型。(艾比开始留短发了。)他的下巴不再是少年时代棱角分明的轮廓,走路的姿态也沉稳了许多。艾比虽然已经尽了最大努力控制自己,但还是抛出了一些问题,丹尼都尽力一一回答。他说不上健谈,但总算是有问必答。

他说,苏珊非常好,都上学前班了。没问题,他可以带苏珊来探望他们。卡拉也很好,虽然他们已经不在一起了。工作?嗯,目前他在一家建筑公司。

"建筑!"艾比叫了起来,"雷德,你听见了吗?他在建筑行业!"

雷德只咕哝了一声。对此,他并没有像艾比期待的那样喜出望外。

显而易见,丹尼所讲述的故事中,还有很多情节不明不白。他到底和自己的女儿保持着怎样的关系?他说他和卡拉"已经不在一起了",意思是他们离婚了吗?他的生活究竟是怎么安排的?建筑行业是他现在的职业选择吗?他已经放弃了上大学的机会?

珍妮带着小黛博来了,雷德和艾比让他们姐弟俩单独聊了一阵子,在珍妮告辞之前,他们从珍妮口中了解到了更多的情况。珍妮汇报说,他和苏珊关系很密切,在她的日常生活中参与度很高。离婚目前对他们来说费用太昂贵。他和另外两个人各分租房子的一半,不过这两个人已经开始让他心烦了。当然啦,他会完成大学学业的——终有一天。

然而,不知怎么,他们总觉得这些信息还是不够。噢,总感觉还有别的什么——肯定还有别的什么,如果他们可以寻根究底,就能彻底把他看清楚。

他这回在家里待了一天半,然后就离开了;不过,最关键的是,他们有了他的手机号码。他们从此可以直接拨打他的手机!一切都因此而改变了。

他们采取了策略,等过了几个星期以后,艾比才给他打电话(雷德在她身后来回徘徊),请他带上苏珊来过圣诞节。丹尼说,卡拉绝对不会同意苏珊在圣诞节当天到别处去,不过也许圣诞节过后可以带她来。

雷德和艾比非常清楚他的"也许"意味着什么。

然而,他说到做到,真把苏珊带来了。那年的圣诞节是星期二,他星期三带着苏珊一起回到家,一直待到星期五。苏珊是个冷静的四岁小姑娘,有着一头棕色的卷发和一双深棕色的大眼睛。那双眼睛有点儿让人为之一惊。维特山克家的人可不是这样的眼睛!她的装束也和其他几个孩子风格迥异——维特山克家的孩子们通常穿着乱糟糟、皱巴巴的游戏服,而她进门的时候,身上穿的是一条红天鹅绒裙子,搭配白色紧身裤和搭扣鞋。不过,也许是因为圣诞节的缘故吧。可是第二天早晨,她下楼来吃早餐的时候,换上了一件带褶边的白色罩衫配红格子塔夫绸马甲裙,这打扮简直称得上时髦。珍妮说,一想到丹尼得把苏珊的马甲裙后面那一溜儿小小的白色纽扣一个个扣上,她都有点儿心生同情。

"你还记得我们吗?"他们问苏珊,"你还记得在你还是个小婴儿的时候来过我们这里吗?"

苏珊慢条斯理地回答说:"我觉得我记得。"这当然不会是真的,但她说假话也是出于善意,她又问,"你们原来是不是还有另外一条狗?"

"没有啊,这还是原来那条狗。"

"我以为你们过去有一条黄色的狗。"她说。大家怏怏不乐地交换了一下眼色。她所想到的那条黄色的狗是谁家的呢——也许不像老克莱伦斯这样口水淋漓,还患着关节炎。

苏珊一下子就迷上了跟两个表妹一起玩耍。(啊哈!她们俩可以成为维特山克家的诱饵:一个是小仙女伊莉斯,另一个是吵吵闹闹的小黛博。)一开始,苏珊似乎不熟悉纸牌游戏,但她很快就喜欢上了"钓鱼"。大家还发现她会识字。卡拉居然培养出了一个早熟的孩子,这让他们很惊奇,不过这也许要归因于丹尼。苏珊喜欢偎依在艾比身旁,朗读《在爸爸身上蹦来跳去》①,每读完一页,就大声地发出一声满足的呼气声。

等到了告别时刻,苏珊已经和大家相处得亲密无间了。她站在

---

① 原文为 *Hop on Pop*,苏斯博士(Dr. Seuss)创作的启蒙读物。苏斯博士创作了几十种在西方家喻户晓的儿童图书。

火车站前,拉着丹尼的手,发疯一般向大家挥手,大声呼喊:"再见!再会!很快就又见到你们啦!再见!"

于是丹尼一次又一次带她回家。她还有了自己的卧室,就是维特山克家两个女儿先前住的那间。她用标有自己名字的杯子喝可可,摆放餐具的时候,她知道到哪儿去找丹尼曾经用过的那个印有字母图案的盘子。丹尼则坐在一旁,和颜悦色地看着这一切。他成了一个天底下最随和的父亲,仿佛是苏珊把他的棱角磨平了。

2002年,在珍妮生下儿子亚历山大之后不久,丹尼就住在了珍妮家,帮她照顾孩子。当时,这让人颇有些不解。艾比已经尽了外祖母素来的职责:珍妮住院期间,她请假把黛博接到自己家里照顾,后来还经常去珍妮家帮忙,处理杂事,洗洗衣服什么的。可是突然之间,丹尼冒了出来。他一待就是整整三个星期,夜里睡在珍妮和休家的沙发床上,每天下午用婴儿车推黛博去游乐场,还负责做饭,给艾比开门的时候经常是肩膀上搭着尿布,怀里抱着婴儿。

直到后来大家才恍然大悟——珍妮那段时间正在经历产后抑郁症。如此说来,是她给丹尼打了电话,请他过来照顾自己?她想到的人选竟然是丹尼,而不是艾比?艾比挖空心思要问个明白,她用了最淡定、最不动声色的语调。珍妮说,是啊,她确实给丹尼打了电话,但只是聊聊而已。也许他从珍妮的语气里听出了什么——好吧,他当然会察觉到有些异样,因为她说着说着就眼泪汪汪了,她觉得有些丢脸地说——丹尼对她说,他马上搭乘下一班火车过来。

这段描述既让人感动,又让人郁郁不乐。珍妮怎么就没想到给自己的母亲打电话呢?

可是,你还要去上班啊——珍妮是这么回答的。

就好像丹尼没工作似的。

话又说回来了,谁知道呢?也许他确实没有工作。

雷德对艾比说,丹尼主动来帮忙,他们应该心怀感激才是。

艾比答道:"噢,没错儿。是这样,我明白。"

丹尼和家人的交往逐渐稳定了下来。他并没有从此变得判若两人,和家里保持多么密切的联系,不过,很多人家的儿子都是如此。重要的是,他确确实实和家里人保持着联系,他们也确确实实有了他的电话号码,虽然并不总能知道他眼下身在何处。

艾比对雷德说,他们居然心甘情愿地接受只知道这一点信息,想起来真是让人吃惊。她还说:"你能相信吗?有时候日子就这么一天天过去了,我竟然一点儿都没有想到他。这太不正常了!"

雷德却说:"再正常不过了。这类似于,等猫宝宝长大以后,猫妈妈就不再牵挂它们了。你这是非常理智的表现。"

"人可不应该是这样的。"艾比对他说。

不管怎么说,至少有一点他们可以确定:丹尼无论如何也不会远离纽约——只要苏珊还生活在那个城市。当然,他偶尔也会到处走走,因为他曾经从旧金山给亚历山大寄来了一张生日卡。还有一次,他缩短了圣诞节探亲的时间,理由是要和自己的女朋友一起去加拿大旅行。那是他们头一回,也是最后一次听说他有这个女朋友。那年圣诞节,丹尼走后,苏珊一个人留下来和他们做伴。七岁的女孩,已经够大了,况且她看上去比实际年龄更成熟。她的头和身子相比显得稍稍大了一点,美丽的脸庞带有漂亮女人的韵味,棕色的大眼睛透出一丝疲倦,嘴唇丰满柔嫩,挂着一丝神秘感。苏珊丝毫没有流露出想家的心思,当丹尼来接她的时候,她平静地打了招呼。"加拿大怎么样?"艾比鼓足勇气问道。

丹尼的回答是:"很不错。"

他的私生活太让人无从想象了。

其实他的职业也经常让家里人捉摸不透。他们知道有那么一阵子,他曾经干过安装音响系统的工作,那是因为珍妮的丈夫休在给他们的小屋布线的时候,丹尼主动提供了专业帮助。还有一次,他穿来了一件帽衫,衣服口袋上缝有"电脑诊所"的字样,在艾比的要求下,他不费吹灰之力就修好了她那台反应迟钝的 Mac 电脑。不过,他似乎一直来去自由,想待多久就待多久。如此随心所欲怎么能适应一份全职工作呢?举例来说,斯戴姆结婚的时候,丹尼赶过来待了整整一个星期,履行他的伴郎职责。艾比虽然为此感到喜出望外(她总是忧心忡忡,担心两个儿子之间的关系不够亲密),但还是忍不住问丹尼会不会给他的工作带来麻烦。"工作?"丹尼轻描淡写地说,"没关系。"

有那么一回,他在家里住了将近一个月,而且不提任何缘由。大家猜测他大概是遇上了私人生活上的困窘,因为他进门的时候没精打采,面有病色。他们头一次注意到丹尼的眼角竟然隐隐浮现出皱纹。他头发乱蓬蓬的,堆在后衣领上。然而,他只字不提自己有什么难处,连珍妮也不敢问,就好像全家人都被他同化了,变得几乎和他一样讳莫如深。

这情形也时常让他们感到恼火。为什么大家在他身边就得小心翼翼地踮着脚尖走路?为什么邻居问起他来,大家只能顾左右而言他?"哦,"艾比总是这样回答,"丹尼还好,谢谢。他真的很好!现在的工作是……哦,我说不准他在哪儿工作,不过总而言之,他一切都好。"

不过丹尼的确给了他们一种寄托,他不在的时候真真切切让人感觉空落落的。比方说,他第一次错过沙滩之旅那年,也就是他声称自己是同性恋的那个夏天,大家并不知道他要缺席,一直在等他打电话通知到达日期,后来才渐渐明白他压根儿不打算出现。大家仿佛受了重重一击,顿时泄了气。甚至等他们来到历年租住的别墅,把带来的食品杂物拿出来,整理好床铺,开始惯常的沙滩活动之后,大家还是无法放弃他仍有可能突然冒出来的幻想。夜风吹动纱门发出砰的一声响,会引得他们从拼图上抬起头来,满怀希望地朝门口投去一瞥。当有人从碎浪之外朝他们这边游过来,用丹尼惯用的独特的翻滚式,他们会不由自主地中断话头。到了一个星期过去一半的时候……哦,这是最不可思议的部分——一个星期都过去一半时间了,午后时分,艾比和姑娘们坐在安了纱窗的门廊上剥玉米,突然听到屋后传来莫扎特的《第一号圆号协奏曲》。她们你看看我我看看你,唰地从椅子上站起身来,飞快地跑过屋子,冲到门外……这才发现音乐是从停在马路对面的一辆车里传出来的。有个人坐在驾驶座上,所有的车窗都摇了下来(可他一定仍然非常热),车内的收音机在用最大音量播放乐曲。那人穿着一件背心,这种衣服丹尼死也不会穿的。从他搭在窗框上的圆滚滚的胳膊肘来看,那是个粗壮的家伙。哪怕丹尼从上次见面到现在什么也不干,每天只是吃个不停,也胖到不了这个程度。不过,你知道牵挂自己心心念念的人是怎样一种感觉。你恨不得把遇到的每个陌生人都当成是自己渴望见到的那个人。只是有一首特别的曲子传到耳畔,你就立刻告诉自己,他也许改变了自己的穿衣风格,他也许增重了一吨,他也许买了辆车,停在别人家的房门前。"是他!"你大声说,"他来了!我们早就知道他会来的。我们一直……"然而,你立刻感觉到自己的语调听起来多么可悲,你的话音变得像游丝一样,归于无声,心也随之碎裂。

第 二 章

在维特山克家族,有两个故事代代相传。这两个故事被视为具有某种精髓,在一定意义上可以说是给这个家族做了注解。每个家族成员不仅反反复复听说过无数遍,而且还听过几经添枝加叶和凭空想象改编出来的版本,连斯戴姆家三岁的孩子也听了不知有多少回。

第一个故事是关于他们所能追溯到的最早的祖先——小维特山克,他是个木匠,以其高超的手艺和设计感在巴尔的摩颇受欢迎。

用"小维特山克"来称呼家族元老似乎有些古怪①,这其中倒有个合情合理的解释。小维特山克的真名叫 Jurvis Roy,说不清在什么时候给缩写成了 J.R.,后来又扩展成 Junior——就像拉开的手风琴一样。这来龙去脉几乎没人知晓,他的儿媳一时冒出个念头,想让自己的头生子(如果是个男孩的话)沿用他的名字,才不得不向他求证真名实姓。更让人难以置信的是,小维特山克并非与他们相隔好几代人,他就是雷德的父亲。关于他这个人,在 1926 年之前找不到一丝一毫能证明他存在于世的记录;1926 年作为家谱的开端,似乎太近了些,这一点非同寻常人家。

至于他的籍贯,从来没有找到任何文字记录,不过人们普遍认为

---

① "小维特山克"的英文是 Junior Whitshank。

他可能来自阿巴拉契亚山脉地区。也许是因为他曾经说过什么,让大家有此印象,也有可能人们只是根据他说话的口音做此猜测。艾比还是个小姑娘的时候就认识他,据艾比说,他嗓音单薄,有金属质感,是那种带鼻音的南方口音——虽然他曾下决心在碰到字母"i"的时候采取北方人的发音,认为这样能提高自己的社会地位。他拖着慢吞吞的乡下腔调,时不时冒出一个不同凡响的"i",就像这里那里钻出几根尖刺一样。听艾比的口气,她好像对此不大感冒。

小维特山克仅存的几幅照片上显示出一张有点儿过于纤瘦的脸——想当年,人们通常把他这副脸相称为"白种穷鬼"而毫无歉疚之心。他的皮肤和头发属于纯粹的维特山克家族色系,他甚至在六十多岁的时候还是一头乌发,肤色很是白皙,有一双微斜的蓝眼睛,四肢颀长,身材瘦削——这也是维特山克家族的典型特点。艾比说,他一年到头每天都穿着一套硬挺的深色西服套装,不过,她每讲到这儿,雷德总是打断她,说后来才发展到穿西装呢,到了那个阶段,小维特山克要做的只是在工地上东转转西转转,四处巡查了。在雷德的童年记忆中,父亲的形象是一身工作服。

不管怎么说,小维特山克在巴尔的摩有文字记载的首次亮相是受雇于一个名叫克莱德·L.沃德的建筑承包商。这件往事得以披露是因为小维特山克辞世后留下的各种文件中有一封打印的信函,那封给"敬启者"的信函表明:J.R.维特山克从1926年6月到1930年1月期间,一直在为沃德先生工作,他是个很能干的木匠。不过,小维特山克一定不仅仅是个能干的木匠,因为等到了1934年,《巴尔的摩邮报》上刊载出一篇小小的长方形豆腐块文章,给维特山克建筑公司的业务做广告,广告词是:质量至上,诚信为本。

天晓得,那年头并不是创业的最佳时机,然而,小维特山克的事业显然呈蒸蒸日上之势,他先是在吉尔福德、罗兰帕克和霍姆兰德这些住宅区承办装修,后来发展到让一座座高大气派的住宅平地而起。

他买了辆福特B型小卡车,两个车门上显示的电话号码上方是交错在一起的三个字母:WCC——不提公司的全名和业务领域,仿佛有自信每个有可能和他们发生联系的人肯定都已经了然于心了。1934年,他有八个雇员,1935年增加到了二十个。

1936年,他爱上了一座房子。

不对,是他爱上自己的妻子在先,因为他那时候已经结婚了。虽然他和丽尼·梅·因曼结成了夫妻,但不管什么时候说起丽尼,他总是少言寡语,一提起布顿大街上的房子,他倒是有说不完的话。

那座房子第一次呈现在他眼前,还只是一张建筑图纸。欧内斯特·布里尔先生——巴尔的摩的一位纺织品生产商——站在他和小维特山克相约见面的那块土地近前,打开了手里的一卷蓝图。小维特山克先扫了一眼那块地——满眼都是飞鸟和鹅掌楸,白色的山茱萸花朵东一丛西一簇,四处点缀,接着他又低头去看正面图——上面是一座装有护墙板的房子,前廊十分敞阔,他脑子里当即跳出一句话:"哎?这不是我的房子吗!"

当然,他并没有大声喊出来,只是重重地"嗯"了一声,然后说:"我看到了。"他从布里尔先生手里拿过图纸,仔细审视正面图,又翻到下面几页去看平面设置图,嘴里连连发出"嗯——嗯"。

"你觉得怎么样?"布里尔先生问。

小维特山克说:"噢……"

这座房子并不富丽堂皇,不是人们想象中像小维特山克这样的人会艳羡不已的豪宅。怎么说呢,这房子更有家的气息。你大概会在那种一千片的拼图画面上见到过这样的住宅:看上去毫不起眼,但让人感觉温馨舒适,也许房前还飘着星条旗,路旁摆着个柠檬水摊。再看那高高的推拉窗,石砌的烟囱,门楣上的扇形顶窗……一切的一切之中,最棒的莫过于那道横贯全长的门廊,真是令人赏心悦目。"当时,我一下子就被打动了。"小维特山克后来这样说道,"我也不知道为什么,可就是被打动了。"

于是他对布里尔先生说:"我看我可以接这个项目。"

那他为什么不干脆给自家建一座一模一样的房子呢?雷德的几个孩子过去常常提出这样的疑问。雷德的回答是他也说不上来。他说,这也许和房子的位置有关系。布顿大街毕竟是个黄金地段,时至1936年,大部分地块都已经卖掉了。在没有空调的年代,每年5月到10月间,巴尔的摩的房舍窗户上都披挂着厚厚的深色遮阳篷,几乎一直垂到窗台,不过,有了那一株株鹅掌楸,遮阳篷就大可不必了。再说,这房子位置独特,将要高栖在一道长长的缓坡尽头,就一座房子而言,在什么别的地方仍能有如此完美的亮相呢?

就这样,小维特山克为布里尔先生建造了那座房子。

他从来没有在任何一个项目上如此煞费苦心。小到每个餐具架,每个橱柜门把手,他都百般挑剔,费尽了心思。凡是有人提出什么建议,在他看来有偷工减料或者缺乏品味之嫌,他都据理力争给顶回去。因为品味实实在在是小维特山克名声在外的一大秘诀。没人知道他何以得此真传,反正任何矫揉造作的东西都逃不过他的法眼,无一漏网。别拿两层楼高的柱子来糊弄小维特山克!大门口来个装模作样的遮雨棚,好让司机开着大轿车徐徐滑过,乘客下车的时候可以免受淋雨之苦?想也别想!布里尔先生斗胆征求他的意见,问有没有可能在房前建一个U形车道,小维特山克大为光火。"车道!"他吼道,"那是什么玩意儿?您的座驾可是一辆流线型克莱斯勒,不是六匹马拉的四轮马车!"(当然,这段对话是他自己复述的,他很有可能在转述中夸大了自己的直言不讳。)他继续沉浸在自己的梦幻中,想象着客人们怎样一步步走到房子近前,还在自己的幻想中加入了许多情真意切的细节。他说,车道应该通向房子的一侧,仅供布里尔自家人使用。客人们应该把车停在坡道下面的街道上。想想看,那是怎样一番情景:他们从车里钻出来,顺着石板路往上走,可以望见布里尔先生和太太正站在门廊上静候他们。对了,顺便提一下,台阶应该是木质的。任何其他材质都不行。人们总觉得木质台阶会弯曲变形,外皮也会剥落,但是如果护理得当,一组宽宽的上漆的阶梯真是再气派不过了(亮漆里要掺入一点细沙增加摩擦力)。阶梯简直跟船甲板一样坚固,一直向上延伸到木质的前廊地板。制作这样的台阶费工、耗钱,而且需要耐心细致。这样的阶梯是一种象征。

布里尔先生表示完全赞同。

小维特山克花了几乎一年时间建造这座房子,用上了自己的全部人手,还从外面请来了几个工人。等到布里尔先生一家入住之后,他落入了一种哀伤。他素来健谈——客户们有急事儿要赶到什么地方去的时候总是避免碰见他,然而突然之间,他陷入了深深的沉默之中,整个人变得没精打采,对接下来的项目丝毫提不起兴趣。这一切是多年以后小维特山克自己吐露出来的(他的妻子是个少言寡语的人)。"我当时简直无法相信,"他说,"那些人竟然住进了我的房子。"

幸亏他后来发现布里尔一家人不大擅长干零碎的家务活儿。迎来第一次霜降的时候,他们给小维特山克打电话,说暖气不好用,于是小维特山克只好开车过去,帮他们给暖气片放气。他本来可以教给布里尔家的人怎么操作,然而他并没有这么做。他拿上一个扳手,挨个儿串遍了所有房间,处理完之后,他把扳手丢进口袋里,对布里尔家的人说,再出什么问题尽管打电话找他。紧接着,他每隔一个星期左右就要往布里尔家跑一趟。因为窗户是特大号的,需要安装特殊规格的纱窗和防风窗,上面的五金件非同一般;为此,一到春秋季节,他都会过去监督安装过程。他不断制造前去造访的借口,就像一个爱得神魂颠倒的新郎,婚礼过去已经很长时间了还围在新娘身边转来转去。这回是送去一罐修补用的油漆,下次是带去半箱剩余的地板砖。一个星期之前才刚刚给门锁上过油,这星期又来检查一遍。

他随时来随时走,如果没人在家就用自己的钥匙开门进去。哪怕只是发现一处小小的磨损,他也会大惊小怪——不管是灰泥墙剥落了一小片,还是卫生间的水池出现了一道跟发丝一样细小的裂缝。他这种种表现就像是把房子租了出去,房客如此粗暴对待自己的房子让他不堪忍受。

雷德还记得自己从父亲的卡车后面爬下来,看见布里尔太太正站在后门廊上等他们的情景,当时布里尔太太肩膀上披着一件开襟羊毛衫。那时候他约莫三岁,那是他最早的童年记忆之一。"这回你可别刚一上来没听见有什么动静,就马上跑走。"布里尔太太对他父亲说,"我就知道你一进屋,这家伙就安静了。"事情的起因是阁楼里钻进去了一只松鼠。"布里尔太太是个柔弱娇气的女人,神经总是过度紧张。"雷德回忆道,"她认为她碰上的所有动物都是来要她的命,她老说自己闻到了烟味,还一天到晚担心有人入室抢劫,简直怕得要死。入室抢劫!这可是布顿大街!"最见鬼的是,她从来没有真正把这里当成温暖的家。她总是絮絮叨叨,抱怨这房子距离市区太远,她还想念着原来住的公寓——那里离她的女士俱乐部只有一箭之地。虽然罗兰大街上也有个女士俱乐部,可感觉完全不是一回事儿。

更糟糕的是,布里尔先生还经常出差去"竞标"(这是小维特山克的说法),丢下布里尔太太一个人在家带着两个娇生惯养的儿子,毫无安全感。小维特山克每次提到布里尔家的两个儿子,总是给他们贴上"娇生惯养"的标签,可他从来没有拿出过任何表明他们养尊处优的具体事例。这两个男孩都是十几岁的少年,体重最起码能赶得上小维特山克,然而,布里尔太太在任何时候,只要一听见地下室有什么动静,总是给小维特山克打电话。

雷德几乎可以断定,小维特山克这么不辞劳苦,十有八九是没有任何报偿的。布里尔一家人把这一切都视为理所当然。他们一向对小维特山克直呼其名,反过来,在小维特山克口中,他们始终是"布里尔先生"和"布里尔太太"。每年圣诞节,布里尔太太都会大驾光临,正如她屈尊去探望帮她打扫院子的小伙子和清洁女工——她身上穿着鼓蓬蓬的皮大衣,手里拎着一篮子从商店里买来的蜜饯。她的汽车就停在房前,突突地响着;虽然他们一再邀请,但她从来都不会进屋停留片刻。

小维特山克家住在汉普登,跟布里尔家只隔着几个街区,但在生活氛围上完全是两个世界。他和丽尼租了一座有两个卧室的房子,坐落在比街道低好几英尺的地方,看上去就像是蜷缩在那里。他们有两个孩子:梅丽科和雷德克里夫。啊!有人可能会突发奇想:神秘的维特山克家族祖上会不会有几个名字叫作梅丽科或者雷德克里夫的呢?非也,其实只是因为小维特山克觉得这两个名字听起来很优雅,让人联想到仿佛他们家祖上有几位显赫的名流——也许是母亲那边的族亲。嗯,小维特山克总是不断地想方设法朝上流社会靠拢。然而,他这些想法和念头都只能安放在汉普登那座黯淡无光的小房子里,他甚至都懒得把房屋修缮一番,虽然在这方面没人能比得过他。

"那段时间,我是在伺机而动,"多年以后,他这样解释道,"我只是在等候时机罢了,就是这么回事儿。"他继续一趟趟跑到布顿大街上那座他心爱的房子里,更换保险丝,上紧合页,外加赶跑各种鸟和蝙蝠,从来没有流露出一丝不耐烦。

时间转到1942年2月一个寒冷的夜晚,布里尔太太拖着两个儿子来到了维特山克家的前门廊。三个人都没有穿外套。布里尔太太抽泣不止。给他们开门的是丽尼,她刚问:"这到底是……"话音未落,布里尔太太就一把抓住她的手腕:"小维特山克在吗?"

"我在这儿呢。"小维特山克从丽尼身旁冒了出来。

"发生了一件很可怕的事情,"布里尔太太对他说,"太可怕了,

太可怕了,太可怕了。"

小维特山克劝道:"你们都进屋吧。"

"我走进阳光房,"她仍旧站在原地,继续往下说,"打算写几封信。你知道我有一张小写字台,我总是在那儿写信。我就是在椅子旁边的地板上发现了那个帆布袋,看上去似乎是个工具袋,拉开之后张着大口子的那种。拉链一直开到了底,我能认得出来,那里面装的是盗窃工具。"

"嗯哼。"小维特山克应了一声。

"有螺丝起子、撬棍,还有——哦!"她往站在身旁的一个儿子身上挨靠过去,那男孩站稳脚跟,任由她伏在自己身上,"最上面,"她说,"是一卷绳子。"

丽尼感叹道:"绳子!"

"就像是那种把人捆起来用的绳子。"

"哦,我的老天!"

"哦,好啦,"小维特山克说,"我们来查个底朝天。"

"哦,小维特山克,你愿意帮忙吗?拜托你了。我知道应该立刻给警察打电话,可我当时满脑子想的是'我必须赶快离开。我必须带着孩子离开这里'。于是我抓起车钥匙就跑了出来。小维特山克,我真不知道还能找谁帮忙。"

"好啦,您做得一点没错儿。"小维特山克说,"一切都交给我好了。布里尔太太,您尽管和丽尼待在这儿,我去找警察,让他们在你们回去之前确保家里平安无事。"

布里尔太太叫道:"哦,我才不会回去呢。小维特山克,我对那房子已经没有一丝留恋了。"

在这个节骨眼儿上,她的一个儿子开了腔:"哎呀,妈。"(要说起布里尔家的两个儿子曾经发表的言论,这算是唯一留存下来的历史记录。)

可布里尔太太又重复了一遍:"没有一丝留恋。"

"我们先看看情况,好不好?"小维特山克说着,伸手去拿自己的外套。

那么,这两个女人单独相处的时候谈了些什么?事过多年,珍妮提出了这个问题,但是没人能给出一个答案。丽尼显然从来没有透露过一个字,梅丽科和雷德当时年纪尚小——梅丽科五岁,雷德四岁,他们根本不可能记得。当小维特山克离开之后,这个场景似乎就中断了。等他回来之后,一切才又重新开始。他那细弱单薄的嗓音喋喋不休,让一切都变得鲜活生动起来:"他对我说……我又说,我是这么说的……"

警察对他说的话是:"看上去就是个用了很多年头的工具袋,样子很平常。"小维特山克应道:"的确是这样。"他用靴子尖轻轻碰了碰帆布袋,沉吟片刻才加上一句:"那这卷绳子怎么解释呢?"

"工人在很多时候都会用到绳子呀。"

"噢,你说得没错儿。这一点无可辩驳。"

他们围成一圈站在那里,低头看着地上的帆布袋。

"问题在于,最经常给他们干活儿的是我。"

"这样啊。"

"可是谁能说得准呢?"

他摊开双手,仿佛要试试天上有没有下雨,然后扬起眉毛看着警察,耸了耸肩膀,于是众人一致同意丢下这件事情不追究了。

等到布里尔先生出差归来,又发生了下面的对话:"你要买下这座房子?"布里尔先生问道,"买了干什么用呢?"

"哦,当然是自己住啦。"小维特山克答道。

"自己住!噢,我明白了。可是……你确信住在里面心里会舒坦吗?"

"谁住在这座房子里心里会不舒坦呢?"经年之后,小维特山克问自己的几个孩子。不过当时他对布里尔先生说的是:"起码有一件事儿可以确定——我知道这房子建得很结实牢靠。"

布里尔先生很通情达理,他没有做任何解释说,这并不是自己想要表达的意思。

在雷德的记忆中,在那座房子里慢慢长大的时光就像是生活在天堂。住在布顿大街上的孩子相当不少,只要他们愿意,随时都能组成两支棒球队;他们的所有闲暇时光都是在户外度过的——男孩子、女孩子、大孩子、小孩子,全都一样。晚餐时分很招人头疼,他们在各自母亲的强制下不得不暂时停止玩耍。晚饭过后,他们就又不见人影了,直到家里人喊他们回去睡觉;于是乎,他们一个个满头大汗、身上沾满草叶,跑回家来提出抗议,恳求再玩上半个小时。"我敢打赌,直到现在我还能叫得上街区里每个孩子的名字。"雷德经常这样对自己的孩子说。不过,这也没什么了不得,因为当年那些孩子大部分在成年后仍然住在附近一带,至少是尝试在其他地方居住觉得不尽如人意之后,兜兜转转又回来了。

雷德和梅丽科一头扎进了那帮孩子中间,但他们的父母似乎始终和其他孩子的父母亲不怎么交往。这也许是丽尼的问题——她是个安静、羞怯的女人。她看上去显然比小维特山克要年轻很多,身材瘦削,脸色苍白,细软的头发暗淡无色,眼睛也几乎看不到什么颜色,别人跟她打招呼的时候,她总是缩起身子,两只手互相扭来扭去。问题当然不会出在小维特山克身上,因为他见人就会走上去寒暄。他说啊,说啊,把人的耳朵都磨出茧子来了。也许这正是问题所在?大家对他总是彬彬有礼,但并不怎么搭腔。

好吧,管他呢。反正小维特山克终于有了自己的房子。他开始没完没了地鼓捣来鼓捣去。他把楼梯下方的小隔间改装成了卫生间,因为他们刚一搬进去他就几乎立刻意识到:一个卫生间是不够用

· 52 ·

的。他还在客卧里加了一排橱柜,专放丽尼的缝纫用品,因为他们从来没有招待过什么客人。他们把最后一分钱都拿去抵了首付款,所以几乎没有一件家具,这情形一直持续了很多年,但他断然不肯买一件廉价的旧货,绝不将就。"在这座房子里,我们要坚持品质。"小维特山克发了话。要说也真够滑稽的,从他嘴里说出来的有多少句子都是以"在这座房子里"开头啊。"在这座房子里",他们永远也别想光着脚跑来跑去;"在这座房子里",他们要穿上体面的衣服坐电车到城里去;"在这座房子里",他们每个星期天都得到圣大卫教堂去做礼拜,不管是阴雨天还是艳阳日,虽然维特山克家族祖上不可能是新教圣公会教徒。如此说来,"这座房子"的真正含义似乎是"这个家"——两者完全是一回事儿。

然而,有一件事情颇让人费解:人们口中的小维特山克是个话痨,可他的孙子孙女怎么也无法对他形成一个清晰的画像。他到底是个什么样的人?他来自哪里?顺着这个话题说下去,丽尼又来自哪里?雷德肯定会有那么一点儿细微的印象吧——也许他的姐姐可能性更大,毕竟女性天生对这类事情更有好奇心。然而,答案是否定的,两人声称对此一无所知(如果把他们所言当真的话)。小维特山克和丽尼在他们的第一个孙子还不到两岁的时候就离世了。

还有个谜:小维特山克是令人无法忍受还是讨人喜欢?是好,还是坏?答案五花八门。从一方面来说,他的雄心壮志让所有人都感到尴尬。一听说他如何盲目跟风,模仿社会地位比自己高的人,他们个个皱眉蹙眼。可是,想到他当年困窘的处境,想到他内心热切的渴望,形同一个把鼻子紧贴在窗玻璃上的小孩子,想到他的热诚和勤奋——确切地说,想到他的非同寻常的天赋,他们不得不加上一句:"不过呢……"

雷德的说法是,他跟所有人都一样。既令人无法忍受又讨人喜欢。有好也有坏。

谁也不会对这个答案感到满意。

就这样,第一个家族故事是关于小维特山克的,主题是:维特山克家搬到布顿大街的前因后果。

第二个故事的主角是梅丽科。

有其父必有其女,这句话用在梅丽科身上再恰当不过。九岁的时候,她就策划了一件大事情,让自己从公立学校转到了私立学校。当雷德在马里兰大学磕磕绊绊地体验苦读生涯,一门心思钻研自己无比热爱的学科——建筑工程的时候,梅丽科则离家去了布林茂尔学院,学习如何出人头地。冬季的周末,她和朋友们结伴去滑雪;天气暖和的日子,她扬帆出航。她开始把"妙极了""味道很棒"(并非用来形容食物)这类字眼挂在嘴上。想想看,如果她的父母这么拿腔做调是什么感觉!她已经把他们甩到十万八千里以外了。

梅丽科和普基·范德林从四年级起就成了最要好的朋友,后来普基也去了布林茂尔学院。1958年春天,正值两个女孩结束大三生活时,普基和沃尔特·巴里斯特订了婚,大家一般都管她的未婚夫叫特雷。

特雷是土生土长的巴尔的摩人,从吉尔曼中学和普林斯顿大学毕业后,在自家的公司里工作,做些跟钱打交道的事情。暑假期间,每当梅丽科和普基邀一帮朋友聚在维特山克家的前廊上,一边抽着"长红"牌香烟①,一边闲谈他们的生活多么无聊的时候,特雷也经常混迹在人群里。他的工作时间表似乎很宽松。雷德每天打工结束回到家差不多是下午四点钟——这是建筑承包商的时间表,他走到门前,总会看见特雷和一伙人懒洋洋地躺卧在前廊上,肩膀上随随便便系着一件纯白色的羊毛开衫,光脚穿着休闲皮鞋(这种做派雷德还

---

① 美国香烟品牌,英文名称为 Pall Malls。

是头一次看见,不幸的是,这并不是最后一次)。随后,这帮人会一起出去干点儿什么,消磨掉这个夜晚。因为这个故事是出自雷德之口,所以梅丽科的朋友们接下来会干些什么,大家不得而知,大概是在一家馆子里吃吃喝喝,然后去看场电影或者跳舞吧。等到夜深时分,他们又回到前廊上闲坐着。说句实在话,他们家的前廊宽敞得非同一般,哪怕来一场暴风雨,人待在深处一点儿都淋不着。夜深人静,他们的谈话声飘入位于房子前侧的两个卧室里——也就是雷德还有他们父母亲的卧室——可以说是清晰可闻。雷德经常从窗户里探出身子,朝下面大喊:"嘿!你们知道不知道,有人明天可是要早起的!"不过,他的父母从来没有发出一声抗议。小维特山克没准还挺得意:这些头发闪着美丽光泽、散漫而又优雅的小伙子和姑娘们都聚在他家的前廊上——虽然他们的父母从来没有邀请过他和丽尼到自家前廊上去谈天,一次也没有。

那年夏天,年轻人们开始成双结对。马上就到大学四年级了,那年月,姑娘们通常大学一毕业就纷纷嫁人。向梅丽科献殷勤的男孩似乎不止一个,而是两个,雷德跟他们俩都不大熟。这两个男孩都比雷德大几岁,彼此模样也有几分相像,所以雷德经常把他们搞混。除此以外,他还大感不解,不敢相信居然有人会正儿八经追求自己的姐姐。梅丽科瘦得皮包骨头,长相也不好看;维特山克家族祖传的棱角分明的下巴更适合男性,却错配在她脸上;那年夏天,她还换了一种标新立异的夸张发型,左侧头发向外极度张开,右侧头发紧贴着头皮,仿佛置身于一股永不停息的强风里。然而,廷克和彬克似乎非常喜欢她——随便他们叫什么名字吧。他们管她叫"豆儿"——是她的绰号"豆架子"①的简称;从他们俩挑逗她的语调可以感觉出来,他们在想方设法赢得她的芳心。

---

① 豆架指豆类植物攀藤的架子,形容瘦且高的人。

有一次,父亲问她:"喂,那个金头发的小伙子叫什么名字?留平头的那个。"

"哪个?"梅丽科回了一句。

"昨天晚上一直抱怨高尔夫球赛的那个。"

"爸爸,你说的到底是哪个?"

雷德由此推断,这两个男孩都没有在她心里留下特别的印象。还有一点:他们的父母一直在默默地听着前廊上的闲言碎语——至少他们的父亲是这样,而且他们的兴趣远远超出雷德的想象。

那段时间,正赶上普基开始考虑婚礼的细枝末节,当时距她的婚礼已经不到一年,况且如此盛大的仪式需要好好筹划一番。婚礼的日期和接待宾客的场地已经确定了下来,眼下正在考虑伴娘的裙子选什么配色方案。梅丽科被邀请担任伴娘,她对父母说,这一定是个无聊的苦差,她的母亲却说:"哦,好啦,我觉得普基选你当伴娘是一件大好事。"她父亲也说:"你猜你大概不知道,沃尔特·巴里斯特的爷爷是巴里斯特金融公司的创始人。"

其实雷德早就已经发现,只要是女孩子们聚在一起,普基提起特雷时总爱用贬损的口吻。她嘲笑特雷如何温柔地抚弄垂落在额头上的那一绺金黄色的头发,还张口闭口把他称作"罗兰帕克王子"。"明天我不能跟你们一起去逛街了,"她会这样说,"因为罗兰帕克王子想让我跟他妈妈一起吃午餐。"普基这种种表现,部分原因是,她们这帮朋友凑在一起,喜欢故意用戏谑的腔调谈论一切事情,但话又说回来,特雷似乎也配得上这个称呼。甚至还在中学期间,他就开起了跑车;他们家在巴尔的摩的房子只是他们三处房产中的一处,另外两座房子是在《纽约时报》上做过广告的远郊别墅。普基称他是个被宠坏的纨绔子弟,还说这一切都怪他的妈妈——"尤拉皇后"。

尤拉·巴里斯特身材细瘦,穿衣打扮很时尚,眼睛里总带着挑剔的神气。雷德每次在教堂看见她,都不由得想起布里尔太太。巴里斯特太太掌管着教会,掌管着女士俱乐部,同时也掌管着她的三口之家。特雷是她的独生子,"心肝宝贝"成了她挂在嘴边的口头禅。普基·范德林有什么好,远远配不上她的乖儿子。

那个夏天,雷德听见普基没完没了地抱怨和尤拉皇后相处的痛苦。普基时时被传唤过去,不是令她备受精神折磨的家庭晚宴,就是呆板无趣的老年妇女茶会,要么是欧拉皇后专聘的美容师帮她修眉。如果她忘了写感谢款待的短笺,或者写得不够热情洋溢,就会受到一番责怪。她选定的银器样式被掉换了,也根本不征求她的同意。尤拉皇后还极力劝她采纳自己建议的一套婚纱礼服,好遮住她那副稍嫌圆胖的肩膀。

梅丽科频频倒抽凉气,就像在舞台剧里表演。"不会吧!我真不敢相信!"她总是附和着说,"特雷怎么不给你撑腰?"

"噢,特雷,"普基话里带着几分厌恶,"特雷简直把她当成了女神。"

她并没有就此打住:特雷不够善解人意,自私狭隘,还有些疑神疑鬼。一碰上自己的哥们儿就把未婚妻丢到脑后去了。她希望能有一个晚上,特雷没有猛灌杜松子酒,喝得酩酊大醉,她想有一个这样的晚上都是奢求。

"他最好收敛点儿,要不然他会失去你的。"梅丽科说,"你想得到谁就能得到谁!你根本没必要委曲求全嫁给特雷。你看塔吉·班内特,他听说你订婚了,恨不得开枪自杀。"

很多时候,即使有雷德在场,普基也会倾诉自己烦恼(雷德对于她们一伙儿不算什么)。于是雷德忍不住发问:"那你干吗忍气吞声呢?"或者说:"这个家伙向你求婚你答应了?"

"我知道,我是个傻瓜。"普基总是这样回答。不过这感觉并非她的真心话。

那年秋天,大家纷纷返校之后,梅丽科每个周末都会回家,这成了一个固定的模式。就梅丽科而言,这简直是太阳从西边出来了。雷德自己也经常回家,因为他的学校离家很近,可是他渐渐意识到,梅丽科回来的次数甚至比他还频繁。她和家里人一道去教堂做礼拜,出来之后特意在大门前跟尤拉·巴里斯特打招呼。特雷通常站在母亲身边,即使他没有出现,头戴平顶小圆帽、显得娴静而端庄的梅丽科也会热情朝她点点头,发出一串银铃般的笑声,任何一个弟弟都能听出姐姐的笑声有多么矫揉造作。尤拉·巴里斯特发表的那些干瘪无味的言论,每一个字她都洗耳恭听。到了晚上,如果特雷顺道来访——梅丽科说这是自然而然的事儿!别忘了,他要和自己最好的朋友结婚了!——虽然天气渐冷,两个人还是会坐在屋外的前廊上聊天。他们俩吞云吐雾,烟气从雷德敞开的窗户飘了进来。(多年后,他的几个孩子按捺不住心中的疑惑:既然天气那么冷,他为什么开着窗户呢?)"告诉你,我已经受够她了。"特雷说,"我无论做什么,她都不满意。永远是挑剔,挑剔,挑剔。"

"我感觉,她不够看重你。"梅丽科顺着他说道。

"真该让你看看她是怎么对待妈妈的。她说她不能帮妈妈品尝婚礼彩排晚宴的菜品,因为她有一篇学期论文要交。还说什么学期论文!这可是她的婚礼啊!"

"哦,你那可怜的妈妈,"梅丽科说,"她只是在千方百计让普基感觉自己不是个外人。"

"你怎么就能这么通情达理呢,豆儿,普基为什么做不到?"

雷德砰的一声关上了窗户。

小维特山克对雷德说,他脑子里全都是胡思乱想。等到这个爆炸新闻传开来,等到真相大白于天下,几乎整个巴尔的摩的人都对特雷和梅丽科不理不睬的时候,雷德说:"我早就知道会是这样!我眼看着事情一步步发展到现在。梅丽科从一开头就存心不良,是她偷走了特雷。"

可小维特山克却说:"小子,你在胡说些什么?人怎么能被偷走呢?除非他们自己愿意。"

"我敢发誓,去年夏天她就开始谋划了,真见鬼,老天真不该让她得逞。她当着特雷的面甜言蜜语,背着他又在普基面前把他贬得一钱不值,还对特雷的母亲点头哈腰,卑躬屈膝,我简直都要吐了。"

"好啦,他又不是普基的私有财产。"小维特山克说。

然后他又加上了一句:"不管怎么说,他现在属于梅丽科了。"

说完,他嘴角的两道皱纹加深了几分——每当他谈妥一个生意,让他感到称心如意的时候,脸上总是现出这样的表情。

一个置身事外的旁观者可能会说,这根本算不上什么故事。某人对一座房子情有独钟,等房子终于上市出售的时候,他便出手买了下来。某姑娘嫁给了曾经和自己的好朋友订婚的男人。这种事情时有发生,不足为奇。

也许是因为维特山克家族新近才开枝散叶,历史太微不足道。他们没有多少故事可以拿出来讲,不得不充分挖掘仅有的素材。

他们显然无法从雷德身上搜寻故事。雷德后来和艾比·道尔顿结了婚,两人从艾比十二岁的时候就彼此认识——她是个在汉普登长大的女孩,恰好和维特山克家原来的住址在一个街区。事实上,他们俩结婚之后的前几年住就在汉普登。("既然你刚一得到机会就搬回去住,"他的父亲对他说,"我们当初何苦搬过来呢?")再后来,他的父母去世了——那是在1967年,两人开的汽车卡在铁轨上动弹不得,被一列货车撞毁身亡。雷德于是便继承了布顿大街上的房子。梅丽科当然不想要,她和特雷的住处比这房子强得不是一点半点,更别说他们在萨拉索塔①还有房产,况且她说自己从来没有真正喜欢过那座房子。一开始,房间里连独立的配套卫生间都没有,小维特山克给主卧室配上卫生间是后来的事儿,为此他对偌大的储藏室进行了改建——那是五十年代的作品,全部用杉木做衬里。梅丽科抱怨说,每次马桶冲水,她都会被震荡声吵醒。就这样,雷德搬回了他从小长大的地方,而且打算在此终老一生。这算不得什么新鲜故事。

街坊邻里现在都把这座房子称作"维特山克家"。小维特山克若是地下有知,一定会乐开了花。他这辈子最大的烦恼之一,就是一次又一次听人这么介绍自己:"这位是维特山克先生,他住在布里尔家的那座房子里。"

维特山克家的人毫无特异之处。没有谁可以称得上聪明过人。在相貌上,也不过是平均值。他们的瘦是那种形容枯槁的瘦,不像杂志广告上的模特那样,看上去体态轻盈、颀长而又灵巧;他们的面庞棱角有点儿过于分明,让人不由得想到:他们自己吃得还好,但他们的祖辈就不一定了。等到上了年纪,他们的眼睛下面会慢慢堆起皱褶,眼角也会向下耷拉,微微透出一种哀伤的表情。

他们的家族企业口碑还不错,但是类似的公司多得很啊,他们那张家居装修营业执照上的数字也不值一提,只能说明公司经营的年头已经不短了,还有什么可大做文章的呢?安居不动——他们似乎把这奉为美德。雷德和艾比的四个孩子中有三个住处离他们不到二十分钟车程。这也没有什么可显摆的!

然而,和大多数家庭一样,在他们想象中,自己很是与众不同。比方说,他们的修理技术让他们别提有多骄傲了。打电话找维修工上门——哪怕是他们自己的雇员——在他们看来都是失败的表现。他们所有人都继承了小维特山克的眼光,对炫耀矫饰的东西十分反

---

① 萨拉索塔,美国西部城市。

感,而且他们都深信自己的品味胜过世界上所有其他人。有时候,他们对自己的家族特点有点儿小题大做。比方说,阿曼达和珍妮的丈夫名字都叫"休",他们就把这两人分别称作"阿曼达的休"和"珍妮的休";因为家族遗传倾向,他们每天半夜都会失眠,有两个钟头干躺在床上睡不着;还有,他们家养的狗总能活到年深日久,这也算是个出奇的本领。除了阿曼达,他们所有人早晨起床后都太不注重穿衣打扮,可是他们但凡看到哪个成年人穿着蓝色牛仔裤,就会猛烈抨击一番。任何时候,只要有人触及宗教话题,他们就会在椅子上扭来扭去,坐立不安。他们总爱说自己不喜欢糖果,可是种种迹象表明,他们并不像自己所说的那样对糖果充满敌意。对于彼此的配偶,他们表现出了不同程度的宽容和忍耐,然而对于配偶的家人却懒得费心劳神,因为他们总觉得配偶的家人不像自家人一样密不可分,由亲情的纽带维系着。他们说起话来一贯是手艺人特有的慢慢悠悠的调子,虽然他们中间并不都是手艺人。他们说话的语调让他们显得性情温和,富有耐性,不过,这表面上给人的印象也并不完全属实。

事实上,在维特山克家的人看来,耐性是前面两个家族故事的主题——他们认为某个东西应该属于他们,便潜心等待时机到来。用小维特山克的话来说,是"伺机而动",梅丽科如果愿意吐露内心想法的话,大概也会这么讲。可是,更有批判精神的人也许会说,这两个故事的主题是嫉妒。对这个家族知根知底的局外人(但是这样的人并不存在)兴许会问,为什么似乎所有人都没有意识到,这两个故事还隐含着一个不言而喻的主题:从长远来看,这两个故事归根到底都走向了心灰意冷。

小维特山克得到了他一心想要的房子,但他并不像人们想象的那样幸福和快乐,大家发现,他经常凝望着自己的房子,脸上流露出困惑、孤独的神情。他这辈子余下的时光,都在反反复复折腾这座房子,不是进行改装,就是加几个壁橱、重铺石板……他仿佛一心想修整出一座完美的住宅,希望以此换得一直对他爱搭不理的邻居们向他敞开心扉。可说到底,他甚至对这些邻居也没有好感。

梅丽科得到了她想要的丈夫,可这个丈夫不喝酒的时候一副冷漠心肠,喝了酒就开始吵吵闹闹,整个人粗鄙不堪。他们一直没有孩子,梅丽科大部分时间都是一个人待在萨拉索塔的大宅子里,好避开那位被她视为眼中钉的婆婆。

然而,维特山克家的人似乎完全忽略了故事中灰暗的调子。这本身也是他们的又一个家族特点:他们在假装一切都没有问题这方面颇有天赋。也许这并非家族特点。也许这只是进一步证明了:维特山克家的人在任何方面都没有出奇之处。

第 三 章

2012年的第一天,艾比开始跟大家玩消失游戏。

她和雷德头天晚上帮斯戴姆和诺拉看管三个男孩子,好让他们俩去参加新年前夜派对。第二天早晨约莫十点钟,斯戴姆来接孩子。跟家里所有人一样,他只象征性地敲了一下门,就径直走了进来。"有人吗?"他喊了一声。他在过道里停下脚步,站在那儿等人回应,闲来无事便抚弄起狗的耳朵。只有阳光房里传来孩子们的说话声。"有人吗?"他又喊了一声,朝声音传来的方向走了过去。

男孩子们正坐在地毯上,围着一副飞行棋棋盘。三个淡黄色的小脑袋有高有低,凑在一处,身上穿的是皱巴巴的牛仔裤。"爸爸,"皮蒂对他说,"你告诉萨米,他不能和我们一起玩。他老是算不对点数!"

"奶奶在哪儿?"斯戴姆问道。

"我也不知道。爸爸,你告诉他!他掷骰子使那么大劲儿,有一个都滚到沙发底下啦。"

"奶奶说我可以玩。"萨米回了一句。

斯戴姆回到客厅里,喊道:"爸!妈!"

无人应答。

他走进厨房,发现父亲正坐在早餐桌旁,读一份《巴尔的摩太阳报》。最近几年,雷德的耳朵变得迟钝起来,直到斯戴姆走进他的视线他才抬起头来。"嘿!"他招呼了一声,"新年快乐!"

"新年快乐。"

"派对怎么样?"

"还好。妈妈在哪儿?"

"哦,她就在附近转悠吧。你来点儿咖啡吗?"

"不要了,谢谢。"

"我刚煮好的。"

"我不喝。"

斯戴姆来到后门,向屋外望去。一只孤零零的北美红雀正站在离他最近的山茱萸枝头,鲜亮的羽毛恰如一片余留在枝头的红叶,可除此之外,院子里空空如也。他回转身,说:"我在考虑一个问题,我们必须解雇吉列尔莫。"

"你说什么?"

"吉列尔莫。我们必须解雇他。迪昂特说,星期五他又喝得醉醺醺的来上班。"

雷德嘴里发出啧啧的声音,折起了手里的报纸。"行吧,这年头,外面好像人多得很。"

"孩子们听话吗?"

"嗯,还好。"

"谢谢你们帮忙照顾他们。我这就去把他们的东西收拾一下。"

斯戴姆走回过道,上了楼梯,朝原来属于两个姐姐的卧室走去。这个房间被几张双层床塞得满满当当,地板上到处扔着揉作一团的睡衣、连环漫画和背包。他捡起衣服,一股脑儿塞进背包里,也不细看哪件衣服是属于哪个孩子的。然后,他把几个背包往肩膀上一甩,又来到过道里。他喊了一声:"妈!"

他朝父母的卧室里瞧了瞧。艾比不在。床收拾得整整齐齐,卫生间的门敞开着,而且U形过道里的每个房门都大开着——丹尼原来的房间(现在成了艾比的书房),孩子们的卫生间,还有他过去的卧室,无一例外。他把背包往肩膀上提了提,走下楼梯。

进了阳光房,他对几个男孩说:"好啦,孩子们,赶快动起来,你们得找到自己的外套。萨米,你的鞋呢?"

"我不知道。"

"那你找找看。"他说。

他回到厨房,见雷德正站在餐台边上,又给自己倒了一杯咖啡。"我们要走了,爸爸。"斯戴姆对他说。父亲似乎什么也没听见。"爸爸!"斯戴姆唤了一声。

雷德转过身来。

"我们这就走了。"斯戴姆说。

"哦!好吧,代我跟诺拉说一声'新年快乐'。"

"您也替我们向妈妈表示感谢,好吗?您觉得她是不是出去办什么事儿了?"

"拌菜汁儿?"

"办事儿。她有没有可能去办什么事儿了?"

"哦,不可能。她都已经不开车了。"

"不开车了?"斯戴姆紧盯着他问,"可她上个星期还在开车呢。"他说。

"不会,她没开车。"

"她开车送皮蒂去和小伙伴一起玩来着。"

"那是一个月以前的事儿了,至少有一个月。现在她已经不再开车了。"

"为什么呢?"斯戴姆追问道。

雷德耸了耸肩。

"出了什么事儿吗?"

"我感觉是出了点儿问题。"雷德说。

· 65 ·

斯戴姆把孩子们的背包一股脑儿放在了早餐桌上。"怎么说?"他问。

"她不肯说出来。哦,并不是发生了什么事故之类的。车看着好好的。可她一回家就说,她不会再开车了。"

"从哪儿回到家?"斯戴姆问道。

"送皮蒂去和小伙伴一起玩回来之后。"

"天哪。"斯戴姆说道。

他和雷德彼此对视了片刻。

"我在想,是不是应该把她那辆车卖掉。"雷德说,"可那样的话,就只剩下我的小卡车了。再说,如果她又改了主意怎么办,你看呢?"

"她最好别改主意,如果发生了什么情况的话。"

"怎么说呢,又不是说她岁数大了。她到下个星期才七十二岁!以后她可怎么到处走动呢?"

斯戴姆穿过厨房,打开了通往地下室的门。楼下显然没有人——灯是熄灭的,可他还是喊了一声:"妈!"

一片静寂。

他关上门,朝阳光房走去,雷德紧紧跟在他身后。"孩子们,"斯戴姆说,"告诉我奶奶去哪儿了。"

三个男孩还是跟刚才一样,东倒西歪地围坐在那副飞行棋棋盘边上,身上没有穿外套。萨米仍旧只穿着袜子。他们抬起头,呆呆地望着爸爸。

"你们下楼的时候她还在这儿,对不对?"斯戴姆问道,"她给你们准备了早餐吧。"

"我们根本就没吃早餐。"汤米对他说。

"她没给你们做早餐?"

"她问我们是想吃麦片还是想吃烤面包片,然后就去厨房了。"

萨米说:"我从来,从来都没吃到过果脆圈,每包只有两个,都让皮蒂和汤米给吃了。"

"那是因为我和汤米比你大。"皮蒂说。

"爸爸,这不公平。"

斯戴姆转向雷德,发现他正急切地看着自己,好像在等他做出口头翻译。"她今天没待在家里做早餐。"斯戴姆对他说。

"咱们去楼上看看吧。"

"我已经看过了。"

但他们还是朝楼梯走了过去,正如人们找钥匙的时候总爱在一个地方反反复复来来回回地搜索,因为他们不相信钥匙居然会不翼而飞。他们跨上最后一级楼梯,走进孩子们的卫生间,眼前一片乱糟糟的景象:皱巴巴的毛巾扔得到处都是;挤出来的牙膏像蚯蚓一样弯弯曲曲;浴盆底部横七竖八躺着几艘塑料小船。他们出了卫生间,又走进艾比的书房,发现她正坐在躺椅上,全身上下衣着齐整,还系着一条围裙。她人虽然不在过道里,但一定能听见斯戴姆的喊声。她脚边是家里那只狗,舒展着身子趴在地毯上。他们俩一进门,艾比和狗同时抬头,把目光投向他们,艾比说了声:"哦,你们好啊。"

"妈!我们一直在到处找你。"斯戴姆说。

"对不起。昨晚的派对怎么样?"

"派对还好吧。"斯戴姆说,"你没听到我们在喊你吗?"

"没有,我好像没听见。真对不起!"

雷德的呼吸声听起来很粗重。斯戴姆转过头去看他。雷德用手在脸上抹了一把,说了声:"亲爱的。"

"怎么了?"艾比的语调显得有点儿过于欢快。

"亲爱的,你让我们担心死了。"

"哦,真可笑!"艾比一边说着,一边用手抚平搭在大腿上的围裙。

自从丹尼离家之后,这个房间就成了她的工作空间——一个清静之地,她可以在这里翻看带回家的客户资料,或者跟客户通话。甚至在她退休之后,她还继续到这个房间来读书、写诗,或者只是一个人静静地待上一会儿。嵌入式壁橱里原来存放着丽尼的缝纫用品,现在塞满了艾比的日记、形状大小不一的剪报,还有从孩子们小时候一直留存到现在的手工卡片。有一面墙壁上挤挤挨挨挂满了家庭照片,相框之间几乎看不到一丝缝隙。"这样子你怎么能好好看呢?"有一次,阿曼达这么问道。可艾比却漫不经心地说:"哦,我根本就用不着看。"这话听起来让人觉得没头没脑。

她平时总坐在窗前的写字台旁边,从来没人见过她坐在躺椅上,这躺椅本来只是为床铺不够的时候招待过夜的客人准备的。她的姿势不大自然,有点儿装模作样的感觉,好像是听见楼梯上的脚步声,才慌慌张张摆了个造型。她仰头望着他们,脸上的微笑显得淡然而深不可测,而且最怪异的是,她的微笑并没有牵出一丝笑纹。

"好吧。"斯特姆说着,和父亲交换了一个眼神。这个话题就此丢下。

人们总说,你在新年第一天有何种表现,就会持续一整年,艾比的消失游戏自然而然成了她在2012年的主旋律。不知怎的,她开始溜号,就算她和大家在一起,脑子也会开小差。身边的人在谈论各种话题的时候,她似乎断断续续错过了很多。阿曼达说,她这种种表现就像一个陷入恋爱中的女人,不过,据他们观察,艾比并没有那种爱得晕头转向的幸福感,更不要说艾比始终只爱雷德一个人,而且会永远只爱雷德一个人。实际上,她似乎有些郁郁不乐,这一点儿都不像是原来的她。她脸上总带着烦躁的表情,已经变得灰白的头发剪得跟下巴齐平,浓密蓬乱,就像一个旧瓷娃娃头上的假发,这副模样让她显出疲惫之态,仿佛刚刚经历了一场不幸。

斯戴姆和诺拉问皮蒂,他们在去找小伙伴一起玩的路上发生了什么,一开始皮蒂根本不知道他们说的是哪个小伙伴,弄明白之后又说一路上好好的,没遇上什么事儿。于是阿曼达直接去找艾比一问究竟:"我听说你这些天不开车了。"是啊,艾比说,这是她给自己的一份小礼物:从此再也不用开车去任何地方了。然后她给阿曼达送上了自己的新表情——一个淡然的微笑。这笑容是在说:"别来烦我了。"或者"有什么不对劲儿?你怎么会这样想呢?"

2月的一天,她扔掉了自己的"灵感宝盒"。那是个"逸思步"①鞋盒,她留存了几十年,里面塞满了从本子上撕下来的大大小小的纸片,她打算将来把这些灵感写成一首首诗。她把盒子扔进了可回收垃圾桶,又把垃圾桶放到了屋外,那是个大风之夜,到了第二天早晨,纸片飞得满大街到处都是。邻居们不断在树篱丛中和门口的擦鞋垫上发现这些纸片,上面写的有"月亮,恰如一个半熟的蛋黄"和"心就像充水的气球"。这些纸片是从哪儿来的,不言而喻。大家都知道艾比喜欢写诗,更不用说她对比喻修辞手法的偏爱了。大多数人都很乖觉地扔掉了,只有玛吉·埃利斯攥着满满一把纸片来到维特山克家大门口,交给了满脸困惑的雷德。"艾比,"雷德后来问道,"你当真要扔掉这些?"

"我已经放弃写诗了。"艾比答道。

"可我很喜欢你写的诗啊!"

"是吗?"她漫不经心地说,"那挺好。"

可能雷德喜欢的更像是一种感觉——他的妻子是一位诗人,坐在他让自己手下的工匠整修好的古董书桌前写写画画,把自己的心血之作寄给小杂志——过不了多久就会被原物返还。即便如此,雷

---

① 英文名称是 Easy Spirit。

德也像艾比一样,脸上布满了愁云。

时间转到4月,孩子们发现艾比开始把自家的狗唤作"克莱伦斯",问题是克莱伦斯几年前就不在人世了,布兰达和克莱伦斯毛色截然不同,是一只金毛犬,而不是黑色的拉布拉多。艾比经常会心不在焉叫错人的名字:"曼迪——我是说斯戴姆。"其实她正在和珍妮说话,不过眼下出现的状况不同往常——她就这么一直错下去了,仿佛是希望把早些年养的那只狗召唤回来。可怜的布兰达完全不知所措,但愿上帝能抚慰它的心灵。它困惑地抽动了几下灰白色的眉毛,没有做出任何回应,艾米大为恼火,嘴里发出一连串责骂声。

不会是老年痴呆症吧。(会是吗?)这种种迹象似乎很容易让人产生怀疑。然而她并没有表现出任何具体的症状可以让他们告诉医生,比方突然发作或者昏倒。总而言之,他们并没有抱多大希望说服她去看医生。她在六十岁那年,解聘了私人内科大夫,说自己岁数大了,没必要再采取任何"非常手段",再说,据他们所知,那位大夫甚至都已经不再执业了。就算他还在行医,他可能会问:"她爱忘事儿吗?"他们只能回答:"怎么说呢,并不比往常更爱忘事儿。"

"她说话颠三倒四吗?"

"怎么说呢,并不比往常……"

问题在于:艾比"往常"就是个稀里糊涂、没头没脑的人。谁能说得清楚她这种种表现有多少不过是她我行我素的真本色呢?

艾比从小就是个精灵古怪的女孩。她冬天总爱穿一件黑色高领毛衣,夏天经常穿着套头衫,直直的长发披在背后——那年头,大多数女孩都留着向里弯曲的齐肩中发,每天晚上用定型发卷把发梢夹住。艾比不但具有诗人气质,而且充满了艺术气息,她是个现代舞爱好者,还是个活跃分子——只要遇上有意义的活动,她都热情参与其中。在学校,她作为活动组织者也深受大家信赖,比如为穷人捐赠罐装食物和"手套树"。她和梅丽科就读于同一所顶级私立女子学校,虽然艾比是凭奖学金进去的,但她在学校里是众人瞩目的明星和领导者。在大学期间,她把头发编成玉米辫,在争取公民权益的运动中担任纠察员。她毕业的时候成绩名列前茅,从此成了一名社会工作者——真是个让人大跌眼镜的决定。她深入巴尔的摩各区开展工作,有些地方她过去的同学没有一个人听说过。那么在她和雷德结婚之后,会不会归于平凡(他们俩相识太久了,谁也不记得两人初次见面是何种情形)?想也别想。她坚持自然分娩,在大庭广众之下给孩子哺乳,让家里人吃小麦胚芽和自制的酸奶;她抱着最小的孩子去参加反对越南战争的游行,让孩子分腿跨在她的臀部;她还把孩子送去上公立学校。她在家里摆满了手工艺品,比如用粗绳结成的植物吊篮和色彩斑斓的编织地毯。她动不动就把流落街头的陌生人请到家里来,有的一住就是几个星期。谁也说不准会有什么人出现在她家的晚餐桌旁。

小维特山克认为,雷德和艾比结婚是为了故意和他作对。这当然是无稽之谈。雷德真心实意爱着艾比本人,这是显而易见的。丽尼·梅尔非常喜欢艾比,反过来艾比也很喜欢她。梅丽科则对她充满了反感。艾比刚转入她所在的学校那会儿,她被迫担任艾比的"大姐姐"。早在那个时候,她就觉得艾比到了不可救药的程度,时间证明她是对的。

至于艾比的几个孩子,怎么说呢,他们当然都很爱她。大家认为,就连丹尼也在以自己的独特方式爱着她。然而,在他们看来,艾比经常让他们尴尬得无地自容。比方说,赶上朋友到家里来做客,艾米可能会冲进他们的房间,大声朗读自己刚刚写出的一首诗。她也许会强拉着邮递员,跟人家解释她为什么对轮回转世说深信不疑。(她的理由是"莫扎特":当你听到莫扎特童年时代创作的一首乐曲,你会觉得这首曲子浓缩了他几次轮回的人生阅历,这深厚的底蕴由何而来?)她只要碰上一个略微露出一点儿外来口音的人,就会抓住对方的手,热切地凝视着人家的眼睛说:"告诉我,你的家乡在哪里?"

"妈妈!"孩子们事后总是提出抗议。她则反问一句:"怎么啦?我做错什么了吗?"

"你这是多此一举啊,妈妈!那个人本来不希望你注意到自己的口音!他也许还以为你根本猜不出他是外来的呢。"

"胡说八道。他应该为自己是个外国人感到自豪。我反正觉得,如果我是外国人,我会特别骄傲。"

孩子们异口同声地哼哼,以示抱怨。

她就是这么爱管闲事,对自己的好人缘信心十足,而且还极度缺乏自我意识。她认为自己理所当然可以想问什么就问什么,甚至还固执己见,觉得就算有人不想讨论个人隐私问题,但如果她来个先下手为强,也许对方就会改变主意。(这是她在社会工作中学会的招数吗?)"咱们来转换一下角色,"她总是亲切地向前探出身子,说,"假设你在给我提建议。假设我有个占有欲太强的男朋友。"说到这儿,她总是略略一笑,然后大声说,"我已经没辙了,告诉我该怎么办!"

"妈,你可真行。"

他们总是想方设法避免和妈妈请来的"孤儿"打任何交道。这些人中间有难以回归正常生活的退伍老兵,有离开修道会的修女,还有霍普金斯大学里一些思乡心切的中国学生。艾比的孩子们觉得感恩节简直是受罪。他们总是得偷偷把白面包带回家,还有富含亚硝酸盐的热狗。听说艾比要负责他们学校的野餐会,他们顿时如临大敌。最让人不堪忍受的,也是最需要强调的一点是,他们特别讨厌艾比用同情的口吻和人说话,而这是她最喜欢的交流方式。"哦,瞧你这样子多可怜!"她常常抛出这样的开场白,"看上去这么没精打采!"或者说,"你一定感觉非常孤独!"别人都用赞美之词表示亲近,艾比则惯用同情。在孩子们看来,这是个让人讨厌的做派。

不过,当家里最小的孩子开始上学,她重新回去工作的时候,珍妮对阿曼达说,她并没有像自己想象的那样,有一种解脱的感觉。"我满以为我会特别高兴,"她说,"可是我却发现我脑子里总在盘算:'妈妈去哪儿了?她怎么不紧盯着我的一举一动了?'"

"牙疼消失之后你也会注意到的,"阿曼达说,"但这并不代表你想让疼痛感回来。"

5月的一天,雷德的心脏病发作了。

事情并没到十万火急的程度。当时他在一个工地上,表现出的症状并不明显,如此而已,是迪昂特坚决要求开车送他去急诊室。即便这样,家里人还是很吃了一惊。他才七十四岁啊!他看上去身强力壮,还像往常一样用梯子爬上爬下,提重物也不在话下,而且和结婚的时候相比,他的体重没有增加一分一毫。然而,发生这件事后,艾比想让他退休,两个女儿也和她意见一致。如果他晕倒在房顶上怎么办?雷德说如果真退了休,他会闲得发疯。斯戴姆的意思是,也许他还可以继续工作,只是不能再上房顶了。丹尼不在场,无从参加讨论,不过在这件事情上,他很可能和斯戴姆站在一边。

雷德最终占了上风,他出院之后没过多久就回到了工地上。他看上去气色还不错。他确实说过自己感觉身体有点儿虚弱,他也承认一天下来感到疲惫的时间比以往提前了。不过,这也许是心理作用;有好几次,大家发现他在给自己测量脉搏,或者把一只手放在胸口,仿佛在检查心脏的跳动频率。"你还好吧?"每遇到这种情况,艾比总是表示关切。"我当然好得很。"他说话的语气里带着几分恼火,这是过去从来没有过的。

雷德虽然配戴了助听器,却声称根本没什么作用。他经常把助听器丢在书桌上——那是两个粉红色的塑料钮,跟鸡心一般形状和大小。不戴助听器的后果是,他和客户的谈话有时候进行得不大顺畅。他越来越多地放权给斯戴姆,让他处理这方面的业务,不过,可以看得出来,他为此感到有些惆怅。

就连自家的房子,他也越来越不放在心上了。斯戴姆是第一个留意到的。这座房子曾经一度保持着完美无瑕的状态,上上下下没有一个松脱的钉子,窗玻璃上没有一处裂痕,如今却显出听之任之、得过且过的迹象。一天晚上,阿曼达带着女儿回家来,发现斯戴姆正在给前面的窗纱门重新安装塞缝片,于是就随口问了一句:"出了什么问题吗?"斯戴姆直起身子说:"他以前从来不会让这种事情发生。"

"不会让什么发生?"

"这窗纱鼓了出来,都快从门框里脱落了!盥洗室里的水龙头在滴水,你没发现吗?"

"哦,天哪!"阿曼达回了一句,准备跟上伊莉斯一起进屋去。

可斯戴姆又说:"他似乎失去了兴趣。"这句话让阿曼达停下了脚步。

"就像是他已经随随便便、满不在乎了,差不多就是这样。"斯戴姆说,"我提醒他说:'爸爸,前门的纱窗松了。'他给了我一句:'真见鬼,我不可能操心每一件芝麻大的小事儿!'"

这的确非同小可:雷德居然呵斥了斯戴姆。斯戴姆一向是他最喜爱的孩子。

阿曼达说:"也许这房子对他来说越来越力不从心了。"

"不光这件事儿。前几天,妈妈把茶壶放在炉子上烧水,诺拉顺道过来,发现茶壶正在高声尖叫,声音别提有多大了,可爸爸还坐在餐厅的桌子旁边写支票,完全没有知觉。"

"他压根儿没听见茶壶在叫?"

"显然没听见。"

"那个茶壶,一叫起来简直把我的耳膜都要刺破了。"阿曼达说,"也许这恰恰是让他耳朵不好使的原因。"

"我现在开始觉得,他们不能再单独生活下去了。"斯戴姆对她说。

"没错儿,他们不能再这样了。"

阿曼达从他身边走过,进了门,脸上带着沉思默想的表情。

第二天晚上,他们一家人开了个会。斯戴姆、珍妮和阿曼达碰巧在同一时刻顺道来看望父母,谁都没带妻子或丈夫,也没带孩子。斯戴姆穿戴得整整齐齐,这不免让人有几分生疑。阿曼达还是平日里的打扮,头发一丝不乱,口红涂得堪称完美,身上是她穿去办公室的灰色套装,剪裁十分考究。只有珍妮是随随便便的装束,她穿着素常的圆领汗衫和皱巴巴的卡其布裤子,长长的黑头发用橡皮圈扎成马尾辫,还有几绺散落了出来。艾比一下子兴奋起来,她等孩子们在客厅里坐下之后,说:"是不是棒极了?就跟过去一样!当然,我并不是不愿意你们把家里人都带来……"

雷德发问道:"有什么事儿吗?"

"怎么说呢,"阿曼达率先开了口,"我们几个一直在考虑这座房子。"

"这房子怎么啦?"

"我们在想,照料这座房子很费心劳神,你和妈妈也一天比一天岁数大了。"

"就算把我一只手捆在背后,我也能应付得了。"雷德说。

接下来大家谁也没作声,可以感觉出来,几个孩子正在盘算要不要提出异议。让他们意想不到的是,艾比主动接上了话题。"哦,亲爱的,你当然能行,"她说,"可是你不觉得该让自己享享清福了吗?"

"清风?!"

孩子们发出了半是好笑,半是叹气的声音。

"你们瞧见了吧,我还得忍受他胡乱打岔,"艾比对他们说,"他就是不肯戴上助听器!他试图假装自己能听见,乱猜一气还猜得特别离谱。他简直……不可理喻!我对他说我要去农贸市场,他问了一句:'你要去澡堂?'"

"你说话含含糊糊,这可不怪我。"雷德说。

艾比重重地叹了口气。

"咱们就顺着这个话题往下说,"阿曼达说话干脆利索,"爸爸,妈妈,我们在考虑,你们俩是不是愿意搬出去住?"

"搬出去!"雷德和艾比异口同声地惊呼道。

"爸爸心脏不大好,妈妈也不开车了……我们在想,也许你们可以住进退休之家。这是不是个解决办法?"

"退休之家,哼,"雷德说,"那是老年人待的地方。全都是些自以为是的老太婆,在她们的丈夫去世后就去了那里。你们觉得我们在那种地方会感到开心吗?你们觉得他们会乐意接纳我们吗?"

"他们当然会很乐意,爸爸。他们所有的房屋大概都是您给改建的呢。"

"没错儿,"雷德说,"可是还有个问题:我们太习惯于独立生活了,你们的妈妈和我。我们是那种凡事都要靠自己的人。"

孩子们似乎并不觉得这有什么可令人钦佩的。

"好吧,"珍妮接上了话头,"退休之家就算了。那么,住在一个小公寓里怎么样?比方搬到城外,在巴尔的摩县找个带花园的公寓房。"

"那些房子都是用厚纸板搭建起来的。"雷德说。

"也不全是啊,爸爸。有的房子盖得相当不错。"

"如果我们搬走了,这房子可怎么办呢?"

"哦,依我看,卖掉好了。"

"卖掉！卖给谁呢？在这个城市里，自从市场暴跌以来，连一座房子也没卖掉过。你们觉得我会把自家的房子腾空，让它荒废掉吗？"

"哦，爸爸，我们从来没有这个想法，让它……"

"房子需要有人住，"雷德说，"这一点你们应该很清楚。哦，当然啦，住人就会有损耗——地板出现划痕，马桶堵塞，诸如此类，可是和房子无人料理，任其荒废下去相比，这根本不算什么。没人住在里面，这房子就像是被掏空了心，于是房子就开始变得松松垮垮，慢慢下沉，一天天朝地面倾斜下去。我敢打赌，我只要看看房梁，就知道房子里有没有人住。你们觉得我会抛下这座房子不管吗？"

"要我说，迟早会有人买。"珍妮说，"在这段时间，我可以每天顺道过来检查一下，拧开水龙头放放水，到每个房间里走走看看，把所有的窗户打开通通风。"

"这根本不是一回事儿，"雷德说，"房子能感觉出来有什么不一样。"

艾比建议道："也许孩子们中间有人愿意接管呢。你们可以花一美元买下来，或者用别的方式，怎么都行。"

这句话没人往下接。艾比知道，孩子们有自己的房子，各自都住得舒舒服服，心满意足。

"这座房子带给了我们那么多美好回忆，"她的语调里透出几分恋恋不舍，"还记得我们在这里经历的所有快乐时光吗？我小时候到这儿来的情景还记忆犹新。后来，我和你们的父亲谈起了恋爱，在前廊上消磨了一个又一个钟头。雷德，你还记得吗？"

雷德不耐烦地把手一挥。

"我记得，当年把珍妮从医院里带回家的时候，她刚出生三天，"艾比继续说，"我拿道尔顿外婆用棒针给曼迪编织的毯子把她裹得像个墨西哥玉米卷，那个毯子是爆米花图案的。我进门的时候说："

'珍妮·安,这是你的家。你将要在这里慢慢长大,你会在这里生活得很幸福。"

她的眼睛里充溢着泪水。孩子们全都垂下头盯着自己的大腿。

"哦,好啦,"她哈哈一笑,声音有些颤抖,"瞧我,东拉西扯唠叨了半天,净说些没用的话,我们还要在这儿住上好多年呢,只要克莱伦斯活着,我们就不会离开。"

"谁?"雷德问。

"布兰达。她的意思是说布兰达。"阿曼达告诉他。

"克莱伦斯活不了太久了,在它最后这段日子让它搬走,未免太不近人情。"艾比说。

大家似乎都没了继续讨论下去的精神头儿,就此作罢。

在阿曼达的劝说下,雷德雇了个人来料理家务,同时也可以充当司机。艾比从来没有用过管家,甚至在她工作期间也没有雇过人来帮忙,阿曼达对她说,她很快就会适应的。"你从此就可以悠悠闲闲地过日子了,"阿曼达说,"任何时候,你想去哪儿戈特太太就能带你去。"

"我只想找个地方躲开戈特太太。"艾比回了一句。

阿曼达大笑起来,把艾比的话当成了玩笑。可她是当真的。

戈特太太有六十八岁,是个体格粗壮的女人,一天到晚乐呵呵的。她刚丢了给人家做午饭的差事,正需要一份额外收入。她每天早晨九点钟来,在屋子里转来转去,整理房间,打扫卫生,但效果并不明显。然后,她在阳光房里架起熨衣板,一边看电视一边熨衣服。两个独立生活的老人并没有多少衣物需要熨烫,阿曼达吩咐她这么做不过是为了不让她闲着没事儿干。与此同时,艾比待在房子的另一头,新来乍到的戈特太太絮絮不休地跟她念叨自己的故事,她没有表现出半点兴趣——这跟她平常可是大相径庭。艾比只要发出一丁点儿动静,戈特太太就立刻从阳光房里探出头来,问:"您没事儿吧?需要什么吗?您想让我开车带您去什么地方吗?"艾比说这简直让她无法忍受。她向雷德抱怨,说感觉都不像是住在自己家里了。

然而,她从来没有问过,大家到底为什么觉得有必要雇用这个女人。

戈特太太担任管家角色已有两个星期了,这天,她强行从艾比手里夺下长柄浅锅,非要替她做煎蛋卷,问题是她把阳光房里的电熨斗抛下不管,结果擦碗布着起了火。这起突发事件并没有引起严重后果,只不过烧毁了擦碗布——那是从塔吉特超市里买来的一块厚绒布,原本也不需要熨烫,但这成了戈特太太担任管家所做的最后一件事。阿曼达说,下个人选一定要在四十岁以下。她还建议艾比考虑雇佣一个男管家,虽然她也没解释个中原因。

但艾比的反应是:"不行。"

"不行?"阿曼达说,"哦,好吧,那还是找个女管家好了。"

"我不要男管家,也不要女管家。任何人都不要。"

"可是,妈妈……"

"我受不了了!"艾比叫道,"我受不了这一切了!"她开始哭诉,"我不能忍受一个陌生人跟我共处在一个屋檐下!我知道你们觉得我老了,我知道你们觉得我脑子糊里糊涂,可是这让我感到很难过!我宁愿去死!"

珍妮劝道:"妈妈,别这样。妈妈,求你了,别再哭了。哦,妈妈,亲爱的,我们从来不想让你感到难过。"说着,她也哭了起来。雷德试图让两个女儿闪到一旁,他好走到艾比身边把她揽在怀里,斯戴姆在屋里来回转圈子,手在头发里来回抓挠——这是他心里烦乱的惯常动作。

如此一来,他们不要男管家,也不要女管家,任何人都不要——

雷德和艾比又重新开始独立自主的生活。

一晃到了6月末,有人发现艾比穿着睡裙在布顿大街上游荡,而雷德甚至都不知道她离开了家。

事已至此,斯戴姆宣布他和诺拉打算搬来和父母一起生活。

怎么说呢,阿曼达当然无法担当此任。她和休带着十几岁的女儿一天到晚忙忙碌碌,家里养的威尔士矮脚狗每天早上都得送到狗狗日托所。珍妮一家人生活在她的丈夫休从小到大住的那座房子里,为此,休的妈妈搬进了客卧。他们要是举家搬过来住可是个大动作,那就得把安琪太太也一并带来——这可是个荒唐的主意。至于丹尼,无须多言,他根本不在考虑之列。

其实,斯戴姆本来也应该被排除在外。他和诺拉不光有三个生龙活虎的男孩,很让人操心,而且他们非常喜欢现在居住的那座工匠风格的小房子。房子坐落在哈福德路上,他们一有闲暇时间就精心修整一番。要求他们离开自己心爱的家,实在是勉为其难。

不过,这个决定起码有一点可取——诺拉整天都待在家里。斯戴姆是这样一个人,他温和、宽厚,似乎理所当然地接受,生活中经常事与愿违,计划赶不上变化。事实上,他还不断想出这个建议会带来的种种好处:孩子们可以更经常见到爷爷奶奶!他们还可以到附近的游泳池游泳!

两个姐姐听了他的想法之后,几乎没有提出任何意见。"你确定吗?"她们只是淡淡地问了一句。父母亲倒是更多地表示了拒绝。雷德说:"儿子,我们并没有指望你这样做。"艾比又一次泪水盈眶。但他们脸上分明流露出一丝渴求。难道这不是最佳方案吗?于是,斯戴姆口气坚定地说:"我们一家人搬过来。就这么定了。"这一来,问题迎刃而解。

搬家之日定在 8 月初的一个星期天下午。斯戴姆和珍妮的丈夫休,连同公司同事米格尔和路易斯,把一大堆手提箱、玩具箱、缠绞成一团的自行车、三轮车,还有儿童电动车和滑板车统统装上斯戴姆的小卡车。(斯戴姆和诺拉打算把自己的家具留给租户使用,那是诺拉所在的教会资助的一个伊拉克难民家庭。)诺拉也同时开车带着三个男孩和自家的狗前往雷德和艾比家。

诺拉是个对自己的美貌浑然不觉的漂亮女人。她留着棕褐色的齐肩中发,饱满的面庞沉静、柔和,给人以梦幻的感觉,而且她从来都是素面朝天。她平日里总穿着前襟系扣的廉价棉布裙,走起路来裙裾在小腿处如行云流水般飘摆流转,犹如慢镜头,凡是见到这一幕的男人莫不呆若木鸡,痴痴地盯着她看。但诺拉从来都视而不见。

她还像往常做客的时候一样,把车停在坡道下面的街边,然后带着孩子们和狗顺着台阶往上走——三个男孩领着海蒂一路蹦蹦跳跳,连滚带爬,诺拉跟在他们身后,依然是裙裾飘摆、平静似水。雷德和艾比肩并肩站在前廊上等候他们,因为这的确是个不同寻常的时刻。皮蒂喊了起来:"嗨,奶奶!嗨,爷爷!"汤米大声说:"我们要住在这儿啦!"自从得知这个消息,他们一直兴奋不已。没人知道诺拉是何感受。至少从表面上看,她和斯特姆很像:一切都泰然处之。当她来到前廊上,雷德说了声:"欢迎你们!"艾比上前一步和她拥抱。"你好啊,诺拉,"她说,"非常感谢你们搬过来住。"诺拉只是微微一笑,脸颊上现出两个深深的酒窝,她的笑容如春风徐来,带有几分神秘感。

孩子们将要睡在放双层床的房间里,他们抢在大人前面,你追我赶跑上楼去,一下子扑倒在他们以前来过夜的时候各自占据的床铺上。斯戴姆和诺拉住在斯戴姆原来的房间,和孩子们的房间是斜对角,隔着一条过道。"哦,跟你们说一下,我已经把海报之类的都取下来了,"艾比对诺拉说,"这几面墙,你们俩想怎么装饰就怎么装饰。我还把壁橱和抽屉也清空了。这样你们好有足够的地方放东西。你们看呢?"

"哦,好啊。"诺拉嗓音低沉,像音乐一般动听。这是她进来之后第一次开口说话。

"很抱歉,床还没送到。"艾比说,"得等到星期二才能送来,所以,在此之前,恐怕你们只能凑合着睡在两张单人床上了。"

诺拉只是嫣然一笑,漫步走到书桌旁,放下手包,说:"晚餐我来做炸鸡吧。"

雷德问:"什么?"艾比告诉他:"炸鸡!"然后又放低声音说,"我们很喜欢吃炸鸡,不过你真的不用非得给我们做饭。"

"我喜欢下厨房。"诺拉说。

"那让雷德去杂货店给你买东西回来好吗?"

"道格拉斯一会儿就开卡车带回来了。"

道格拉斯是她对斯戴姆的称呼。这本来就是他的真名,可家里人从他两岁的时候起就再也没这么叫过他。听到这个名字,他们总会愣一会儿神才醒悟过来,不过他们也能理解,诺拉为什么想用一个更成人化的名字来称呼自己的丈夫。

她和斯戴姆向大家宣布他们两人打算结婚的时候,艾比说:"请原谅我冒昧,可我想知道,你有没有期待……道格拉斯加入你所在的教会?"他们对诺拉的了解微乎其微,只知道她是个基要派教徒[①],教会在她的生活中占有举足轻重的分量。对此,诺拉的回答是:"哦,不会的。我不是很赞成'约会传福音'。"于是,有相当长一段时间,他们觉得诺拉的脑子一定不是很灵光——虽然在孩子出生之前,她曾在一家诊所担任医疗助理,这份工作倒是责任重大。她偶尔也会提出颇有洞察力的看法,到了令人不安的程度。兴许只是偶然为之?

---

① 基要派,即 Christian fundamentalism,也作原教旨基督教。

这让他们迷惑不解。如今诺拉和他们朝夕相处在同一个屋檐下,也许他们终于可以解开心中之谜了。

雷德和艾比把她留在楼上照管孩子们。他们正用枕头互相乱砸,混战成一团,不安分的柯利牧羊犬海蒂围着他们乱蹦乱跳,异常兴奋地狂叫不止。他们下了楼,坐在客厅里。两个人全都无事可做,两手搭在大腿上闲坐着,你看看我,我看看你。艾比说:"你觉得,咱们从今往后的日子就这么过了吗?"

雷德问:"什么?"

艾比说:"没什么。"

斯戴姆和珍妮的丈夫休把卡车停在后门,大家都跑去帮忙卸东西,甚至连三个小男孩和艾比也加入了搬运工的行列——只有诺拉没参与。诺拉从斯戴姆手里接过他送进来的第一件家什——一个旅行冰箱,里面装满了吃的东西,最上面摆着一条折叠好的围裙,样式是二十世纪四十年代雷德和艾比的母亲那一代人最常见的:印花棉布做成,前面有个围兜,用纽扣在脖子后面系上。诺拉抽下围裙戴在身上,然后开始做饭。

吃晚饭的时候,大家讨论了好半天住宿问题。艾比一直在考虑是不是让一个男孩搬到她的书房去住。"也许可以让皮蒂过去,因为他最大?"她问,"或者是萨米,因为他最小?"

"或者让我去,因为我在中间。"汤米叫了起来。

"没关系,"斯戴姆说,"反正他们在家里也是住在一个房间。他们都已经习惯了。"

"我也不知道为什么,"艾比说,"最近几年,这房子的大小好像总是不对劲儿。只有我和你们父亲两个人的时候,房子显得太大了,你们都来的时候又感觉太小了。"

"我们不会有问题的。"斯戴姆说。

"你们在说狗的事儿吗?"雷德问。

"狗?"

"因为我觉得两条狗很难在同一个地盘上相安无事。"

"哦,雷德,当然可以啦。"艾比说,"克莱伦斯温顺得像只猫,你是知道的。"

"你说什么?"

"克莱伦斯这会儿正在我床上呢!"皮蒂说,"海蒂在萨米的床上。"

雷德完全无视皮蒂的最后一句话,也许他根本没听见皮蒂在说什么。"我父亲一贯反对让狗进屋,"他说,"狗特别能毁坏房子。对木制品不大好。要是换成他,会让两条狗都待在后院。他还会这么想:干吗要养狗呢,除非能派上什么用场。"

这论调大人们早就听过无数遍,都懒得搭腔,只有皮蒂说了句:"海蒂有事儿干啊!它的作用是让我们开心。"

"它最好能放羊。"雷德说。

"那我们能买几只羊吗,爷爷?行不行啊?"

"今天的鸡肉好吃极了。"艾比对诺拉说。

"谢谢。"

"雷德,鸡肉的味道是不是很棒?"

"我刚要说呢!我都吃了两块啦,正想再来一块。"

"你不能吃第三块了!胆固醇含量太高!"

恰在此时,厨房里传来了电话铃声。

"咦,这究竟会是谁呢?"

"要想搞明白,只有一个办法。"雷德对她说。

"哦,我不会去接电话的。随便一个人,谁都知道现在是晚餐时间。"艾比说。不过,一边说着话,她还是把椅子往后挪了挪,站起身来。她始终坚信不疑地认为,有人可能需要她。两个小男孩不得不把椅子往前挪,好让艾比从他们背后挤过去,七拐八绕进了厨房。

"喂?"她的声音传到了每个人的耳朵里,"你好啊,丹尼!"

斯戴姆和雷德不约而同将目光投向厨房。诺拉把一团菠菜放在萨米的盘子上,丝毫不理会他在椅子上扭来扭去以示抗议。

"哦,没人觉得……什么?嗨,别犯傻了。没人觉得——"

"今天有什么甜点?"汤米问妈妈。

斯戴姆嘘了一声:"小声点儿,奶奶在打电话。"

"蓝莓馅饼。"诺拉说。

"太好啦!"

"不,我们当然会。"艾比说罢,稍稍停顿了片刻,"行了,丹尼,不是这么回事儿!根本就不是……喂?"

过了一会儿,他们听见啪嗒一声,听筒放回了墙上的支架。艾比又出现在厨房门口。

"哦,刚才是丹尼打来的电话。"她对大家说,"他打算坐今天晚上12点38分的火车回家来,还说让我们给他留着门,别上锁,他自己从火车站打车过来。"

"是吗?他最好能早点儿,"雷德说,"我可熬不到那么晚。"

"哦,我看也许你应该去接他一下,雷德。"

"为什么?"

"我去好了。"斯戴姆对她说。

"怎么说呢,我觉得可能你爸爸去比较好,亲爱的。"

大家一时沉默。

"他到底怎么回事儿?"雷德终于忍不住问道。

"怎么回事儿?"艾比说,"哦,其实也没什么。他只是想不明白,为什么我们先前没要求他搬回来住。"

闻听此言,就连诺拉也一脸诧异。

"让丹尼回来住?"雷德说,"他会愿意这么做吗?"

"他说他会愿意的。他还说,不管怎么样,他马上就回来。"

· 85 ·

艾比刚才一直站在门口,她缓步绕到自己的座位上,重重地跌坐在椅子里,好像走这么一圈让她累得筋疲力尽。"他从珍妮那儿得知你们要搬回来和我们一起住。"她对斯戴姆说,"于是他就觉得我们应该征求他的意见。他说,这房子没有足够的卧室让你们一家人住进来;应该换成他才对。"

诺拉开始收餐具,她把盘子一个个摞在一起,动作很轻,几乎没有发出一丝声音。

"不是怎么回事儿?"雷德问艾比。

"什么?"

"你刚才说:'丹尼,不是这么回事儿!'"

"你们瞧见了吗?"艾比问斯戴姆,"有一半时间,他简直像个邮筒一样,什么也听不见,然后你又发现,你在厨房里说的话,他隔这么远都能听得一字不漏。"

"不是怎么回事儿,艾比?"雷德又问了一遍。

"哦,"艾比的语调很轻快,"你们都听说过,没什么新鲜的。"她把银刀叉横放在盘子上,将盘子递给诺拉,"他说,那会儿……你们都知道的,他不明白我们为什么让斯戴姆住进来。他说斯戴姆不算维特山克家的人。"

又是一片沉默。诺拉动作麻利地站起身,仍然没有发出一丝声响,把一大摞盘子送进了厨房。

究其实,斯戴姆的确不算维特山克家的人,但这只是从严格字面意义上来说。

他其实是一个砖瓦匠的儿子,但这个事实总是被人们忘到脑后。这位砖瓦匠人称单身汉奥布莱恩,真名叫劳伦斯·奥布莱恩。跟大多数砖瓦匠一样,他待人有些冷漠,喜欢独自干活儿,一副深藏不露的样子,于是大家都叫他"单身汉"。雷德总说,单身汉是当时首屈一指的砖瓦匠,虽然他的确不是速度最快的。

单身汉有个儿子,这似乎跟他的绰号不大相称。他长得又高又瘦,形容憔悴,白皙的皮肤近乎透明,连头颅骨都能看得清清楚楚。这样一个人站在你面前,你会想象他过着隐士一样的生活:没有老婆,没有孩子,也没有朋友。怎么说呢,没有老婆,确实猜得没错;没朋友,十有八九的确如此;但他实实在在有个蹒跚学步的儿子,名叫道格拉斯。有好几次,因为没人帮忙照看,他就把道格拉斯带来上班。按理说,这违反了规章制度,不过父子俩没有任何缘由会进入需要戴安全头盔的区域,所以雷德就由着他们了。单身汉总是径直走进正在铺瓷砖的厨房或卫生间,道格拉斯迈动短短的小腿跑跑颠颠跟在后面。单身汉从来不回头瞧一眼,看道格拉斯有没有跟上,道格拉斯也从不嘟嘟囔囔,央求他慢一点。他们总是在选定的房间里安顿下来,关紧房门,整整一上午不见人影,到午饭时间才露面。道格拉斯还跟来的时候一样,跑跑颠颠跟在单身汉身后,和其他工人一起吃三明治,不过他总是躲在一旁。那时候道格拉斯年纪小得很,还在用带嘴的杯子喝水。他长相不怎么好看,有点儿像个无家可归的小流浪儿,完全没有这个年龄的孩子那种甜甜一笑、脸上露出两个酒窝的可爱劲儿。他的头发几乎是白色,剪得短短的,这里一丛那里一簇直竖在脑袋上,眼睛是非常浅淡的蓝色,眼圈微微透出粉红。他所有的衣服似乎都大了一号,简直像是罩在他身上,成了主角,而他只是个附属品。他的裤腿似乎向上卷了好几圈,红色的夹克衫套在他瘦小的身躯上,肩部硬挺挺地向外支棱着,松紧袖口只露出纤小的指尖,有点儿像他父亲的手一样沾满了灰粉——这算是职业带来的副作用吧。

工人们总是想方设法逗引他说话。"嘿,说你呢,大块头,"他们主动招呼道格拉斯,"伙计,你有什么话要说?"道格拉斯只是缩起身子,更紧地拱在父亲身上,直瞪着两眼。单身汉并不像大多数父亲那样替孩子打圆场——代替孩子回答,或者哄着孩子表现出应有的礼貌。他只顾继续吃自己带来的三明治,是用软塌塌的面包草草做成的三明治,看上去很不怎么样。

"你妈妈呢?"新来的工人可能会这么问,"她今天生病了?"

"出远门了。"单身汉嘴里迸出几个字,连眼睛都不抬。

新来的家伙向其他工友投去疑惑的目光,他们则把眼睛转向别处,意思是"等会儿告诉你"。事后,总会有一个人给他讲故事。(自告奋勇者从来不缺;建筑工人喜欢闲言碎语是尽人皆知的。)"那孩子,刚出生没多久他妈就跑了,留下单身汉一个人又当爹又当娘,你能相信吗?不过,但凡有人问,单身汉就说她出远门了。那口气就像是他老婆有朝一日还会回来。"

艾比当然也听说了道格拉斯的身世。她每天晚上都缠着雷德,盘根问底打听他手下那些工人的故事——这大概是社会工作者的职业通病吧。艾比听说单身汉声称道格拉斯的母亲会回来,冷冷地吐出一句:"真会这样吗?"她太了解这类母亲了。

"怎么说呢,据说她确实回来过,至少有两次吧。"雷德答道,"每次只待一个星期左右。单身汉开心极了,把保姆也辞了。"

艾比鼻子里哼了一声:"嗯——嗯。"

1979年4月的一天下午,早春的空气清新凉爽,雷德从办公室给艾比打来了电话。"你知道单身汉奥布莱恩吧?那个时不时带孩子来上工的?"

"我记得。"

"哦,他今天又把孩子带来了,现在人在医院里。"

"孩子进了医院?"

"不,是单身汉在医院里。他不知怎么的,突然垮掉了,大家只好叫了救护车。"

"哦,可怜的……"

"所以,你能到我办公室来,把这孩子接到家里吗?"

"哦!"

"我不知道还能有什么别的办法。一个工友把他带到我办公室了,他就坐在椅子上。"

"好吧……"

"我没时间跟你说话了,我得去见一个巡官。你能马上过来吗?"

"好的。"

她匆匆忙忙把丹尼(那时候丹尼才四岁,只上半天幼儿园)塞进车里,顺着福斯路一直开到县界外,来到雷德的办公室,那是一座用护墙板搭建的简易棚屋。她在碎石铺成的停车场上停好车,还没等她下车,雷德就走了出来,一只胳膊上抱着一个又瘦又小的孩子。那孩子显然很紧张,拼命绷直身子,执拗地和雷德拉开距离。这是艾比第一次见到他,虽然他的样子跟雷德的描述别无二致,包括那件超大的夹克外套,但他脸上的冷漠表情还是让艾比吃惊不小。"嗨,你好!"在雷德弯腰把他放在车后座上的时候,艾比用欢快的语调跟他打了个招呼,"你好啊,道格拉斯。我叫艾比!这是丹尼!"

道格拉斯在座位上向后紧缩成一团,眼睛死死盯着自己的灯芯绒裤子的膝盖处。丹尼坐在他左边,身子前倾,好奇地打量着他,可他仿佛全然不觉。

"等我见过巡官之后,顺道去一趟西奈山医院,"雷德说,"看看单身汉怎么样了,也问问他怎么能联系上他平常用的保姆。艾比,你能不能暂时——这真是给我帮了大忙。我向你保证,不会很长时间的。"

"哦,我们在一起会玩得很开心,对不对?"艾比问道格拉斯。

道格拉斯的眼睛还是紧紧盯着自己的膝盖。雷德关上车门,后退几步,举起一只手向他们示意再见。艾比把车开走了,后座上坐着两个默不作声的小男孩。

到家之后,她帮道格拉斯脱掉夹克外套,还给两个孩子准备了零食——香蕉片和动物饼干。厨房一角摆着一张儿童桌,两个孩子坐在桌旁,丹尼大口大口吃得很起劲,道格拉斯则把每块饼干拿起来仔仔细细看了又看,翻过来,掉过去,从不同角度瞧了个够,这才斯斯文文地咬下一个脑袋或者一条腿。香蕉他一点儿都没动。艾比说:"道格拉斯,你要不要来点儿果汁?"他迟疑片刻,才摇了摇头。至此,艾比还没听见他说一个字。

午后,她破例让两个孩子一起看电视里的儿童节目,还把克莱伦斯从院子里带进屋来——那时候,克莱伦斯还是条小狗,大家不放心单独留它在屋里,它一进来就冲进阳光房,跳上沙发,用舌头舔两个孩子的脸。道格拉斯一开始直往后缩,不过他显然对狗很有兴趣,只是有几分小心戒备,所以艾比也没有制止克莱伦斯。

两个女孩放学回到家,围着道格拉斯好一阵大惊小怪。她们把他拽到楼上,给他看玩具箱里的所有宝贝,争先恐后地表现自己,还问了他一堆问题,两个女孩子声音甜甜的,就像抹了蜜。道格拉斯还是一语不发,低垂着眼睛。小狗克莱伦斯也跟他们一起上楼来了,道格拉斯大多时候都在轻轻地拍它的脑袋,动作有几分笨拙。

晚餐时分,雷德回到家,怀里抱着一个装食品杂货用的纸袋。"这是给道格拉斯的衣服还有别的东西,"他对艾比说,"我跟单身汉借用了一下他的公寓钥匙。"

"他怎么样?"

"我见到他的时候,他看样子很不舒服。检查结果是阑尾出了问题。我在医院那儿,他们正要把他送去做手术。他们说,他需要在医院住一晚上,明天傍晚就可以回家了。我也问了保姆的事儿,可是她好像腿出了什么毛病。单身汉说,让我们帮着照看孩子,他心里很过意不去。"

"哦,这孩子又没添什么麻烦,"艾比说,"就跟没有他这个人一样。"

吃晚饭的时候,雷德把一本大部头辞典放在椅子上,让道格拉斯坐在上面。道格拉斯用手指头捏起一粒粒豌豆放进嘴里,总共只吃了七颗。当晚,餐桌上的所有话题都刻意避开了道格拉斯,可是他们所有人都能感觉到有个人竖着耳朵在听,并且他们的每句话都是说给他听的。

临睡前,艾比让他上过厕所,刷了牙,然后从纸袋子里翻出一件洗了很多次的泡泡纱睡衣给他穿上。到了这个季节,泡泡纱这种料子似乎太轻薄了,可是也没有别的可选。她把道格拉斯安顿在丹尼房间里的另一张床上,给他盖上毯子之后,她迟疑了片刻,然后在他额头上吻了一下。道格拉斯皮肤温热,微有汗意,仿佛刚刚出了好大力气。"好了,美美地,美美地睡个觉吧。"她对道格拉斯说,"等你睡醒,就到明天了,你就能见到爸爸啦。"

道格拉斯还是一语不发,甚至连他的神情都没有一丝波动,不过他的脸似乎立时舒展开了,变得柔和起来,不再像先前那样皱缩成一团。那一刻,他的相貌也显得好看了一些。

第二天早晨,艾比和邻居拼车送孩子去幼儿园,当年虽然还没有要求使用儿童安全座椅的法规,但她觉得让这么小的孩子和几个小伙伴晃晃荡荡地坐在一起来回挤撞总不大好。只剩下她和道格拉斯单独相处的时候,她让道格拉斯坐在阳光房的地板上,从丹尼的房间里拿来一副拼图给他玩。这副拼图仅由八块或者十块组成,但他还是没有拼好,不过他度过了整整一小时的快乐时光,一声不响地把拼图挪过来挪过去,拿起一块,接着又拿起一块,全神贯注地左看右看,上看下看,小狗坐在他一旁,对他的一举一动都充满警觉。艾比干完上午的家务活之后,就和他一起坐在沙发上,给他读图画书。艾比能感觉出来,他非常喜欢有动物图画的书,因为当她要翻页的时候,道格拉斯有时会伸出一只手按住书页,好仔仔细细地多看一会儿。

艾比听到屋后传来汽车开过来的声音,还以为是佩格·布朗把丹尼从幼儿园接回来了。可等她走进厨房,却发现雷德正跨进后门。"哦!"她惊讶地问道,"你怎么回来了?"

"单身汉死了。"雷德说。

"什么?"

"是劳伦斯。他死了。"

"我还以为他只是阑尾出了问题!"

"我知道你是这么想的。"雷德说,"我今天去病房看他,可他不在里面,旁边床位上的人说,他被转移到重症监护室去了。于是我又赶到重症监护室,医院里的人却不让我见他。我正想先离开医院,过些时候再去,医生突然走了出来,对我说,他们没能把他救活过来。他说,他们抢救了一整夜,还是没能挽救他的生命:他得的是腹膜炎。"

艾比感觉有些异样,一转头,看见道格拉斯正站在厨房门口。他仰起头,眼睛定定地望着雷德的脸。艾比叫道:"哦,亲爱的宝贝。"她和雷德交换了一下眼神。他听懂了多少?从他充满希望的表情来看,他也许什么都不懂。

雷德开口道:"孩子……"

"他不会明白的。"艾比说。

"那我们也不能不告诉他啊。"

"他还太小,"艾比说完,又问道格拉斯,"宝贝儿,你多大了?"

其实,他们俩谁也没有指望得到答案,然而,片刻沉默过后,道格拉斯举起了两根手指头。"两岁!"艾比叫了起来。她回转身看着雷德。"我还以为他有三岁呢,"她说,"可他只有两岁,雷德。"

雷德身子重重地落在一张餐椅上。"怎么办呢?"他问艾比。

"我也不知道。"艾比答道。

她在雷德对面坐了下来。道格拉斯继续望着他们。

"钥匙还在你手里,对吗?"她问雷德,"你得再去一趟他的公寓,找找文件之类的。查查单身汉有什么亲属。"

雷德说了声"好的",随即站起身,就像个听话的孩子。

佩格·布朗在屋后按响了车喇叭,艾比连忙起身把丹尼迎进屋来。

当天晚上,她在丹尼的房间里打发道格拉斯上床睡觉的时候,丹尼唤了一声:"妈妈?"

"什么事儿?"

"这个小男孩什么时候回家啊?"

"很快。"她答道。丹尼黏在她身上,甩也甩不掉,硬要刨根问底,他身上穿得整整齐齐,因为这会儿还没到他平常的睡觉时间。"到楼下去吧,"她对丹尼说,"给自己找点儿事儿干。"

"明天他会走吗?"

"也许会吧。"

她一直等到丹尼踢踢踏踏的脚步声一路下楼之后,才转向道格拉斯。道格拉斯穿着睡衣坐在床沿上,整个人看上去干净清爽,因为那天晚上,他洗了个澡——前一天,艾比由着他跳过了这个步骤。此时,她在道格拉斯身边坐了下来,说:"我知道,我告诉过你,你今天就能见到爸爸。可是我说错了。他来不了了。"

道格拉斯的目光凝固在不远不近的一个什么地方。他似乎屏住了呼吸。

"他想来接你回家,非常想。他想见到你,可是他没有办法。他现在做不到了。"

事实的确如此,一个两岁的孩子最深也只能理解到这儿。她没再往下说,犹犹豫豫地伸出一只胳膊搂住了道格拉斯,可是他并没有松弛下来,顺势依偎在她怀里。道格拉斯坐得笔管条直,身姿端端正正。过了一会儿,她把胳膊抽开,眼睛继续注视着他。

道格拉斯终于躺下了,艾比给他盖上毯子,亲吻了一下他的额头,关了灯。

厨房里,丹尼和珍妮正在为一个悠悠球争吵不休,曼迪一见她走进来,立刻停下做作业,抬起头来望着她。"你告诉他了吗?"她问。(阿曼达已经十三岁了,对眼下这件事情懂得更深一些。)

"怎么说呢,我尽量跟他讲明白了。"艾比答道。

"他说了什么吗?"

"什么也没说。"

"也许他压根儿就不会说话。"

"哦,他肯定会说话,"艾比说道,"只是他现在很难过罢了。"

"也许他脑子反应迟钝。"

"可我觉得他听懂了。"

"妈妈!"珍妮打断了她们的谈话,"丹尼说这是他的悠悠球,其实不是。他把自己的弄坏了。妈妈,你告诉他! 这是我的。"

"别闹了,你们俩。"

后门开了,雷德走了进来,怀里又抱着一个装食品杂货的纸袋子。他提早打过电话,说不用等他吃饭,所以艾比的第一个问题是:"你找到了什么?"

雷德把纸袋子放在了桌子上。"保姆是个年纪很大的老太太。"他说,"她的电话号码用透明胶带粘在电话上方。听声音,她岁数实在太大了,根本无法照顾一个孩子。她不知道单身汉有没有亲戚,也不知道孩子的母亲在哪儿,而且她压根儿就不想知道。她说,这孩子没有妈妈在身边反倒更好。"

"没有别的电话号码吗?"

"大夫,牙医,维特山克建筑公司。"

"没有孩子母亲的号码吗?至少单身汉得知道在紧急情况下怎么联系她吧。"

"怎么说呢,如果她出了远门,艾比……"

"哈,"艾比哼了一声,"出远门。"

雷德把纸袋子来了个底朝天,一股脑儿倒在桌子上,里面掉出来几件衣服,两辆塑料玩具卡车,还有一个薄薄的纸卷。"车证,"他拿起一张纸片,口里念道,然后又拿起一张,"银行对账单。这个是道格拉斯的出生证明。"

艾比朝他伸过一只手,雷德把出生证明递给了她。"道格拉斯·艾伦·奥布莱恩,"她出声地读了出来,"父亲:劳伦斯·唐纳德·奥布莱恩。母亲:芭芭拉·简·伊姆斯。"

她抬头看着雷德。"他们难道没结婚吗?"

"也许她只是没有改姓。"

"1977年1月8日出生。这么说,道格拉斯没搞错,他确实只有两岁。我不知道自己为什么觉得他比实际年龄要大。我猜是因为……他性格孤僻,不向别人敞开自己,是不是?"

"那我们接下来怎么办?"雷德问,"我没有一点儿头绪。"

"给社会服务机构打电话?"

"哦,那可不行!"

雷德眨了眨眼睛。(艾比过去就在社会服务机构工作。)

"我来给你把晚饭热一下。"艾比对他说。从她起身离开的样子来看,她像是要去忙活别的事情了,显然要放下这个话题,暂且不提。

几个孩子从最小的到最大的,一个接一个上床睡觉去了。她去给孩子们道晚安的时候,珍妮问道:"我们能把他留下吗?"不过她似乎也明白自己不可能得到答案。另外两个孩子没跟她提起道格拉斯。等到只剩下雷德和艾比两个人,他们也没再多说什么,雷德倒是一度试图挑起话头,他说:"不管怎么样,这单身汉一定得有个什么亲戚吧。"

可艾比却说："我突然觉得特别特别困。"

他只好就此作罢。

第二天是星期六。道格拉斯比所有人睡的时间都长,要说阿曼达正是青春期爱睡懒觉的年纪,可就连阿曼达也比他起床早。艾比说："可怜的小家伙,就让他睡吧。"她打发其他人吃了早饭,自己却没有坐下,只顾忙忙叨叨地在炉灶和餐桌之间来回穿梭。等他们刚一吃完饭,她就说："你们几个孩子换好衣服,带着克莱伦斯去散步,好不好?"

"让珍妮和丹尼去吧,"阿曼达说,"我跟帕特里西娅说好了,她可以到我们家来。"

"不行,你也得去。"艾比说,"帕特里西娅可以过会儿再来。"

阿曼达正要说点儿什么,却又改了主意,跟在弟弟妹妹身后一起出了门。

屋里只剩下了雷德,他一边喝着第二杯咖啡,一边浏览体育版。艾比在他对面坐了下来,雷德如坐针毡,瞟了她一眼,又躲在报纸后面。

"我觉得我们应该把他留下。"艾比说。

他把报纸啪的一声放在餐桌上,叹了一声:"噢,艾比。"

"雷德,我们是他唯一的依靠。这一眼就能看明白。说到他那位母亲:即使我们能找到她的下落,她有多大可能性愿意收留他?就算她愿意收留他,她能好好照顾他吗?或者说,她能做到不管经历怎样的艰辛,都始终不放弃他吗?"

"艾比,我们总不能随便遇上一个孩子,就收养在家里吧?我们自己就有三个孩子。三个已经是我们能负担的最高限度了!甚至已经超出了我们的能力。况且等到丹尼开始上一年级,你还打算回去工作呢。"

"好吧。等道格拉斯开始上学,我再回去工作。"

"再说了,我们没有权利收养他。在这个国家,没有哪个法院会允许我们留下这个孩子;他有自己的母亲,不管她在什么地方。"

"我们不告诉法院就好了。"艾比说。

"你是不是疯了?"

"我们就说,我们只是先照顾着他,一直持续到他的亲生母亲来接他的时候。事实上,我们也的确要这么做。"

"除此以外,"雷德说,"我们怎么能确定他是个正常的孩子呢?"

"他当然是个正常的孩子。"

"他说过话吗?"

"那是因为他很害羞!他感到很紧张!他还不熟悉我们!"

"跟他说话他有过反应吗?"

"有啊,他有反应。任何一个孩子,自己的世界突然翻了个底朝天,事先没有一点儿征兆,他的反应就会是这样。"

"可是,他不太正常也是有可能的。"雷德说。

"哦,就算是这样又如何呢?一个孩子如果不是爱因斯坦,你就把他扔进狼群?"

"还有,他能融入我们家吗?他能和我们自己的孩子和睦相处吗?他的个性与我们相符吗?我们对他一无所知啊!我们不了解他!我们也不爱他!"

"雷德。"艾比唤了一声。

她唰地站了起来。这是一个星期六的早晨,时间是九点半,她全身上下穿得整洁利落,想想看,平常的周末她可不会这样刻意收拾打扮,连发髻都用发夹别得高高的。她整个人看上去有一种庄重严肃的仪态,非比寻常。

"昨天晚上,他穿着睡衣坐在床沿上,"艾比说,"我瞧着他后脖颈,那么柔弱,那么纤细,简直像根花茎一样可以一手而握,我突然想到，在这个世界上，在任何一个地方，任何一个人看到他细小的脖颈，都会忍不住从后面伸过手去，轻轻地罩在上面。有时候，你情不自禁想去抚摸自己的孩子，你有这种感觉吧？你恨不得把他装进自己的眼睛里，你可以目不转睛地盯着他看上几个钟头，在心里惊叹他竟会如此可爱，他的完美简直超乎想象。这一切再也不会发生在道格拉斯身上了。在这个世界上，再也没有人觉得他有多么与众不同。"

"真见鬼，艾比……"

"别对我出言不逊，雷德·维特山克！我需要这么做！我必须要这么做！我不能眼看着他像花茎一样纤弱的脖子，让他孤零零地活在世上。我办不到！我宁愿去死！"

在她说这番话的时候，曼迪、珍妮和丹尼刚刚走过来站在厨房门口，与此同时，她和雷德也发现了三个孩子。孩子们谁也没有换上外出的衣服，个个都惊惧地瞪大了眼睛。

紧接着，他们身后传来轻轻的脚步声，三个孩子一转身，正看见道格拉斯走上前来，站在了他们中间。

"我尿床了。"他对艾比说。

他们并没有收养道格拉斯，也没有通知社会服务机构，甚至都没有跟朋友们打声招呼。一切照旧，道格拉斯还是道格拉斯·奥布莱恩——虽然艾比总喜欢把他叫作"我的小花茎"，他也因此得了个亲昵的绰号。有时候，邻居们叫他"斯戴姆·维特山克"①，不过这只是因为他们心不在焉的缘故。

在外人看来，他只是暂时寄人篱下，等他的母亲把一切安排好就会来接他。（也说不定会有别的亲戚收留他？众说纷纭。）然而，随

---

① 花茎的英文是 stem，音译为"斯戴姆"。

着时间一天天过去,大多数人渐渐把他当成了维特山克家的一分子。

约莫几个星期过去后,道格拉斯开始把雷德和艾比称作"爸爸"和"妈妈",但这并不是他们的要求,道格拉斯只是在模仿另外几个孩子,他甚至还模仿艾比用"亲爱的"来称呼大人们,直到他长大一些明白事理之后才改掉。

他也变得比以前喜欢说话了,这是个一点一滴的渐变过程,谁也不记得他具体是从哪天开始变成了一个无异于其他人的、喜欢叽叽喳喳说个不停的孩子。道格拉斯衣着合体,还有自己单独的房间——那个房间原本是珍妮住在里面,艾比和雷德让珍妮搬了出来,去和曼迪同住一屋,因为斯戴姆实在不能继续和丹尼住在一个房间里了。丹尼对斯戴姆的态度就像他浑身长满了刺儿一样。不过,一切总算是得到了解决。曼迪多多少少接纳了珍妮,大孩子房间里的书桌上常常堆满了化妆品,珍妮能住进来自然是兴奋不已。

斯戴姆的床铺上方挂着一张带框的黑白照片,画面中的单身汉手里正端着一杯百威啤酒。这幅照片是雷德手下的一个工人拍摄的,那天恰逢他们刚刚完成一个建筑项目。艾比强烈主张应该鼓励道格拉斯把他对父亲的记忆珍藏在心里,对他的母亲也是一样,如果他心中还留有对母亲的记忆。可他似乎毫无印象。艾比一次又一次告诉斯戴姆,他的母亲远走他乡,是因为她生活得不幸福,并不是因为她不爱他。其实他的母亲是非常爱他的,如果她哪天回到他身边,他就会明白这一点。艾比还给斯戴姆看了电话号码簿里印有他名字的那一页,年复一年,"奥布莱恩!道格拉斯"和维特山克家的号码从来都是放在一起,这样他的母亲就能轻而易举地找到他。斯戴姆总是一副凝神细听的样子,但从来都不置一词。一天天一年年就这么过去了,斯戴姆似乎连对父亲的记忆都日渐消散。在他十岁生日那天,艾比问他有没有想起过父亲,他说:"也许我还记得他说话的声音。"

"他说话的声音!"艾比叫道,"说的是什么?"

"我记得,在我睡觉的时候,他经常给我唱催眠曲。也许是别人唱的。"

"哦,斯戴姆,这太美好了。是一首摇篮曲吗?"

"不是,是一首关于山羊的歌。"

"哦,没有别的了吗?你不记得他的长相?或者你们俩一起做过的什么事儿?"

"我觉得没有。"斯戴姆说,他的语气听起来似乎漫不经心。

艾比对人们说,他有一颗上了年纪的灵魂。显而易见,他是那种顺应生活,抛离过去往前走的人。

他在上学期间,一切平静似水,几乎没有起过一丝波澜,他成绩平平,但所有功课从来都不会落下。你可能会猜想,入学前几年,他在同龄孩子中间个子那么小,大概会成为校霸们的欺负对象,但其实他的日子过得还不错。这也许是因为他说话友好和善,也许是因为他表现得从容淡定,或者是因为他总用善意的想法看待别人。总而言之,他和大家相处得挺融洽。他一到可以打工的年龄就开始在维特山克建筑公司做兼职,高中毕业后直接留在公司工作,用他的话来说,他觉得没必要上大学。他和自己遇到的唯一一个真心喜欢的女孩结了婚,接连生了三个孩子,似乎从来没有左顾右盼,看看有没有可能碰上更好的境遇。就最后一点而言,他是几个孩子里和雷德最相像的。甚至连他的走路姿势都和雷德别无二致——额头向前探着,如一马当先,脚下大步流星。他瘦长的体形也像是和雷德出自一个模子,不过两人的肤色有明显差异。可以说,他就像是维特山克家族的人在太阳底下暴晒了太长时间,结果晒脱了色:头发由黑色变成了浅棕,宝石蓝的眼睛褪成了浅蓝色。虽说颜色浅了不少,但他仍旧是一个维特山克家族的人。

反正比丹尼更像是。斯戴姆进入建筑公司的时候,丹尼曾这样评论道。

想当年,丹尼十几岁,还住在家里的时候,他有一次问艾比:"这小子在我们家干吗?你以为自己做了什么?你从来没想过要征求我们的同意吗?"

"征求你们同意?!"艾比反问道,"他是你们的弟弟啊。"

丹尼说:"他不是我弟弟。他跟我一点儿关系都没有,你跟我说他是自家人,就像是……就像是那些号称从来不会注意到一个人是黑人还是白人的冒牌自由主义者一样。他们难道没长眼睛吗?你难道没长眼睛吗?你这么满腔热情地在外面行善积德,就不能停下来想想这对我们有没有好处吗?"

艾比只说了一声:"噢,丹尼。"

噢,丹尼。

第 四 章

　　星期天早晨,书房的门紧闭着,大家都小心关照几个男孩子不要弄出太大声响,因为丹尼正在里面睡觉。"去阳光房里玩吧。"他们刚一吃完早饭,诺拉就吩咐道,"不过,你们要安静点儿,别把伯伯吵醒。"可他们就算是使出浑身解数做到最好,用最夸张的动作蹑手蹑脚地离开厨房,也还是稀里哗啦一片声响。他们互相挤来挤去,推推搡搡,你捅我一下,我给你一拳,还被自己的睡衣裤管绊得跌跌撞撞,海蒂发了疯一样绕着他们转圈子。布兰达卧在屋角的地板上,抬起脑袋目送他们离开厨房,咕哝了一声,又把下巴搭在爪子上。

　　雷德也睡得很晚,所以其他人无从得知他和丹尼在火车站见面之后聊得怎么样。"我努力不让自己睡着,想一直等他们俩到家,"艾比说,"可我还是打了个盹,睡过去了。我现在好像不能在床上看书了!我应该坐在楼下等他们才是。诺拉,你要再来一杯咖啡吗?"

　　"我自己来,维特山克妈妈。您坐着吧。"

　　看样子,这两个女人得经过一段时间才能确定下来谁具体负责什么。当天早晨,艾比像往常一样摆上了烤面包片和麦片,过了一会儿,诺拉又下楼来,二话不说,就用了一整盒鸡蛋,给大家做了炒蛋。

　　斯戴姆穿着睡衣,艾比裹着睡袍,但诺拉身上穿的是一条白色的棉布裙,上面有海军蓝的小树枝图案,她的凉鞋里露出一双皮肤光洁、晒成棕褐色的脚。一顿早餐下来,她吃得比另外几个人加起来都多,但她吃得慢条斯理,风度优雅,让人感觉她根本就没吃下什么。

"我在想,"艾比说,"也许可以请两个女儿和他们全家人过来吃午饭。我感觉他们都想见见丹尼。"

"那午饭能不能晚点儿吃?"诺拉问,"我和孩子们要去教堂做礼拜。"

"哦,当然可以。没问题,我们可以……一点钟开始吃饭,你看呢?我琢磨着,我可以做一道烤肉卷。"

"如果您能帮我把要烤的肉放进烤炉,"诺拉说,"等我回来就可以接着做别的。"

"哦,诺拉,我还能凑合着做出一顿家常便饭。"

"是啊,当然。"诺拉的语调很平静。

斯戴姆说:"您需要什么,我这就去杂货店里买回来。"

"哦,你爸爸可以去买一趟东西。"艾比对他说。

"妈妈,我住在家里就是要干这些事儿。"

"好吧……不过你得去艾迪杂货店,在那儿花了多少钱可以记在我们的账上。"

"妈妈。"

恰在此时,雷德走了进来,让艾比如释重负。(她很不喜欢谈钱)他穿着一件破旧的睡袍,没有后跟的拖鞋发出笤帚扫地一样的沙沙声,手里端着晚上喝水用的玻璃杯,上面的图案是动画片《摩登原始人》里的弗雷德[①]。"大家早上好啊。"他说。

"哦,嗨!"艾比打了个招呼,顺势把椅子向后滑动了一下,但诺拉已经站起身去拿咖啡壶了,"丹尼回来还顺利吧?"艾比问。

"嗯。"雷德应了一声,坐了下来。

[①] 《摩登原始人》是二十世纪六十年代的美国动画片,英文名称为 The Flintstones。

斯戴姆问:"火车准时吗?"

雷德也许压根儿没听见,或者觉得这个问题不值得回答。他伸手去拿盛着炒鸡蛋的大浅盘。

"有烤面包片。"艾比告诉他说,"是全麦的。"

雷德往碟子里盛了一小份炒鸡蛋,顺手把大浅盘递给诺拉,诺拉又给自己取了一份。

"如果我下次去还得忍受那个该死的塑像,"他说,"那我就租个落锤破碎机。那玩意儿真让人难堪!别的城市火车站都有喷泉,金属雕塑,或者别的什么。我们偏偏有个锡制的弗兰肯斯坦,无比巨大,心脏跳动起来还闪着粉色和蓝色的光。"

"丹尼还好吧?"艾比问。

"要我说,他看上还不错。"雷德往奶油罐里瞥了一眼,"还有奶油吗?"

诺拉起身朝冰箱走去。

"我和他只聊了聊金莺队①,"最后,他实在没法子,只好顺从了听众们的好奇心,"我们俩谁都不相信他们这势头能一直持续到季后赛。"

"噢。"

"他带了三个旅行袋。"

"三个!"

"我问过他,"雷德搅拌着咖啡说,"我问他为什么带这么多行李,他说他把夏天和冬天的衣服都带来了。"

"冬天!"

"冬天的衣物占了大部分,这是他告诉我的。比较厚的材质。"

"他怎么能带得了这么多东西呢?"斯戴姆问。

---

① 巴尔的摩金莺队(Baltimore Orioles)是美国职业棒球大联盟的球队之一。

· 104 ·

"他说,上车的时候,找了个行李搬运工。不过,等到下车的时候……你在巴尔的摩火车站找过搬运工吗?而且还是在半夜十二点以后?可他居然自己一个人搞定了。早知道这情况,我就把车放在停车场,进站去接他了。"

"冬天的衣服!"艾比拖着长音自言自语道。

"鸡蛋味道不错。"雷德对她说。

"哦,是诺拉做的。"

"鸡蛋做得很不错,诺拉。"

"谢谢您夸奖。"

"我看,我应该把书房里的壁橱腾出来。"艾比说,"可是,从双层床卧室还有斯戴姆和诺拉的卧室里清理出来的东西,我都已经在到处找地方放了。"她看上去有点儿慌乱。

"放心好了。"雷德埋头吃着鸡蛋,连头都没抬。

"最讨厌你这种时候对我说'放心好了'!"

诺拉插了一句:"我可以去清空壁橱。"

"你不知道把东西搁在什么地方。"

"诺拉可是个安排储物空间的高手。"斯戴姆说。

"当然,我完全相信她,不过……"

"嘿,大家早上好。"丹尼打着招呼走进厨房。

他穿着一条油漆斑驳的卡其布裤子和"奶酪条事件"①乐队的T恤,头发乱蓬蓬地堆在耳朵上。(家里的男人有个癖好,通常把头发剪得短短的。)不过,他看上去气色还不错,一副兴致勃勃的样子。艾比一边说:"噢,亲爱的!见到你真高兴!"一边起身去拥抱他。丹尼只草草地回抱了她一下,随即弯下腰去抚摸布兰达——它一见丹尼,就挣扎着站起身,摇摇摆摆地跑过来,用鼻子在丹尼身上蹭来蹭

---

① 成立于1993年的一支美国乐队,英文名称为String Cheese Incident。

去。斯戴姆依旧坐在自己的座位上,朝他举起一只手,诺拉笑盈盈地问候了一声:"你好,丹尼。"

"给我剩早饭了吗?"

"多的是。"艾比说。诺拉又站起来去拿咖啡壶。

"孩子们呢?"丹尼落座之后问道。

"在阳光房里。"艾比说,"希望他们没吵到你。"

"我一点儿动静都没听见。"

"路上怎么样?"

"还好吧。"他自顾自地吃起了鸡蛋。

"要说起来,其实你可以等到今天早晨。星期天早晨的火车上都没什么人。"

"昨天晚上车就空得很。"丹尼说。

斯戴姆问:"你还在那家餐厅工作吗?"

"没有,我已经辞职不干了。"

"那你现在在做什么呢?"

"现在我在这儿啊。"丹尼直视着斯戴姆说道。

诺拉插进来说:"很抱歉,我要失陪了,我得让孩子们做好准备去教堂了。"

丹尼把目光转向诺拉,停留了片刻,才又拿起叉子继续吃了起来。

孩子们听说丹尼醒了,一个个异常兴奋。他们一窝蜂跑回厨房,往丹尼身上一顿乱爬,还连珠炮似的提出了一堆问题和要求:有没有把棒球手套带来?能不能带他们去溪边玩耍?海蒂围着他们又是狂吠又是乱跳,也想钻进来凑热闹。丹尼好言好语把他们打发走了,保证过一会儿带他们一起玩,诺拉这才把孩子们赶上楼去,斯戴姆背着萨米紧跟在后面,雷德也拿上晨报进了阳光房。

餐厅里只剩下艾比和丹尼两个人了。众人刚一离开,艾比就给自己又倒了一杯咖啡,然后坐下来,开口唤了一声:"丹尼斯。"

"啊哦。"

"怎么了?"

"你一叫我'丹尼斯',我就得小心了。"他说着,往盘子里舀了一点儿果酱。

"丹尼,我知道,珍妮肯定已经告诉过你了。这两年,我做事没头没脑的,需要一个管家来帮忙。"

"她没跟我说这些。"

"哦,不管她是怎么说的,我想从我这方面跟你解释清楚。"丹尼听到这句话,翘起了脑袋。

"这件事儿让他们所有人都很担心,"艾比说,"我指的是,斯戴姆和诺拉觉得他们应该搬过来和我们一起住的原因。事情并不像他们说的那么严重。我可没有……跟那些心智不全或者出了别的问题的人一样,动不动就迷路了,走失了,根本没有这回事儿。事情的发生是这样的,那天晚上,有一场可怕的暴风雨,他们说是什么'雷科',你记得吗?哦,老天爷,'雷科''厄尔尼诺'……这些词大家老是挂在嘴边。谁能告诉我,这跟全球变暖有什么不同!不管怎么说吧,那场暴风雨把伊利西斯家的一棵大树击倒在地,正巧躺在我们两家之间的地界上。更不要说还有成百上千棵树被毁坏,半个城市都中断了供电,我们家也包括在内。"

"糟透了。"丹尼说着,咬了一口烤面包片。

"你真该看看那棵树,丹尼。就像一颗巨大无比的西兰花躺在地上,只不过还带着根。地上留下了好大一个洞!足有地下室那么深。你这就能理解为什么有人会对此感到好奇了吧。"

"你这话是什么意思?你出去看那个洞了?"

"怎么说呢,大概是吧。"

"大概?"

"我的意思是,没错儿,我相当确信,我当时就是这么做的。"

"妈妈。那是一场暴风雨,跟飓风一样厉害。如果你出门了,一定会记得。"

"我确实记得啊。我是说,我记得自己待在屋外,只是不记得自己是怎么出去的了。你瞧,我的脑子有时候会跳过几分钟,就像唱片在播放的时候突然跳针了。我本来正在做一件很平常的事儿,可是一转眼就跳到了下一个场景,你能明白吗?也许是过了五分钟或者十分钟,我说不准。上一分钟发生的事情和此时此刻仿佛有一个间隔,完全是一片空白。这跟一件日常琐事做着做着就搁下了可不一样,那样你仍然可以意识到时间一分一秒过去。这更像是……做完手术之后一下子清醒过来。"

"听起来像是小中风或者别的什么毛病,"丹尼说,"也许是突然发作。"

"嗯,那我就不知道了。"

"这情况你跟医生提过吗?"

"绝对没有。"

"但是,这毛病有可能很容易就治好了。"

"到了这个岁数,我真不想去治疗。"艾比说,"再说了,又不是经常发生。根本就没有过几回。"

"哦,好吧。照你刚才所说,在一场暴风雨中,你发现自己待在房子外面,往一个洞里张望。"

"怎么说呢,那时候已经不算是暴风雨了。雨已经停了。不过,抛开这一点,没错儿,你那么说也是恰如其分。当时,我穿着睡袍和拖鞋,身上没带钥匙。要说起来,我干吗要带呢?大门一般都设成手动上锁。唉,我真讨厌自动锁!一定是你父亲给锁上了,他老是到处转悠,胡乱摆弄东西。我叫门的时候,他当然听不见;那会儿他已经在呼呼大睡了,这下你知道他的耳朵有多迟钝了吧。我又是大声叫喊,又是使劲敲门……我显然没法按门铃,因为家里没电,话又说回来了,他大部分时间压根儿听不见门铃响。我甚至还试过往卧室窗户上扔石子儿,可这在实际生活中一点儿用都没有,根本不像书里写的那样。最后,我心想,算了吧,还是索性躺在吊床上等到天亮再说。其实待在外面没那么糟糕。感觉还挺不错的。周围一片黑暗,路边和各家各户的灯光全都熄灭了,传到我耳边的唯一声响是树叶掉落的声音,还有树蛙低低的鸣叫。我蜷缩在吊床里睡着了,第二天早晨醒来的时候,天还很早,你爸爸估计还没起床,于是我打算顺着街区走一段长长的路,看看暴风雨造成的损害。丹尼,我们这一带全都成了灾区!粗大的树干带着树枝,乱七八糟横卧在街道上,垂落下来的电线到处都是,布朗家门前有辆车被毁得面目全非……就是在那个时候,萨克斯·布朗发现了我,当时我正走过去看那辆被撞毁的车,想确认一下有没有人困在里面。哦,我知道我那副样子一定很狼狈:穿着睡袍从自家门口出发,足足走了半个街区,睡袍边上沾满了泥污。这确实很容易让人产生疑虑!"她轻轻一笑。

丹尼说了声:"好吧……"

"可这也不足以成为他们把保姆请到家里的理由啊。"

"嗯,听起来确实犯不着。"丹尼说。

"哦,太好了。"

"依我看,这更像是出现了一系列情况,超出了你的控制能力。在这一点上,我确实赞成你的想法。"

"这么说,你也认为,你们谁也不需要待在这儿,"艾比说,"当然,我并不是不欢迎你们来,你们任何一个人来,我都打心眼儿里感到高兴。但是我确实不需要人照顾。"

"这些话你为什么不对斯戴姆说呢?"

"斯戴姆?哦,我说过。我试图跟他说过。我试图告诉过每个人。"

"那你为什么不让他走？为什么单单让我走,而不是他呢？"

"哦,亲爱的。我并不是要让你走。我希望你留下来,想待多久就待多久。我只是想说,我不需要一个保姆。你懂我的意思。斯戴姆……他就是不理解。你知道吧,他和爸爸两个人更合拍。他们俩有时候会凑在一起嘀嘀咕咕,想出这些主意来,你知道我的意思吗？"

"我完全明白你的意思。"丹尼说。

艾比往椅背上一靠,脸上露出如释重负的表情,紧蹙的额头也终于舒展开了,可就在这时,丹尼说了句："还是老一套,还是老一套。"说罢,起身走出了餐厅。

说到星期日的家庭午餐,真是运气不佳。艾比新近结交的一个"孤儿"充当了不速之客。她叫阿塔,有个很复杂的姓氏,刚刚移居到美国,差不多快六十岁的年纪,打眼一看就属于超重人群。她的皮肤呈浅灰色,身上穿一件系腰带的裙子,看样子沉甸甸的,腿上的长筒袜像是布织绷带。(眼下室外气温都超过了三十三度,巴尔的摩已经一连几个月见不到有人穿长筒袜了。)大家对她的第一印象是,她站在纱门前,一边笃笃笃地敲门,一边喊道："喂？我没有走错地方吧？"

她把"喂"说成了"尾",还把"没"说成了"每"。

"哦,我的天哪！"艾比冲口叫道。她正跟在斯戴姆身后,从楼梯上走下来,两人各自抱着一大摞文件,想在阳光房里找个地方存放。"阿塔,是你吗？啊,见到你真高兴……"

她把自己抱的文件放在斯戴姆那摞上面,为阿塔打开了纱门。"我来早了吗？"阿塔一边说着,一边走了进来,脚步声橐橐地响。

"我觉得没来早,你说的是十二点半。"

"没有,当然没有。我们正在……这是我的儿子斯戴姆。"艾比说,"斯戴姆,阿塔刚来巴尔的摩不久,她连一个人都不认识呢。我是在超市里遇见她的。"

"您好。"斯戴姆打了个招呼,他没法跟阿塔握手,不过他还是从一大抱文件上方冲她点了点头,"抱歉,我得去找个地方把这些东西放下。"

"进来坐吧。"艾比对阿塔说,"找到我们家没费什么周折吧?"

"当然没有。不过你确实跟我说的是十二点半。"

"是吗?"艾比含含糊糊地说。问题也许出在她的装束上:她穿着一件无袖衬衫,胸前耸起处的一边还滴里嘟噜挂着一串安全别针,浅绿色的宽腿裤只能遮住膝盖。"我们家穿衣打扮很随便。"她说,"我们一向不怎么刻意盛装打扮。哦,这是我丈夫!雷德,这位是阿塔。她来和我们一起共进星期日午餐。"

"您好。"雷德和她握了握手。他另一只手里握着一把螺丝刀。最近一段时间,他又开始摆弄电缆箱。

"我不吃红肉。"阿塔用平板的语调大声对他说。

"哦,不吃红肉?"

"在我们自己的国家,我是吃肉的,但是到了这儿就不吃了——他们往肉里加了激素。"

雷德说了一声:"啊。"

"都坐下吧,你们俩。"艾比正说着,斯戴姆从阳光房里走了出来,"斯戴姆,你也坐下来陪陪阿塔,我去看看午餐准备得怎么样了。"

斯戴姆怏怏不乐地瞟了她一眼,但艾比只是冲他粲然一笑,便走出了客厅。

厨房里,诺拉正站在操作台前切西红柿。"这下我可怎么办呢?"艾比问她,"想不到来了个客人,她不吃红肉。"

· 111 ·

诺拉连头也没回就说:"道格拉斯从店里买来的金枪鱼沙拉怎么样?"

"哦,好主意。丹尼在哪儿?"

"在跟孩子们一起玩投接球游戏呢。"

艾比走到纱门前,向外面张望。只见后院里,萨米有个球没接住,正追过去捡,丹尼站在那儿一边等,一边无所事事地用拳头击打自己的棒球手套。"也许我干脆随他的便就好了。"艾比说完,叫了一声,"噢,天哪!"她长长地呼出一口气,走到冰箱跟前去拿冰茶。

客厅里,阿塔正在对雷德和斯戴姆大谈特谈美国人出了什么问题。"他们总是表现得热情洋溢,慷慨大方,可是再往后呢,什么都没有。我在这儿没有交到一个朋友。"

"哦,这样啊,"雷德敷衍道,"我相信等过一阵子,你一定会交到朋友。"

"我看够呛。"阿塔说。

斯戴姆问:"你愿意加入一个教会吗?"

"没兴趣。"

"我这么说是因为,我的妻子诺拉在一家教会,他们有一整个委员会,专门接待初来乍到的人。"

"我不想加入教会。"阿塔说。

三人陷入一阵沉默。雷德终于挤出一句话:"你们最后说了什么,我没怎么听清楚。"

斯戴姆和阿塔只是看着他,谁也没说话。

"冰茶来啦!"艾比嘴里像哼着快乐的曲调,端着托盘一阵风似的走了进来。她把托盘放在咖啡桌上,问道:"谁想来一杯冰茶?"

"哦,谢谢你,亲爱的。"雷德这话是发自内心的。

"阿塔跟你们讲了她家里的情况没有?她的家庭很特别。"

"没错儿,"阿塔说,"我们家非比寻常,没有一个人不妒忌我们。"她像采花一样从一个碗里拈起一小包阿斯巴甜,凑到眼前,读起了包装上细小的字体,嘴唇微微翕动,然后又把小包丢进了碗里,"我父母各自的家族好几代人都是显赫的科学家,我们进行过很多次充满智慧的讨论。其他人都希望能成为我们家的一员。"

"这难道不是很特别吗?"艾比脸上洋溢着灿烂的笑容。

雷德的身体往椅子里深陷了下去。

午餐时分,因为人太多的缘故,几个孙辈的孩子只好在厨房就餐,只有阿曼达的女儿伊莉斯除外,她已经十四岁了,觉得自己满可以加入大人的行列。在餐厅里就座的总共十二个人:雷德和艾比,他们的四个孩子和其中三个孩子各自的配偶,再加上伊莉斯、阿塔以及和珍妮住在一起的婆婆安格尔太太。餐盘挤挤挨挨地摆放在桌子上,银器一把把塞在盘子和盘子之间的缝隙里,大家不断地互相问:"不好意思,这是你的杯子还是我的?"至少艾比似乎觉得这是个令人愉快的场面。"人多才热闹啊!"她对孩子们说,"是不是很有意思?"几个孩子愁眉苦脸地看了她一眼。

在此之前,他们几个曾经聚在厨房里嘀嘀咕咕——艾比把他们介绍给阿塔之后,几乎所有人都立刻撤退,躲进了厨房。艾比的错误在于,她竟然也走进了厨房,正撞上几个人在嘟嘟囔囔,孩子们见她进来,立刻各自散开,怒视着她。"妈妈,你怎么能这样?"阿曼达质问了一句。珍妮说:"我记得,你已经保证过不再这样了。"

"不再怎样了?"艾比问,"说真的,如果你们所有人都不能对一个陌生人表示出一点儿热情的话……"

"这本来就应该是一次家庭聚餐啊!你永远都不满足于只和自家人在一起!对你来说,我们永远都不足够吗?"

眼下,事情已经稍稍平息下来,成了小火慢炖。阿曼达的丈夫休正在切肉,这一贯是他的拿手好戏,为此他还参加过专门的课程,从那以后他总是坚持要在客人面前露一手,以尽地主之谊。可雷德老是不住地咕哝:"看在老天的分儿上,这肉里又没有骨头,干吗要小题大做?"诺拉动作轻盈地在厨房和餐厅之间来回穿梭,不是让孩子们安静下来,就是清理他们洒落的食物。安格尔太太是个面相很讨人喜欢的女人,头上有一绺蓝白色的发丝。她煞费苦心把阿塔拉进大家的谈话中,向阿塔问起她的工作,她家乡的食物,还有她们国家的医疗保险体系,但是阿塔每次都如秋风扫落叶一般把她的问题横扫到地上,就像对待一只没有生命的毽子。"你打算申请美国公民身份吗?"安格尔太太插空又抛出了一个问题。"绝对不会。"阿塔答道。

"哦。"

"阿塔一直觉得美国人不太友好。"艾比对安格尔太太说。

"我的天哪!这我可从来没有听说过!"

"哦,他们总是装出一副友好的样子,"阿塔说,"我的同事总爱这么打招呼:'你好吗,阿塔?'他们还会说:'见到你真高兴,阿塔。'可是他们会邀请我到他们家去做客吗?没门儿。"

"这让人太吃惊了。"

"他们就是那种——你们怎么说来着,两面派。"阿塔道。

珍妮朝桌子对面的丹尼探过身子,问:"你还记得 B.J. 奥特里吗?"

丹尼应了一声:"嗯——嗯。"

"我只是突然想到了她,我也不知道为什么。"

阿曼达听了窃窃发笑,斯戴姆嘴里咕咕哝哝。这是为什么,他们心知肚明。(B.J. 奥特里是艾比请来的相对来说比较令人厌烦的一个"孤儿",标志性特点是刺耳的嗓音和拉锯一般的笑声。)丹尼认真打量了一会儿珍妮,脸上没有露出一丝笑容,然后他转向阿塔,开口道:"我认为是你搞错了。"

"哦?"阿塔问,"'两面派'这词儿不对?"

"在这个情况下,用得不恰当。说是'客套'更为准确。他们在试图对你客客气气。他们并不那么喜欢和你相处,所以他们不会请你到家里做客,但是他们在尽最大努力表现得友好和善,因此他们会问'你好吗',或者对你说'见到你很高兴'。"

艾比脱口而出:"哦!丹尼!"

"怎么了?"

"还有呢,"阿塔显然并没有少见多怪,而是继续和丹尼攀谈,"他们总爱说:'阿塔,过个愉快的周末!'这我该怎么做?我得问问他们才对。"

"是啊。"丹尼说着,冲母亲微微一笑。艾比往椅子后背上一靠,叹了口气。

"大家来看啊!"阿曼达的丈夫休用切肉叉挑起一片牛肉,得意扬扬地喊道,"瞧见了吗,雷德?"

"哦?"

"这片肉上有你的名字。仔细看,像纸一样薄。"

"噢,好啊。谢谢你,休。"雷德说。

阿曼达的丈夫休闹过一个笑话,家里无人不晓:他问杜鹃花丛下面怎么有个像是文凭的东西——他指的是从地下室的排水泵引出来的PVC排水管。全家人时不时就拿这件事儿来取笑他:"休,你最近在灌木丛里发现什么文凭没有?"大家对他这个人颇有好感,但同时也对他如此缺乏生活常识感到不可思议,在他们看来必不可少的知识和技能,休居然一无所知。他甚至都不会更换墙上的开关!他身材修长,像模特一样英俊,对旁人的羡慕和夸赞早已经习以为常;他老是在不断寻找新的工作机会,一时心焦气躁就弃之而去。眼下他经营着一家餐馆,叫"感恩节",只提供火鸡大餐。

相比之下,珍妮的丈夫休是个能工巧匠,他在珍妮当年就读的大学里工作。当别的姑娘纷纷对医学院预科生暗生情愫的时候,她则对不起眼的休一见倾心。休留着黄褐色的胡须,腰间围着一副工具腰带,低低地垂挂在臀部;显而易见,珍妮只看了他一眼,就立刻对他产生了一种亲近感。眼前这个人是可以和她息息相通的!两人在珍妮读大学四年级的时候就结了婚,这给学校管理层造成了一些不便。

此时此刻,他正在向伊莉斯打听她参加芭蕾舞团的事儿,这充分显示了他的善解人意。(因为到目前为止,伊莉斯一直被遗落在谈话之外。)"你把头发梳得这么紧,是因为跳芭蕾吗?"他问。伊莉斯回答说:"是呀,奥利里夫人是这么要求的。"她挺直身子,摸了一下头顶上形状像甜甜圈一样的小小发髻。这孩子身材细瘦,像一根芦苇,端正挺拔的姿态显得有几分夸张。

"可是,如果你有一头卷发,没法梳得服服帖帖,可怎么办?"他又问,"或者,如果你是那种头发只能长这么长的人,该如何是好呢?"

"不能有任何例外。"伊莉斯一本正经地说,"实在没办法就得戴上一个假发髻。"

"哇,不会吧!"

"还有纱裙,"阿曼达对他说,"她们把纱裙系在紧身连衣裤外面。大家每个人都对芭蕾舞裙充满了期待,可是只有表演的时候才能穿。"

艾比插进来说:"哦,珍妮,你还记得吗,伊莉斯才刚刚出生没多久,我们先后给她试穿过两条芭蕾舞裙呢。"

"那时候,你妈妈让我们帮忙照看你,"艾比对伊莉斯说,"那是她第一次把你留在家里,她觉得让自家人来照料更安心。我们对她说:'赶紧去吧,走吧!'她刚一出门,我们就脱掉你身上的衣服,只剩下一条纸尿裤,然后开始给你试穿各种各样的服饰。我们把你妈妈在新生儿送礼会上收到的每件衣服都给你试穿了一遍。"

"我一直都被蒙在鼓里啊。"阿曼达说。伊莉斯看上去既开心又有点儿忸怩不安。

"哦,我们一直想亲手摆弄摆弄那些精致小巧的衣服。不光是那两条芭蕾舞裙,还有一条可爱的水手裙和一件比基尼游泳装,然后呢,珍妮,你还记得吗?那条海军条纹工装裤还带着个锤环。"

"我当然记得。"珍妮说,"还是我给她试穿的呢。"

"哦,当时我们有点儿如醉如痴,"艾比向阿塔解释说,"因为伊莉斯是我们家第一个孙辈的孩子。"

"话也许不能这么说。"丹尼插言道。

"亲爱的,你说什么?"

"你好像忘了苏珊,她才是第一个。"

"哦!当然啦。没错儿,我刚才说的是第一个和我们比较靠近的孙女。我的意思是距离上比较靠近。我无论如何也不会忘记苏珊啊!"

"苏珊怎么样?"珍妮问。

"她很好。"丹尼答道。

他往自己盘子里的肉上浇了一勺肉汁,然后将汤盘递给阿塔,阿塔眯起眼睛只瞧了一瞧,就传给了下一个人。

"她暑假打算干什么?"艾比问。

"她在参加一个什么音乐课程。"

"音乐,太棒了!她喜欢音乐吗?"

"我猜她肯定喜欢。"

"她学什么乐器?"

"竖笛吗?"丹尼略一思索,"是竖笛。"

"哦,我还在想会不会是法国号呢。"

"你为什么会这么想?"

"嗯,你当年就吹过法国号。"

丹尼闷声不响地切起肉来。

"苏珊在暑假期间打算干什么?"雷德又问了一句。

大家都把目光投向了他。

"竖笛,雷德。"艾比终于忍不住说道。

"嗯?"

"竖笛!"

"我有个孙子在密尔沃基市,他就在吹竖笛。"安格尔太太说,"每次听他吹奏,大家都忍不住咯咯笑。他吹出来的音符,隔三岔五就有一个粗哑的声音跑出来,别提多难听了。"她转向阿塔说,"我有十三个孙子孙女,你能相信吗?阿塔,你有没有孙子?"

"这怎么可能呢?"阿塔反问了一句。

大家又陷入一阵沉默,屋里的空气十分凝重,令人感到无比窒闷,就像被包裹在厚厚的毯子里,于是他们都把注意力转移到了食物上。

午餐过后,阿塔起身告辞,他们从店里买来当作甜点的单层大块蛋糕还有剩余,也给她打包带走了。(金枪鱼沙拉她几乎连碰都没碰一下,她声称这东西"含汞",不过她似乎很喜欢吃甜食。)伊莉斯在后院加入了另外几个孩子的行列,其余的人则全都来到了屋外的前廊上。甚至连诺拉也在大家的劝说下,决定把清理厨房的活儿留到后面再说。雷德没有上楼回房间休息,而是躺在散发着霉味的吊床上小憩。

"爸爸的胳膊上怎么有这么多斑点?"丹尼压低声音问两个姐姐。他们三个正一起坐在秋千架上。

艾比抢先做了回答。她的耳朵还是那么灵敏,一如既往。她中断了和安格尔太太的谈话,扯着嗓子喊了一声:"他在用血液稀释剂。这会让他的皮肤产生瘀青。"

"他从什么时候开始养成睡午觉的习惯了?"

"这是医生的嘱咐。按理说,他平时也应该睡午觉,可他就是不肯。"

丹尼沉默了一会儿,心不在焉地踢着秋千来回摆动,眼睛注视着灌木丛里的一只灰松鼠。"有意思的是,没有一个人告诉我他心脏病发作的事儿,"他说,"直到昨天晚上我才知道。如果我没有碰巧给珍妮打电话,我可能到现在都一无所知。"

"哦,就算告诉你又能怎么样呢?"阿曼达说。

"太感谢你了,阿曼达。"

艾比坐在摇椅里,抗议似的动了动身子。

"今年夏天简直太美妙了,难道不是吗?"安格尔太太的语调很欢快。

其实,这是个酷热难耐的夏天,又被暴风雨给毁得一塌糊涂,所以她显然只是在试图转移话题。艾比探过身子,拍了拍她的手。"哦,洛伊斯,"她说,"你总是看阳光灿烂的一面。"

"可我真的喜欢大热天,你不喜欢吗?"

"喜欢啊,"艾比说,"但是,我总是情不自禁地想到那些待在市中心的人,他们没办法享受清凉,真是好可怜啊。"

维特山克家的天花板上有吊扇,阁楼里巧妙地安装了风扇,再加上高高的老式天花板——在家里纳凉也只能靠这些。雷德偶尔也提起过安装空调的念头,但他又表示,损伤房子的龙骨是他绝对不能接受的。他们家就连前廊顶上也有三个吊扇,纵向一字排开,样式很漂亮,看着有些年头了,上过清漆的木质扇叶和同样上过清漆的前廊顶板、地板、蜂蜜色的秋千以及宽大的前门台阶搭配起来,可谓浑然一体。(所有这些,全都是小维特山克精挑细选的。他还决定在底层

· 119 ·

的每道门上方加上没有窗户的网格状横楣,这样就能更好地通风。)当然,那一丛丛鹅掌楸也给他们带来了荫凉,虽然艾比经常抱怨屋里光线太暗。树丛下什么也长不出来,草坪多半成了硬邦邦的土地,只有几茎螃蟹草顽强地从泥土里钻出来。房子北沿只有玉簪花长得繁茂,巨大的叶子恣意生长,花蕾却小得可怜。

"尼尔逊家的孩子打算干什么?"珍妮问道,她的眼睛正望着街对面尼尔逊家的房子。

"不好说。"艾比答道,"这年头,你打听别人家孩子的情况,都能明显感觉到他们不希望你引出这个话题。他们会告诉你:'哦,儿子刚从耶鲁毕业,现在他,嗯……'结果是,他家儿子在酒吧里当招待,或者是在做卡布奇诺咖啡,而且十有八九又搬回家里来住了。"

"能找到工作就够幸运的了。"阿曼达的丈夫休说,"我迫不得已,都已经开始解雇一部分餐厅服务员了。"

"哦,天哪,你的餐馆生意不好吗?"

"眼下好像都没人在餐馆吃饭了。"

"不过现在休又想出了一个更好的主意,"阿曼达说,"他设计了一整套新商业模式,前提是他能找到投资人。"

"真的啊?"艾比皱了皱眉头。

"此处不留人。"

"什么?"

"这是我打算给公司取的名字。非常朗朗上口,是不是?"

"可是,你这公司……是要做什么?"

"给那些焦虑不安的外出旅行者提供服务。"休说,"我指的是,那些焦虑过度的旅行者。你们可能都不知道会有这种人存在,因为你们都怎么不出门旅行,相信我的话,我可是见过不少。其中一个就是我的表姐,我的表姐达西。她每次出门都提前很长时间整理行装,结果没留下一件衣服可穿。她把所有东西都装进了行李,事无巨细全都考虑到了。她认为自己的房子有一种神秘的感知力,能预感到她要出门一段时间;她说,离她踏上旅程还有几个小时,她的房子要么冒出一条裂缝,要么下水道堵塞,要么防盗铃出现故障。她每次都给照料自家狗狗的保姆写下一大串注意事项,简直可以称作小说。她还开始怀疑自家的猫是不是得了糖尿病。所以,我在盘算,对于像达西这样的人,我们可以帮他们承担所有的准备工作,这比旅行社的职责可要多得多。她只要告诉我们旅行日期和目的地,然后我们会对她说:无须多言。我们不仅帮她预订航班和酒店,还提前三天帮她打包行李,用特快专递发走,这样她就不用再托运行李。我们帮她安排前往机场的行程、在目的地接机的司机、博物馆门票、导游,还有在所有一流餐馆就餐的预订。不过,这仅仅是个开始。我们的服务项目还包括照料宠物,随叫随到的房屋维护(这方面我需要和雷德谈谈),并且还帮她联络了一位会说英语的医生,离她住的酒店只有几个街区的距离;等她旅程过半,我们还会为她预约一次美发。离她的航班起飞还有三个小时,这时候,我们按响了她家的门铃。'该出发了,'我们通知她。'哦,'她也许会说,'可问题是,我妈妈患上了充血性心力衰竭症,随时都有可能离开人世。''哦,这个嘛。'说话间,我们唰地掏出一部手机,'这是给你的手机,具有欧洲通话功能,你妈妈和她所在的养老院都知道这部手机的号码,另外,我们还给你买了旅行保险,如果发生紧急医疗事故,可以确保你立刻登上返程航班。'"

丹尼禁不住哈哈大笑,但是其余的人谁都没有笑出声来。

"你这个旅行者得非常有钱才行。"珍妮的丈夫休评论道。

"哦,我承认,这项服务价格不低。"

"非常有钱,而且非常疯狂,两者缺一不可。这两个特点必须集于一人之身。在巴尔的摩,有多少这样的人?"

"见鬼,伙计!你这是在鼓励人吗!"

· 121 ·

"哦,不过,我很喜欢这个名字。"艾比赶忙接上话茬,"休,这是你自己想出来的吗?"

"是啊。"

"怎么说来着……所谓的'此处不留人',意思是……"

"你用不着从一开始就辛辛苦苦地进行各种计划,为此大惊小怪,这是我想表达的意思。"

"我明白了。这么说,跟监狱没什么关系①。"

"监狱!天哪,当然毫不相干。"

"那你的餐馆怎么办?"珍妮问道。

"我打算卖掉。"

"哦,有人想买吗?"

"真见鬼,你们这些人!"

安格尔太太说:"你们都注意到没有,最近鸟儿的鸣叫听起来越来越像是对话?这段日子,它们仿佛在交谈,而不是在唱歌。你们能听出来吗?"

大家凝神谛听了片刻。

"也许是因为天热吧。"艾比随口一提。

"我担心它们已经放弃了音乐,转为清谈闲扯了。"

"哦,我无法相信它们居然会这么做。"艾比说,"它们更像是疲倦了,决定让蟋蟀接手演奏音乐这件事儿。"

"我那几个住在加利福尼亚的孙子孙女每年夏天都会来住上一阵子,"安格尔太太说,"他们老问:'那是什么声音?''你们说的是什么声音?'我反问他们。他们说:'就是那一阵一阵的叽叽叽、呼呼呼、吱吱喊喊喳喳的声音啊。''哦,'我回答说,'我觉得你们说的一

---

① "此处不留人"英文原文为"Do not pass go",在《大富翁》桌游里的意思是"进监狱"。

定是蟋蟀或者蚱蜢之类的。是不是很好玩儿？我连听都没听见呢。''可那声音简直吵死人了！'他们说，'你怎么会听不见呢？'"

此言一出，大家似乎都感到一片持续不断的喧闹充斥在耳畔，虽然在此之前没有一个人曾经留意过。那一片喧响富有节奏感，铿锵有韵，就像老式雪橇发出的叮叮当当声。

阿曼达说："哦，就我而言，我认为休的想法棒极了。"

"谢谢你，亲爱的。"休对她说，"我很高兴你能这么相信我。"

安格尔太太说："哦，当然啦！我们所有人都相信你！你呢，丹尼？"

"我是不是觉得休的主意很棒？"

"我是想问，你这段时间在做什么。"

"怎么说呢，我眼下什么都不干。"丹尼回答说，"我到这儿来给家里人搭把手，帮帮忙。"他把头往后一仰，靠在秋千的靠背上，十指交叉在胸前。

"有他在家真是好极了。"艾比对安格尔太太说。

"哦，我能想象得到！"

"你还在那家厨具商店吗？"珍妮的丈夫休问他。

"不了，"丹尼回答道，接着又说，"我最近在给人代课。"

艾比冲口而出："什么？"

"给人代课。哦，今年春天我一直都在干这个。"

"代课难道不需要有大学文凭吗？"

"事实上根本不需要。虽然我也有个大学文凭。"

大家的目光全都集中在艾比身上，等着她抛出下一个问题。他们的等待落了空。艾比只是静坐着，眼睛盯着街对面尼尔逊家的房子，嘴唇紧绷着，看样子有点儿紧张。最后还是珍妮挑明了大家心里的疑问："你完成了大学学业？"

"是呀。"丹尼说。

"你是怎么做到的?"

"跟随便哪个人都一样啊,我猜。"

大家又把目光投向艾比,可她依旧保持沉默。

"怎么说呢,你从来都不怎么喜欢建筑工程。"过了一会儿,斯戴姆开口道,"我记得,你以前跟爸爸一起工作过一个又一个暑假,那时候你就不喜欢。"

"我也并不讨厌建筑工程;我只是受不了那些客户罢了。"丹尼说着,又坐直了身子,"那些追求时尚的房主,都想在地下室建个酒窖。"

"酒窖!哈哈!"斯戴姆说,"还有人在车库里设置洗狗站呢。"

"洗狗站?"

"那些开着罗柯斯顿,高高在上的贵妇人。"

丹尼从鼻子里哼了一声。

"维特山克妈妈,"诺拉问艾比,"要我给你拿点儿什么来吗?再加点儿冰茶?"

"不用了,谢谢。"艾比简短地说。

一大帮孩子已经从后院转移到了屋子前面,萨米甚至还侵入了大人们占据的前廊——他跑上台阶,扑到妈妈的大腿上,开始抱怨两个哥哥。"有人需要睡午觉了。"诺拉对他说,不过她还是倦意沉沉地坐在原处,从萨米头顶上方望出去,看着另外几个孩子为游戏规则争吵不休。"房子旁边的灌木丛是安全地带,但侧院里的不是。"其中一个说道。

"可是侧院里的灌木丛是最棒的!你可以藏在灌木丛下面。"

"这么说的话,我们为什么把那里当作安全地带呢?"

"哦。"

珍妮的儿子亚历山大充当"捉人者",看着他跑来跑去真是一种痛苦,因为就大家所知,他算是维特山克家族史上第一个有矮胖倾向的。他跑起来的时候两条腿向外甩动,双手在空中划来划去,样子很笨拙。具有讽刺意义的是,他的姐姐黛博却是整个家族运动能力最强的一个。她是个瘦长结实的女孩,肌肉发达的双腿上能看到一个个被蚊子叮咬的包,她赶在亚历山大前面跑到最大的一丛杜鹃花跟前,大喊一声:"哈哈,安全地带!"

"请问,有谁能把海蒂叫走吗?"亚历山大向大人们发问道,"它老是在我前面碍事儿。"

其实海蒂并没有跟在亚历山大身边。它像往常一样活泼好动,一个劲儿围着游戏场地兜圈子,不过,斯戴姆一吹口哨,它就连蹦带跳跑上了前廊台阶。"卧下,乖女孩。"斯戴姆嘴里说着,亲热地抚弄它头上的毛,弄得乱成一团,海蒂喉咙里发出呜咽一样的叫声,驯顺地蜷缩在他脚边。

"布兰达一定是老了吧。"丹尼对两个姐姐说,"要是在以前,它会在外面追着海蒂来回跑。"

珍妮说:"一想到它变老了,我心里就特别难过。你能想象这个家里没有狗吗?"

"很容易,"丹尼说,"狗特别能毁坏房子。"

"哦,丹尼。"

"怎么啦?它们抓挠木制品,磨损地板……"

阿曼达嘴里发出戏谑的一声"嗤——"。

"有什么好笑的?"丹尼问她。

"听听你在说什么!简直跟爸爸一个腔调。你是我们中间唯一一个没养狗的人,而且爸爸号称,如果让他来决定的话,他也不会养。"

"哦,那只是说说而已。"艾比对他们说,"其实你们的爸爸跟我们一样喜欢克莱伦斯。"

闻听此言,四个孩子交换了一下眼色。

雷德咕哝一声,从吊床上坐了起来。"你们在说什么?"他用手指梳理着头发,问道。

"只是在谈论你有多么喜欢狗,爸爸。"珍妮提高嗓门说。

"我喜欢狗?"

阿曼达用手指头敲了敲丹尼的手腕。"我们什么时候可以见到苏珊?"她问。

"哦,等我们有空余的房间可以给她住的时候,在此之前她没法来。"丹尼说。

他的言外之意是等斯戴姆一家人搬走之后,但阿曼达避开了他的话锋,说:"苏珊可以跟几个男孩子住在那间有双层床的卧室里啊。她会介意吗?"

"或者等到沙滩之旅的时候,"珍妮提了个建议,"转眼间就到了,海滨别墅里房间多得很。"

丹尼丢下了这个话题,眼睛追随着在院子里玩耍的孩子们。皮蒂和汤米扭打成一团,伊莉斯把他们两个拽开,用尖细的嗓音劈头盖脸责骂了他们一顿。

"我看我又得给佩特罗纳里兄弟打电话,让他们来修整一下房子前面的步道。"雷德说着,顺着前廊缓步走到他们身边。他一边走,一边顺手拽住一把摇椅的扶手,拖到了艾比身边。

"我每次来,你都在修整步道。"丹尼对他说。

"这要追溯到你们的爷爷,他当年就在这上面花费了不少心思。这步道砌得让他不太满意。"

"他好像确实老在没完没了地折腾。"艾比说。

"在我最初的记忆中,他曾经让人把所有的灰泥都除掉了,还把石头重新砌了一遍,那是在我们搬进来之后。可他还是不满意。他非说坡度不大对头。"

"那现在又要怎么样呢?"斯戴姆问,"从那以后,坡度已经调整了好几次。有些白杨树的树根钻到了步道下面,要想把这个问题一次性解决,你得把那些白杨树都砍掉,我可不想看到你这么做。"

"哦,你们这些男人,别再三句话不离本行了,"艾比说,"今天天气这么好,谈那些话题真是大煞风景,是不是啊,洛伊斯?"

"啊呀,没错儿,"安格尔太太说,"天气太美了。我感觉好像起了一丝微风。"

此话不假,他们头顶上的树叶已经开始沙沙作响,海蒂腰部有一圈毛,像是给它穿上了衬裙,此刻也在微微拂动。

"这样美好的天气总让我想起那一天,就是在那天我爱上了雷德。"艾比像做梦一样说道。

大家都微微一笑。这个故事他们再熟悉不过了,就连安格尔太太也听说过。

萨米靠在妈妈胸前沉沉睡去。伊莉斯头向后仰着,两只胳膊伸展开来,在一棵山茱萸下面飞快地旋转啊旋转。

"那是一个美丽的午后,风儿轻轻地吹拂,橙黄和青绿交织在一起……"艾比开始讲她的故事了。故事的开头一如既往,她每次讲都是用同样的语言,一字一句分毫不差。大家坐在前廊上,个个悠闲自在。他们的面容变得柔和安详,两只手松松地搭在大腿上。此时,鸟儿在梢头谈天说地,蟋蟀在草丛里拉锯扯锯,自家的狗趴在脚边酣睡,孩子们高呼着"安全地带,我到了安全地带!"就这样和家人闲坐在一起,是多么宁静、安逸。

第 五 章

　　星期一,丹尼几乎一直睡到十一点钟才起床。"快来看大懒虫啊!"他刚下楼,艾比就喊道。"你昨晚几点上床睡觉的?"
　　丹尼耸耸肩膀,从食橱里拿出一盒麦片。"一点半?"他说,"两点?"
　　"哦,那就怪不得了。"
　　"我要是睡得足够晚,就有可能一直睡到大天亮。"他说,"否则就会半夜胡思乱想,脑子里塞得满满的,我最讨厌这样。"
　　"赶上这种时候,你爸爸就会起床看书。"艾比对他说。
　　丹尼对此不置一词。关于在长夜难眠的时候如何是好,维特山克家有两种截然不同的观点,在这个问题上,他们早就争论过无数次,再说无益。
　　吃过早餐,丹尼一阵风似的干起活儿来,那架势像是要把失去的时间争分夺秒补回来。他用吸尘器把楼下整个儿清理了一遍,给后院大门的合页上了润滑油,还修剪了后院里的灌木丛。他连午餐也省略了,利用那段时间把炭火烤架擦洗得干干净净,然后借用艾比的汽车,去艾迪杂货店买牛排,准备晚餐做烧烤。艾比让他把牛排记在自己的账上,他也没有提出异议。
　　在这座房子里,诺拉和艾比似乎划分了无形的领地。诺拉在厨房里忙忙碌碌或者照顾自己的孩子,艾比待在楼上的卧室里或者在客厅读书。她们彼此之间客客气气,但也带着几分小心翼翼,生怕碍着对方的事儿。一整天下来,她们只在丹尼去杂货店的时候正儿八经说上了几句话。那是在下午,诺拉抱着萨米上楼,让他去小睡一会儿,在楼梯上遇到了抱着一堆文件下楼来的艾比。"哦,维特山克妈妈,"诺拉说,"要我帮忙吗?"

"不用了,谢谢你,亲爱的。"艾比说,"我只是想趁丹尼出门,把最后这点儿东西从他的房间里清理出来。可是天知道我能把这些东西放在什么地方啊。"

"不能装在箱子里,放在他房间的壁橱后面吗?"

"哦,不行,我看不能这样。"

"我可以从地下室拿一个箱子上来。洗衣机旁边就有好几个。"

"我看这么做不妥当。"艾比的口气比方才多了几分坚决,她长出了一口气,拍了拍文件堆最上面的那个螺旋装订的笔记本。"我从来都不放心把东西放在丹尼能随手拿到的地方。"她说。

诺拉说了声:"噢。"她把跨在自己腰上的萨米往上拖了拖,但并没有继续迈步上楼。

"我知道他并没有什么恶意,但是我随手写下只言片语的小诗、私人日记和点点滴滴的想法,如果有人看了会让我感觉很愚蠢。"

"哦,那是当然。"诺拉附和道。

"所以我打算还是统统运到阳光房里,筛选一番,然后再看雷德能不能让我占用他的一个抽屉。"

"我很乐意帮你把剩下的搬到楼下去。"诺拉说。

"哦,亲爱的,我已经全都搞定了。"

两人各自而去。

当天晚餐吃的是丹尼做的香烤牛排和诺拉自制的青玉米粒煮利马豆。诺拉做的这道菜颇具乡村风味,家里别的人并不怎么习惯。听到几个孩子拒绝吃牛排,诺拉倒是很开通,给他们另外做了些吃的。她毫无怨言地走出餐厅,进了厨房,从盒子里取出意大利通心粉和奶酪,开始忙活起来。艾比对男孩子们说:"哦,你们的妈妈好可怜!她连饭都没吃完,就去专门给你们张罗做好吃的,真是个好妈妈。"她这番话的意思是,换成过去,她往自己的孩子面前摆上什么他们就吃什么。不过,三个小男孩已经不是头一次听她这么念叨了,只是面无表情地盯着她。雷德似乎听懂了她的意思。"行啦,亲爱的,"他说,"现在跟以前大不一样啦。"

"哦,我知道!"

早些时候,男孩子们和诺拉在附近的游泳池度过了午后的下半段时光,他们个个脸上红扑扑的,头发油光水滑,眼睛微微肿胀。萨米的脑袋不住往盘子上耷拉,因为他午睡时间压根儿就没睡着。"今天晚上,你们都早点儿上床睡觉。"斯戴姆对他们发了话。

"我们不能先和丹尼伯伯玩一会儿接球?"皮蒂问道。

斯戴姆扫了一眼丹尼。

"我没问题。"丹尼说。

"太棒啦!"

"今天工作顺利吗?"艾比问雷德。

雷德说:"简直让人头疼。来了这么一位女士,她……"

"失陪,"艾比一边说着一边起身走出餐厅,进了厨房,口里喊道,"诺拉,赶紧吃你的饭吧!我来做意大利通心粉。"

雷德转了转眼珠,趁她不在,一伸手把奶油端了过来,往自己的青玉米粒煮利马豆上加了好一大坨。

"她一掏出四英寸厚的活页夹,我就知道麻烦来了。"斯戴姆对雷德说。

"一个劲儿挑剔、挑剔、挑剔。"雷德顺着他的话说,"絮絮叨叨、絮絮叨叨、絮絮叨叨。"

诺拉端着一个平底深锅,拿着一把盛饭的勺子,从厨房走了进来,艾比跟在她身后。"青玉米粒煮利马豆味道很不错啊,诺拉。"雷德夸赞道。

"谢谢您。"

她挨个往汤米、皮蒂和萨米的盘子里盛上了通心粉。艾比重新在自己的椅子上坐下来,伸手去拿餐巾。"总算好了,"她说,"你刚才在说什么?"

"什么?"

"你刚才不是在说工作的事儿吗?"

"我忘了。"雷德气鼓鼓地说。

"他刚才在说布鲁斯太太,"斯戴姆告诉她说:"这位女士要重新装修厨房。"

"关于灌浆材料,我早就提醒过她,"雷德说,"我跟她提了不止一次。我说:'这位女士,如果你选用聚氨酯灌浆材料,工期会增加两天。这玩意儿清理起来简直是活见鬼。'"

他紧接着慌忙说了声"哦,抱歉",因为诺拉的眼睛正从浓密的长睫毛下面朝他投射出幽怨的目光。

"清理起来能把人累个半死,"他说,"我的意思是说,特别费力气。真是个让人发愁的苦差事。斯戴姆,我难道没有告诉过她吗?"

"你跟她说过。"

"她是怎么做的呢?她还是选用了聚氨酯灌浆材料。后来又吱哇乱叫,发了一通脾气,说工人们费时太多。"

他停顿片刻,皱起了眉头,也许是在揣摩"吱哇乱叫"这个词会不会让诺拉感到刺耳。

"我不明白你们怎么能忍受这样的人。"丹尼说。

"这种事情是避免不了的。"

"我不敢苟同。"

"你可以这么想,"雷德对他说,"但是我们可没法养尊处优、挑三拣四。今年四月份,有两个星期,我们有一半工人都闲着没事儿干。你以为这是小事儿一桩,不痛不痒吗?这年头,我们什么都干,能揽到活儿就已经谢天谢地了。"

"是你自己开始抱怨的。"

"我只是说说今天工作怎么样,如此而已。要不然,你能知道些什么呢?"

丹尼闷不做声,他埋下头,默默地从牛排上切下一片肉来。

"好啦好啦!"艾比说,"我都说不上来什么时候吃过这么美味的一餐,诺拉。"

"没错儿,味道好极了,亲爱的。"斯戴姆随声附和。

"牛排是丹尼烤的。"诺拉说。

"丹尼,牛排真不错。"

丹尼一语不发。

"我们现在可以去玩接球游戏了吗?"汤米问他。

斯戴姆连忙说:"儿子,先让他吃完饭再说。"

"没事儿,我吃完了。"丹尼说,"谢谢你,诺拉。"他把椅子往后一推,站了起来。然而,他盘子里的牛排还剩下一大半,青玉米粒煮利马豆几乎一点儿没动过。

星期二,丹尼一觉睡到了中午。他起床后,把所有的卫生间地板连同厨房地板都用拖把擦洗了一遍,清扫了前门廊,擦干净前廊上的家具,前廊栏杆有根柱子有些松动,他也给上紧了。他还帮艾比修好了珠串上的搭钩,给烟雾探测器更换了电池。午后,他趁诺拉带着孩子们去游泳池游泳,精心制作了一道蔬菜千层面,准备晚餐时分端上桌。诺拉回来后对丹尼说,她本来打算给大家吃汉堡和煮玉米,丹尼却说这两样可以留到第二天晚上。

"或者,我们也可以明天晚上再吃你做的千层面,"诺拉说,"因为汉堡和煮玉米得趁着新鲜吃。"

"哦,你们俩!"艾比叫道,"你们俩谁也没必要费心张罗晚饭,这点儿事情我还能做得来。"

"我这千层面也得现做现吃啊,"丹尼说道,"你听我说,诺拉,我只是在想方设法不让自己闲着没事儿干。我现在没有足够的事情做。"

"原因就在于,"艾比空对着一整个屋子说,"想插手帮忙的人太多了!"

然而,此时此刻,她的存在简直跟蚊虫一样微渺。两个人各不相让,都想让对方败下阵去,根本无暇看她一眼。

那天晚上,餐桌上摆的是汉堡和煮玉米。饭吃到一半,丹尼故作漫不经心,用好奇的语调问:"斯戴姆,你有没有想过,你娶的老婆有可能和你的母亲是一个模子。"

"跟我母亲是一个模子?"斯戴姆反问道,"哪个母亲?"

"她们都号称自己,哦,怎么说呢,非常通情达理,可是你注意到了吗……"丹尼打住了话头。"啊?"他问,"哪个母亲?"

他往椅子上一靠,直愣愣地看着斯戴姆。

诺拉一副气定神闲的模样,继续往自己那穗玉米上涂抹黄油。斯戴姆说:"诺拉特别通情达理。我真想知道,有多少女人能跟她一样,心甘情愿抛下自己的家,把所有东西统统打包带走。"

"哦,"艾比大声感叹道,"可是我们并没有要求她这么做!我们不会向你们任何一个人提出这样的要求!"

诺拉说:"你们当然不会,维特山克妈妈。是我们主动提出来的。我们愿意这么做。想想看,道格拉斯欠了你们那么多。"

"欠?"艾比喃喃地说,像是被这个字眼儿深深刺痛了。

坐在桌首的雷德突然精神一振,问道:"怎么啦?你们在说什么?"他看看这个,又望望那个,但艾比用一只手做了个向下压的动作,看样子要息事宁人,于是他就不再追问了。

　　星期三,丹尼十点半就起了床,如此看来,他也许正在慢慢进入正常的时间表,眼下这个调整过程才走过一半。他用吸尘器把所有的卧室都打扫了一遍,还把诺拉放在干衣机里的衣物一件件叠起来,他也搞不清楚哪件衣服属于谁,结果全都乱了套。随后,他给艾比的一件衬衫缝上了脱落的纽扣。艾比的针线盒搁在存放毛巾和床单的壁橱里,他用完之后,把几个线轴和钩针胡乱丢在搁板上,就去和小男孩们一起玩"疯狂八点"①的游戏。艾比告诉他自己要去上陶艺课,丹尼主动提出开车送她,她却说自己向来都是搭蕾·巴斯科姆的车。"随你便,"丹尼说,"反正我也是坐在这儿闲来无事,摆弄手指头,你倒不如让我派上点儿用场。"

　　"你已经帮了很大的忙,亲爱的。"艾比说,"只是我和蕾从来都是一起去。你的好意我领了。"

　　"你不在家的时候,我能用用你的电脑吗?"丹尼问道。

　　"我的电脑。"艾比说着,脸上掠过一丝惊慌。

　　"我想上网。"

　　"哦,那你不会……你不会偷看我的电子邮件之类的吧,会吗?"

　　"怎么会呢,妈妈。你把我当成什么人了。"

　　艾比似乎还是不大放心。

　　"我只是想接触一下外面的世界,就这一回,"丹尼说,"我待在这儿有一种与世隔绝的感觉。"

　　"哦,丹尼。我不是说了好多回了吗?你用不着待在这儿!"

---

① 英文名为 Crazy Eights,是一款很有趣的纸牌小游戏。

"多么热情的话语。"丹尼说。

"哦,你知道我的意思。丹尼,我不是个老太太。我不需要有人搀着我的手。这一切根本没必要!"

"是吗。"丹尼说。

艾比这句话仿佛是个魔咒,给她招来了厄运,当天下午,她就经历了一次记忆空白。

她本来说好了大约四点钟上完陶艺课回来,在五点之前大家还没开始担心。那时候雷德和斯戴姆已经到家了,是雷德最先沉不住气:"你们不觉得你们的妈妈应该回到家了吗?我知道她和蕾总是聊起来没个完,可还是觉得不对劲儿!"

"你有蕾的电话号码吗?"丹尼问。

"在电话上设置成快速拨号了。你们谁来打个电话吧,我近来打电话不大行。"

三个男人都把目光投向了诺拉。"我来吧。"她一口应允。

她立刻朝阳光房里的电话走去,雷德紧跟在她身后。斯戴姆和丹尼依旧坐在客厅里。"喂?是巴斯科姆太太吗?"他们听见诺拉对着话筒说,"我是诺拉,艾比·维特山克的儿媳。请问她现在和您在一起吗?"

停顿了一会儿,她又说:"我明白了。哦,非常感谢!……是的,我觉得她一定会平安到家。再见。"听筒啪嗒一声落在底座上。"她们俩一个小时前就回到了巴斯科姆太太家,"诺拉说,"维特山克妈妈立刻就回家来了。"

"真见鬼!对不起我说粗话了。"雷德说,"我千叮咛万嘱咐,一次一次对她说:'让蕾一直把你送到我们家门口。'她心里明白自己不能一个人走路回家。唉,我敢说,她也是自己一个人走过去的。"

斯戴姆和丹尼你看看我,我看看你。其实两家之间的距离顶多只有一个半街区,他们俩还是头一回听说不能放心艾比一个人走这段路。

"也许她在回来的路上顺道去了一个朋友家。"诺拉猜测道。

"诺拉,"雷德说,"住在这附近的人从来不顺便去别人家串门。"

"这个我倒没想过。"诺拉说。

他们俩回到客厅,丹尼当即从椅子上站了起来。"这样好了,"他说,"斯戴姆,你顺着布顿大街往蕾家走。我往另一个方向去——万一她没留神从家门口走过去了呢。"

"我也一起去。"雷德说。

"好吧。"

三个人出了门。诺拉走到前廊上,双臂交叉在胸前,目送他们的背影。

斯戴姆迈着大大的步子,步履沉稳地朝蕾·巴斯科姆家走去,雷德和丹尼转向了相反方向。雷德走起路来有些吃力。要说从前,他也是个风风火火的人,如今只能步态蹒跚地跟在后面。他们还没走到第三座房子,就听见斯戴姆大声呼喊:"找到她了!"其实倒不如说是丹尼听到了呼喊声,雷德还在拖着沉重而缓慢的步子往前走。丹尼碰了碰他的衣袖,说:"他找到妈妈了。"

"哦?"雷德愣愣地回转身。

"斯戴姆找到她了。"

于是两人开始往回走,一路经过自家门口,只见斯戴姆远远地站在街区的另一头,面对着林肯家的房子,但他们并没有看见艾比。丹尼加快脚步,把雷德落在了后面。

此刻,艾比正坐在通往林肯家门前过道的砖砌台阶上,腿上放着一个色彩绚烂的陶器。她看上去安然无恙,但并没有试图站起身来。"非常抱歉!"等丹尼和雷德来到她面前,她开口说道,"我不知道怎么解释这件事儿。我只知道自己坐在这里,除此以外脑子里一片空白。我坐在台阶上,怎么也想不明白:'我这是要回家,还是要出门?'"

"可你手里拿着自己做的陶器啊。"斯戴姆一语挑明。

"我的什么?"

她低头看了看自己手里的东西:一座美丽可爱的陶瓷小房子,比便笺卡大不了多少。外墙是鲜艳的明黄色,配以红色的房顶。一边的房沿上盘绕着绿色的陶制藤蔓,让人联想到茂密的枝条。

"我的陶器。"她惊讶地喃喃自语。

"所以说,你一定是要回家来,对不对?上完陶艺课正要回家。"

"哦,没错儿。"艾比恍然大悟,她双手捧着小房子,举起来给他们看,"这是我有史以来最好的作品!"她喜滋滋地说,"瞧见了吗。"

"棒极了,亲爱的。"雷德对她说。

三个男人拼命点着头,简直可以说是用力过猛,脸上灿烂的笑容也过于夸张,就像家长在欣赏孩子从幼儿园带回家的手工。

布顿大街上的这座房子,在结构设计上有个好处——如果有人在楼下门廊里说话,站在楼上的过道栏杆跟前可以听得一清二楚。过去,维特山克家的孩子们一听到门铃响,就躲在楼上偷听,等到确认不是艾比请来的"孤儿"才放松警惕。雷德有时候也会这么干。

但是碰上梅丽科就瞒不过去了,她还是个孩子的时候当然也曾经住在这座房子里,玩过这个把戏。所以,星期四晚上她来串门,艾比刚一把她让进来,她就紧盯着头顶上方。"是谁在那儿?"她大声叫喊,"我知道你在楼上。"

过了一会儿,丹尼出现在楼梯顶上。"嗨,梅丽科姑姑。"他招呼道。

"丹尼?你回家来干什么?你好,雷德克里夫。"她刚刚发问就又加上了一句问候,因为这时候雷德也从幕后走到了台前,他下班后

· 137 ·

刚刚洗过澡,头发还湿漉漉的。

"嘿,你好。"他回了一句。

"梅丽科,见到你真高兴。"艾比说着伸长了脖子,探过头去,避开她怀里抱的纸板箱,在她脸上匆匆吻了一下。

"艾比。"梅丽科淡淡地应了一声,转眼间她又换了一副腔调,"哇,你好啊,小可爱!"因为海蒂欢蹦乱跳地跑了过来,呼哧呼哧喘着气,对着她们龇牙裂嘴。梅丽科对狗的态度常常比对人要亲切得多。"这个心肝宝贝叫什么名字?"她问艾比。

"海蒂。"

"可怜的老布兰达不会是终于与世长辞了吧。"

"那倒没有……"艾比答道。

"哦,海蒂小姐,你好吗?"梅丽科把手里的纸板箱调换到臀部的一侧,伸手去抚摸海蒂的长鼻子。

如果去掉纸板箱,梅丽科此时会呈现出一幅优雅的画面。一个清瘦的女人,五官棱角分明,漆黑的头发剪得跟男孩子一样短,身穿一条白色瘦腿裤,上身是一件具有亚洲情调的束腰外衣。"我们很快就要乘船出游,"她对艾比说,"然后我打算去佛罗里达住上一阵子,所以我把冰箱里的好东西给你们拿来了。"

艾比嘴里发出一声"唔"。梅丽科老是把剩下的零零碎碎的食物硬塞给他们,她一向反对浪费。"好啊,拿进来吧。"艾比说完,带着梅丽科朝厨房走去。雷德和丹尼慢吞吞地走下楼梯,能有多慢就有多慢,和她们保持着一段距离,跟在后面。

"你在这儿要待多长时间?"梅丽科问丹尼。

"我是来给家里帮忙。"他说。

这句话等于答非所问,但是她还没来得及刨根问底,艾比插进来说:"你最近在做什么,梅丽科?我们一整个夏天都没见着你。"

"你知道,我可不愿意大热天到你们这儿来,"梅丽科说,"在这个年代,连空调都不装,简直不可理喻。"她把纸板箱扑通一声放在厨房的桌子上,招呼了一声,"嗨,诺玛。"

诺拉正在搅动锅里的东西,她连头也没回,只淡淡地说了句:"诺拉。"

"看来斯戴姆也在这儿?"梅丽科问艾比,"斯戴姆和丹尼,两个人同时在家?"

"是啊,这难道不是妙极了吗?"艾比的语调活像是个啦啦队长。

"真是无奇不有。"

"他正在楼上冲澡呢,过一会儿就下来。"

"他干吗在这儿洗澡?"

雷德突然冒出一句:"你说什么?"这倒给艾比解了围,暂且避开了梅丽科的追问。

"我刚才问的是,为什么在这儿。"

"什么为什么在这儿?"

"说真的,雷德克里夫。别再逞强了,赶紧配一副助听器吧。"

"我有助听器。我有两副呢。"

"那你就用起来啊。"

三个小男孩来到屋后的门廊上,一个挨着一个,挤撞在已经鼓进来的纱门上,他们猛地拉开门,跌跌撞撞地闯了进来,一个个气喘如牛,看样子刚刚进行完剧烈运动。"该吃晚饭了吗?"皮蒂问道。

"孩子们,你们还记得梅丽科姑婆吗?"艾比说。

"嗨。"皮蒂犹犹豫豫地打了个招呼。

"你好。"梅丽科说着朝他伸出一只手。皮蒂看着她的手,审视了一会儿,这才举起自己的一只手,跟她来了个击掌,这一下并没有正中,一不留神落在了她的手指背上。他的两个弟弟连这个动作都懒得比画。"我们肚子饿了!"其中一个大叫起来,"什么时候才能开饭?"

· 139 ·

"已经都准备好了。"诺拉对他们说,"你们先去洗洗,然后我们就可以坐下来吃饭。"

"什么?现在开饭?"梅丽科说,"能不能给我来杯酒?"

大家都把目光投向艾比。艾比应道:"哦,你想喝点儿什么?"

"我不指望你们有伏特加。"梅丽科乐滋滋地说。

有那么一刻,艾比似乎要给出一个否定的回答,但下一刻又像是女主人的本能占了上风,她说:"当然有啦。"(要说起来,这伏特加就是专为梅丽科准备的。)雷德和丹尼顿时蔫头耷脑。"亲爱的,你去把酒拿过来好吗?"艾比对丹尼说,"我们几个先去客厅。"

她和雷德陪着梅丽科走出厨房的时候,还听见皮蒂在叫嚷:"可是我们都快饿死了!"诺拉闻言,连忙低声对他说了句什么。

"我这一整天都没能坐下来歇一歇,"三个人穿过客厅的时候,梅丽科对艾比说,"为旅行做准备简直累死人。"

"你们要去哪儿?"

"我们打算乘船在多瑙河上一路观光。"

"多美啊。"

"你可不知道,特雷对这次旅行发了一肚子牢骚,他宁愿找个地方去打高尔夫。哦!布兰达!你在那儿呢!老天爷,这可怜的宝贝儿,它看上去死气沉沉的。爸爸的座钟怎么啦?"

艾比瞧了瞧布兰达,目光又延伸开去,落在石砌壁炉上。那些石块仿佛让人感到一丝凉意,最后她把目光投向壁炉架上的座钟。玻璃罩正中间出现了一道裂痕。"是棒球惹的祸,"她解释说,"你干吗不坐下?"

"男孩儿老是破坏房子,"梅丽科说着,把自己窝在一个扶手椅里。海蒂满怀期待地卧在她的膝盖上,简直把她整个人都遮住了。"家里怎么这么多孩子?我刚才数了数,是三个吗?"

"哦,是呀,"艾比说,"一共三个,没错儿。"

"第三个孩子是计划中的吗?"梅丽科又问,"哦,斯戴姆,嘿,你们本来打算生第三个孩子吗?"

"我们当初还真没有这个打算,"斯戴姆满不在乎地说,他穿过客厅,坐到一把椅子上,身上散发出一股沐浴露的味道,"梅丽科姑姑,您这阵子还好吧?"

"我正在说呢,这两天真是累坏了。"梅丽科对他说,"为旅行做准备好像一年比一年累人。"

"那干吗不待在家里呢?"

"什么?"她惊愕地叫道,随后微微坐直了身子。丹尼来给大家送酒水和饮料,他一只手里端着个平底玻璃杯,里面加了清泠泠的冰块,斟满了伏特加,另一只手里拿着一杯白葡萄酒,左胳膊下面还夹着三听啤酒,看样子很危险,时刻会掉落下来。"酒来啦!"丹尼说着,将平底玻璃杯放在梅丽科身边的台灯桌上,又走到客厅另一边,把白葡萄酒端给艾比,然后递给雷德和斯戴姆一人一听啤酒,自己拿着剩下的一听啤酒在沙发上坐下来,砰的一声打开,说了声:"干杯!"

梅丽科畅快地喝了一大口伏特加,长长地呼出一口气:"啊——"然后她问丹尼:"萨拉也来了吗?"

"萨拉是谁?"

"你的女儿萨拉呀。"

"你说的是苏珊。"

"苏珊,萨拉……苏珊也在这儿吗?"

"她会来参加沙滩旅行。"

"哦,老天爷,不会是你们去过一百回的沙滩之旅吧,"梅丽科说,"你们简直像旅鼠一样,对那片海滩情有独钟!或者像是要去产卵的大马哈鱼,诸如此类。你们难道谁也没有想过去别的地方旅行吗?"

"我们非常喜欢那片海滩。"艾比说。

"真的吗?"梅丽科懒洋洋地用涂着紫色指甲油的尖尖十指梳理着海蒂头顶上的毛,"有时候,我简直不敢相信,我们的祖先居然这么有勇有谋,历尽千辛万苦来到了美国。"她对雷德说。

"什么?"

"美国!"她大叫了一声。

雷德还是摸不着头脑。

"我们的爸爸妈妈从来没有出门旅行过一次,如果你还能记起来的话。"她说。

"哦,你毫无疑问算是替他们找补回来了。"雷德说,"甚至于,如果只有一套房子,似乎都不能满足你的需要。"

"我能怎么说呢?我讨厌冬天。"

"在我看来,"雷德说,"去佛罗里达过冬就像是……亏欠了什么。遇上困难能躲就躲,一走了之。"

"你这意思是说,巴尔的摩的夏天还算是挺好过的喽?"梅丽科说罢,嘴里发出"呼"一声,还把手从海蒂身上拿开,在面前来回扇动,仿佛要证明巴尔的摩的夏天酷暑难耐,"有谁能把电扇开大一点儿吗?"

斯戴姆起身拽了一下电扇的拉绳开关。

"我能理解你为什么想拥有两套房子,甚至更多。"丹尼开口道,"我完全理解。我敢打赌,你有时候早晨一觉醒来,一时间搞不清楚自己是在什么地方,对不对?脑子里一片空白,晕头转向。"

"哦……我想是有这种时候。"梅丽科说。

"你还没睁开眼睛,脑子里就在盘算:'怎么感觉光线是从左边照进来的?我记得窗户是在右侧啊。我到底是在哪座房子里?'或者你夜里起床去上厕所,结果撞到了墙上。'哇哦!'你会惊叫一声,'卫生间到那儿去了?'"

梅丽科沉吟道:"哦……"艾比面露忧虑之色。丹尼显然在吐露自己内心的感受,这是出乎大家意料之外的。

"我喜欢这种感觉,"他说,"你不知道自己身处世界的哪个方位,你没有被拴住,你没有被钉死在一个固定的地方,永远也无法摆脱。"

"我想是这样。"梅丽科说。

"你觉得这是不是人们出门旅行的原因?"他问,"我敢打赌这是一种可能。你去旅行是因为这个原因吗?"

"哦,怎么说呢,对我而言,更像是要摆脱特雷的母亲,走得越远越好。"梅丽科回答道。她晃动了一下杯子里的冰块。"那个讨厌的老太婆刚刚过完九十九岁生日,"她对雷德说,"你能相信吗?尤拉皇后简直是长生不老的神仙。我敢赌咒发誓,在我看来,她活在世上就是为了处处与我作对。她不光自己是个讨厌鬼,还把特雷也变成了一个讨厌鬼,这笔账也要记在她头上。说真的,她把特雷完全宠坏了。他想要什么都满口答应——罗兰帕克王子。"

雷德把一只手放在额头上,说:"真奇怪!这是叫作'幻觉记忆'吗?我怎么感觉好像在什么地方听过这番话?"

"他年龄越大,就越差劲儿。"梅丽科对雷德的话充耳不闻,继续往下说,"年轻的时候他就是个不可救药的疑病症患者,现在更是有增无减!相信我的话,如果从哪天开始,人们可以通过互联网查询自己的种种症状,那会是全宇宙一个无比黑暗的日子。"

按她往常的表现,她本来会继续喋喋不休,可恰恰在这时候,皮蒂走了进来。"奶奶,"他说,"我们能不能把剩下的软糖酱吃掉?"

"什么?在晚饭之前吃?"艾比问。

"我们已经在吃晚饭了。"

"那好吧,你们可以吃。另外,你把海蒂带走好不好?它又在打喷嚏了。"

海蒂确实打了一阵子喷嚏,接二连三,没完没了,虽然很轻微,但也是飞沫四溅。"老天保佑,"梅丽科对海蒂说,"亲爱的宝贝,你这是什么回事儿?生病了吗?"

"它一天到晚打喷嚏,"艾比说,"你也许不会觉得打喷嚏是多大的事儿,可确实让人心烦意乱。"

皮蒂说:"妈妈觉得这是因为它对奶奶的地毯过敏。"

"哦,那要是换成我,就不会带它来做客,可怜的小家伙。"

"它不是来做客,它就住在这儿啊。"

"海蒂住在这儿?"

"它和我们一起住在这里。"

"你们都住在这里?"

"是啊,萨米也对什么过敏。他一整夜呼吸声都很重。"

梅丽科把目光投向艾比。

"皮蒂,你把海蒂带到厨房去。"艾比吩咐道,"没错儿,"她紧接着对梅丽科说,"他们一家人搬过来住,给我们老两口帮忙,这不是很好吗?"

"帮什么忙?"

"就是……怎么说呢,我们一天天年纪大了!"

"我也一天天年纪大了,可是我并没有把自己家变成一个大杂院啊。"

"依我看,萝卜青菜,各有所爱。"艾比用欢快的语调大声说。

"等等,"梅丽科说,"你们是不是有什么事情瞒着我?有谁被医生诊断得了绝症吗?"

"没有,不过,雷德心脏病发作之后……"

"雷德心脏病发作?"

"你知道这回事儿。你还往医院里给他送了一个水果篮子。"

"哦,"梅丽科说,"好吧,没准儿我是送过。"

"而且我最近精神不大好。"

"这太可笑了,"梅丽科说,"两个人出了点儿小状况,结果全家人都搬来跟他们住在一起?这种事情我可从来没听说过。"

丹尼清了清喉咙。"实际上,"他开口道,"斯戴姆不会长时间住在这儿。"

"哦,谢天谢地。"

"是我要一直待在这里。"

梅丽科凝视着他,等他继续往下说。其余的人都垂下头盯着自己的大腿。

"要留下来的人是我。"丹尼说。

斯戴姆也开了口:"哦,不是……"

"哦,老天爷,为什么非要有人留在这儿呢?"梅丽科问道,"如果你们的父母真的衰老到了那个份儿上——我必须说,我觉得眼下这很让人难以置信,他们才刚过七十岁啊。如果他们真的衰弱无力,那就应该搬到老年之家去,别人都是这么做的。"

"我们太习惯于独立生活了,适应不了老年之家。"雷德对她说。

"独立生活?真是一派胡言。这完全是自私的同义词。像你这种高傲倔强的人,最后会成为最大的累赘。"

斯戴姆站了起来。"哦——"他说,"我看诺拉一定在担心晚饭就要放凉了。"他站在客厅中间,等着大家做出反应。

所有的人都惊诧地望着他。最后,梅丽科开口说:"哦,我明白你的意思。让这个讨厌的女人赶快消失,她说了太多的大实话。"说话间,她站起身,一边朝前厅走去,一边把杯里的酒一饮而尽,"我知道,我知道,"她絮絮叨叨地说,"我明白你们是怎么想的。"

其余的人也都起身相送。"给你。"梅丽科站在门口,把手里的空玻璃杯塞给了艾比,"顺便一提,"她转而对丹尼说,"你现在应该有自己的生活了。你这么做只是在拖延,抓住一个最小的理由,就忙不迭地跑回家。"

梅丽科脚步声咔嗒咔嗒地走过前廊,告辞而去,她的步子轻快而充满活力,好像在为自己大获全胜而得意扬扬,自以为把所有人都说得心服口服。

"她在胡说些什么啊?"沉默了片刻,丹尼问道。

艾比说:"哦,你知道她是什么样的人。"

遇上这种情况,艾比通常会连连咂嘴,评头论足一番,可此时此刻她只长叹一声,朝厨房走去。

几个男人进了餐厅,各自在桌旁坐下,谁也没有开口说话,只有雷德一屁股跌坐在椅子里,嚷了一声:"唉,真叫人恼火。"他们没精打采地干等着,闷不作声,厨房里传来男孩子们叽叽咕咕的说话声和锅碗瓢盆的碰撞声。诺拉推开弹簧门,端着一个砂锅走了进来,艾比紧随其后,手里捧着沙拉。"你们真该看看梅丽科带来的残羹剩饭,"她对几个男人说,"从商店里买来的意大利面酱,罐底只剩下那么一丁点儿。一块三角形布里干酪,只残存一个硬壳,里面都掏空了。还有……还有什么来着,诺拉?"她问。

"一块冰凉的烤羊排。"诺拉说着,把砂锅放在了桌子上。

"烤羊排,没错儿,还有一盒米饭,是她点的中餐外卖,外加一根酸黄瓜,只有一根酸黄瓜,泡在一瓶乌七八糟的腌汁里。"

"我们应该把她介绍给休。"丹尼说。

"休?"艾比表示不解。

"阿曼达的丈夫。'此处不留人'啊。她每次出门旅行之前可以给休打个电话。"

"哦,你说得对。"艾比恍然大悟,"他们俩是天生一对。"

"休会告诉她,他知道有一家施粥所,迫切需要残羹剩饭,他会专程上门去取,然后直接扔进垃圾箱。"

这句话引得所有人爆出一阵哈哈大笑,就连诺拉也忍俊不禁。

雷德说:"哦,行了,你们这帮人。"可就连他也在大笑不止。

"怎么啦?"汤米从厨房里跑过来,砰的一声推开门,"什么事儿这么好笑?"

他们谁也不想说明缘由,只是满脸带笑,连连摇头。在小孩子眼里看来,他们一定像是一个欢乐而融洽的俱乐部,只有大人才可以加入其中。

他们足足用了五辆车才把一家人连同行李运到了沙滩上。本来也用不着这么多辆车,但雷德还跟以往一样固执己见,非要开上他的小卡车。他总是抛出那个老问题:要不然怎么能把全家人需要的东西都带上呢——橡皮筏、液晶画板、孩子们的沙滩玩具、风筝、板手球球拍,还有用可折叠金属支架撑起来的那种大大的帆布遮阳篷。(在没有电脑的年头,他总是把全套《大不列颠百科全书》也带上。)这样一来,三个小时的车程,他和艾比坐在那辆小卡车里;丹尼开着艾比的汽车,苏珊坐在乘客椅上,车后面塞着几个食品篮。斯戴姆和诺拉带着三个男孩子乘坐诺拉的车前往沙滩;珍妮和她的丈夫休带着两个孩子从自己家里出发,但他们并没有带上休的母亲,她老人家总是利用沙滩之行这一个星期时间去加利福尼亚探望休的姐姐。

阿曼达和她的丈夫休带着女儿伊莉斯没有跟大部队在同一天出发。阿曼达在律师事务所里经常忙得不可开交,星期五下午很难脱身,于是就在星期六早晨单独前往目的地,而且他们也是单独住在另外一座度假小屋里,因为阿曼达的丈夫休无法忍受喧闹,用他的话来说是"闹哄哄"。

他们一条狗也没带来,全都寄养在"棚友"宠物店。

维特山克家每年夏天租住的别墅就坐落在沙滩上,那是特拉华沿海一带游客相对较少的一片海滩,但这座沙滩别墅也绝对称不上奢华。墙壁是榫槽接合,漆成了令人倍感压抑的豆绿色;地板很粗糙,没人敢打赤脚;厨房的装修是二十世纪四十年代的样式。不过,这房子很大,足以容纳他们全家人,而且和耀人眼目的新房子相比,住在里面要安闲自在得多。顺着海滩可以看到近几年冒出来的一连串簇新的别墅,装着帕拉迪奥①风格的大窗户。而且这房子还有一个好处:雷德总能找到修修补补的零活儿,免得让自己闲来无事。艾比和诺拉甚至还没来得及把吃的东西拿出来,他就已经兴致勃勃地罗列了好几项需要紧急处理的小故障。"你们来瞧瞧这个通风口!"他说,"简直是用一根线吊在那儿。"他当即走到屋外,去卡车上拿自己的工具,珍妮的丈夫休不远不近地跟在他后面。

"住在隔壁的人回来啦。"珍妮从安了纱窗的门廊上几步跨进屋里,大声喊道。

在这一带,他们旁边那座别墅几乎是唯一跟他们这座一样朴实、低调的,珍妮说的那家人连续租住了好些年,至少跟他们家进行沙滩之旅的年头一样长。然而,奇怪的是,他们两家人从来不彼此交往。如果碰巧同时出现在沙滩上,他们会朝对方笑一笑,但从来不搭话。有那么一两次,艾比强烈主张邀请隔壁一家人过来喝几杯,但雷德总是一票否决。多一事不如少一事,雷德对她说,免得以后不胜其扰。阿曼达和珍妮开头几天本来也在留心寻找玩伴,却也羞怯怯地驻足不前,因为隔壁人家的两个女儿总是带着自己的朋友,而且也比她们俩年龄稍大一点。

所以,这些年来,维特山克一家始终隔着一段距离暗中窥察,转眼间已经过去三十六年了,他们眼看着隔壁那对身材修长的青年夫妇腰围渐粗,头发花白,他们的女儿也从孩童变成了年轻女人。九十年代末的一个夏天,他们的两个女儿还都是十几岁的青春少女,他们

---

① 帕拉迪奥(Andrea Palladio),1508年出生于意大利帕多瓦,常常被认为是西方最具影响力和最经常被模仿的建筑师,创作灵感来源于古典建筑,对建筑的比例非常谨慎,他所创造的人字形建筑已经成为欧洲和美国豪华住宅和政府建筑的原型。

发现隔壁家的父亲一次也没有下海,整整一个星期都躺在露天平台的睡椅上,身上搭着条毯子。第二年夏天,那位父亲没有一起来。他们一家人过去总是玩得无比尽兴,但那年,寥寥三人寡言少语,沉浸在哀伤中;但她们毕竟还是来了,而且此后也没有间断。那位母亲大清早独自一人沿着海滩散步,两个女儿各自有男朋友陪伴,后来男朋友成了她们的丈夫。不久以后,他们一行人中间出现了一个小男孩,再后来又多了一个小女孩。

"她的孙子今年带来了一个朋友。"珍妮向大家报告说,"哦,我简直要哭出来了。"

"哭?!为什么哭?"休问道。

"我猜,是因为……岁月的循环往复。我们第一次见到隔壁一家人,是他们的女儿带朋友来,现在,是孙子带朋友来,一切又周而复始了。"

"你对他们一家人真够关心的。"

"怎么说呢,在某种意义上,他们就是我们。"

可以看得出来,休显然觉得这句话很让人费解。

星期五,维特山克家一众人等来到海滩上,当天只有男人们带着几个孩子去下海,女人们忙着打开行李取出日用品,收拾床铺,准备晚餐。不过,等到了星期六,阿曼达一家人前来会合之后,他们开始进入正轨:整个早晨都在沙滩上待着,中午穿着沾满沙粒的游泳衣在屋里吃过饭,下午又继续泡在沙滩上。维特山克家的大人们生来皮肤白皙,全都躲在帆布遮阳篷下面,他们的配偶则大大咧咧坐在太阳底下。斯戴姆家的三个小男孩一次次向海滩上涌来的碎浪发起挑战,看浪花能不能劈头盖脸打在他们身上,在最后时刻又赶紧跑开,尖叫声里夹杂着欢笑;斯戴姆双臂交叉在胸前,站在水边看护着孩子们。阿曼达的女儿伊莉斯穿着一件芭蕾舞裙样式的游泳衣,显得细瘦而苍白,独自缩在遮阳篷下的毯子一角;苏珊和黛博几乎一直都在海浪中飞跑。那年夏天,苏珊已经十四岁了——和伊莉斯一般大,但她似乎和十三岁的黛博更玩得来。她和黛博看上去都还是小孩子,不同的是,黛博是个瘦得皮包骨头的小家伙,苏珊体格更结实,腰身还没有显出来,几乎是平胸,但是她那丰满的嘴唇和棕色的大眼睛却显出几分性感。这一年是她们俩合住一间卧室。伊莉斯以前并不和自己的父母一起住在度假小屋里,而是跟她们挤在一处,不过也到此为止了。(据黛博和苏珊说,她总是摆出一副孤芳自赏、目中无人的姿态。)亚历山大多时也是一个人独处。和女孩子们一起玩,他年龄太小,和斯戴姆家的几个男孩子相比,他又太不爱活动。他总是坐在水边,任凭翻滚的海浪裹挟着泡沫涌上他那白腻肥软的双腿,随后又徐徐退下,除非他的爸爸哄劝着他打上一局板手球或者坐上橡皮筏兜一圈。

放眼望去,不远处可以看到十几岁的孩子们在堆砌大大的沙堡,母亲们把小宝宝的光脚丫浸泡在浪花的飞沫里,父亲们把飞盘抛给自己的孩子。海鸥在头顶上发出阵阵尖鸣,一架小飞机在海岸线上起起落落,尾部拖着一幅"螃蟹自助,大饱口福"的广告。

阿曼达和她的丈夫休似乎有点儿闹别扭,或者说是阿曼达在闹别扭,休看样子浑然不觉,还是高高兴兴的。他每说一句话,阿曼达只是用几个字简短作答,后来他又邀阿曼达一起在海滩上散散步,阿曼达给了他一句:"不了,谢谢。"她见休一个人起身离去,嘴角往下撇了撇。

艾比坐在阿曼达身边,但她整个人都在遮阳篷外面,沐浴着阳光。她说:"哦,可怜的休!你不觉得应该跟他一起去走走吗?"艾比永远都在密切关注两个女儿的婚姻状况。可是阿曼达一言不发,艾比只好放弃,继续读自己手里的杂志。这堆破破烂烂的杂志是在电视机下面发现的,毫无疑问是以前的租户丢下不要的玩意儿,从她的几个孙女外孙女手里转给两个女儿,最后落到了艾比手里,此时她一边翻着一本杂志,一边啧啧评判内容有多么愚蠢可笑。"周围洋溢着兴奋和刺激,某某都要被这气氛感染了。"她对两个女儿说,"我甚至都不知道某某是谁!"她穿着一件粉色的裙式游泳衣,丰腴的肩膀涂过防晒霜,在太阳下泛着光泽,腿上微微沾了些细沙,整个人看上去简直像个大大的杯子蛋糕。她到现在也没敢下水,雷德也跟她一样,要说起来,他还穿着深色的袜子和工装鞋呢。显而易见,就是在这一年,他们俩的种种表现宣告他们已经正式进入老年人行列。

"我还记得,我第一次遇见他的时候,把他当成了一个蠢货。"阿曼达对丹尼说,她这话一定指的是休,"当时我住在蔡斯街的公寓里,楼道尽头有个垃圾滑槽,我经常发现滑槽周围的地板上放着一袋袋垃圾,这些东西本来应该顺着滑槽丢下去。更有甚者,垃圾袋里还鼓出来一个个啤酒瓶和辣椒罐,这些本来应该放进可回收垃圾箱。我顿时火冒三丈!于是某一天,我往一个垃圾袋上贴了张标签:蠢猪所为。"

"哦,阿曼达!你真这么干啦。"艾比说道,但阿曼达似乎根本没听见,"我也搞不明白他怎么知道是我干的。"阿曼达对丹尼说,"不过他一定是知道。他敲开了我的房门,手里拿着我做的标签。'是你写的吗?'他问。我回答说:'的确是我。'结果呢,他开始使出浑身解数施展魅力。他说非常抱歉,以后再也不会这么做了,他不知道废品回收的规则,他没有把垃圾袋顺着滑槽丢下去是因为放不进去,总之说了一大堆废话,好像这能为他的行为开脱。不过,我承认,他这番话打动了我。可是,你知道吗?我本应该当心才是。从一开始,一切都明明白白地呈现在我面前:这个男人把自己当作地球上唯一的住客。这一点再清楚不过了。"

"那——他现在遵守废品回收的规则吗?"丹尼问。

"你没明白我的意思。"阿曼达说,"我说的是他的本性,这个男人的本质。他这个人,一切都随心所欲,怎么方便怎么来。他刚刚和人谈妥,要把餐馆以极低的价格卖掉,几乎分文无获,就因为他感到厌烦,想从事一个新行当。你能相信吗?"

"我还以为你很赞成他从事新行当,"丹尼说,"我记得你说过他的主意棒极了。"

"哦,我那只是表示一下鼓励罢了。再说了,我并不介意他从事新行当,问题在于他这么轻易就把原来的事情抛开了。他甚至都没有征求我的意见!一碰上机会就赶紧抓住,因为他想要什么就得马上得到,什么都不管不顾。"

艾比戳了一下阿曼达的胳膊,意味深长地瞟了一眼伊莉斯,但阿曼达只问了一声"怎么啦",就把头转开了。伊莉斯慢慢站起身,整个动作舒缓而优雅,然后迈步朝海边走去,大人们的谈话仿佛和她毫不相干。

"我竟然不知道你们是这么认识的,"艾比说,"简直像是一部电影,洛克·哈德森①和多丽丝·黛②主演的电影,男女主角一开始总是彼此交恶。我还以为你们是在电梯间或者别的场合相遇的。"

"这个人太不可理喻。"阿曼达说道,仿佛把艾比的话当成了空气。

"不过,你想想看,他这么迫不及待地卖掉餐馆也有他的道理,"丹尼说,"依我看,这餐馆只提供火鸡大餐,要想脱手也不容易吧。"

"怎么说呢,这餐馆又不是铁定只能提供火鸡餐。也可以有其他菜品啊。餐馆里各种厨具有的是,包括烤炉之类的,都值很多钱。"

"哦,"艾比说,"可怜的休。男人应对失败一点儿都不在行。"

---

① 洛克·哈德森(Rock Hudson,1925—1985)出身于伊利诺伊州的一个劳工阶层家庭,是二十世纪五六十年代好莱坞最受人瞩目的银幕小生。
② 多丽丝·黛(Doris Day,1922—2019)是美国历来最受欢迎的女歌手之一,并有二十世纪五六十年代的电影"票房皇后"之称。

"妈妈,拜托了,别再说什么'可怜的休'。"

"你想去散散步吗,艾比?"雷德突然问了一句。也不知道他是一直在静听几个人的谈话,还是他恰好在这个节骨眼儿上想去走走。随便怎么说吧,他费力地撑起身子站了起来,走到艾比跟前,拉了她一把。两人顺着海滩一路走去的时候,艾比还在连连摇头。

"这下他们俩可以好好谈谈我是一个多么糟糕的妻子了。"阿曼达望着他们的背影说。

"爸爸近来走路好慢啊,"珍妮说,"你们瞧,他的步态那么僵硬。"

"那他工作的时候可怎么办呢?"丹尼问她。

"工作的时候我倒没怎么注意到这个。反正他也不再干需要体力的活儿了。"

他们远远地望着自己的父亲和母亲一路走去,正巧遇上独自散步归来的诺拉。诺拉只和他们说了几句话,就继续走向斯戴姆和孩子们。一群十几岁的男孩正在海边抛橄榄球,诺拉从他们中间穿过,轻飘飘的人影时隐时现。她身上随随便便系着一条黑裙子,裙裾随风飘摆,开叉处露出式样简单大方的连体泳衣;微风吹拂,把她那深棕色的长发从肩头撩起。那群十几岁的男孩停止了游戏,眼睛追随着她的身影,其中一个把橄榄球夹在了臂弯里。

"漂亮女人,不知不觉就构成了致命诱惑。"丹尼喃喃而语。阿曼达戏谑地轻轻嘘了一声。

"伊莉斯玩得开心吗?"珍妮问阿曼达,"她今年好像不怎么合群。"

"不知道,"阿曼达说,"我只不过是她的妈妈。"

"我感觉,芭蕾好像让她和别的东西疏远了。"

阿曼达没有吭声。三个人沉默了一会儿,目光投注在不远处一个蹒跚学步的孩子身上。他穿着游泳尿布裤,正在追逐一群海鸥。

海鸥在他前面大摇大摆地踱着方步,颇有威仪,虽然假装没有注意到他,但脚下也渐渐加快了速度。

"苏珊怎么样?"珍妮又问丹尼,"她玩得高兴吗?"

"她开心极了。"丹尼说,"她非常喜欢到这儿来。她只有这些表兄弟姐妹可以一起玩。"

"哦,卡拉没有兄弟姐妹吗?"

"只有一个没结婚的弟弟。"

珍妮和阿曼达互相耸了耸眉毛。

"卡拉最近还好吗?"过了片刻,阿曼达又问道。

"据我所知还好吧。"

"你见到她的时候多吗?"

"不多。"

"你在和什么人交往吗?"

"我在和什么人交往?"

"你明白我的意思。我说的是女人。"

"并没有。"丹尼干脆地说,对话似乎到此结束了,可就在这时候,他又加上了一句,"说实话,谁能看得上我呢?"

"为什么不会?"珍妮问道。

"怎么说呢,我给人的印象好像是个游手好闲的家伙。我的意思是说,这些年来,我的职业经历也没什么可圈可点的。"

"哦,你这话真荒唐。很多女人都会对你倾心的。"

"此话差矣,"丹尼说,"你想想看,许多年前,做父母的总是千方百计把他们的女儿嫁给有头衔、有产业的男人,直到今天,这种情况也没有改变多少。初次见面,女人们还是想知道你是干什么的。这是她们向你抛出的第一个问题。"

"这又怎么样?你是个老师!至少是个代课老师。"

"没错儿。"丹尼说。

一个小女孩从他们身边闪过,跑向海边,是隔壁家的外孙女。丹尼和他的两个姐姐不由自主地半转过身,看着隔壁家的人三三两两走出房门,朝海滩走去,手里拿着毛巾、折叠椅和泡沫塑料冷却箱。他们在距离维特山克家六米左右的地方停了下来。大人们支起椅子,面朝大海一字排开;外孙和他的朋友一直走到小女孩蹦蹦跳跳的地方去踏浪。

"他们只待一个星期吗?我们以前有没有弄个一清二楚?"阿曼达问道,"也许他们整个夏天都待在这儿呢。"

"从来没有搞明白,"珍妮说,"我们只见过他们来的时候,记得吧?带着旅行箱,还有沙滩设备。"

"这么说来,也许在我们离开之后,他们还会继续待一阵子。"

"哦,也许吧。我猜他们有可能会这样。不过,我还是更愿意把他们想成是跟我们同一个时候离开这里。他们跟我们一样,总是旧话重提——下一年是不是待上两个星期?但是,等到休假结束,他们又会说:'喔,一个星期其实就足够了。'于是,一年又一年,他们都是在同一时间如期而至,待上一个星期。再过五十年,我们就该这样说了,"珍妮模仿起老太太颤颤悠悠的腔调,"'哦,瞧啊,住在隔壁的人来啦,他们的外孙也有孙子了!'"

"他们今天还带上了午饭,"丹尼说,"我们可以瞧瞧他们都准备了些什么。"

珍妮说:"我们现在就大模大样地走过去,自我介绍一下,怎么样?"

"你会无比失望的。"阿曼达说。

"怎么会呢?"

"你会发现,他们的名字很无聊,比方说叫史密斯或者布朗。他们从事的工作,就当是广告行业吧,或者电脑销售,要么是咨询。不管他们是干什么的,都会让人觉得干瘪无味。他们会说:'哦,很高兴认识你们,我们一直对你们一家感到很好奇。'然后,我们也不得不把自己的名字和从事的职业告诉他们,统统无聊到家。"

"你真觉得他们对我们一家人感到很好奇?"

"哦,那是当然。"

"你觉得他们对我们颇有好感?"

"他们怎么会对我们没有好感呢?"

阿曼达虽是戏谑的语调,但她脸上并没有一丝笑容。她表情严肃,丝毫不加遮掩,用探究的眼神打量着住在隔壁的人,仿佛对自己的话也没有把握。在他们眼里,维特山克一家是招人喜欢还是令人迷惑不解?他们对这一大家子人如此亲密无间有没有感到羡慕?他们有没有发现人与人之间存在着隐藏的裂痕:尖锐的眼神交换,一触即发的静默,或者剑拔弩张的迹象?哦,他们对此有什么看法?如果维特山克一家人现在索性走过去问个究竟,他们会表露出怎样的深刻见解?

他们在度假期间有个惯例,每天晚上刷洗餐具的活儿都交给男人承担。一到时间,家里的男人们就会把女人们全都赶出去:"走吧,你们马上出去!走吧!行啦,我们知道了:把剩饭剩菜放进冰箱里。"然后,丹尼往洗碗池里放满热水,斯戴姆展开一条毛巾。珍妮的丈夫休属于那种做事细致周到,勤勤恳恳的人,在丹尼和斯戴姆清洗碗碟的同时,他会把整个厨房重新收拾整齐,把所有的外表面擦拭一遍。雷德一开始可能会帮着把几个盘子从餐厅运进来,但不一会儿,在另外几个人的强烈要求下,他只好拿瓶啤酒,在厨房的桌子旁边坐下来,看着他们干活。

这种时候,阿曼达的丈夫休可不大会在场。他们一家人多半是单独在镇子上吃晚餐。

等到星期四,全家在海滩上度过的最后一个晚上,他们要进行一次大扫除,要干的事情更多。所有的剩饭剩菜必须扔掉,冰箱架子要清空,擦得一干二净。珍妮的丈夫休在这方面是一把好手。"把这个扔掉!没错儿,那个也扔掉。"斯戴姆举起几乎满满一盒卷心菜沙拉给他看,他当即作答,"没必要大老远地带回巴尔的摩。"三人扫了一眼雷德,他和他的妹妹一样,对浪费行为深恶痛绝,不过此时他正在翻看一本破旧不堪的杂志,根本没有注意到。

"明天有什么计划?"丹尼问,"天一亮就出发?"

休说:"哦,至少我一大早就得走。我收到了好几条手机短信。"他说的是大学里给他发来的短信,"宿舍里有好多事情等着我处理呢。"

"啊,"丹尼对斯戴姆说,"这意味着,秋天就要到了。"

"一转眼就到了。"斯戴姆说着,把一个不大干净的盘子放回了洗碗池。

"你不想等到过了太长时间再搬回去住吧,"丹尼对他说,"那样的话,孩子们就得转学了。"

斯戴姆刚又拿起一个盘子在擦,他只顿了一下,就立刻继续手上的动作。"他们已经转学了,"他说,"诺拉上星期给两个大孩子在学校注册过了。"

"不过,既然现在我要继续待在家里,你们搬回去住更合适。"

斯戴姆把擦好的盘子放在一摞干净盘子上。

"你不能待在家里。"他说。

"什么?"

"从现在起,你随时会走。"

"你在说什么?"

丹尼转过身直视着斯戴姆,可斯戴姆还在若无其事地继续擦盘子。他说:"你要么会跟我们中间哪个人发生争吵,要么因为什么事儿恼羞成怒;或者你认识的某个神秘人物给你打来一个电话,告诉你一件诡秘的紧急事件,你就会再次人间蒸发。"

"简直是胡说八道。"丹尼反驳道。

珍妮的丈夫休说:"哦,好啦,你们俩……"雷德从杂志上抬起头来,一根手指还停留在他正在读的地方。

"你刚才说那番话,是因为你不希望我留下来,"丹尼对斯戴姆说,"我非常清楚,你想让我走得远远的。对此我并不感到吃惊。"

"我没想让你走得远远的。"斯戴姆说,此时两人直面对方,斯戴姆一只手紧握着盘子,另一只手抓着毛巾,说话声比正常略微提高了一点儿,"老天爷!我对你没有任何企图,我得怎么说才能让你相信?我不想要任何属于你的东西。我从来都没有打过这个主意!我只是设法给爸爸和妈妈提供一些帮助而已。"

雷德开口道:"什么?先等等。"

"哦,这不就是你惯用的伎俩吗?"丹尼反唇相讥,"大肆宣扬自己的无私奉献。比万能的上帝还要神圣。"

斯戴姆开口欲言;他深吸了一口气,张开了嘴。结果,他却绝望地发出一声吼叫,听起来像是:"啊!"他似乎根本没过脑子,就转身扑向丹尼,狠狠地推了他一把。

其实,斯戴姆并没有动武的意思,说他是情急之下昏了头更为恰当。可是这一推让丹尼站立不稳,身子摇摆不定,盘子从手中滑落,碎了一地。他试图站直身子,可还是跌倒下去,脑袋从桌沿上擦过,随后一屁股坐在地上。

雷德惊得站起身来,张大了嘴巴,杂志拎在一只手里垂落下来。休急得在冰箱前来回走动,嘴里连连说着:"你们俩。嘿,你们俩。"他紧紧抓着手里的抹布,干着急没办法。

丹尼挣扎着要从地上爬起来,他的左太阳穴正在渗血。斯戴姆弯下腰,向他伸出一只手,但他并没有接受对方的好意,反而趁着自己还没有完全站立起来,一头撞向斯戴姆的前胸。斯戴姆一个趔趄,向后倒去,咣当一声撞在一个橱柜上。他坐了起来,但看上去似乎有些晕头转向,犹犹豫豫地抬起一只手去摸后脑勺。

厨房里呼啦一下涌进来一群火急火燎的女人和目瞪口呆的孩子。围观的人似乎里三层外三层,多得数不过来。艾比问道:"这是怎么回事儿?发生了什么事情?"诺拉在斯戴姆跟前俯下身,试图帮他站起来。"让他坐着吧。"珍妮对她说。"斯戴姆,你感觉头晕吗?"斯戴姆继续托着脑袋,脸上的表情模棱两可,身体周围到处都是盘子的碎片。

丹尼靠着洗碗池站在那儿,仿佛茫然不知所措,相比之下,别的感受似乎都不重要了。"我不知道他是着了什么魔!"他说,"他突然之间就像疯了一样!"血从他脸颊的一侧蜿蜒而下,在他橄榄绿色的汗衫上留下了黑色的印痕。

"瞧你这副样子。"珍妮对他说,"我们得把你送到急诊室。你们俩都得去。"

"我不需要去急诊室。"丹尼当即表态。他话音未落,斯戴姆也说:"我没事儿了。让我起来吧。"

"他们俩都得去。"艾比说,"丹尼需要缝针,斯戴姆可能有点儿脑震荡。"

"我没事儿。"斯戴姆和丹尼异口同声。

"至少得让你躺到沙发上去。"诺拉对斯戴姆说。她看上去没有一丝慌乱。她帮着斯戴姆站起身来——这回珍妮没有阻止——然后搀扶着他走出了厨房。所有的孩子都默默无语地跟在后面,只有苏珊紧贴着丹尼没动,轻轻触摸着他的手腕,眼泪顺着两颊汩汩而下。"你哭什么呢?"丹尼问她,"这没什么。根本就不疼。"苏珊点点头,强忍着悲伤,眼泪还是不断往下淌。艾比用一只胳膊环抱着她,说:"宝贝,他没事儿。头部受伤通常会流很多血。"

"大家赶紧出去,"珍妮说,"都离开厨房,我看看弄坏了什么东西。休,你帮我把急救药箱拿来,就在楼下的卫生间里。苏珊,我需要一些纸巾。"

雷德不知道什么时候又坐回了椅子里,艾比碰了碰他的肩膀,说:"咱们去客厅吧。"

"我不明白发生了什么事儿。"他说。

"我也不知道,咱们还是让珍妮来处理吧。"

她扶着雷德站起身,两个人朝门口走去。只有苏珊还留在厨房里,她把一卷纸巾递给了珍妮。"谢谢你。"珍妮扯下几张纸巾,在水龙头下面弄湿,"咱们先清理一下伤口,看看需不需要缝针。"她对丹尼说,"你坐下。"

"我不需要缝针。"丹尼说着,坐在了一把椅子上。珍妮弯下身子凑过去,把那团浸湿的纸巾按在他的太阳穴上。苏珊坐在丹尼旁边的椅子上,拿起了他的一只手。珍妮"唔"了一声,凝神看着丹尼的伤口。她把纸巾又折了一道,轻轻擦着他的太阳穴。

"哎哟。"丹尼叫了一声。

"休,急救药箱在哪儿?"

"马上就来。"说话间,珍妮的丈夫休已经走进了厨房。他把手里拿的东西递给了珍妮,看上去像个钓鱼用的金属工具箱。

珍妮说:"你去告诉其他人,别让斯戴姆睡着了,听见没有?先别收拾了。"因为休正弯腰捡起地上的盘子碎片,"我们得确保不让他昏迷过去。"每当遇上突发事件,珍妮总是那个发号施令的人。她把有点儿碍事的马尾辫往后一甩,简直让人担心她那黑色的长发会不会断成两截。

休起身离开了厨房。他刚一走,丹尼就说:"我跟你发誓,这不是我的错。"

"真的吗。"珍妮回了一句。

160

"一点儿不假。你得相信我。"

"苏珊,把新孢霉素给我找出来。"

苏珊抬起眼睛望着珍妮的脸,还是坐着没动。

"是一种软膏。在急救药箱里。"珍妮对她说。她把手里的纸巾又折了一道,纸团现在几乎全部变成了红色。苏珊放开丹尼的手,伸手去拿药箱。她的罩衫肩膀处有一道血痕,像是用画刷横着涂了一笔。

"刚才我们俩搭伴洗盘子,"丹尼说,"什么事儿都没有。后来,因为我说他现在可以搬回自己家住了,他就火冒三丈。"

"哦,我能想象得出来。"珍妮说。

"你这是什么意思。"

珍妮把纸巾扔进垃圾桶里,从苏珊手里接过新孢霉素。"坐好别动。"她对丹尼说。她往伤口上涂了一点儿药膏。丹尼一动不动,沉稳地昂起头来盯着她。她说:"丹尼,你什么时候才能丢下这件事儿?别再纠缠不休了!放弃吧!"

"放弃什么?是他先挑事儿的!"

"你难道不觉得每个人都有点儿……受伤吗?比方说,斯戴姆他自己!如果我想的话,我又难道不会产生嫉妒心理吗?爸爸一贯偏爱斯戴姆,根本不把我放在眼里,虽然我干得很出色。他老是说,总有一天,斯戴姆会接管这个公司,就好像我压根儿不存在,就好像任何一个男人都会做的事情我怎么也干不来,哪怕有人手把手教给我。但是,你猜怎么样,丹尼——问题在于,斯戴姆根本不需要别人教给他怎么做。他好像……生来就无师自通。不需要有人指点就能把事情处理好。实话实说,他确实有资格接管公司。"

丹尼不耐烦地从鼻子里哼了一声,珍妮佯装没有听见。"拿几片蝴蝶绷带来,"她对苏珊说,"如果你能找到的话,我们就好办了。"

苏珊把急救药箱翻了个底朝天,里面的东西似乎放得杂乱无章。

剪刀、镊子、几卷纱布,还有一瓶醋(以备有人被水母刺伤),她统统拨拉到一边,终于找到了一盒蝴蝶绷带。

"太好了。"珍妮说。她把几片绷带从盒子里抖落到桌子上,拿起一片,撕开了包装。"几片绷带应该就够了。"她对丹尼说,"坐稳别动,拜托。"

"他接管公司这件事儿我根本不介意,"丹尼说,"我肯定是不想接管。问题在于,除了他以外,爸爸对咱们几个都不满意。他自己亲生的三个孩子!你自己刚才也说过:接管公司的人应该是你。你是维特山克家的人。可是,嘿,没门儿,爸爸非要在自家人以外去找。"

"他并没有去找啊。"珍妮说着,把身子往后撤,瞧了瞧自己刚刚给丹尼贴上的绷带,又伸手去拿第二片,"他并没有决定让斯戴姆成为我们家的一员。事情自然而然就成了这样。"

"从小到大,爸爸总让我觉得,我始终达不到他的期望。"丹尼说,"就好像……我跛了一条腿,我是个残缺不全的人。珍妮,你听我说:那年夏天,我在明尼苏达给人打工,有个老板觉得我的眼光非常棒。当时我们在装配橱柜,我提出的设计方案总是让他拍案叫绝。他问我有没有考虑过从事家具制造行业。他认为我很有天赋。为什么父亲从来不这么想呢?"

"那后来怎么样了?"珍妮问。

"你这话是什么意思?什么怎么样?"

"你所说的家具制造后来怎么着了?"

"哦,怎么说呢……我都忘了。我想,大概是后来做的事情变得很无聊。护壁板什么的。所以,没过多久我就辞职了。"

珍妮叹了口气,把绷带的包装纸从桌子上一个个捡起来。"好了,苏珊。"她说,"你可以护送爸爸去客厅了。"

可是,丹尼正在站起身的时候,斯戴姆走了进来,诺拉紧随其后。看样子他脑袋上挨的那一下已经没事儿了,他似乎又恢复了常态,只是脸色有些苍白,身上的衣服有点儿凌乱。"丹尼,"他开口道,"我向你道歉。"

"他非常非常抱歉。"诺拉插了一句。

"我不该发火,还有呢,你这件'奶酪条事件'乐队的 T 恤,我想赔给你。"

丹尼戏谑地轻轻呼了口气。艾比跟在斯戴姆和诺拉后面走了进来,她总是煞费苦心让一家人和睦相处,这种时候她当然不会缺席。艾比说:"哦,斯戴姆,这不要紧。我敢肯定,用魔净强效去渍洗衣液就能洗干净。"丹尼听了禁不住哈哈大笑起来。

"没关系,"他对斯戴姆说,"就当从来没有发生过吧。"

"嗯,还是你宽宏大量。"

"其实,看到你也是个普通人,我倒是松了口气,"丹尼说,"在此之前,我还以为你没有一点儿争强好胜的心。"

"争强好胜?"

"咱们握手言和吧。"丹尼说着向他伸出了手。

斯戴姆问:"你为什么说我争强好胜?"

丹尼的手垂了下去。"嘿,"他说,"我刚才只不过说了句,我应该留下来帮助爸爸妈妈,你就跟我动手,这还不叫争强好胜吗?"

"混蛋!"斯戴姆叫道。

诺拉喊了一声:"哦,道格拉斯!"

斯戴姆朝丹尼嘴上猛打过去。

他这一拳打得并不高明,动作笨拙,还有点儿歪歪斜斜,但足以让丹尼跌坐在椅子里,他的下嘴唇登时冒出血来。他恍恍惚惚地摇了摇脑袋。艾比立刻尖叫起来:"住手!拜托了,住手!"珍妮说:"哦,看在老天的分儿上。"苏珊咬着自己的指关节,又开始哭泣。其余的人几乎同时涌到了门口,似乎在专等着看这出戏。斯戴姆一脸惊诧。他低下头,盯着自己的拳头,指关节擦破了一道皮。他又把目光投向丹尼。

"出去。"珍妮向所有人命令道。

然后,她用疲惫的语调说:"咱们先清洗伤口,再看需不需要缝针。"

第 六 章

　　一开始,艾比对将要和维斯大夫会面感到很紧张,可转念一想:"这没什么大不了的,因为我对母亲的维斯牌锯齿剪刀熟悉得很。"她脑海里立刻浮现出那把粗笨的剪刀,很有些分量,弯曲的剪刀把过于粗大,抵在大拇指最下面,硌得人很不舒服,沉甸甸的刀刃刚开始咬上布料的时候感觉很不听使唤。

　　不过,等等。其实,此维斯和彼维斯毫不相干啊。

　　这个预约是诺拉安排的。她给自己的牧师打电话,请他推荐一位老年医学专家,然后没有征得艾比同意,就给维斯大夫的诊所通了电话。真是多管闲事儿。不过,诺拉事先一定跟雷德商量过,因为艾比向他抱怨的时候,他并没有露出惊讶之色,还说听听医生的意见没什么坏处。

　　在此之前,艾比就已经发觉诺拉开始让她感到心神不安了。比方说,她为什么硬要把艾比称作"维特山克妈妈"？听起来艾比就像是一个穿着木屐、裹着头巾的乡下老太婆。随便哪个子女的配偶初次进入他们的大家庭,艾比都让他们管自己叫"妈妈"或者"艾比"。"维特山克妈妈"实在让她难以启口。

　　另外,诺拉收拾餐桌的时候总是把盘子一个个摞起来,而艾比从小受到的教育是,双手各拿一个盘子才是礼貌的做法,否则所有的盘子被送进厨房时,底部都会沾上食物残渣。更有甚者,她还对艾比做家务的方式说三道四！至少她把萨米的过敏症状归咎于地毯里的灰尘，就是有挑剔之嫌。还有，她做的油炸食品对雷德的心脏不好，她对孩子的管教过于宽松，她定做的双人床几乎把斯戴姆原来住的那间卧室全塞满了，床边的空隙只能容下一个人侧着身子通过。

好吧，这只是室友的磨合阶段，艾比暗暗对自己说。彼此之间距离太近，胳膊肘磕磕碰碰在所难免，她的烦恼就是这么回事。

这番话她每天都对自己说好几遍。

她还提醒自己，有些人际关系是我们以前未曾经历过的，和我们过去的生活场景毫无关联，而这些全新的体验可以开阔我们的视野。也许诺拉进入艾比的生命历程，就是要让她的心灵变得更深刻、更丰盈，有可能是这样吗？

艾比并不像是个难以相处的婆婆或者岳母。要问何出此言，看她和阿曼达的丈夫休相处得多么融洽！就连阿曼达自己也承认，这绝对是个挑战，但艾比觉得休是个风趣幽默的人。当然啦，珍妮的丈夫休本来就很讨人喜欢。艾比的一些朋友和他们的女婿或者儿媳相处得很糟糕，他们一致认为，儿媳比女婿更难交往，有的彼此之间甚至都不怎么说话。艾比的表现总比他们要强多了。

如果她没有觉得自己被生生推开，被排斥在外，成了一个可有可无的人。

她过去总以为，等她老了，就会对一切有十足的把握。可是，看看她现在的样子：依旧事事难料。在很多方面，她甚至比自己还是个女孩子的时候更加举棋不定。她说话的声音传到自己耳朵里，经常让她为之一惊：怎么听起来喊喊喳喳的，那么没头没脑，那么浅薄草率，简直像是落入了某个穷极无聊的情景喜剧中的母亲角色。

她到底出了什么问题？

艾比和维斯大夫的会面安排在11月。(由此可见,等着就医的老年人多得很。)在11月之前,一切还有转机。这些无关紧要的小毛病也许会自行消失,在她自己看来,是"脑子短路"。她还有可能没等到去见医生就一命呜呼了!不行,这种想法可不能露头。

眼下只是9月中旬,还留有夏天的影子,树叶才刚刚开始变色,早晨天气十分凉爽,但还算不上清冷。吃过早餐,她可以只穿一件毛线衫坐在前廊上,用脚尖轻轻地推动秋千来回摆动,远远地看着一对对夫妇带着孩子从自家门前经过,向学校走去。可以看得出来,学校刚刚开学,因为他们的孩子个个衣着整洁漂亮,等再过一个月,他们就不会这么花费心思了。有几个年龄稍大的孩子本来已经可以甩开父母独自去上学,当然,皮蒂和汤米还太小,他们几分钟前刚刚和诺拉一起走出家门:萨米坐在手推车里,身体向前探着,活像一名船长正在海上搜寻陆地;海蒂欢蹦乱跳地在前面领路,系在它脖子上的皮带长得出奇,显得很滑稽。三个淡黄色头发的小脑瓜越走越远,在树丛间闪着微光。这和维特山克家的人太不一样了,不过斯戴姆也是一头淡黄色头发,三个小家伙的模样可想而知。

三个男孩似乎不费吹灰之力就和住在附近的孩子打成了一片,他们在房前的人行道上骑着踏板车飞快地上下奔突,还把小伙伴们带回家吃点心。他们对艾比说,那些孩子把他们家称作"有前廊的房子"。艾比为此颇为高兴。她还记得自己第一次看到这座房子的情形,那时候她还是个满脸雀斑的中学生,家住汉普登,目中无人的梅丽科·维特山克是学校指派给她的"大姐姐"。当时,她站在街道上就瞥见那偌大的美轮美奂的前廊,梅丽科和两个年龄相仿的朋友正懒洋洋地坐在这架秋千上,那么随意自在,那么时髦漂亮。她们穿着卷边牛仔裤,图案花哨的围巾打成了样式活泼的蝴蝶结。"哦,老天爷,小矮人们来了。"梅丽科拖着长腔说道,因为艾比还有两个同班同学相伴而来,她们是梅丽科那两个朋友的"小妹妹"。按照学校要求,她们应该像亲密无间的朋友一样,共同度过一个充满乐趣的星期六下午,一起记诵校歌的歌词,一起烘烤饼干。可是这些情节艾比如今全都记不起来了,她只记得自己远远望着敞阔的前廊和通向前廊的石板路,心里充满了惊叹。哦,还有梅丽科的妈妈,温柔可亲的丽尼。(那时候艾比还用"维特山克太太"来称呼她。)那天,指导大家烘烤饼干的大概是丽尼,因为艾比无法想象梅丽科如何充当这个角色。

丽尼·梅尔·维特山克面色苍白,是个沉默寡言的人,穿一件暗淡的印花棉布裙,看样子可能是从乡村商店里买来的,不过,她眼角的笑纹别有一番意味,让艾比感觉到,她所体会到的东西远远多于她的表情流露。等到煞有介事的"大姐姐"活动慢慢淡出她的生活之后又过了很长时间,艾比想起丽尼还是倍感温暖。又过了一些年,艾比开始和雷德的朋友戴恩约会,丽尼还是那么温婉慈爱,一个又一个夜晚,她欣然走出房门来到前廊上,给附近三五成群的孩子们送上自己做的柠檬水。有时候,小维特山克也会出来打个招呼:"嘿,大家好啊! 小伙子们! 姑娘们!"他来回转悠着,四处攀谈,又是恭维女孩子们,说她们那天晚上显得格外漂亮,又是和男孩子们一起回顾印第安纳小马队的战况,直到丽尼走过来碰碰他的衣袖,说:"好啦,小维特山克。让这些年轻人自己聊吧。"

如今,这两人都已经撒手尘寰;唉,真是令人唏嘘不已。竟然被一列货车从地球表面抹去,甚至连尸骨都没有留下,只有两副空灵柩供人哀悼,他们的死讯也只有通过警方公布于众。如此让人叹惋,如此让人难以释怀。在这件事情上,和雷德相比,艾比更是心神不安。在雷德看来,死在瞬息之间是一种幸运,但艾比希望有个告别仪式,她想说出自己的心里话:"丽尼,你是个非常、非常善良的人,我一直为你感到遗憾的是,你这一生过得如此孤独。"

最近一段时间,艾比总是莫名想起她曾经亲眼见证他们死去的那些人。两位祖父母,她的母亲,还有她深爱的哥哥——年纪轻轻便离开了人世。不过,这里面没有她的父亲。她晚了几分钟,错过了父亲的弥留时刻。但是,当她弯下身子,把自己的脸颊紧贴在父亲的脸上,她还是希望父亲一息尚存,知道她来到了自己身边。甚至在此时此刻,艾比坐在前廊上,俯瞰着布顿大街,想起当年,父亲那胡子拉碴的、无比慈爱的脸庞已渐渐变冷,她仍然感觉到自己的双眼盈满了泪水。我们每个人在离开人世的时候,都应该有人守在身旁!毫无疑问,她为自己也是这样设想的:在她气息奄奄的时候,雷德用自己的大手为她合拢一双眼睛。然而,她转念一想,这意味着当雷德大限将至,自己就不能厮守在他的身畔了,这情景让她不堪忍受。如果她先走一步,雷德可怎么活下去呢?

雷德总喜欢把她的手整个攥在自己的手心里,而不是和她十指相扣。她十二三岁的时候,听一些比她早熟的朋友说,男孩子在看电影的时候会把手伸过来和她们手牵手,她想象那是一只手把另一只手紧紧握住。等到她的第一次约会,男孩子悄悄地把自己的手指伸进她的指缝,和她十指相扣,这让她确信手拉手也没那么妙不可言。直到后来雷德出现了。

也许她和雷德会在同一时刻离开人世。比方说,飞机失事。他们会提前几分钟得知自己的命运,驾驶员的通知让他们有机会互相倾吐临终遗言。不过,他们从来没有乘坐飞机去过任何地方,这种情况怎么可能发生呢?

"死亡带给人的困扰是,你再也无法看到一切何去何从。"她曾经对珍妮说过这样一番话,"你不知道最后的结局。"

"可是,妈妈,本来就不存在什么结局。"珍妮说。

"哦,我明白。"艾比答道。

道理上确实如此。

在她内心深处,她也许觉得这个世界没有她就无法运转。哦,人类若有此等想法岂不是自欺欺人?! 因为明摆着的事实是,没有人再需要她了。孩子们已经长大成人,至于客户,从她退休之时起就和她没有一丝关联了。(在她即将离职那段时间,她总觉得客户的种种需求是个无底洞。这个社会一天天变得越来越支离破碎,即使她拼命修修补补,也赶不上崩溃的速度。在她看来,自己的离开正当其时。)就连她结交的那些"孤儿们"也几乎全都四散而去——B.J.奥特里由于吸毒而死,老戴尔先生死于中风,来自不同国家的留学生们要么已经回国,要么成功地融入了美国社会,如今全凭自己动手制作感恩节大餐。

过去,家里的一切都以她为中心。她知道所有人的秘密,大家都向她吐露心迹。丽尼曾经对她说,她和小维特山克算是家族里的不肖子孙,还让她发誓不告诉任何人;丹尼向她透露苏珊并非他的亲生女儿,当时她正在惊叹苏珊有一双棕色的眼睛,丹尼的话让她始料不及。艾比没有把听来的话转述给任何人,甚至连雷德也算在里面。她一向信守承诺。哦,如果人们知道她心里装了那么多秘密却始终守口如瓶,他们该有多么惊诧!

"你能得到这份工作多亏了我。"她本来可以告诉珍妮,"你爸爸是个死脑筋,硬是不同意让女人在建筑工地上工作,但是我把他说服了。"脱口说出这句话是多么大的诱惑啊,但她从来只字不提。

现在她老来无用了,孩子们觉得她应该搬到"老年之家",她和雷德一起住进去,可他们俩谁都没有老到那个份儿上啊。谢天谢地,这个建议总算无疾而终了。为了逃避"老年之家",就算迫不得已和诺拉一起生活也是值得的。哪怕不得不忍受哥特太太也在所不惜——或者说还差那么一点儿。

事到如今,艾比为哥特太太的事儿感到有些过意不去。他们不假思索就把她打发走了。也许她有什么伤心事呢。就这样错过了听一个人讲述自己的悲伤往事,这可不大像是艾比的为人。"阿曼达,"最近她曾经问过,"你给哥特太太付了解雇补偿费没有?"

"解雇补偿费?!她只在你那儿待了九天!"

"可她毕竟是出于善意。"艾比说,"你们安排她来也都是出于一番好意。我不希望你们觉得我不领情。"

"怎么说呢,既然你和爸爸极力反对住进'老年之家',不知道出于什么原因……"

"不过,你能站在我们的角度看这件事情,对不对?哦,我敢打赌,那种地方会用社会工作者来对付被收容的人。我们会成为社会工作的管教对象!你能想象吗?"

阿曼达的反应是:"'被收容的人'?还有什么'管教对象'?妈妈,这是从你嘴里说出来的话?我的老天啊!由此可见,这么多年来,你对自己的职业是什么态度?"

有时候阿曼达的话锋很尖锐。

这两个女孩子,相比较而言,珍妮更随和一些。(艾比知道她不该再用"女孩子"来称呼两个女儿了,但是用"女人""男人"这样的字眼又让人感觉很别扭。)珍妮为人柔顺谦和,没有阿曼达所表现出的尖刻。但是,她有什么秘密也不告诉艾比。当艾比得知珍妮生下亚历山大之后,情绪处于低谷,还曾经把丹尼找来帮忙,这对她来说简直是当头一棒。她本来可以求助于艾比啊。艾比就住在城里!再来说说丹尼:他为什么绝口不提自己已经完成了大学学业?他一定花了几年时间上课,穿插在五花八门的工作期间,但是他从来没有吐露一个字,这是为什么呢?他想继续牵着她的鼻子走。这样一来,当他突然抖露出这个消息,就像是给了她一记响亮的耳光。那天晚餐过后,丹尼若无其事地宣布:没错儿,他确实拿到了学位。她知道自己应该为丹尼感到高兴,但是心里却涌起了怨恨。

问题儿童的父母有一种情绪从来都不会说出口:当自己的孩子长大后一切都还过得去,他们会如释重负,可是他们多年来的愤懑该如何安放？

不过，丹尼也许算不上一切都还过得去，甚至现在也要打个问号。艾比对他并不完全放心。难道他不该去找份工作吗？比方说当个代课老师？甚至成为一名真正的教师！他肯定不会把待在这儿给家里帮忙当作一份正儿八经的工作吧，会这样吗？她经常塞给丹尼一些零用钱，都能抵得上一份最低生活工资了。每次他出去跑腿帮艾比买东西，艾比总会给他几张二十美元的钞票，也从来不要找零。

昨天，她问丹尼："你别的东西呢？除了你带回来的，一定还有别的东西吧。你托付给别人保管了吗？"

"哦，这个不是问题，"他说，"就扔在原来住的公寓里了。"

"这么说你还得付房租？"

"不用。那只不过是车库顶上的一个房间。女房东根本不在乎。"

这可真让人费解。什么样的女房东在租客外出的时候不收房租呢？哦，在他的生活里……不知怎么的，似乎发生了太多的咄咄怪事。

也许这一切都很正常，只是艾比过去和丹尼经历了太多波折，让她变得疑神疑鬼——太多的逃避，太多真真假假的故事，还有可疑的借口。

就在上个星期，她敲了敲丹尼的卧室门，想问他能不能开车带自己去买贺卡，她听见丹尼说了句什么，以为是让她进去，可是她搞错了，丹尼正在打手机。"你知道我是爱你的，"丹尼正在说，"我要怎么做才能让你相信呢？"他一眼瞟见艾比，顿时变了脸色，"你有什么事儿？"他问艾比。

"等你打完电话吧。"她说。丹尼立刻对着手机说了句："我得挂了。"他挂断手机的动作简直不能再快了。

如果他在跟一个女孩打电话，也就是说对方是个女人，艾比会打心眼儿里感到高兴。每个人都应该有个知心爱人。可是这个人丹尼从来没有提起过,这让她还是禁不住有点儿黯然伤神。丹尼为什么非要把一切都搞得神秘兮兮？哦,他偏偏就喜欢不走寻常路。不对,她想说的是不随大流。事事不随大流。就像是他有此癖好。

有时候,艾比觉得,她一天到晚为丹尼感到焦虑,结果在不知不觉中忽视了另外几个孩子。这并不是说她不把他们放在心上,而是说她没有像对待丹尼一样,眯起眼睛紧盯着他们的一举一动。然而,丹尼居然抱怨说他受到了冷落。

几天前,她正在翻看信件,恍恍惚惚觉察到丹尼在跟她说话。她一边撕开信封,一边心不在焉地说了声:"嗯？"然后她咬牙切齿地念,"'理财',你难道不讨厌这个字眼儿吗？"丹尼回了一句:"你根本没听我说话。真见鬼。"

"我在听啊。"

"在我还小的时候,"丹尼对她说,"我经常想入非非,谋划着把你绑架了,这样就能让你把全部心思放在我身上。"

"哦,丹尼。我花在你身上的心思够多了！你爸爸总是说,我对你关注得太多了。"

丹尼只是冲她翘起了脑袋。

平心而论,艾比不光为他煞费苦心,私下里对他的喜爱也比另外几个孩子更多几分。丹尼充满了活力,有一股狂热的劲头儿。(说实话,丹尼有时候会让她莫名想起自己以前的男朋友戴恩·奎因,那个放浪不羁的男孩许多年前死于一场车祸。)丹尼还经常出人意料地冒出个新奇的想法,博她一笑。上个月,大家觉得三个男孩卧室里的地毯积满了灰尘,需要清理,丹尼正在卷起地毯的时候,突然停下来问道:"你有没有想过,那些东方的地毯织匠得有多么狂妄自大,他们竟然自认为必须挖空心思,故意留下一个瑕疵,免得跟造物主一争高下。就好像他们如果不强迫自己刻意出错,就能做到完美无瑕一样。"艾比听了忍不住大笑一场。

她记得,在丹尼还是个孩子的时候,她曾经暗自琢磨,等丹尼长大之后,也许就会告诉她,自己当年究竟为什么充满了怨怒。然而,等丹尼真的长大了,她提出这个问题的时候,丹尼的回答是:"说真的,我也不知道。"

艾比叹了口气,目光追随着一个小男生从自家门前走过,他的书包塞得鼓鼓囊囊,把后背都压弯了。

这个前廊不光建得很长,而且跨度也很大,相当于一个小客厅的进深。刚住进来的头几年,她还是个雄心勃勃的年轻主妇,曾经定做了一整套柳条编的家具,漆成了和秋千一样的蜂蜜金色,在前廊的一端摆成一圈,形成了一个"聊天组合",其中包括一张矮桌,一把有靠背的长椅,还有两个扶手椅。但是,谁也不想坐在背对街道的地方,所以那几张椅子渐渐转移到了矮桌的两侧,大家又开始面朝外一字排开,就像轮船甲板上的乘客一样,不是彼此相对而坐。艾比觉得这情形恰恰概括了她在家里扮演的角色。她自有一套想法,认为事情应该如何如何,然而,家里的每个人仍旧各行其是。

艾比的目光穿过树丛,向坡下望去,瞥见一团飞快闪动的白色影子。那是海蒂正神气活现地跑过来,身上的长毛飘飘摆摆,后面是推着婴儿车的诺拉漫步而来,还是迈着平素姿态优雅的滑行舞步。艾比甚至连想也没想,就从秋千上一跃而起,一阵风似的溜进屋里,她这一连串动作就像一下子年轻了许多。

前厅里还弥漫着咖啡和烤面包的香气,平日里,这总让她感到无比惬意,可是今天,她就像患了幽闭症一样透不过气来。她径直奔向楼梯,急急忙忙走了上去。等到她听见萨米的手推车被搬上前廊台阶,发出咚咚的声响,楼下已经不见了她的人影。

她的书房门紧闭着,门后一片沉寂——现在住在里面的是丹尼。丹尼的时间表并没有重置,艾比最初的猜想落空了。每天晚上,他都是最后一个上床睡觉,早晨也是最后一个起床,上午十点或者十一点才露面,穿着深橄榄绿的汗衫和脏兮兮的卡其布裤子,全身上下疲疲沓沓,脸上带着在枕头上压出的印痕,油腻的头发软塌塌地松垂下来。哦,天哪。

"'你永远只会跟你最不快乐的孩子一样快乐',这句话是谁说的来着?"上星期的陶艺课上,艾比问瑞。

"苏格拉底。"瑞当即答道。

"真的吗?我还在琢磨,这更像是米歇尔·奥巴马的风格。"

"其实我不知道是谁说的。"瑞坦白道,"不过,你要相信我,这句话的渊源可比米歇尔要早得多。"

早晨,你一觉醒来,心情还不错,可是一转念,你立刻又想到:"有什么事情不对劲儿。也不知道究竟是哪里不尽如人意;到底是什么呢?"然后你会如梦方醒:原因在于自己的孩子,那个不快乐的孩子。

她在过道里转了一圈,随手关上了三个小男孩的卧室门。屋里七零八落,衣服、毛巾和玩具零件滚得到处都是,让人看了心乱如麻。如果你敢光脚进去,脚底板说不定会被乐高积木咬上几口。她回到自己的房门前,一步跨进房间,悄无声息地关上了门。

床还没有收拾,因为她想在诺拉和几个男孩没下楼之前安安静静地吃个早餐。(哦,小孩子的精力太旺盛了,他们总是风风火火地闯入每一天,把大人折腾得身心俱疲!)这会儿,她拉平被单,挂起自己的睡袍,还把雷德的睡衣叠了起来,塞在他的枕头下面。工作日的早晨,雷德总是摸黑起床穿衣服,出门之后留下一团糟。

在这个房间里住过的人最少:只有布里尔先生和布里尔太太,小维特山克和丽尼,然后是雷德和艾比。屋角那个华美的大衣柜本来

· 175 ·

是布里先生夫妇的,因为体积庞大,无法搬进他们在城里的公寓,才留在了这里。其余的家具是小维特山克和丽尼留下的,不过屋里的装饰物品都属于艾比。其中有一幅她从小时候保留至今的带框彩印图画,画面中的小女孩身后浮现出一位守护天使,盘旋在她的头顶上方;那个填塞在水晶鞋里的天鹅绒针垫,是母亲留给她的;还有一个"哈梅尔"①玩偶——造型是拉小提琴的小男孩,是她和雷德约会的时候,雷德送给她的小礼物。

楼下传来了诺拉低低的说话声,听不分明,然后是萨米发出了一声欢呼。过了片刻,门口传来抓挠声。她一打开门,克莱伦斯就溜了进来。"我知道,亲爱的宝贝儿,"艾比说,"楼下太吵了。"狗狗在地毯上兜了几个圈子,然后卧了下来。克莱伦斯一向很乖。应该是布兰达。管它叫什么呢。其实,但凡艾比愿意让心思停留在这个问题上,稍稍动动脑筋,她能搞明白这只狗的名字叫布兰达。

"那种感觉,就像是渐渐滑入睡眠状态,或者像是脑袋里的某个零件出了岔子。"艾比会这样告诉维斯大夫,"您有过这样的经历吗?一开始你的头脑非常清晰,但是突然之间,陷入了另外一个完全不合逻辑、风马牛不相及的思路里面,根本无法追溯到最初的场景。我猜,那只不过是累了。我的意思是,有那么一回,大概是五年或者十年以前,那时候,我还远远算不上老年人。天色已经很晚了,我独自从海滩开车回家,因为第二天上午和人约了见面;突然之间,我发现自己竟然开到了华盛顿特区一个非常吓人的街区。我敢发誓,我一路上根本没有经过海湾大桥!我不知道自己是怎么做到的。直到今天我仍然摸不着头脑。当时我只是累了。没有别的,就是这么回事儿。"

要么说说发生在去年12月的那件事情——麦卡锡一家邀请她

---

① 源自德国的一个陶瓷玩偶品牌,英文名称为 Hummels。

和雷德还有另外几个朋友一起参加圣诞音乐会。那天,她特别健谈,跟坐在自己身边的人聊得热火朝天,可是,过了一会儿,她恍然发现自己的谈话对象是个素不相识的人,跟麦卡锡家也毫不相干,难怪人家把她当成了疯子。那情形,就像唱片在播放的时候突然跳针了。你能想象得出来,这种情况是有可能发生的。

"再来说说时间吧。"她会这样对维斯大夫说,"时间,你是懂的。小时候,你总觉得时间过得好慢好慢,一旦长大,时间就过得越来越快。怎么说呢,如今时间变得一团模糊。我无法记录时间的脚步了!不过,时间似乎可以说是……均衡的。年轻的时光在一生中只占如此之小的一部分,然而,青春岁月似乎永远在生命中延伸。到了老年光景,年复一年,绵绵无尽,但这时候时间一天天疾速飞逝。所以,你看,到最后一切都扯平了。"

她听见诺拉的脚步声上了楼,还听见了她的说话声:"不行,你这个小傻瓜。饼干是当作甜点的。"诺拉迈着沉稳、徐缓的步子走向男孩子们的房间,伴随着萨米小小的运动鞋在地板上发出的啪嗒啪嗒声。

艾比是不是有什么问题,她居然没有抓紧每一分钟,只要醒着就和孙子孙女待在一起。说到底,她确实深深地爱着他们。她那份爱如此深切,不管什么时候看见三个小男孩,她都感到双臂的皮肤之下似乎空洞洞的。那是一种强烈的渴望,恨不得立刻将他们一把揽到自己身边,紧紧地拥入怀中。三个小男孩几乎寸步不离地厮混在一处,经常被大家当作一体,不过艾比知道他们彼此之间有多么不同。皮蒂是个爱操心的小家伙,经常对两个弟弟呼来喝去,把他们支得团团转,但他并不是故意找麻烦,而是出于一种呵护和照顾家人的本能;汤米继承了爸爸阳光开朗的性格和调解纠纷的能力;萨米在她眼里还是个小婴儿,身上仍旧带着一股橙汁和小便的混合气味,喜欢依偎在她身边,让她读书给自己听。再说说年龄稍大的几个孩子:苏珊总是一副一本正经的样子,那么讨人喜欢,又那么乖巧——她一切都好吗?黛博简直跟艾比在她这个年龄的时候一个样,长得瘦长结实,对世界充满了好奇。可怜的亚历山大动作笨拙而又透着倔强,艾比总是为他感到揪心。还有伊莉斯,她和艾比如此不同,可以说是截然相反的两个类型,艾比非常庆幸自己能有机会靠近这样一个女孩,细致入微地观察她。

然而,不知怎地,她还是觉得隔着一段距离回想他们的点点滴滴来得更自在,而不是在挤在他们中间,费心竭力地寻求一个属于自己的空间。

楼上的过道重新归于平静。艾比一点点转动门把手,只把门打开了一个能勉强通过的缝隙,悄悄溜了出来。狗狗用鼻子把门又拱开了一点儿,慢吞吞地跟在她身后,呼哧呼哧地喷着鼻息,艾比不由得皱起眉头,朝男孩子们的房间瞟了一眼。

她下了楼梯,走到大门前,又来到了外面的前廊上。她突然停下脚步,脑子里灵光一闪,又转身进屋,从挂钩上取下了拴狗的皮带。克莱伦斯兴奋得直哼哼,摇摇摆摆地跟在她身后上了前廊,海蒂也不知在屋子深处的什么地方,满怀嫉妒地叫了一声。海蒂,就让它眼红去吧。艾比对动不动就异常激动的狗可吃不消。

她在石板路上停了一下,把皮带扣在克莱伦斯的颈圈上。这是一条老式的短皮带,如今人们更喜欢用那种可以自由伸缩的。严格来说,克莱伦斯根本不需要拴皮带,它走起路来步子那么缓慢,那么笨重,而且还表现得那么温和驯顺。不过,每当遇见个子很小的狗,它确实还有扑上去的冲动。那些小狗似乎把克莱伦斯还是只幼犬的时候那种活泼嬉闹的劲头儿勾了出来。要是碰上一只玩具猥犬,它从来都抑制不住自己,硬要扑上去玩闹一番。

"咱们不会走多远的,"艾比对它说,"别抱太大希望。"克莱伦斯走起路来全身关节跟生了锈一样僵硬,艾比觉得,不管怎么样,它顶多也只能走一两个街区。

他们来到大街上。对面正是蕾家的房子,艾比牵着克莱伦斯朝左拐去,这并不是因为她不想见到蕾,而是因为自从发生那次小小的走失事件,蕾要是见到她一个人散步一定会感到担忧。啊,这样出来走走感觉真好,简直像鸟儿一样自由,"我们该拿妈妈怎么办呢?"这句隐藏在大家心里的话也不再时时刻刻悬在她的头顶上了!此时此刻,她希望不会碰到认识的人。

她在散步的时候,脑子里有时候会突然闪过一个念头:她的原生家庭只剩下她孤零零一个人了。谁能料到,如今她会独自一人游走在这世界上,没有了他们的朝夕相伴。她又想起了挂在自己卧室里的那幅带框的图画:在幽暗阴森的大树下,一个孤独的孩子穿行在林间小路上,一位天使跟随在她的身后,守护着她。只不过艾比并不相信有天使存在,从七岁的时候起就不再相信了。根本就没有什么天使,她完全是孤立无助。

过去,她不管去什么地方,总会至少把一个孩子带在身边。这让她既感到一片安然,同时也很累心。在过马路之前,她总会连声呼唤:"手呢?手呢?"此时,那一幕无比清晰地浮现在她脑海里:她的一只胳膊直直地伸向身体一侧,掌心朝后,那是在执拗地等待一只小手抓住她的手,这个动作充满了对她的信赖。

克莱伦斯瞥见一只松鼠,但还是乖乖地跟着她往前走,甚至都没有流露出半点兴趣。"你做得对,"艾比对它说,"去追松鼠对你来说可能有失身份。"她伸出一只手,摸索着轻轻拍了拍胸脯上方的软垫。她出门的时候有没有记得把家门钥匙挂在脖子上?钥匙不在,不过也没关系;反正门锁设置成了手动,再说如果需要的话,诺拉总能打开后门让她进屋。

她心里还藏着一个秘密,但这个秘密不是别人告诉她的:最近她突然想到,在斯戴姆的记忆中,他父亲哄他入眠的时候唱的那首歌很可能是《山羊和火车》。艾比小时候曾经有过一张儿童歌曲唱片,上面有伯尔·艾夫斯①唱的这首歌。她是不是应该给斯戴姆一个提示呢?这么多年过去了,再次听到这首歌,对他来说,可能像是一次时光穿梭。可是,他说不定会误以为自己是在委婉地暗示他,他其实根本不是维特山克家的成员。话又说回来了,也许她因为这个原因不让自己一吐为快,反而是更自私的表现。她可能只是想让斯戴姆忘记自己不是他的生身母亲,不是他唯一的母亲。

自从那天在沙滩上大打出手,斯戴姆和丹尼彼此之间都刻意拿出彬彬有礼的态度,你会误以为他们只是一面之交。"丹尼,还剩最后一块鸡肉,你要吃吗?"斯戴姆常常抛出一句客气话,丹尼则回答说:"别管我,请自便。"他们可一点也骗不过艾比。斯戴姆和丹尼就像是在等候室里不期而遇的两个陌生人,艾比甚至都开始感到绝望,觉得眼下这情形永远都不会改变了。

哦,最近她总是情不自禁地想到,似乎某些麻烦和冲突都是在沙滩别墅里产生的。难怪她对外出旅行有点儿畏首畏尾!这个想法她绝不会流露出来。

"咱们到底出了什么问题?"这一年的沙滩之旅结束后,在开车回家的路上,她问雷德,"过去,我们是那么幸福快乐的一家人!难道不是吗?"

"在我的记忆中,确实是这样。"雷德答道。

"还记那次大家一起看电影吗,每个人都咯咯笑成了一团。"

"怎么说呢,现在……"

---

① 伯尔·艾夫斯(Burl Ives,1909—1995),美国民歌手、演员。1955年出演百老汇《热铁皮屋顶上的猫》一剧中的戏剧角色获得成功。1958年凭借《锦绣大地》中的表演获得奥斯卡最佳配角奖。

· 180 ·

"那是个西部片,男主角骑的马和观众脸对脸,直勾勾地盯着我们,正在大嚼燕麦,随着它每一次咀嚼,下颚上都会鼓出两块肌肉,像两个小球儿。那匹马显得傻乎乎的!你还记得吗?我们都忍不住哈哈大笑,全家人不约而同,一起爆发出笑声,周围的观众都莫名其妙地转过头来看着我们。"

"当时我在场吗?"雷德问她。

"在啊,你也在笑呢。"

他不记得这件事儿,大概是因为他把这种天伦之乐看作理所当然。眼下的生活也并不让他感到苦恼,然而艾比……哦,她很有些烦躁不安,就是这样。一想到自己这一家人无异于任何一个混沌度日、心怀怨气的普通家庭,她简直无法承受。

"如果可以让你实现一个愿望,"一天晚上,她和雷德躺在床上,两个人都无法安然入眠,于是她问道,"你的愿望会是什么呢?"

"哦,我不知道。"

"我会许愿让我们的孩子们生活得美满幸福。"

"啊,这想法很不错。"

"你呢?"

"哦,"他说,"也许我会希望哈福德建筑承包公司破产,这样一来,投标的时候他们就不会再出比我低的价格了。"

"雷德!说正经的!"

"怎么啦?"

"你竟然不把孩子们的幸福放在第一位,这怎么可以呢?"

"我确实把他们的幸福放在第一位。但是,你已经用自己的愿望实现了呀。"

"哼。"艾比哼了一声,翻了个身躺在身体左侧,背对着雷德。

雷德也一天天变老了。不光是艾比一个人!架在雷德鼻梁上的老花镜总是顺着鼻子往下溜,这很像他父亲当年的模样。只要他没听清楚别人说了什么,嘴里就冒出一声"呃?"——这又是从哪儿来的?简直像是在扮演一个角色。他觉得到了自己这个年纪,就应该是这种做派和腔调。有时候,他说出的话很离谱,真可谓驴头不对马嘴。比方说,"鲜红的少年"指的是他看见的一只红艳艳的鸟儿,正停落在食罐上。这兴许也和他的听力有关系,可艾比还是禁不住感到担忧。她见过商店里的店员最近一段时间怎么对待雷德:一副屈尊俯就的样子,说话的声音特别大,而且还尽量用音节较少的简单词语来表达自己的意思。他们把雷德当成了又一个走路颤颤巍巍的老糊涂。看到这一幕,她的胸口总是一阵绞痛。

看在老天的分儿上,怎么就没有人停下来想一想,眼前这些所谓的老家伙们过去也吸过大麻,头上扎过印花头巾,也在白宫门外进行过抗议示威。阿曼达曾经责怪她有时候张口闭口说什么很"酷",(阿曼达的原话是:"我讨厌老一辈人试图模仿年轻人。")她难道全然不知,在艾比的年轻年代,人们也用"酷"这个字眼,且不说更早的时候。

她并不介意自己显出一副老态。这不是她关心的重点。她的脸庞稍稍丰满了一些,全身上下也变得柔软松弛,然而,在她浏览家庭相册的时候,她觉得年轻时代的自己和现在相比显出几分孱弱,毫无魅力可言——清瘦苍白,整个人紧绷绷的,看上去近乎营养不良。雷德在这些照片里完全是一副弱不禁风的模样,喉结从长长的脖子中间鼓出来,那么鲜明突兀。他的体重和当年相比并没有增加,却不知怎地看上去显得结实了几分。

每当雷德表现得像个脾气古怪的老家伙,她都会使出自己的妙招,努力去回忆自己爱上雷德的那一天。"那是一个美丽的午后,风儿轻轻地吹拂,橙黄和青绿交织在一起……"由此蔓延开去,过去的一切都在她脑海中重现。当她意识到,这个她几年来几乎从未注意过的人是实实在在的珍宝,那一刻,一种新奇的感觉从她心中萌生,像施魔法一般为她打开了一个全新的世界。他是那么完美,艾比这样告诉自己。于是,透过雷德松弛的肌肤和皱纹,透过他皱缩的眼睛、深陷的脸颊和嘴边那两道像括号一般的深痕,还有他平日里表现出的迟钝和倔强,他令人恼火的执念——认为简明、冷静的逻辑思考能够解决生活中遇到的一切问题——透过这一切,一个男孩光彩熠熠的影像投射出来,他双眸清澈,面庞恬静,于是,艾比觉得自己能够和雷德相依相伴,终老一生,是一种不可言喻的幸运。

"我买了一头山羊。"艾比一边走一边哼唱,"它的名字叫吉姆。"她的歌声突然打住了,因为她发现有一个人迎面而来。等那人在拐角处向左拐之后,艾比又继续哼唱:"我把它送给……"克莱伦斯拖着沉重的脚步跟在她身边,一声不响,只是时不时碰碰她的膝盖,也许是无意,也许是有意。

在一个人的记忆中,歌词总比一般的语句停留的时间要长得多,这是不是一个很有意思的现象?不光是她十几岁的时候唱的那些歌曲,比方说《汤姆·杜利》《迈克尔,把船划到岸边》《白铃兰花》《早上好,快乐的阳光》《愉快的徒步旅行》,还有她母亲唱过的一首歌,开头一句是"我这就下来给你开门",甚至小时候吟唱的跳绳歌,"强尼越过海洋,强尼越过大海……"似乎只要押韵,就能让人经久不忘。韵律会把歌词内容深深地印刻在你的脑海里。牙医约诊,还有重要的纪念日,最应该编成合辙押韵的小诗。事实上,人生中所有不同寻常的事件都应该如法炮制!如果你的记忆中出现一个空缺,你只需要尽自己所能开始哼唱一段歌谣,等你胸有成竹地唱出第一句,遗忘的部分就会自然而然进入你的头脑。

艾比曾经担心自己会变得爱忘事儿,因为她的外公最后就得了老年痴呆症。但事实上这并没有成为一个特别的烦恼。起码她比大部分朋友的记忆力都强,这一点大家一致认同。要说起来,就在上个星期,卡罗尔·邓恩给艾比打来电话,她拿起话筒,却没有听到一丝声音。"喂?"她连喊两声,卡罗尔这才说:"我忘了我要给谁打电话了。""我是艾比。"她说。卡罗尔于是打开了话匣子:"哦,你好,艾比!最近还好吗?老天爷,我简直都要忘记自己是谁了,幸亏……可话又说回来了,我要找的人并不是你。"说罢,她就挂了电话。

再来说说蕾,她总是忘记各种东西的名称。"明年夏天,我打算种一些……马里兰州的州花。"她曾经这么说。艾比问:"是黑眼菊吗?"

"对,没错儿。"每遇上这种情况,不得已给大家提个醒的似乎总是艾比。她应该告诉维斯大夫才是。

"在某些方面,我的记忆力反倒比年轻的时候强。"她应该这么对维斯大夫说,"最意想不到的细节会突然再一次映现在脑海里。那些细枝末节,那些微不足道的小事情。就在前几天,我一下子想起了原来用过一个康宁牌①平底深锅,是别人作为结婚礼物送给我的。我清清楚楚地记得怎么转动手腕,把手柄拧到锅上。我有一整套康宁厨具,共用一个可拆卸的把手,可以拧到锅上固定住。那些厨具我只用过很短的时间,锅底老是烧焦。除了我还有谁能记得这种事情呢?"

某个时候,艾比会突然闻到过去妈妈翻炒切碎的洋葱和青椒的时候,从锅里升腾起的那股烟气,辛辣、刺鼻、令人沮丧。那时候,艾比还是个蹒跚学步的小娃娃,一到下午五点钟就闷闷不乐,开始哭哭啼啼地抱怨自己肚子饿了、玩累了,几乎每天傍晚妈妈都是用洋葱和青椒给她炒菜做煲饭。某个时候,她会听见电车线发出的嗡嗡声,那是二十九号街车从罗兰大街上一驶而过,从许多年前穿越到她耳畔。

---

① 康宁餐具(Corningware)是世界著名的厨具品牌。

艾比的脑海里还会莫名其妙地冒出宾奇的影子。那是她小时候养的狗,在寒冷的夜晚,宾奇总是把两只爪子合捂住鼻子,好让自己暖和一点儿。这真可谓一场时间旅行。她乘坐时光机一路颠颠簸簸,凝视着窗外闪过的一幕又一幕场景,这些影像并没有特定顺序,只是从一个故事跳到下一个故事。哦,她这辈子经历了那么多故事!维特山克家自称只有两个故事,她简直无法想象何出此言。为什么要单单选择几个特定的故事来定义自己?艾比的故事能构成一个宝库。

许多年来,她一直在为自己虚度时光感到深深懊悔。她默默地对自己说,如果上天再给她一次机会,她会更用心地体味生命。不过,她最近发现,自己经历过后已经淡忘的一切,如今又重新回到了记忆中。

这条街叫什么?她过去一直没有留意。

艾比在人行道边沿站定,向四周张望,克莱伦斯乖乖地蹲坐在她身旁。她的左侧是哈金森家的房子,屋前有一棵高大而美丽的木兰花树,什么时候望过去都像刚刚上了釉彩一般。她惊讶地发现自己竟然走了这么多路,她觉得克莱伦斯坚持不到这么远,早就该抗议了。艾比嘴里发出咯咯的咂舌声,克莱伦斯哼哼唧唧地站起身来,双肩似乎压上了整个世界的重量,脑袋低垂,几乎拖在地上。"咱们回家喽,"艾比对它说,"这样你就能美美地睡上一大觉。"

就在这时候,一只小不丁点儿的吉娃娃犬迈着小碎步从人行道上跑下去,正在横穿街道。这是怎么回事儿?周围看不到它的主人,它也没有拴狗皮带,就连颈圈也没戴。克莱伦斯立刻跳了起来,就好像刚才的疲疲沓沓都是装出来做做样子而已。随着一声令人惊愕的吼叫,它向前纵身一跃,猛地拽了一下艾比手里的皮带。不知怎的,在这短短的一瞬,克莱伦斯的整个一生在她眼前流转而过:它还是只幼犬的时候,肚子软软的、鼓鼓的,爪子大得出奇;它喜欢玩接球游戏,被它叼来叼去的网球沾上了唾液,变得湿漉漉的;孩子们一放学回家,它总是异常兴奋,欢天喜地。"克莱伦斯!"艾比扯着嗓子尖叫一声,但克莱伦斯浑然不觉,于是她飞跑着追到了街道中央,恰恰在这一刻,有什么东西向她疾驰而来,她脑子里一片空白,这完全在她意想之外——这东西体态巨大、流线造型、金属质地。

"哦!"她心里闪过一个念头,"哦,这一定是……"

一切戛然而止。

第 七 章

维特山克家的人是不死的,这是他们全家人的共同信念。当然,他们从来没有说出口,那样的话,未免显得太自以为是。更何况他们家以外总会有人指出,别忘了,小维特山克和丽尼就已经去世了。不过,那是许久以前的事情,现如今活在世上的人只有雷德对此有着亲身体验和记忆。(没有人把梅丽科算在里面。)况且眼下雷德自己也是魂不守舍。他就像是一具空壳。他穿着拖鞋来回走动,胡子拉碴,眼神空虚木然。整整一天,他似乎丧失了说话能力,后来大家发现他又忘了戴助听器。

艾比死在一个星期二,依照她反复表达过的愿望,她的身体在星期三进行焚化,但葬礼只能安排在下个星期一,这样大家才有时间平复心神,想清楚一场葬礼究竟意味着什么。除了诺拉,他们中间谁也没有经历过生死之别,诺拉的身世和他们又如此不同,其实也不能给他们多少帮助。

把葬礼拖延这么长时间也许是个错误,因为这说明他们全都悬浮在一种茫然无措的状态。他们在屋子里走来走去,没完没了地喝咖啡、接电话,个个唉声叹气,彼此之间还磕磕碰碰。他们从邻居手里接过封装好的菜肴,互相讲述关于艾比的滑稽故事,可不知怎地,结果大家反倒一起伤心落泪,而不是开怀大笑。阿曼达的丈夫休和珍妮的丈夫休都来了,因为他们的妻子需要支持和安慰。斯戴姆的手机偶尔会接到工作电话,他都巧妙地应付过去了,但雷德连过问一下的心思都没有。小孩子们照常上学,不过等到了下午,他们又都聚集在家里,脸上带着畏怯、惊恐的表情。小萨米一天到晚都在家里和大人们待在一起,似乎变得有点儿忘乎所以。他拒绝使用婴儿便盆——就算家里风平浪静,这也是没事找事,他还借此开始大发脾气。诺拉用过于平静的声调问他有什么烦恼,他说他想让克莱伦斯回到自己身边。这个回答让所有人听了都坐立不安。"你说的是布兰达。"诺拉告诉他,"布兰达去和耶稣在一起了。"

"我想让它从耶稣那里回来。"

"是她,"诺拉说,"你想让她从耶稣那里回来。可是她待在那儿更幸福更快乐啊。"

"她老了,小家伙。"斯戴姆插了一句。

屋子里陷入一片沉默,大家都尴尬无语。幸亏萨米并没有觉出这个显而易见的联系。他连一次也没有提起过艾比,虽然艾比曾经一连几个钟头给他读那本他最喜欢的恐龙书,一遍一遍又一遍,那本书别提有多么枯燥乏味了。

据路易莎·哈金森说,艾比一直在哼着歌。事发当时,是路易莎最先听见撞击声,她立刻从屋里冲出来跑到街道上,拨通了911,然后又给维特山克家打了电话。真是谢天谢地,因为艾比身上没有任何证件。"她一路哼着歌朝我们家走过来,"路易莎说,"我走到临街的窗户边上,对比尔说了一句话,我说:'看样子有人心情不错啊。'以前我好像从来没有听见艾比唱过歌。"

"唱歌!"珍妮和斯戴姆同时脱口而出。珍妮继而问道:"那是一首什么歌?"

"好像是关于一头山羊。我说不上来。"

珍妮看了一眼斯戴姆。斯戴姆耸了耸肩膀。

路易莎说:"那只狗躺倒的地方离艾比很远,我猜它一定是被撞飞了。是司机发现的,那个可怜的女人。女司机一定吓得魂都飞了。她的汽车撞倒了街灯柱,她就是在灯柱旁边发现了那只狗。幸亏艾比用不着亲眼看到克莱伦斯惨死的样子。"

"是布兰达。"

"你说什么?"

"那只狗叫布兰达。"

"哦,对不起。"

"她年纪已经很大了,"珍妮说,"我是指那只狗。她活了很长时间,这辈子过得还算不错。"

"可毕竟让人感到难过。"路易莎说。

她把自己带来的炖菜捧高了一些,对维特山克家的人说,里面不含谷蛋白,免得有人忌口。

若要追根究底的话,艾比怎么能有机会溜出家门,哼着歌在家附近转悠,而家里竟然没有一个人知道?路易莎告辞之后,阿曼达是唯一一个直言不讳提出这个问题的,但是毫无疑问其他人也在暗自琢磨。他们一个个没精打采,在客厅里围坐成一圈,倾泻而入的阳光显得很不对劲儿。平日的早晨,阳光总是从后面的窗户透进屋子,这个时候家里大部分人本应该在上班。"别看着我,"丹尼对阿曼达说,"那会儿我还没起床呢。"诺拉打断了丹尼的话,她愁容满面,也开始顺着往下说。

"我一次又一次问过自己这个问题,"诺拉说道,"你们想象不到我问过自己多少次。我和孩子们去学校的时候,她正坐在前廊上。等我回来的时候,她不见了。但是布兰达还在屋里,那么维特山克妈妈在哪儿呢?她在楼上的房间里呢,还是在后院里呢?她是怎么在我一无所知的情况下走出家门的呢?"

"哦,你总不能每时每刻都盯着她。"珍妮说。

"可是我应该紧盯着她!事实证明我应该这样。我真是懊悔,

· 189 ·

懊悔到了极点。你们知道吗,我们两个之间有一种非常特殊的关系。我永远也无法原谅自己。"

"好啦,"斯戴姆说,"亲爱的。"

在安慰别人这方面,斯戴姆大概也只能说出只言片语。不过诺拉似乎很感激,她冲斯戴姆微微一笑,眼里噙满了泪水。

"我们又不会读心术,"丹尼一吐为快,"她应该明明白白地说出来她想出去散步。她自己一个人悄悄溜出去完全没有道理!"

哦,所有的人都是老样子。丹尼胸中充满了愤怒,诺拉后悔不迭,阿曼达要把罪责归咎于某个人。"她怎么可能告诉你呢,"阿曼达质问丹尼,"那时候你正在床上打呼噜。"

"哇噢!"丹尼往椅背上一靠,举起了双手。

"随便一个人都会以为你是工作得太辛苦,累得爬不起来。"

"怎么说呢,你又没在这儿当牛做马,累死累活。"

"别说了,你们俩。"珍妮制止了他们,"话题都跑偏了。"

"那话题是什么呢?"阿曼达的丈夫休问道。

"妈妈想让我们在她的葬礼上播放《美好的颤动》,对此我有一种非常抵触的情绪。"

"什么?"休有些不解。

"她过去老是这么说。对不对,曼迪?"

阿曼达没有回答,因为她已经泣不成声。于是丹尼接过了话头。他说:"我说不好她是不是当真的。"

"我们得找到她的嘱咐。我记得她写下来过一些什么。"

"爸爸,"斯戴姆问,"你知道她有可能把遗嘱放在什么地方吗?"

雷德正直愣愣地盯着空旷处,两只手放在膝盖上,嘴里只说了一声:"哦?"

"妈妈嘱咐过我们她的葬礼要怎么安排。她告诉过你放在哪儿了吗?"

雷德摇摇头。

"我们应该在她的书房里找找。"斯戴姆对大家说。

"不会在她的书房里,"诺拉说,"丹尼搬进去的时候,她把架子都清空了。她说要借用维特山克爸爸的抽屉。"

"哦!"雷德说,"是这样。她问过我能不能把自己的东西放在我的一个抽屉里。"

阿曼达把身子坐直了一点儿,用纸巾轻轻擦了擦鼻子。"我们在抽屉里找找,"她的语调轻快利落,"还有,珍妮,我敢肯定,她并不是真的想把《美好的颤动》作为自己的葬礼进行曲。"

"那你一定是不了解妈妈。"珍妮说。

"我唯一担心的是,她要求播放《奇异恩典》。"

"我很喜欢《奇异恩典》。"斯戴姆淡淡地说。

"我以前也喜欢啊,可是后来,这首歌变得太老套了。"

"我并不觉得老套。"

阿曼达抬眼盯着天花板。

到了午餐时分,他们没有开火做饭,而是从冰箱里翻找现成的吃食。"除了炖菜,什么也没有。"丹尼抱怨道。阿曼达回了一句:"你们发现没有,每逢有人去世,似乎从来没有谁会送酒上门,这是不是很有意思?干吗不送一箱啤酒,或者一瓶上好的红酒?怎么老是炖菜,千篇一律,这年头有谁还吃炖菜呢?"

"我就吃炖菜啊。"诺拉对她说,"我一个星期在家里做好几次呢。"

阿曼达朝丹尼投去愧疚的一瞥,话说到半截又咽了回去。

"今天早晨,我一觉醒来,脑子里想到的竟然是住在隔壁的那家人。"珍妮若有所思地说,"就是我们在沙滩上遇见的那家人。明年夏天,这会成为他们谈论的话题,他们会说:'哦,瞧啊! 他们失去了母亲!'"

"我们还要去沙滩度假吗?"斯戴姆表示疑问。

"当然要去。"阿曼达对他说,"这是妈妈的期望。如果我们不去,她会难过死的!"

大家一时无语。珍妮发出一声悲啼,把脸埋进了双手。

诺拉站起身来,绕过桌子,轻轻抚摸珍妮的肩膀。分腿跨在她臀部的萨米侧过身子,低头看着珍妮,眼里尽是好奇。"好了,好了,"诺拉安慰道,"我向你保证,一切都会好起来的。上帝永远不会让我们承受我们无法应对的苦难。"

珍妮却哭得越发伤心了。

"其实,这根本不是真的。"丹尼的语调仿佛在述说一个事实。他正靠在冰箱上,双手抱在胸前。

诺拉瞥了他一眼,继续抚摸着珍妮的肩膀。

"一年到头,上帝每天都在让我们承受无法应对的苦难。"丹尼对她说,"这个世界转啊转啊,大多数时候,足有一半都在……经历毁灭。"

屋子里其余的人都转过身去,把目光投向诺拉,看她会有何反应,但她似乎并不气恼。她只说了一句:"道格拉斯,你能不能把萨米喝果汁的杯子找出来?"

斯戴姆起身离开了客厅。余下的人都坐着没动。他们每一个人仿佛全副身心都变得支离破碎,残缺不全,浑身上下都错了位。

最后是斯戴姆开始着手在雷德的写字台里翻找关于葬礼的遗嘱,雷德只是坐在沙发上看着他,两只手松弛地搭在膝盖上。原来艾比占用了最下面的那个抽屉。她保留的各种纸页把抽屉塞得满满的,有她写下的诗歌和日记,有贫困的"孤儿"和老朋友们的来信,还有很久以前的同学、她自己的父母亲以及形形色色的陌生人的照片。

所有这些东西,斯戴姆都草草地翻了一遍,然后递给了雷德,雷德花了更长时间一一浏览。光是照片他就花了好几分钟。"哦,这是苏·艾琳·摩尔!"他惊叹道,"我都有好多年没想起她了。"雷德依依不舍地端详着照片里正值青春年少的艾比,她脸上绽放出灿烂的笑容,紧紧依偎在一个嘴里叼着香烟、面容阴郁的男孩的胳膊上。"我可以说是对她一见倾心。"他对着斯戴姆絮絮而语,"哦,我知道,她总喜欢提起她爱上我的那一天,'那是一个美丽的午后,风儿轻轻地吹拂,橙黄和青绿交织在一起',她老爱这么说,不过,那时候她几乎是个成熟的女孩了,或者说她已经成熟了,而我,怎么说呢……我一直暗恋着艾比。这张照片里,和她在一起的是我的朋友戴恩。戴恩是她喜欢上的第一个人。"

雷德拿起一朵压平在蜡纸上的干枯的紫罗兰,先是感到纳闷,不由得皱起了眉头,继而又露出微笑,他一语未发,颇费了些时间仔细阅读一份打印出来的清单,看样子肯定是新年愿景之类的。"怒气冲冲的时候,我要强迫自己数到十,然后再开口跟孩子说话。"他念道,"我要每天提醒自己,妈妈在一天天老去,她不会和我们永远在一起。"艾比有一个专门存放诗作的文件夹,他连看也没看就放到了一边,仿佛担心那一首首小诗会触发自己的隐痛;还有几个小日记本,封面红黑相间,他也没怎么打开翻看。

还有些东西看上去很神秘:一张好时巧克力包装纸,虽然抹平了但还是皱巴巴的;一小块树皮,装在一个小小的棕色纸袋子里;两页内部简报是卡顿斯维尔的一家疗养院发来的,纸张都已经泛黄。"临死前的五桩要事。"斯戴姆出声地读出了简报上的文字。

"零食?"

"临死。"

"和葬礼没有半点儿关系。"斯戴姆说着,把简报递给了雷德,"告诉周围的人你爱他们,和他们一一道别……"

"我只是在想,老天保佑,千万别让她要求安排一场'庆典'",雷德说,"我现在可没有这份心情。"他把简报丢到旁边的沙发上,根本没看上面的内容。斯戴姆似乎压根儿没有听见他在说什么,只顾仔细阅读一张半透明的薄纸,上面的打印字迹有点儿模糊不清,显然是一份复印件,单独装在一个马尼拉纸信封里。

"找到了?"雷德问。

"没有,只不过是……"

斯戴姆继续往下看,等到他抬起头,嘴唇都变白了,整个人憔悴不堪,简直像是虚脱的模样。"给。"他说着把纸递给雷德。

"'我,艾比盖尔·维特山克,'"雷德读道,"'特此同意……'"他顿了顿,眼睛移到最下面,然后清了清嗓子,继续往下念,"'特此同意把道格拉斯·阿兰·奥布莱恩当作自己的孩子抚养成人,从此拥有所有相关的权利和特权。我特此承诺,道格拉斯的母亲可以在任何时候探望他,只要她有此意愿,并可以在其生活状况允许的情况下重新认领道格拉斯,道格拉斯将完全归其所有。本协议的前提条件是,他的母亲承诺:除非她承担永久责任,否则永远不得向自己的儿子透露身份,我也将为此保守秘密。'"雷德又清了一下嗓子,念道:"'签字证明:艾比盖尔·道尔顿·维特山克。签字证明:芭芭拉·简·奥特里。'"

"我给弄糊涂了。"斯戴姆说。

雷德没有做声,只是垂下头盯着那份协议。

"是B.J.奥特里?"

雷德依然不置一词。

"就是她,"斯戴姆说,"肯定是她。芭芭拉·简·伊姆斯,她离开了我们,后来某个时候她一定是和一个姓奥特里的人结了婚。这些年来,她一直都在我们眼皮子底下。"

"我猜想,她大概是在电话号码簿里查到了你的信息。"雷德说着,从那份协议上抬起了眼睛。

"你们为什么不告诉我呢?"斯戴姆追问道,"你们有责任把这一切告诉我!我不在乎你们做过什么承诺!"

"我没有做过承诺,"雷德说,"我对此一无所知。"

"你肯定知道。"

"我向你发誓:你妈妈没有跟我透露过一个字。"

"你是说,这么多年来,她一直对此心知肚明,却把她的丈夫完全蒙在鼓里?"

"显然是这样。"雷德说着,揉起了自己的额头。

"这不可能。"斯戴姆对他说,"她为什么要这么做呢?"

"怎么说呢,她……也许她担心我会强迫她放弃你,"雷德答道,"担心我会告诉她,她必须把你交还给B.J.。她有这个顾虑是对的:我确实会逼迫她。"

斯戴姆张大了嘴巴。他喃喃地说:"你会把我交出去。"

"哦,斯戴姆,你要正视这件事儿:这种安排简直是昏了头。"

"可还是……"斯戴姆啜嚅道。

"还是怎样?在法律上,你是B.J.的亲生儿子。"

"那么,我猜,她现在从我们身边消失了,这应该是件好事情。"斯戴姆话里透着苦涩,"她已经死了,对不对?"

"是啊,我隐隐约约记得,她去世了。"雷德说。

"你'隐隐约约记得'。"斯戴姆话里话外仿佛带着指责的意味。

"斯戴姆,我对天发誓,我对这一切完全摸不着头脑。我几乎不认识那个女人!我甚至搞不明白你妈妈怎么会找律师写出这么一份东西。"

"她根本没有找律师。你看这上面的措辞。哦,她试着给人以合乎法律规范的感觉,什么'从此拥有所有相关的权利和特权'啦,'除非'啦。但哪个律师会写出'永远不得'这种字眼儿?哪份法律

195

文书只有一段话这么长？完全是她自己一手编造,她和B.J.私下签订的。她们甚至都没有去进行公证！"

"我不得不说,"雷德又一次垂下头,看着那份协议,"这让我……有点儿心烦意乱。"

斯戴姆没情没绪地哼了一声。

"有时候,你母亲可能会做出……我是说,艾比可能会做出……"雷德的声音越来越轻,消散在空气中。

"听我说,"斯戴姆开口道,"我只要你向我保证一点。你保证不把这件事告诉别人。"

"什么？不告诉任何人？连丹尼和两个姐姐也不能告诉？"

"谁也不能告诉。你发誓不会说出去。"

"为什么呢？"雷德问道。

"我只是需要你替我保密。"

"可是你现在已经长大成人了。这个秘密不会改变任何事情。"

"我的意思是:我想让你忘掉你曾经看见过这个协议。"

"好吧。"雷德说着,向前探过身子,把那张纸递给了斯戴姆。

斯戴姆把协议折起来,塞进了自己的衬衫口袋。

他们发现,就连雷德的写字台最下面那个抽屉也不足以容纳艾比保存的各种文书和纸页。最后,她的葬礼遗嘱是在窗边座位下面的柜子里找到的,夹杂在另外几个人的葬礼规划书中间——她父母的葬礼、哥哥的葬礼,还有为沙万达·希姆斯设计的"纪念仪式",这个名字家里其余的人连听都没听说过。而且也根本不是大家猜测的那样,她并没有要求在自己的葬礼上播放《美好的颤动》或者《奇异恩典》。她的意愿是把《羊儿可以安静地吃草》①和《詹姆斯弟兄的空气》②当作自己的葬礼进行曲,两首歌曲全部由唱诗班演唱,真是谢天谢地;会众们应该在唱到《我们去河边聚会吗?》这首歌的时候汇入合唱。朋友和(或)家人们可以作见证,假如他们愿意的话,这措辞带着几分试探,显得如此可怜巴巴,让她的两个女儿心里一阵刺痛;然后斯多克牧师可以简单说几句话,如果这个要求不算过分,"宗教氛围不是太浓厚的话"。

艾比提到斯多克牧师,让大家顿时陷入一阵慌乱。首先,他们甚至都不知道斯多克牧师是何许人也。据珍妮推测,他一定是艾比在汉普登参加团契时带领大家的那位牧师——艾比偶尔还会回到自小就加入的那个小教会。但维特山克家敬拜上帝的正式处所是圣大卫教堂,至少在圣诞前夜和复活节是这样,而且阿曼达也已经做好了预约,定于星期一上午11点在圣大卫教堂举行葬礼。这真的有什么不同吗?阿曼达禁不住问道。雷德说确实不一样。大概是考虑到诺拉在家里对宗教事务最为在行,雷德托付她给圣大卫教堂及斯多克牧师打电话。诺拉当即离开客厅进了阳光房,过了一会儿,她回来说,斯多克牧师几年前就退休了,现任的埃德温·奥班牧师听说他们的丧亲之痛感到非常难过,打算下午来拜访他们,当面讨论详情。

眼下,家里每个人都一改常态,生活节奏整个儿乱了套。三个小男孩夜里常常醒来,一起跑到过道对面,爬到斯戴姆和诺拉的床上去睡。斯戴姆和住在吉尔福德的一位女士约好了会面,她想对自家的房子进行大规模扩建,结果他竟然忘了取消。珍妮和阿曼达发生了

----

① 巴赫的第208号康塔塔。康塔塔(Cantata),意大利文,原意是歌唱,在十七世纪初是一种单声部的戏剧性牧歌,十七世纪后期发展为几个声部演唱,有些由宣叙调组成,有些则是一连串的咏叹调。
② 英文名称为"Brother James's Air",作者詹姆斯·利斯·麦克白斯·贝恩(1840—1925)是一位医者、神秘主义者和诗人。

一场争吵,起因是阿曼达说亚历山大可能在艾比心目中占据了一个特殊位置,这也不足为奇,因为"亚历山大是那么……你知道的"。"他那么什么?你倒是说说看?"珍妮反问道。阿曼达说了声:"算了。"夸张地做了个用钳子把嘴巴夹紧的动作。这个小插曲过去还不到十分钟,黛博就把伊莉斯打了个乌眼青,因为伊莉斯声称外祖母有一次向她吐露心中的隐秘,说自己最喜欢的人是她。"好啦,今天怎么把大家逗乐?"雷德问道——过去,每逢家里发生了什么不幸事件,艾比总是引用克里斯托弗·罗宾①的这句诗。他脸上旋即显出悲怆的表情,想来他的脑海里一定是回响起了艾比欢快的语调。这几天,丹尼一如往常,把自己关在房间里,久久闭门不出,没人知道他在干什么,虽然偶然可以听见他在用手机打电话。但是打给谁呢?这是个未解之谜。甚至连海蒂都来添乱。它一次次在厨房水池下面的垃圾桶里翻翻找找,餐桌下到处都是它嚼过的锡箔纸团,让人不胜厌恶。

"姑娘们,要是我看上去显得邋里邋遢,你们得提醒我,"雷德对两个女儿说,"你们的妈妈已经不在我身边,督促我保持形象了。"然而,沉闷的一个星期过去了,他的衬衫沾染上了食物留下的斑斑点点的污渍,脚上始终穿着那双拖鞋,不管两个女儿提出什么建议,他都一耸肩,完全置之不理。"你知道吗,爸爸,"珍妮说,"我觉得你的裤子都要赶上破布袋了。"雷德的回答是:"你在说些什么啊?我这条裤子刚好穿得合身。"阿曼达提出要把他的西服套装拿到洗衣店去,准备让他在葬礼上穿,他说没有这个必要,他打算穿一套大喜吉装②。"一套什么?"阿曼达问道。他一转身,径自走出阳光房,留下

---

① 英国经典儿童文学作品《小熊维尼》中的小男孩形象,是以作者艾伦·亚历山大·米尔恩(1882—1956)的儿子为原型塑造的。
② 由 dashiki 音译而来,指一种色彩鲜艳的宽松的套头男装,最常见于西非国家,并且广泛流行于欧美等国的黑人群体。

两个女儿一脸沮丧,面面相觑。过了几分钟,他拿着一件皱巴巴的宽松罩衫走了回来,鲜艳明亮的蓝绿色给人以活力四射的感觉,简直刺人眼目。"这是你们的妈妈专门为我们的婚礼定制的,"他说,"我觉得,如果我穿上去参加她的葬礼再合适不过。"

"可是,爸爸,"阿曼达说,"你们的婚礼是在六十年代啊。"

"那又怎么样?"

"在六十年代,也许会有人穿这样的衣服,虽然我并不怎么……不过,那几乎是在半个世纪以前!你看,接缝都脱线了。一只袖子下面还有个破洞。"

"那我们就缝补一下好了。"雷德说,"然后就跟新的一样。"

阿曼达和珍妮交换了一下眼色,全落在雷德眼里。他蓦然转向丹尼,丹尼正懒洋洋地躺在沙发上,换了一个又一个电视频道。"这衣服缝补起来很容易,"雷德举起挂在金属衣架上的大喜吉装,对他说,"是吧?我说的没错吧?"

丹尼说了声:"哦?"他扭头扫了一眼,"哦,当然啦,我能补好。"他说,"如果我能找到同样颜色的线。"

两个女儿叹了口气,不过,丹尼还是站了起来,从雷德手里接过那套大喜吉装,走出了房间。"谢谢你。"雷德朝他的背影喊了一声,又把头转向两个女儿说,"我有一套灯芯绒衣服可以搭配着穿,好像是浅灰色。灰色和蓝色搭配起来很不错,对不对?"

"没错儿,爸爸。"阿曼达应了一声。

"在我们的婚礼上,我穿了条喇叭裤。"他说,"你们的道尔顿外婆好一阵大惊小怪。"

他们的婚礼没有留下任何照片,因为艾比声称摄影师会破坏现场气氛。阿曼达和珍妮打起了精神,珍妮问道:"妈妈当时穿的是什么呢?"

"那种长长的、非常飘逸的袍子,我忘了叫什么了,"雷德说,"开普兰长袍?"

"卡夫坦长袍?"

"对。"雷德禁不住泪水盈眶。"她看上去美极了。"他说。

"是啊,我敢打赌,她看上去一定很美。"

"我知道,我不能问'为什么偏偏是我痛失爱人?'"雷德说着,泪水顺着脸颊蜿蜒而下,"我们朝夕相伴,度过了四十八年的美好时光。比很多人的婚姻都长得多得多。我知道,她先走一步我本应该感到欣慰,因为如果没有我,这日子她根本过不下去。就连水龙头漏水她都束手无策。"

"没错儿,爸爸。"珍妮说到此,她和阿曼达也已经潸然泪下。

"不过,有时候我还是禁不住问这个问题。你们知道吗?"

"知道,爸爸,我们知道。"

卡拉不大情愿让苏珊缺课来参加艾比的葬礼。大家听见丹尼在电话里跟她理论:"她是我母亲最疼爱的孙女。"丹尼说,"而你却告诉我,这孩子不能为了她错过一次无关紧要的数学测验?"最后,双方达成一致:苏珊可以来参加葬礼,但不能过夜,这样就可以赶回去,不耽误星期二早晨上课。于是,葬礼当天早晨,丹尼吃过早餐就开车到火车站去接苏珊。跟他一起回到家里的苏珊,那么不苟言笑,那么老成持重,和大家一起去沙滩旅行的时候相比,就像变了个人。她穿一件深灰色的针织连衣裙,搭配黑色紧身裤和黑色小山羊皮浅口鞋,白色的衣领使她看上去显得娴静端庄。她好像还戴上了少女胸罩,在胸部皱缩着。起初,斯戴姆的三个儿子只是怯生生地上下打量着苏珊,不肯开口说话,不过等到她把几个男孩子带到阳光房里,仅仅过了几分钟,只听得叽叽喳喳的说话声不断传到大人们的耳朵里——这时候他们仍旧围坐在厨房的早餐桌旁。

雷德穿上了松松垮垮的灰色灯芯绒套装和他钟爱的大喜吉装，这套行头穿在他身上比挂在衣架上更让人触目惊心。松紧袖口上方的衣袖胀鼓鼓的，让他看上去颇有海盗之风，狭长的领口开得那么深，一撮灰白色的胸毛暴露无遗。但诺拉却只说了一句："哦，丹尼缝补得真不错，是不是？"雷德面露满意之色，似乎没有注意到她对整体效果只字未提。

门铃响了，海蒂闻声狂吠，屋里的人都各自打起了精神。来人应该是蕾·巴斯科姆家的女佣，她答应来帮忙照看三个小男孩。给她交代完各种事项之后，斯戴姆、诺拉、雷德、丹尼和苏珊一个接一个走出后门，上了原来属于艾比的那辆车。丹尼开车，雷德坐在他旁边。到教堂只有十分钟车程，这期间雷德一言不发，只是透过侧窗凝望着窗外。坐在后排的诺拉和苏珊有一搭没一搭地说着话。今年在学校感觉怎么样？她的妈妈一切都好吗？苏珊的回答谦恭有礼，但非常简短，就好像她觉得不把心思放在葬礼上是对死者的大不敬。每当遇上红灯停下来的时候，丹尼都用手指在方向盘上有节奏地轻轻敲打。

在汉普登，除了他们之外，世界上所有的人都在悠然度过一个平平常常的星期一上午。两个粗壮的女人正站着聊天，其中一个身后拖着一辆小车，装满了要洗的衣服。一个男人用婴儿车推着一个裹得严严实实的小宝宝。天气一开始有些凉意，但很快就变得暖和起来，路上有的人穿着毛线衣，但一个从酒店里走出来的姑娘竟然穿着超短裤和橡胶人字拖鞋。

教堂原来是个小小的白色立方体建筑，很不起眼，挤在一家夫妻杂货店和一座为迎接万圣节已经装饰得近乎完美的房子之间，上面的教堂尖顶倒更像是个圆顶。要不是教堂前面有个牌子，他们都有可能根本发现不了。教堂的框架顶部有一行字：汉普登团契，下方是可以撤掉的条幅，上面写着：普莱维特·斯普林科尔，欢迎回家。教堂甚至连停车场都没有,或者说是丹尼摸不清楚停车场在什么地方。最后他们不得不把车停在了街边。正当他们一个接一个从车上走下来,珍妮和休开车带着两个孩子和休的母亲,也跟在他们后面赶到了。阿曼达和她的丈夫休带着伊莉斯走上前来,只见伊莉斯穿了一双漆皮高跟鞋,沙沙作响的裙子短得不亚于鸡尾酒女郎,脸上一团厚厚的脂粉几乎把她的青眼圈掩藏了起来。珍妮和阿曼达彼此只看了一眼,就禁不住泪水滂沱,她们站在人行道上拥抱在一起,满怀恻隐之心的安格尔太太连连发出啧啧声,把手包紧紧地抱在胸前。她头上戴着一顶用花朵装饰的帽子,漂亮优雅,很适合教堂这样的场合。说实在话,他们每个人都穿上了自己最好的衣服,只有雷德是个例外,他的大喜吉装套在金鹰牌夹克衫里面,露出的褶边非常惹人注目。

他们终于走上教堂门前的两段台阶,踏入了一个四壁雪白的房间,低矮的天花板下面是一排排黑漆漆的长凳。室内弥漫着一股深深的寒意,就像是这里刚刚经过一个没有生火取暖的秋夜,虽然可以听见地板下面的什么地方传来火炉发出的隆隆低响。他们面前正对着诵经台,诵经台后面的墙壁上挂着一个简朴的黑色十字架,旁边一位染成红头发的女士正在一架立式钢琴上演奏《羊儿可以安静地吃草》。(奥班牧师已经向他们解释过了:唱诗班的成员都有工作在身,平时不能来演唱。)他们顺着过道往前走,在第二排坐了下来,钢琴师并没有把目光投向他们,而是继续叮叮咚咚地弹奏乐曲。也许他们应该选第一排,但是他们形成了一个默契,不愿意显得太招摇。

诵经台前面摆放着一个高高的花瓶,里面插的是白色的绣球花。这是从哪儿来的?维特山克家没有订过花束,而且他们还在《太阳报》上做过特别说明,不希望大家送花,如果非要表示一下心意,就给"露丝之家"①捐款好了。艾比向来对花有一种古怪的情结。她喜欢看到花儿在屋外自由自在地生长,无人采摘。珍妮低低地说了一句:"也许是从谁家的院子里采来的吧。"至少和从花店里买花相比,这是个更合人心意的猜测,但坐在她身旁的阿曼达也压低声音道:"难道花开时节不是已经过去了吗?"他们原本可以用正常语调说话,可他们所有人都有点儿局促不安,对于葬礼上的礼节心里也不是很有谱——看到什么人要上前问候,眼睛该往哪里看,葬礼结束之后谁来接受大家毕恭毕敬递上的装在信封里的礼金?就在当天早晨,阿曼达给蕾·巴斯科姆打过两个电话,讨教葬礼事宜。

孩子们远远地坐在另一头,苏珊居中,因为她是远客,在大家眼里最受瞩目。雷德的座位挨着过道,这是阿曼达的极力主张,她说,可能会有些朋友想在他的座位边上停下来,跟他说几句话。而这正是雷德唯恐避之不及的,他佝偻着背,头低低垂下,眼睛死死地盯着自己的膝盖,仿佛是一只被风吹雨打的鸟儿。

奥班牧师从钢琴旁边的一扇侧门走了进来。他先前让大家直呼他的名字"艾迪"。他是个金发碧眼的小伙子,相貌如此年轻,让人不由得心生疑惑。他身穿一件黑色礼服,皮肤异常白皙,都能看到血液在皮肤下面蜿蜒流淌。他先朝雷德俯下身子,两只手紧紧握住雷德的右手,然后问阿曼达有没有准备好发言者名单。奥班牧师登门拜访维特山克一家人的时候,他们还没有确定让哪些人发言,不过此时阿曼达当即递给了他一张纸,他从上到下溜了一眼,随即点了点头。"好极了,"他说,"这个名字怎么念,伊莱斯?"

"伊莉斯。"阿曼达用笃定的语调纠正道,坐在她身边的珍妮情不自禁地绷紧了身子。连名字的发音他都要问,这似乎不是个好兆头。奥班牧师把名单塞进外套口袋,走过去坐在了诵经台旁边的一

---

① 成立于1976年,旨在为处于困境的妇女儿童和贫困家庭提供帮助。

把直背椅子上。

奥班牧师,也就是艾迪,在登门拜访他们的时候就直言不讳地说过,他从来不认识艾比这个人。"我在汉普登才当了三年牧师,"他说,"很遗憾我们没有机会彼此相识。我敢肯定她是一位非常和蔼可亲的夫人。"

听到"夫人"这个称呼,他们的面孔全都变得僵硬起来。这个人对艾比一无所知!他在脑子里勾画出了一个穿着矫形鞋的老太婆。"她只有七十二岁,还没那么老。"珍妮说话间昂起了下巴。

但他本人看上去那么年轻,七十二岁在他听来一定就算是老朽了。"是啊,"他回答说,"一个人的离去总让我们感觉为时过早。但上帝有他的智慧……维特山克先生,请您告诉我,对于葬礼,您自己还有什么心愿吗?"

"问我吗?哦,没有。"雷德说,"没有,我没……我没有……在我们家里,我们没有经历过多少葬礼。"

"我非常理解。那么,我是否可以建议……"

"没错儿,我的父母的确去世了,不过,我的意思是说,事情来得太突然了。他们的汽车卡在铁轨上动弹不得。我猜,我当时一定是心胆俱裂。他们的葬礼我真的都不怎么记得了。"

"那一定是……"

"现在回过头去看这一切,我不觉得自己从内心真的接受了这个事实。我感觉他们的死就像是从我身边一闪而过。一切仿佛发生在很久以前,可实际上,那已经是六十年代了。那时候我们已经把人类送上了月球。怎么说呢,我的父母在有生之年也算是见到了铝制窗框、夹式直棂假窗、齐边拉门,还有玻璃纤维浴缸。"

"真想不到啊。"奥班牧师应了一句。

就这样一会儿说东,一会儿说西,奥班牧师那天的来访并没有确定下来多少事情。当他起身站到诵经台上,维特山克一家人谁也不知道接下来要做什么,终于,钢琴声静默了下来。

"让我们一起来祷告。"他对会众说道。他举起双臂,大家纷纷起立,室内到处回响着凳子发出的咯吱咯吱声。他闭上了双目,但维特山克一家人依旧睁着眼睛,只有诺拉除外。"天父啊,"他用空洞的语调吟诵道,"在这个上午,我们请求你抚慰我们的丧亲之痛。我们请求你……"

"那个叫阿塔的女人来了。"珍妮悄声对她的丈夫说。

"谁?"

"上个月来和我们一起吃午餐那个'孤儿',你记得吗?"

在站起身来祷告的过程中,珍妮显然特意回头看了一眼他们身后的会众。她又往身后扫了一眼,说:"哦!那个司机也来了。有人陪她一起来的,可能是她丈夫。"

"可怜的女人。"

开车撞死艾比的司机在事发之后第一天曾到他们家去过,当时她看上去极度懊丧,几次三番向他们道歉,虽然大家都明白她没有过错。她还反反复复地说,她会每天去探望那只可爱的狗狗,直到它离开人世。"来了很多人。"珍妮轻声说道,阿曼达瞥了她一眼,示意她不要说话。

艾比并没有要求大家在她的葬礼上朗诵《圣经》经文,但奥班牧师还是从《箴言》中选取了长长的一个章节,内容是关于有才德的妇人。这也无所谓。至少家里人不觉得这段经文有什么地方让他们心生不悦。接下来,奥班牧师要求大家一起唱《主啊,我在这里》,他们所有人对这首赞美诗都很生疏。显而易见,奥班牧师觉得艾比建议的歌曲不够多,还需要多选几首。不过,这也没什么大不了的。珍妮后来说,这首歌让她脑海里浮现出了艾比的身影——她迈着轻快而急促的脚步进入天堂,完全是一副社会工作者的形容和腔调:"主啊,我在这里,需要我做些什么吗?"

艾比倒是指定了一首诗,艾米莉·狄金森的《如果我能使一颗心免于破碎》。阿曼达在诵经台上朗读了这首诗,在诵读之前,她首先对大家的到来表示了欢迎和感谢。她是雷德和艾比的几个孩子中唯一一个愿意登台发言的。丹尼表示自己不擅此道;珍妮担心自己会当场情绪失控;斯戴姆只是一口拒绝,没有给出任何原因。

然而,梅丽科自告奋勇要发言。梅丽科! 这真是天大的意外。她一得到消息就从佛罗里达飞了回来,一下飞机就直接赶到他们家,准备挽起袖子,大包大揽。阿曼达成功地挡开了她,但是她又恳求在葬礼上说几句话,谁能拒绝她呢?"我比任何人认识艾比的时间都长,"她说,"甚至比雷德和她相识的时间都长!"这也是她在葬礼上的开场白。她并没有登上诵经台,而是站在了侧面,似乎是为了让会众们充分欣赏她身上那件裙摆不对称的纯黑色礼服。"从艾比十二岁的时候起,我就和她相识了。"梅丽科说道,"那时候,她住在汉普登,是个喜欢争强好胜的小姑娘。她的父亲经营着一家五金商店,那种店铺你一走进去就会惊叫一声:'哦,天哪! 真抱歉! 我好像走进了谁家的地下室!'铁锹、耙子,还有手推车,密密实实地堆放在一起。天花板低得要命,几乎能碰到你的头,上面垂挂着一卷一卷的绳索和一条条铁链。还能看见一只虎斑猫卧在一麻袋草种子上睡得正香。但是,你们知道吗? 艾比成了我们整个学校里最活跃的人物。她的家庭背景并没有给她造成阻碍! 她就像是绚丽的焰火一样。我非常骄傲地说,她是我最亲密、最挚爱的朋友。"话音刚落,她的下巴开始颤抖,她把指尖紧紧地按在嘴唇上,摇了摇头,匆匆走回自己的座位,她正巧和自己的婆婆紧挨着。维特山克家其余的人都睁大了眼睛,面面相觑,就连雷德也不例外。

下一个发言的是蕾·巴斯科姆,瞧啊,她那富有弹性的银白色发卷像帽子一样扣在头上,个子小小的,看上去活像个小精灵。她顺着过道一边往诵经台上走,一边打开了话匣子。"说真的,我曾经和艾比一起去过五金商店。"她说,"当然不是她的父亲的那家店铺。那会儿我还不认识她呢。我和她相识的时候,两个人都是年轻妈妈,整天待在家里简直都要发疯了,有时候我们俩索性说走就走,跳上一辆车,不管是她的还是我的,把孩子们扔在后座上,随便往什么地方开,只是为了兜兜风。有一天,我们去了托普斯家居园艺用品店,因为艾比想买一个厨房用的灭火器。店员在收款机上给她结账的时候,她说了一句:'您能不能快点儿?是紧急情况。'你们知道,她只是故意搞笑,想抖个包袱。可是呢,对方并没有领会她的意思。他说:'女士,我必须按程序办事儿。'我和艾比听了乐不可支,捧腹大笑。我们俩笑得眼泪都流出来了!哦,我觉得,我再也不会像我和艾比在一起的时候那样,笑得那么痛快了。我会非常非常想念她!"

她从诵经台上走了下来,眼中并没有充满泪水,她从维特山克一家人身边走过的时候,还朝他们微微笑了一笑,但她的一番话让珍妮和阿曼达又一次泪水涟涟。

"谢谢您。"奥班牧师说,"现在,我们请维特山克夫人的外孙女伊莉斯·贝勒发言。"

伊莉斯拿上了事先准备好的一张提词卡。她踩着那双系带高跟鞋,袅袅娜娜地走上诵经台,对着台下的会众露出灿烂的笑容,然后清了清嗓子。"我和表姐妹和表弟们还小的时候,"她说,"外婆总是给我们打电话,告诉我们:'星期六到啦!大家一起来外婆营地吧!'于是我们全都聚在她家,她会和我们一起做手工,压花啦,锅垫啦,还有用雪糕棍做成的相框啦。有时候她会给我们读故事听,内容是关于来自异国他乡的孩子们。我想说的是,那些书有的很无聊,但某些部分还是挺有意思的。此生只要我活在这个世界上,就永远也不会忘记我的外婆。"

黛博和苏珊用愤怒的目光注视着她。一定是"我的外婆"这个说法让她们大为不悦,亚历山大脸上则是一副男孩子惯有的悒悒不乐的表情,强忍着不让自己哭出来。伊莉斯面有得意之色,她扫了一眼台下的会众,高跟鞋橐橐地敲打着地面,回到了自己的座位上。

"谢谢,谢谢所有人。"奥班牧师冲钢琴师点了一下头,那位女士急忙转向钢琴,开始弹奏《詹姆斯弟兄的空气》。这首曲调在葬礼上演奏,似乎显得格外轻快。阿曼达的丈夫休漫不经心地用一只脚和着节拍在地上敲打,直到阿曼达把身子往前探,隔着同一排的几个人,向他皱眉蹙额,送去一个意味深长的表情。

一曲终了,奥班牧师又一次起身走向诵经台。他十指相抵,对着台下的会众说道:"我不认识维特山克夫人,因此我不像你们一样对她有着这样那样的记忆。不过,我有时候会产生这样的想法,对于我们挚爱的人,我们的记忆可能并不重要。也许重要的是留在他们脑海里的记忆,他们带走的一切记忆。如果天堂只是一个无比广阔的意识空间,死者都回归到那里,结果会怎么样呢?他们的任务会不会是汇报自己在地球上生活的那段时间所收获的经历呢?他们的父亲经营的那家五金商店、酣睡在一麻袋草种子上的猫、过去常常和他们一起笑得泪流满面的朋友,还有那一个个美好的星期六,几个外孙和外孙女坐在他们身边,用胶水把雪糕棍一个个粘起来。春天的清晨,上百万只鸟儿纵情歌唱,把他们从睡梦中吵醒;夏日的午后,前廊栏杆上晾晒着游泳用的毛巾;十月的空气里弥漫着木头燃烧的烟气和苹果酒的味道;雪夜归来时分,自家窗户透出的黄色灯光是那么温暖。'这就是我的生命经历。'他们这样总结自己的一生,于是,他们的经历归入了档案,从此又多了一份关于生活感受的报告,也就是说,活着世上是怎样一种感受。"

他举起双臂,说:"请翻到赞美诗集第二百三十九页的《我们去河边聚会吗》。"所有人都应声站了起来。

"我不明白,"雷德在音乐声的遮掩下,对阿曼达说,"按照他的说法,她是去了什么地方?"

"一个无比广阔的意识空间。"阿曼达回答道。

"哦,这听起来确实有可能是你妈妈会做的事情。"他说,"不过,我还是搞不懂,我本来希望那是一个更具体的地方。"

阿曼达轻轻拍了拍他的手,把赞美诗集里要唱的下一句歌词指给他看。

蕾·巴斯科姆早就告诉过他们,葬礼结束后,亲朋好友一定会到他们家登门拜访。她说,不管他们有没有发出邀请,大家都会按时出现,并且期望他们会备好食物和饮料招待客人。所以,当第一位来访者按响门铃的时候,至少维特山克家已经做好了准备。他们还没来得及喘口气,就又开始一遍又一遍地低声道谢,接受一个又一个拥抱,让自己的手一次又一次被紧紧握住。蕾家的女佣给大家端上了几托盘小块三明治,这是配餐公司上午送过来的。访客中有三个来自中东的男子,穿衣打扮比艾比自己的儿子还正式,他们默不作声地看着斯戴姆家的三个男孩围着大人们的腿绕来绕去,互相追逐,脸上写满了惊愕。一位没人晓得身份来历的小老太太一连问了好几个人,想知道有没有艾比过去经常做的那种饼干给大家吃。

丹尼开车送苏珊去火车站之前,先向客人们道了别,显然他以为等到自己回来的时候,大家都已经告辞了。然而并非如此,他回到家里,发现客人还没有散去。萨克斯·布朗正在和玛吉·埃利斯争论阿富汗问题。伊莉斯端上了一杯白葡萄酒,她用拇指和无名指捏住高脚杯的细柄,其余三个手指伸展开来,姿态十分优雅。她脸上的脂粉已经褪去不少,乌青的眼眶又显露了出来。蕾·巴斯科姆家的女佣索性脱了鞋,只穿着袜子跑过来跑过去,给大家上蔬菜沙拉。蕾自己大概稍微喝多了点儿,用一只胳膊搂住一个十三四岁男孩的腰站在那儿,也不知是谁家的儿子。雷德看上去疲倦不堪,脸色暗淡、萎靡。诺拉劝他坐下来,可他硬要保持直立姿势。

突然之间,客人们全都走光了,所有人不约而同,仿佛受到了一种神秘的召唤,类似于狗哨。客厅里只剩下了维特山克自己家的人,光线一下子显得明亮刺眼,那感觉就像是白天看完一场电影刚刚走到户外。软垫椅子上搁着所剩无几的奶酪拼盘,地毯撒上了饼干屑,一把椅子的靠背上搭着一条不知是谁落下的披肩。蕾·巴斯科姆家的女佣正在厨房里清洗玻璃器皿,弄出一阵清脆的叮当声响。盥洗室里传来马桶冲水的声音,紧接着是汤米一边提裤子一边走进客厅。

"好啦。"雷德说着,环顾了一圈。

"好啦。"阿曼达随声附和道。

他们全都站着。他们全都空着手。他们的表情就像是在等待承接下一个任务,然而,什么都没有了,这是自然而然的。一切都结束了。他们已经送走了艾比。

似乎还应该有点儿别的什么,总结一番,或者点评一二。他们都想对她一吐为快:"我简直不敢相信梅丽科会说出那样的话。"还有"你要是看到尤拉皇后那副样子,一定会忍不住笑出来。特雷没露面,你大概不知道吧,因为他有个重要的会议要参加,可是尤拉皇后却到场了。你能想到吗?还记得吗,过去她老是一口咬定你如何如何?"

不过,等等。艾比已经走了。她永远也听不到这些话了。

第 八 章

事到如今,可以说,既然艾比不在了,也就不需要任何人继续和雷德一起住在这座房子里。毕竟他的身体多多少少比艾比更硬朗一些,葬礼过后的头一天早晨他就回去工作了。不过,那天下午,他早早就回到家里,悄悄上了楼躺在床上,要不是诺拉抱着一大摞衣物走进他的房间,谁知道他会在无人知晓的情况下躺上多长时间。他一只手紧紧捂着胸口,额头上现出一道深深的皱纹,不知道是因为疼痛还是心中忧戚。他说没关系,只是有些疲乏,诺拉坚持让丹尼开车送他去急诊室,他也没有反对。

结果也没什么事儿,六个钟头过后,医生诊断他是消化不良,打发他和四个孩子回家去了——另外三个一接到诺拉的电话就立刻赶到了医院。不过,这件事还是让两个女儿放心不下。

在此之前,她们俩已经达成一致意见,认为有的是时间理清头绪,看家里的事情如何安排。先等一切都平静下来再说吧,她们这样互相宽慰。但是那个星期余下的几天,两个女儿待在布顿大街比待在自己家的时间还多,而且一般不带丈夫和孩子一起来,似乎为了显示她们不是随便来看看而已。有时候,她们是专门为什么事情跑过来一趟;珍妮想拿走艾比的菜谱匣子,或者阿曼达带来几个纸板箱,准备把艾比的衣物分门别类放进去,然后她们会再逗留一会儿,别有用心地找个人聊天。

比方有一回,阿曼达对诺拉说:"你明白,我们不能指望丹尼一直待下去。他可能会跟我们承诺得好好的,但是总有一天,他会突然甩下我们一走了之。他能坚持这么长时间我都已经很诧异了。"说话间,丹尼走进了厨房,她立刻闭上了嘴。他听见了吗?等到丹尼把杯子放进洗碗池,又走出厨房,诺拉也始终一言未发。她把饼干从烤盘里倒出来,脸上挂着欣欣然、不置可否的表情,就好像阿曼达这番话只是为了说给她自己听。

还有斯戴姆!也许是因为悲伤,他变得寡言少语。"我打心底里觉得,"珍妮有一次试着跟他搭话,"爸爸始终认为你和诺拉会永远在这儿住下去,将来继承这座房子,我的意思是说,等他走了之后。"然后,她歉疚地看了一眼丹尼。丹尼和斯戴姆并排坐在沙发上,用遥控器换了一个又一个电视频道,闻听珍妮此言,他只是做了个鬼脸。就连他也知道雷德把希望寄托在斯戴姆身上。至于斯戴姆呢,他似乎根本没听见珍妮说了什么,眼睛直愣愣地盯着电视屏幕,虽然也没什么可看的,只是一个又一个广告。

星期日午餐过后,趁雷德在楼上睡午觉,阿曼达对大家说:"爸爸好像并不需要专人护理,这一点我也认同。不过,至少应该有人每天早晨确认一下,知道他昨天一夜平安无事吧。"

"这很容易,打个电话就能解决问题。"斯戴姆说。

珍妮和阿曼达惊得耸起了眉毛,面面相觑。她们觉得这种话只会从丹尼嘴里说出来,没想到说话的竟然是斯戴姆。

斯戴姆压根儿没看她们俩一眼,只顾瞧着几个孩子坐在地毯上玩棋盘游戏。

丹尼接过了话头:"哦,怎么说呢,也许爸爸迟早会给自己找个女朋友。"

"哦!丹尼!"珍妮叫了起来。

"怎么啦?"

"没错儿,他是可以找。"阿曼达沉声静气地说,"如果把我一分为二的话,一半的我甚至有点儿希望他不久以后会这么去尝试。找到一个温柔善良、体贴入微的女士为伴。不过,我的另一半却持反对意见:'可是,如果那个人不是我们所欣赏的类型怎么办?比方她穿衣服喜欢竖起衣领,或者有别的什么癖好?'"

"爸爸绝不会爱上一个喜欢把衣领竖起来的女人!"珍妮嚷道。

这时候,他们听到楼梯上传来了雷德的脚步声,于是大家都不作声了。

那天下午晚些时候,当两个女儿把自家的人叫到一起,在门口道别的时候,雷德问阿曼达是不是应该把艾比的死讯告诉他们的律师。"是啊,天哪,"阿曼达说,"你还没有发出通知吗?你们的律师是谁?"雷德回答说:"我不知道。我们立遗嘱是好几年前的事儿了。这种事情都是你们的妈妈处理的。"

斯戴姆突然进出尖锐的一声,就像是笑喷了,大家全都望向他。

"听起来跟那个老笑话很像。"他向大家解释道,"丈夫说:'我老婆决定所有的小事情,比如说我从事什么工作,我们买哪座房子,而我来决定大事情,比如我们允许哪些国家加入联合国。'"

珍妮的丈夫休说了声:"啊哈?"

"女人掌管一切。"斯戴姆对他说,"不要有半点儿怀疑。"

这时候,诺拉打断了他们的话:"别担心,维特山克爸爸,我来查清楚律师叫什么名字。"这个话题就这么搁下了。

星期一,趁着雷德在公司上班,阿曼达又拿来了几个纸板箱。你会以为她闲来无事,可她却是一身职业装束,这么看来,她一定是在去办公室的路上。"诺拉,跟我说实话,"她进门后把纸板箱放在餐厅的一个角落里,当即问道,"你能想象你和斯戴姆永远住在这里吗?"

"你是知道的,如果维特山克爸爸确确实实需要帮助,我们是不会丢下他不管的。"

"那么,你觉得他确确实实需要帮助吗?"

"哦,这个问题应该让道格拉斯来回答。"

阿曼达肩膀往下一沉,再没有说一个字,转身走了出去。

她在前厅里正遇见脚上只穿着袜子的丹尼从楼梯上走下来。"有的时候,"阿曼达对他说,"我真希望斯戴姆和诺拉没有这么……高尚。这太消磨人了,真是没办法。"

"的确如此。"丹尼回应了一句。

雷德告诉两个儿子,他在什么地方听人说起过,一个男人要是没了妻子,应该换到原来妻子躺的那一侧去睡,这样就不大会半夜里伸出手去,来回摸索着找她。"我一直在尝试这么做呢。"雷德对他们说。

"管用吗?"丹尼问。

"到目前为止,不怎么管用。好像我即使睡着了,脑子里也还在想着:她不在我身边。"

丹尼把螺丝刀递给了斯戴姆。他们俩正在取下所有的纱窗,打算安上防风窗为过冬做准备,雷德在一旁监工。其实他并不需要在场,因为两个儿子已经操作过很多次了。他坐在后门台阶上,身上穿的是艾比早些年亲手为他织的一件宽大的开襟羊毛衫。

"昨晚我梦见她了。"雷德说,"她肩上裹着一条垂着流苏的披肩,头发长长的,就像是回到了从前的时光。她说:'雷德,我想学会你所有的舞步,和你一起跳啊跳啊,一直到天亮。'"他一时语塞,从口袋里掏出手帕擤了擤鼻子。丹尼和斯戴姆相对而立,分别扶着一扇纱窗的两端,无可奈何地看着对方。

"然后我就醒了。"片刻之后,雷德继续说道。他把手帕塞回了衣袋。"我心想,'一定是因为没有了她的悉心照顾,我心里空落落的,她无微不至的关照对我来说已经是习以为常了。'然后我又醒了,这次是真的。你们有过这样的经历吗——梦见自己醒了,接下来却发现自己其实还在睡梦中?我真正醒来之后,不由得想到:'哦,天哪。看来还有很长的一段路要走。'你们知道吗,我似乎还没有走出来。"

"天啊,"斯戴姆说,"这滋味可真不好受。"

"也许可以吃片安眠药。"丹尼提了个建议。

"这能有什么作用吗?"

"哦,我只是说说而已。"

"你以为生活里的每一个问题都可以靠吃药来解决?"

"咱们把窗纱靠在那棵树上吧。"斯戴姆对丹尼说。

丹尼点点头,紧绷着嘴唇,抬起纱窗,掉转方向,向一棵白杨树一步步后退过去。

那天晚上,蕾·巴斯科姆给他们送来了一个苹果酥,自己也留下来分吃了一块。她说:"里面放了朗姆酒,所以我一直等到现在,估摸着你们家那几个小家伙已经上床睡觉了,这才送过来。"虽然已经将近九点钟了,但其实三个小男孩并没有上床。(他们似乎没有一个固定的就寝时间——艾比以前经常用诧异的语调把这个发现讲给两个女儿。)不过,他们眼下正忙着建造一条纵贯整个客厅的赛车道,所以大人们转移到了餐厅里。蕾、斯戴姆、诺拉、雷德和丹尼围坐在餐桌旁,蕾把切成方块的苹果酥盛入艾比素日家用的瓷盘里,一份份传给大家。她总爱说,她在艾比家就像在自己家一样熟悉。"你连手指头都不用动一动。"她对诺拉说,可是诺拉早就煮上了一壶没有咖啡因的咖啡,还手脚麻利地准备好了奶油、糖、杯子、银器和餐巾。

蕾在桌旁坐下来,说了声:"大家开吃吧,"随手拿起了自己的叉子,"人们总说,在悲伤的时候吃点儿甜食是有好处的。"她说,"我一直觉得这是个真理。"

"哦,蕾,你真是太好心了。"雷德说道。

"今天晚上我自己也需要吃点儿甜食。不知道你们听说了没有,这几天发生了这么多事情,偏偏吉特又死了,对我来说真是雪上加霜。"

"哦,真让人难过。"诺拉说。吉特是蕾家的虎斑猫,都快活到二十个年头了。街坊邻居无人不知。

雷德感叹一声:"老天爷!"他放下手里叉子,问道,"这到底是怎么发生的?"

"今天早晨,我刚刚走出屋子来到后门廊,就看见它卧在门口的擦鞋垫上。可怜的家伙,我希望它没有趴在那儿等了整整一夜。"

"我的天哪!这太可怕了。不过,他们一定会调查死亡原因的。"雷德说,一脸震惊和恐慌,"这种事情不会无缘无故发生。"

"岁数大了就会这样,雷德。"

"岁数大了?!他甚至还没上幼儿园呢!"

"你说什么?"蕾问道。

大家都盯着他。

"我记得他出生的时候!不过是两三年前!"

"你在说什么啊?"蕾诧异地问道。

"哦,我在……你刚才不是说皮特死了吗?你的孙子?"

"我说的是吉特。"蕾提高嗓门对他说,"吉特,我的猫。我的老天爷!"

"哦,"雷德说,"真抱歉。是我听错了。"

"我正奇怪呢,你怎么突然之间变成了一个爱猫如命的人。"

"哈！是啊。"他说，"我也正奇怪呢，你唯一的孙子不在人世了，你怎么能表现得这么满不在乎。"他尴尬地轻笑一声，又拿起了叉子。他无意中瞥了一眼桌对面的诺拉，见她把餐巾按在嘴上，肩膀上下起伏，还发出轻微而短促的尖叫声。一开始大家还以为她是吃东西噎着了，后来才明白顺着她的脸颊淌下来的泪水是笑出来的。斯戴姆唤了一声："亲爱的？"其余的人都直盯着她。他们谁也没有见过诺拉咯咯傻笑个不停。

"对不起。"她好不容易憋住了笑，却又把餐巾捂在嘴上，"对不起！"她呼哧带喘地说。

"你觉得我这么好笑，我很高兴。"雷德生硬地说。

"我向您道歉，维特山克爸爸。"

诺拉放下餐巾，坐直了身子。她一脸绯红，脸颊潮漉漉的。"我觉得一定是因为压力的缘故。"她说。

"当然啦。"蕾对她说，"你们全都经历了那么大的压力！我闲来无事到你们家来，向你们报告这个无关紧要的消息之前，真应该先过过脑子。"

"不是这个意思，其实，我……"

"真有意思，我以前还没注意到，这两个名字真有点儿相像呢。"蕾若有所思地念叨着，"皮特，吉特。"

雷德说："蕾，你到我们家来是出于一片好心，苹果酥也好吃极了，说实话。"他仿佛没有意识到自己那份还一口没动。

"我用的是青苹果。"蕾对他说，"我发现，用其他种类的苹果都会散开。"

"用这种苹果一点儿不散。"

"没错儿，这种苹果棒极了。"丹尼随口说道，斯戴姆也咕咕哝哝地附和了一句，旁人根本听不分明。他的眼睛还在盯着诺拉，虽然诺拉似乎已经恢复了平日的镇静自若。

"好啦!"蕾说,"现在,咱们别再说笑话逗乐子了,来说说你们的正经事儿吧。你们都有什么打算?斯戴姆,还有丹尼,你们会继续和你们的父亲住在一起吗?"

这有可能成为不尴不尬的一刻。显而易见,围坐在桌子旁边的一圈人都硬着头皮避而不答,只有雷德开了口:"不会的,他们很快就搬走了。我准备租一套公寓给自己住。"

"公寓!"蕾惊呼道。

其余的人异常安静。

"怎么说呢,孩子们毕竟都有自己的正常生活。"雷德徐徐道来,"我独自一个人在这座房子里走来走去,听着咯吱咯吱的声响,也没有什么意思。我盘算着,我自己可以租个地方住——那种现代化的简易小公寓,也不需要维修保养。甚至有可能是电梯房,免得我上了年纪,走路也走不稳当。"他发出扑哧一声,好像在暗笑这有多么不可能发生。

"哦,雷德,你的想法很大胆啊!我正好知道有这么个地方。你记得希茜·贝利吗?她搬进了查尔斯庄园的一座新公寓楼,而且她非常喜欢住在那里。你记得吧,她在圣约翰大街有一座大房子,不过,现在她说,她再也用不着操心修剪草坪、铲雪、装防风窗……"

"今天下午,两个儿子刚刚给家里安上防风窗,"雷德说,"你知道我这一辈子经历过多少次吗?秋天装上,春天再卸下来。真想问一声,这事儿有个头儿吗?"

"把这些琐事儿一股脑儿全都抛开是非常、非常明智的。"蕾的眼睛亮闪闪的,顺着餐桌环顾一圈,"你们都赞成吗?"

迟疑片刻之后,丹尼、斯戴姆和诺拉都点了点头。他们脸上还是没有任何表情。

阿曼达说,这有点儿像是在进行一场拔河比赛,而对方在毫无征兆的情况下竟然丢下了绳子。"我的意思是说,这简直相当于让人扑了个空。"她如是说。

珍妮的反应是:"我们当然不想一天到晚替他担忧,但是他真的想好了吗?搬到一个什么现代化的小公寓里去住,而那里房顶连石膏线都没有。"

"他表现得太逆来顺受,"阿曼达说,"这也来得太容易了。我们需要搞清楚背后的原因。"

"没错儿,他这么着急,让人禁不住感到纳闷。"

她们俩在用手机打电话,珍妮那头的背景音是电钻和钉枪的轰响,阿曼达的办公室里一片安静。雷德宣布自己的决定之后,居然没有人当即告诉她们,真是太过分了。她们第二天早晨才听说此事。珍妮是在上班的时候从斯戴姆口中得知的,当时她和斯戴姆正在一起处理橱柜的问题,斯戴姆无意中说了出来。

"你告诉他,这件事儿我们应该好好商量一下了吧?"珍妮立刻脱口而出。

"我为什么要这么说呢?"

"哦,斯戴姆。"

"他是个成年人,"斯戴姆说,"而且他这么做也是你一直希望的结果。总而言之:不管他怎么决定,我和诺拉都要搬走。"

"你这么打算?"

"我们等到诺拉所在的教会给我们的房客找到新住处,就搬回去住。"

"可你从来没有提起过!你从来没有跟我们商量过!"

"我为什么要跟你们商量呢?"斯戴姆反问道,"我也是个成年人。"

说罢,他卷起设计图,径自出门而去。

"最近斯戴姆就像变了个人。"珍妮在电话里对阿曼达说,"简直一直强词夺理。他以前从来不这样。"

"一定跟丹尼有关系。"阿曼达说。

"丹尼?"

"丹尼一定是说了什么,伤了他的心。你知道,自从斯戴姆搬回来住,丹尼一直耿耿于怀。"

"不过,他有可能对斯戴姆说了什么呢?"

"问题在于,除了他已经说过的那些,他还有可能再说出什么话来。不管他说了什么,一定很过分。"

"我不这么认为,"珍妮说,"丹尼最近待人处事很得体啊。"

然而,她刚挂上电话,就拨了丹尼的号码。(虽然丹尼现在又住回了布顿大街,她想和丹尼通话的时候,必定会打他的手机,这难道不说明习惯成自然吗?)

这时候才是早上十点多,丹尼一定还没有完全醒来。他用低沉含糊的声音应道:"什么事儿?"

"斯戴姆说,爸爸打算搬到一间公寓里去住。"

"没错儿,好像是这样。"

"他这个想法是从哪儿来的?"

"我可不知道。"

"斯戴姆和诺拉在等他们的房客找到新住处,然后他们也要搬走。"

丹尼大声打了个哈欠,说:"哦,这倒是合情合理。"

"你跟他说过什么吗?"

"跟斯戴姆?"

"你跟他说了什么话,所以他想搬走吗?"

"爸爸要搬走了,珍妮。斯戴姆干吗还要留在这儿呢?"

"可是他说,他无论如何都要搬走。这段时间他表现得跟以前

220

很不一样,脾气暴躁,动不动就发火。"

"是吗?"丹尼问道。

"我告诉你,一定有什么事情让他烦躁不安。听起来他甚至都没有试图劝说爸爸放弃这个想法。"

"确实没有。我们谁都没有这么做。"

"你的意思是说,你觉得这个主意还不错?让爸爸从他父亲建造的这座房子里搬出去?"

"当然啦。"

"你要知道,这样的话你就无家可归了。"珍妮说,"我们得把房子卖掉。依我看,要是你住在布顿大街上一座有八个房间的宅子里,你连税费都付不起。你甚至连工作都没有。"

"是啊。"丹尼似乎并不介意她的话。

"那你要搬回新泽西吗?"

"很有可能。"

珍妮沉默了一会儿。

"我真搞不懂你。"她终于说了出来。

"嗯……"

"你这里住一阵子,那里住一阵子,你四处游荡,好像根本不在乎自己生活在哪里。你似乎没有任何朋友,也没有一个正儿八经的职业……在这个世界上有没有你真正关心的人?我没把苏珊算在里面,孩子对我们来说,只是……我们自己生命的延续。但是你让爸爸和妈妈牵肠挂肚,你在意过他们吗?你在意过我们吗?在意过我吗?你有没有说过什么话刺伤了斯戴姆,以至于他对所有人都心怀不满?"

"我从来没有对斯戴姆说过一句话。"丹尼答道。

然后他挂上了电话。

"我感觉糟透了。"珍妮对阿曼达说。她们俩又通上了电话,不过这次阿曼达接电话的时候语调匆忙,还有几分不耐烦。"又是什么事儿?"她说,这话听上去和丹尼颇为相像,只是她自己浑然不觉。

"我劈头盖脸把丹尼教训了一顿。"珍妮对她说,"我谴责他对斯戴姆态度恶劣,让爸爸妈妈为他担惊受怕,自己不工作,也没有任何朋友。"

"这又怎么啦?哪句话不是真的呢?"

"我问他心里到底有没有我们,哦,特别是我。"

"要我说,这个问题并不出格。"阿曼达对她说。

"我不应该这么问。"

"别再思前想后了,珍妮。你说的每一句话都是他自作自受。"

"可是,我居然问他在意不在意我。那回他辞了工作,房租都过期了也不管不顾,就为了赶回来给我帮忙,因为我担心自己会把宝宝的脑袋砸烂。"

两人一时沉默不语。

"我不知道这件事。"最后还是阿曼达开了口。

"你不记得丹尼曾经回来和我住在一起吗?"

"我不知道你担心自己会把亚历山大的头砸烂。"

"哦。这个就当我没说过吧。"

"你本来可以告诉我啊。或者告诉妈妈。看在老天的分上,她可是个社会工作者。"

"阿曼达,别再提这件事儿了。拜托。"

两人又是一阵无语。还是阿曼达打破了沉默:"可是,不管怎么样,你说的其余那些话,丹尼都是咎由自取。他对斯戴姆很刻薄。他让爸爸妈妈为他吃了那么多苦头,害得他们备受煎熬。而且他实实在在没有工作,就算他有什么朋友,我们也从来没有见过。我也不能断定他对我们有一丝一毫的关心。这还是你自己告诉我的,他那天晚上给你打电话的时候,听起来似乎有些郁闷,于是他第二天就回家来了。也许他只是想找个借口回来罢了。"

"我还是感觉很糟糕。"珍妮说。

"听我说,我不想丢下你,可是我约了人,现在我已经晚了。"

"那你快去吧。"珍妮说着,按了一下手机结束了谈话。

晚餐过后,丹尼和诺拉在厨房里收拾餐具,不如说是诺拉在收拾,因为晚饭是丹尼做的。不过,他仍旧在厨房里走来走去,随手从这里拿起点儿什么,从那里拿起点儿什么,朝底儿上看看,然后又放下。

诺拉一直在跟他念叨希茜·贝利租住的公寓。那天下午早些时候,她带雷德去看过一趟,可雷德说他都能用食指在墙上戳个洞,所以,星期六那天,家里认识的一个做房地产经纪人的朋友……

丹尼直言道:"有什么事儿让斯戴姆感到不高兴吗?"

"你说什么?"诺拉问。

"珍妮说他情绪不大好。"

"你干吗不去问他呢?"诺拉一边说,一边来回摆弄着,把最后一个平底深锅塞进洗碗机里的一个小小的空隙。

"我琢磨着你也许可以告诉我。"

"去和他谈谈有这么难吗?你就那么讨厌他吗?"

"我并不讨厌他!天哪。"

诺拉合上洗碗机,转过身来看着他。丹尼说:"怎么啦,你不相信我的话?我们相处得还好啊!我们一直相处得没问题。我的意思是说,没错儿,他可能是有点儿喜欢讨好卖乖,好像在说:'瞧,我比别人都强得多',而且他说起话来别提多有耐心了,总是刻意给人一种谦和的感觉。据说一个人的生活有点儿不尽如人意,他待人接物才会这么温文尔雅,可事实上,斯戴姆在生活中碰上过多少不尽如人意的时候呢?不过,我对斯戴姆并没什么意见。"

诺拉露出了她惯有的神秘微笑。

"好吧,"丹尼说,"我自己去问他。"

"谢谢你做了晚饭,"诺拉对他说,"真的很好吃。"丹尼一边往外走,一边举起一只手臂又垂落下来。

阳光房里正在播放晚间新闻,但只有雷德在看。"斯戴姆在哪儿?"丹尼问道。

"在楼上跟孩子们在一起。我猜可能有谁打破了什么东西。"

丹尼出门回到前厅,顺着楼梯往上走。双层床卧室里传出几个孩子你一言我一语交错混杂的喧闹声。他一进门,见三个小男孩正在地板上搭建一条蜿蜒曲折的赛车道,斯戴姆坐在一张双层床的下铺,打量着一个断成两截的抽屉。

"怎么回事儿?"丹尼问他。

"好像这几个小家伙把这个抽屉当成一座大山了。"

"那是珠穆朗玛峰。"皮蒂对丹尼说。

"啊哈。"

"你能把胶水递给我吗?"斯戴姆说。

"你真想用胶水粘起来?"

斯戴姆瞟了他一眼。

丹尼把搁在写字台上的那瓶木工胶递给了斯戴姆,然后他斜靠在门框上,双臂交叉在胸前,一只脚搭在另一只脚上。"哦,"他开口道,"这么说,你要搬走了?"

斯戴姆回答了一声:"对。"他挤出一些胶水,涂在一段楔形榫头上。

"我猜,你已经打定了主意。"

斯戴姆抬起头,向丹尼投去愤怒的目光。他说:"别对我说我欠他的情,想也别想。"

"啊?"

三个小男孩只抬头看了一眼,就继续摆弄他们的赛车道去了。

"我已经尽过自己那份力了。"斯戴姆对丹尼说,"如果你觉得应该有人留在这里,你自己继续待下去好了。"

"我说过这话吗?"丹尼问他,"为什么要有人留下来呢?爸爸都要搬走了。"

"你心里非常明白,他只是希望我们劝他打消这个念头。"

"这些我一概不知。"丹尼说,"我只想问,这段时间,你到底怎么啦?你说话做事像个三岁顽童。别对我说这只是因为妈妈离开了我们。"

"是你们的妈。"斯戴姆说着,把胶水瓶放在了地板上,"她根本不是我妈。"

"哦,好吧,如果你非要这么说的话。"

"告诉你吧,我妈是 B.J.奥特里。"

丹尼说了声:"哦。"

小男孩们正玩得来劲,对他们俩的话置若罔闻。他们正在天桥上制造触目惊心的交通事故。

"这些年来,艾比一直都知道。"斯戴姆说,"她心里一清二楚,却没告诉我。甚至都没有告诉爸爸。"

"我还是不明白你为什么处处跟人作对。"

"就用你的话来说吧,我处处跟人作对,是因为……"

斯戴姆突然打住了话头,直勾勾地盯着丹尼。

"你也早就知道。"他说。

"嗯哼?"

"你听了我刚才的话一点儿都不感到惊讶,对不对?我本该猜

· 225 ·

到这一点。你过去老是到处窥探——你当然知道！这些年来你一直都清楚得很！"

丹尼耸了耸肩膀，说："你的母亲是谁，对我来说无关紧要。"

"你现在对我发誓，"斯戴姆说，"保证不会告诉别人。"

"我为什么要告诉别人呢？"

"如果你说出去，我会杀了你。"

"哦，怪吓人的。"

这时候，三个男孩终于发现了异样。他们停下手里的游戏，目瞪口呆地看着斯戴姆。汤米喊了一声："爸爸？"

"下楼去，"斯戴姆对他说，"你们三个。"

"可是，爸爸——"

"马上！"斯戴姆大喝一声。

孩子们手忙脚乱地从地上爬了起来，一边往外走一边回头看着斯戴姆。萨米手里还抓着一辆塑料拖车，他从丹尼身边走过的时候，丹尼冲他挤了挤眼。

"你发誓。"斯戴姆对丹尼说。

"好吧！好吧！"丹尼一边说着，一边举起了双手，"哦，斯戴姆，你知道胶水干得有多快吗？你大概想把这两截粘在一起吧。"

"你用自己的性命发誓，永远不告诉任何人。"

"我用自己的性命发誓，永远不告诉任何人。"丹尼一本正经地重复了一遍。"不过，我还是不明白。你为什么这么在意呢？"

"我就是在意，不行吗？我用不着非得给你一个原因。"斯戴姆直冲冲地说，可过了一会儿他又坦言道，"我在什么地方读到过一段文字，说就连刚出生的婴儿都能辨认出自己母亲的声音。你以前知道吗？他们还在妈妈肚子里的时候就牢牢记住了。他们降生到世界上的那一刻，最想听到的就是妈妈的声音。于是我就想：'天哪，在那个时刻，我最想听到的是什么声音。'对我来说，这似乎是一件令人伤感的事情。有一个声音,我从小到大一直渴望听到,但始终没有机会,至少在我小时候是这样。现在一切真相大白:那居然是B.J.奥特里的声音——粗哑刺耳的大嗓门,说起话来废话连篇。你想想艾比平常是怎么跟人说话的。我的意思是过去!我本来应该是艾比的儿子。"

"所以呢?"丹尼说,"你终于如愿以偿了。一切都是完满的结局。"

"可是你记得全家人怎么在B.J.奥特里背后嘲讽她吗?她只要一发出嘎嘎大笑,他们就龇牙裂嘴;她一发表什么意见,他们就互相挤眉弄眼。她总爱挂在嘴边的话是:'哦,你们都了解我这个人,我说话从来都是直来直去。我看到什么就说什么,我可不是那种拐弯抹角的人。'就好像这是什么值得炫耀的事情!听了她这番话,围坐在桌子旁边的所有人都会偷偷交换眼色。现在我脑子想的是:'老天爷,如果他们发现她就是我的母亲,我简直要羞愧死了。'可是,以自己的母亲为耻,这本身也让我内心感到羞愧。我又开始觉得,这一家人没有权利这么傲慢无礼,看不起她。我不知道该怎么看待这件事儿!有时候,我好像为自己错过的一切感到深深的遗憾:我的亲生母亲就坐在我们家的餐桌旁边,而我却丝毫不知情,艾比竟然一直守口如瓶,这让我对她愤怒至极——她不告诉我是因为那份愚蠢到家的合同。她不允许我的母亲告诉我,我是她的亲生儿子!如果B.J.奥特里在某个时候想要回我的话,怎么说呢,艾比会很高兴把我交给她。'那你就领走好了。'来得容易去得也容易。还有爸爸,你能相信吗?他对我说,他从一开始就打算把我交还给B.J.奥特里。"

"你和爸爸谈过这件事儿?"

"哦,你猜怎么着,"斯戴姆仿佛没有听见他的话,自顾自地说,"事实证明,B.J.奥特里从来没有动过把我要回去的心思。她和我面对面坐在餐桌两侧,而她并不想要我。她几乎从来没有真正看过我一眼。她本来可以随时见到我,只要她愿意,可她只是偶尔来一趟,一年也就两三回吧。"

"那又怎么样?你根本就不喜欢她呀。你刚刚说过,你讨厌她说话的声音。"

"可她毕竟是我的母亲,在这个世界上认为你与众不同的那个女人,这难道不是每个孩子都应该拥有的吗?"

"你有啊,你有艾比。"

"哦,很抱歉这么说,可那是不足够的。艾比是你们的妈妈。我需要自己的母亲。"

"你难道不觉得,在艾比心目中你很特别吗?"丹尼问道。

斯戴姆默默无语,垂下头盯着拿在手里的抽屉。

"行啦,"丹尼说,"她甚至觉得你的后脖颈都和别人不一样。如果她不是这样对你的话,相信我,你的人生会大不一样。你知道自己会落到什么境地,没有自己的根,没有家,被关在某个抚育院里长大,而且你有可能变成一个跟外界格格不入的人,频繁换工作,婚姻难以维持,也没有长期相处的朋友。你不管走到哪里都觉得自己是个异类,在任何地方都没有归属感。"

他不再往下说了。斯戴姆感觉他的声音有些异样,抬起头看着他,他却说:"哈!你知道这说明了什么。"

"什么?"

"你遵循了家族的传统,那个所谓的'别人有什么,我也要有什么'的传统,不达目的不罢休。就像小维特山克和他梦寐以求的那座房子,或者梅丽科和她理想中的丈夫。当然啦,这可以成为家族的第三个故事。"丹尼用夸张的语调吟诵道,"'很久很久以前,我们家族有一个人,渴望听到亲生母亲的说话声,他内心的渴求持续了三十年,但是当他终于听到了那个声音,他才意识到,他内心的感觉是,自己亲生母亲的说话声远不如冒牌母亲的嗓音悦耳动听。'"

斯戴姆露出一个浅浅的苦笑。

"真见鬼。你比我更像是维特山克家的人。"丹尼说。

他接着又抛出一句:"胶水现在都干透了,我刚才没有提醒过你吗?你得把胶刮掉,从头再来了。"

说罢,他从门框上直起身子,转身下楼去了。

那位做房地产经纪人的朋友,他们已经认识多年,那会儿布兰达还有足够的精气神儿偶尔被带到罗伯特·E.李将军①纪念公园里撒欢。海伦·怀利也经常带着自己的爱尔兰长毛猎犬去纪念公园散步,由此和艾比攀谈了起来。所以,那个星期六早晨,海伦上门来的时候,他们根本不需要再多费口舌提出各种要求。她看上去是个开朗随和、通情达理的女人,身穿灯芯绒套装和一件宽松的夹克。"我已经全都了解清楚了,"她一上来就对雷德说,"你想找那种建得非常坚固的房子。我琢磨着,得是战前盖起来的。从新建的公寓楼里找,你连想也别想,那简直是昏了头!你要找的房子,得是那种可以让做建筑承包这一行的朋友们来参观,自己不会觉得难为情的。"

"哦,你说得没错。"雷德随口附和道,虽然他在建筑承包这一行并没有什么朋友,至少没有一个会闲来无事上门叙谈。

"那我们就出发了。"海伦对阿曼达说。本来也是阿曼达跟她联系上的,并且阿曼达打算跟她一起去看房子。就连雷德也承认,在这件事情上,他需要有人帮忙。

他们看的第一套公寓在大学路附近,房子很有些年头了,但保养得很好,硬木地板光亮可鉴。房东说厨房在2010年重新装修过一次。"是谁给你做的装修?"雷德问。听房东说出那个名字之后,他

---

① 罗伯特·爱德华·李(Robert Edward Lee,1807—1870),美国军事家,在美国南北战争中担任美国南方联盟的总司令。

·229·

的脸不由得皱缩起来。

第二处房子在三层,没有电梯。等雷德爬上最后一级楼梯之后,只是微微有点儿喘息,不过,当阿曼达指出,从长远来看这不是一个好的选择,他也没有提出异议。

第三个公寓倒是有电梯,建筑年代尚可接受,但是里面塞满了零零碎碎的物件,难以一睹其真实面目。"我跟你们说实话,"公寓管理员解释道,"上个租客去世了。不过,在两个星期之内,他的几个孩子会把他留下的所有东西全部搬走,然后我会让人把房间打扫干净,再重新刷一遍漆。"

阿曼达心灰意懒地看了海伦一眼,海伦的嘴角也耷拉了下来。摇椅的靠背上搭着一件灰褐色的开襟羊毛衫。堆满杂物的咖啡桌上有个大杯子,杯沿上垂挂着一个茶叶袋。雷德似乎没觉得有什么大不了的。他穿过客厅走进厨房,说:"你们瞧,他把一切都准备妥当了,这样等他坐下来吃早餐的时候,就用不着再起身了。"

果然,看上去快要散架的牌桌负载着一个烤面包片机,一个电热壶,还有一个带闹钟功能的收音机,这些物件全都靠墙摆放成一排。桌子正中央有个每日定量药盒,要说起来,大部分人都会在那个中心位置摆上一个花瓶。雷德又走进卧室,说:"这儿有台电视机,可以躺在床上看。"电视机摆放在正对着床脚的一个矮柜上,是那种笨重不堪的老样式,前后比左右的宽度都要大。"看完晚间新闻就可以直接睡觉了。"雷德给了一个赞许的评价,虽然在布顿大街的家里,他的卧室从来没有出现过一台电视机。不过,那也许是艾比的决定。"对于一个凡事都得靠自己的人来说,这个地方好像确实非常方便。"雷德说道。

阿曼达说:"没错儿,可是……"她和海伦又交换了一个眼色。

"不过,你得想象一下把家具用品统统去掉之后的样子。"海伦建议道,"提醒你一下,电视机之类的都要搬走。"

· 230 ·

"但我可以把我自己的电视机摆在那儿啊。"雷德说。

"你当然可以。不过,咱们还是主要看房子本身。你喜欢整体布局吗?屋子够不够宽敞?在我看来,房间感觉有点儿小。还有,你觉得厨房怎么样?"

"厨房挺好啊。只要把手伸过桌子,就可以从烤面包片机里把烤好的面包片拿出来。而且一伸手就能拿到治心脏病的药片,打开收音机听天气预报。"

"好吧……地板上铺的是油毡,你注意到了吗?"

"唔?地板看上去还不错。我记得,在我们住的第一座房子里,厨房地板就是这样的。"

事情就这样定下来了。阿曼达后来对大家说,这似乎是个设想的问题。在雷德的想象中,他自己一无所有。仿佛有人把一切都安排得妥妥当当让他喜出望外,这样自己就不需要费心劳神了。

不过,这确实给他的几个孩子省了不少事儿。等他搬进去之后,孩子们总可以时不时帮他做些整修。

卖房子的差事也落在了海伦身上。带雷德他们看过公寓之后,海伦又跟他们一起回到家里,商量卖房子的事情,斯戴姆和丹尼也加入了讨论。"这座老房子住起来多舒服啊,"她在客厅里环视一周,感叹道,"当然啦,前廊也有很大的吸引力。带客户来看这个前廊会是一件非常愉快的事儿。"

除了雷德以外,大家都面露喜色。雷德的目光盯着不远处的报纸,似乎想读一读上面的内容。

"不过,眼下市场还是很低迷。"海伦说,"我了解到的情况是,这段时间,买家都希望房子完美无缺。我们需要进行一些整修,让它焕然一新。"

"焕然一新？"雷德说，"他们还有可能提出什么要求呢？除了厨房，楼下的每个房间都装了双滑门。"

"哦，是呀，我很喜欢……"

"还有，我们家这种两层高的门厅可不多见了。瞧那些通风用的横楣，上面的透雕是手工锯出来的，也很少见到。"

"不过，你们家没装空调。"海伦说。

雷德说了声："哦，天哪。"一下子颓然落入椅子里。

"目前来看……"海伦继续往下说。

"没错儿，没错儿。"

"这并没有那么难，"丹尼对他说，"现在有一种微型导管系统，根本用不着破坏墙壁。"

雷德说："你以为你在跟谁说话？这些什么系统我清楚得很。"

丹尼耸了耸肩膀。

"还有一点。"海伦说。她清了清嗓子。"这完全取决于你的决定，不过，你可能得考虑在主卧室里分出男女两个卫生间。"

雷德抬起了头。他问道："考虑什么？"

"要不是你本身就拥有一家建筑承包公司，所以不会花费太多钱的话，我是不会提出这个建议的。你们现在的主卧卫生间太大了，很容易一分为二，中间是淋浴室，从两边都可以进入。我最近刚见过一个在我看来最漂亮的淋浴室，简直是美不胜收，地面用河底的鹅卵石铺成，还安了好几个模拟降雨的喷头。"

雷德说："我父亲建造这座房子的时候，只有那么一个卫生间，在楼上靠近门厅的地方。"

"哦，那是在……"

"后来，等我们搬进来之后，他又在楼下加了个盥洗室，那时候我们觉得我们已经够与众不同了。"

"没错儿，你们确实需要一个……"

"直到我和我姐姐上高中之后,他才在主卧室里建了个卫生间。如果他听说有男女分开的卫生间,他会怎么说呢?我简直没法想象。"

"如今在比较富裕的家庭,这是很平常的事儿。我看,你从事装修行当,一定对此有所了解吧。"

"他自己从小到大,家里只有一个厕所。"雷德说,他转向几个孩子,"我敢说,祖父的这段经历你们谁都不知道,对不对?"

他们的确不知道。事实上,他们对自己的祖父几乎一无所知。

"哦,一个厕所。"海伦说着笑出了声,"那肯定特别难卖。"

"我看,男女分开的卫生间就别考虑了,"雷德对她说,"就现在来说,你觉得找到一个卖家得多长时间?"

"哦,等你装好空调,也许再把厨房的台面换成高档一点儿的……"

"厨房台面!"

话一出口,他随即紧紧闭上了嘴,仿佛在提醒自己不要处处与人为难。

"目前看来,市场并没有开始好转的迹象,"海伦说,"曾经一度,房子会挂上一年甚至更长时间才能卖出去,不过,最近从我们接手的那些比较令人称心如意的房产来看,我平均下来大约四个月或者半年就能卖掉。"

"等过了四个月或者半年,这房子就变得不成样子了。"雷德对她说,"你是知道的,没人住在里面的话对房子本身很不好。它会慢慢腐朽断裂,变得越来越惨不忍睹,这会让我非常痛心。"

阿曼达开口道:"哦,爸爸,我们绝不会让这样的事情发生。我们会经常来一趟,在这儿——我也说不好,比方进行家庭野餐会什么的。"

雷德只是哀伤地凝视着她,眼睛是那么黯淡无光,看上去几乎是个双目失明的人。

"说心里话,"珍妮对阿曼达说,"妈妈死得这么突然,你是不是在内心某个小角落有一种如释重负的感觉?"

"你的意思是,考虑到她出现的各种意外?"阿曼达问。

"情况只会越来越严重,这一点我们可以非常肯定。不管那是什么问题。爸爸得想方设法照顾她,诺拉也一样。到那时候,丹尼也会想出个什么理由一走了之。"

"不过,也许那只不过是,嗯,血液循环问题或者别的什么,医生本来可以治好的。"

"这不大可能。"珍妮说。

那是一个星期日午后,天正下着雨,她们俩在楼上雷德的房间里往箱子里装东西,其余的人都聚在楼下看棒球赛。两人都换上了破旧的衣服,阿曼达的下巴还沾染上了报纸的油墨。

整整一个星期了,她们但凡能找到一点儿空暇时间,就过来打包。屋子里冒出一座座孤岛,这里一堆,那里一堆,全都是大家各自要求分得的东西:艾比的美工用具和缝纫机归诺拉所有,放在楼上的过道里;上好的瓷器打包在一个桶里,暂放在餐厅,等着让阿曼达带走。(家常的瓷器留给了雷德,现在还收在橱柜里,等到雷德搬家的时候一并带走。)家具贴上了不同颜色的便笺:有几件要搬到雷德的公寓里去,还有几件让斯戴姆、珍妮和阿曼达分别带走,绝大部分打算捐给救世军。

珍妮和阿曼达各拽一边,把一个装满的纸板箱拖到过道里,好让丹尼或者斯戴姆过一会儿搬走。随后,珍妮又撑开一个纸板箱,用胶带把底部的两片折翼粘合在一起。"如果我对妈妈还算了解的话,"她说,"她不管怎样都会拒绝手术。"

"此话不假。"阿曼达说,"假如她的手指头生了倒刺,她大概会在自己的预先医疗指示里要求我们把她抬到外面去,放在一大块浮冰上①。"她从艾比的书桌上拿起一个个带框的照片,"我把这些给爸爸装起来。"她对珍妮说。

"他有地方挂吗?"

"哦,也许不会有。"

她仔细端详那张年代最久远的抓拍照片。他们兄弟姐妹四人在海滩上绽放出灿烂的笑容,阿曼达只有十岁出头的样子,其余三个还是小不点儿。"看上去我们玩得很开心啊。"她说。

"我们确实很开心。"

"哦,没错儿。不过,有时候也会搞得剑拔弩张。"

"在葬礼上,"珍妮说,"玛丽里·霍奇斯告诉我说:'我过去一直非常嫉妒你,还有你们一家人。你们几个人凑在一起,在屋外的前廊上玩密歇根扑克赢牙签。你的两个弟弟长得那么高大英俊,你爸爸经常开着那辆很威风的红色卡车带你们去兜风,你们四个孩子在后面叽叽喳喳,吵闹不休。'"

"玛丽里·霍奇斯是个傻瓜。"阿曼达回了一句。

"天哪,这是从何说起?"

"坐在车斗里别提有多糟糕了。我现在甚至都怀疑那是不合法的。而且我认为,孩子们应该有自己独立的房间。妈妈对我们居然会那么漠不关心,而且她还那么一窍不通,那么迟钝。就像那回,她把丹尼送去进行心理测试,然后还把结果告诉了我们所有人。"

"我不记得这回事儿了。"

---

① 此处为戏谑之语。因纽特人一旦发现家中的长者濒临死亡,就会将他们抬到户外,放在浮冰上,让他们借着海水洋流漂走。对于生活在严寒地带的因纽特人来说,这种海葬方式既可以避免老人成为家人的负担,也能让这些老者保持最后的尊严。

"据说,他的一项什么墨迹测验①结果显示,他小时候对一个女人很失望。'那女人有可能是谁呢?'妈妈一个劲儿地追问我们,'他不认识任何女人啊!'"

"这件事我一点儿都记不起来了。"

"显而易见,她最爱的孩子是丹尼,"阿曼达说,"哪怕丹尼都快把她逼疯了。"

"你这么说是因为你自己只有一个孩子,"珍妮分辩道,"做母亲的不会最爱某一个孩子,她对每个孩子的爱……"

"……是不同的,如此而已。"阿曼达替她把话说完了,"没错儿,没错儿,我全都明白。"然后,她举起一张斯戴姆四五岁时候拍的照片,"你觉得诺拉会喜欢这张吗?"

珍妮眯起眼睛瞧了一瞧。"放在她的箱子里吧。"她建议道。

"丹尼这张怎么办?"

"有他一个箱子吗?"

"他说他什么也不要。"

"随他怎么说,还是给他准备一个。我敢打赌,不管他住在什么地方,墙上一定是空空的。"

"我昨天问他有没有告诉女房东他要回去了,"阿曼达说,"他只说了一句:'我们在解决这件事儿。'"

"'解决这件事儿'!这是什么意思?"

"他这么神神秘秘的,真气人。"阿曼达说,"他总是费尽心机窥探我们的生活,可是每当我们谈起他的事情来,他却遮遮掩掩。"

"不过,我觉得他慢慢变得成熟起来了。"珍妮对她说,"也许是妈妈过世对他有所影响吧。我从他房间的墙上取下照片的时候问过

---

① 罗夏墨迹测验由瑞士精神科医生、精神病学家罗夏(Hermann Rorschach)创立,是最著名的投射法人格测验。

他:'我是不是把这些扔掉算了?'那些全都是道尔顿家族的照片,其中包括几位姨母在四十年代的旧照,她们一个个矮矮胖胖,衣服里衬着垫肩,还穿着厚厚的长筒袜。但是丹尼却说:'哦,这个我说不好,你不觉得有点儿不近人情吗?'我叫了一声:'丹尼?'还用指关节敲了敲他脑袋的一侧。'当当,当当,'我说,'是你在里面吗?'"

"好极了,"阿曼达立刻说道,"把这些给他好了。"她伸手拿过一张报纸,开始包裹一幅照片。

"丹尼变得越来越温和可亲,斯戴姆却越来越古怪。"珍妮说,"还有爸爸!简直不可理喻。"

"哦,是啊,还有爸爸。"阿曼达接过了话头,"感觉你不管跟他说什么,他都会找别扭。"她把包好的照片放进珍妮刚刚撑起来的纸板箱里,继续说道,"最近他为房子的事儿愁眉不展。多长时间能卖掉啦,大家可能对房子不满意啦……于是我就问他,我说:'那咱们是不是应该联系一下布里尔家的人?'"

"布里尔家的人。"珍妮跟着重复了一遍。

"布里尔家,就是最初的房主。一开头是他们要建造这座房子。"

"没错儿,我知道他们是谁,阿曼达。可是,布里尔夫妇不是已经去世了吗?"

"我猜,他们的儿子还在世。爸爸还是个小男孩的时候,他们的儿子才十几岁。所以我说:'要是他们的儿子这些年来一直念念不忘,还想住在这座房子里呢?'你记得吧,他们的妈妈说要搬走的时候,其中一个说了一句话。他说的是:'哎呀,妈。'怎么说呢,爸爸的反应就像是我在建议他划根火柴把这房子点着。'你在胡思乱想什么啊?'爸爸责问道,'真见鬼,你这个愚蠢的念头是从哪儿冒出来的?布里尔家的两个儿子一向娇生惯养,他们休想得到这座房子。赶紧打消你这个想法。'我只好说:'哦,对不起。唉,这全是我的错。'"

"都是悲伤的过错。"珍妮对她说,"你别忘了,他刚刚失去自己生命中的最爱。"

"你说的失去,指的是妈妈还是这座房子?"

"怎么说呢,我猜,两者都有。"

"哈,"阿曼达说,"我还从来没有听说过,悲伤会让人变得脾气暴躁。"

"这要看人,有的会,有的不会。"珍妮说。

打包进行到这个阶段,她们在清理物品的同时似乎制造出了更多的混乱。房间里堆放着好几个装得半满的纸板箱,盖子敞开着。一个里面是给丹尼的照片,一个里面是让雷德带走的毯子,还有一个里面塞进了几件艾比的毛衣,准备捐给"善意"慈善超市①。每一件毛衣她们都颇费了一番口舌:"这件你不想要吗?你穿上很好看!"可是,翻过来掉过去,她们俩总会有一个人发出一声长叹,把衣服丢进纸板箱,和其余几件堆在一起。地毯沾满了毛絮,地板上到处散落着打算丢弃的衣架和干洗衣袋;透过毫无遮掩的窗户,一道灰蒙蒙的光线生硬地射进来,给房间平添了一种凄清荒凉、无人问津的感觉。

"那天我对爸爸说,也许他应该舍弃这张床,换成一张单人床,你真该听听他当时的反应。"阿曼达说。

"哦,这一点我能理解:他想睡在自己多年来已经睡习惯的床上。"

"可是你还没去看过他的公寓。又窄又小。"

"到那儿去看望他会让人感觉怪怪的。"珍妮说。

"是啊,昨天晚上我跟他道别的时候,那一刻很有些怪异。他问

---

① 1902年,美国慈善机构借助超市的运作方式建立了一种新型的慈善运作实体——美国善意慈善事业组织(Goodwill Industries),总部设在洛杉矶,分支机构遍布全国各地。

我:'还有剩下的饭菜,你要不要带点儿回去?'这本来是妈妈过去常问的问题!他还说:'这样的话,这个星期某天晚上,你就省得做晚饭了。'哦,老天爷,因为一个人的离世,大家之间的关系似乎更亲密了,这难道不奇怪吗?"

"就连三个小男孩都跟以前不大一样了。"珍妮说,"想想看,连这么小的孩子都能懂得人终有一死,这确实让人有点儿惊讶。"

"这让你不由得会去想,既然我们打小就知道一切都有结束的时候,为什么我们还费尽心思不停地累积,累积。"

说话间,阿曼达扫了一眼堆放在自己周围的东西:几个纸板箱、几个摞起来的枕头,捆成一包一包的旧杂志,还有几个去掉灯罩的台灯。整座房子里到处都是乱糟糟的,相比之下,这其实算不了什么。阳光房里的写字台上,褪色的旧书堆得像小山一样,摇摇欲坠;餐厅里的地毯全卷了起来,每当小男孩们脚步重重地从餐具柜旁边跑过,高脚玻璃器皿就开始叮叮当当乱响一气。屋外的前廊上,杂七杂八的玩意儿正等着被送到垃圾场,都是些没人想要的物件:只剩三条腿的便携式婴儿床、已经坏掉的婴儿车,没了托盘的高脚椅,还有一个用绳子当提手的购物袋,里面装满了破破烂烂的塑料玩具——一个粗陋难看的小瓷房子搁在最上头,也不知道是属于谁的,上面涂抹着红、绿、黄三种颜色,像是出自一个幼儿园孩子之手。

第二部分

什么世道,什么世道

第 九 章

那是1959年7月一个美丽的早晨,风儿轻轻地吹拂,橙黄和青绿交织在一起,艾比·道尔顿站在朝向大门口的窗户跟前,等待男友开车来接她。她想在他按响喇叭之前就跑出去。妈妈定了个规矩:男孩应该按门铃进屋寒暄几句,然后才能带上艾比出去约会,可是把这话跟戴恩·奎因说说试试!他可不是一个会跟人闲聊天的主儿。

如果事后妈妈埋怨她,艾比会这样搪塞:"哦,你没听见他按门铃吗?"妈妈自然不大相信她的话,但可能也就不再追究了。

艾比身上穿的是春天返家时她从大学带回来的流行款式——隐约透明的印花裙搭配黑色紧身针织上衣和黑色的尼龙长筒袜,虽然到了这个时候,外面已经暖和起来了。她希望长筒袜能让自己显出一种另类的感觉。(这是她唯一的一双长筒袜,她知道,等她回家脱去袜子之后,两条腿上会露出这里一块那里一块的黑色墨迹,触目惊心,那是她为了遮掩袜子上的破洞,特意用毡头笔涂上的。)夏天已经过去了一半,她的一头金色长发让太阳晒得有几绺颜色泛浅,眼睛周围用黑色美宝莲眉笔画上了粗重的眼线,可是嘴唇却偏偏暗淡无光,她的妈妈说,这显得她好像漏掉了什么。戴恩不是一个不吝赞美之词的人。这倒也没什么,艾比能够理解,不过,她侧身坐进车里的时候,戴恩的目光偶尔会在她身上多停留一会儿,她期待今天早晨也会有这样的时刻。为此,她特意多花了些心思梳妆打扮,把头发弄湿,梳理得柔顺流畅,还在手腕内侧洒了一滴香草精油,有时候她会用杏仁萃取液、玫瑰水或者柠檬精油,但今天她心里非常确定,这个日子毫无疑问应该弥漫着香草的气息。

楼上响起了妈妈的脚步声,听上去是要横穿过道,她转过身,但脚步声停住了,她听见妈妈对爸爸说了句什么。爸爸正敞着门,在卫生间的洗脸池边上刮胡子,今天是星期日,和他往常相比算是睡过头了。"你有没有记得把……"妈妈问了一句,接着是一连串的话紧跟着一连串的话。艾比一颗心放了下来,回过身来透过窗户往下看。住在隔壁的文森特夫妇正要坐进他们那辆雪佛兰。幸亏他们出门了:文森特太太这种女人会做出一副别无用心的样子问艾比的妈妈:"嗨,我看见艾比从家里跑出来,去跟一个小伙子见面,那是谁啊?如今的年轻人太……不拘礼节了,您说是不是?"

艾比只是告诉妈妈,她要搭戴恩的车去给梅丽科·维特山克帮忙,为她的婚礼做准备。她把这件事儿说得更像是一桩乏味无聊的差事,而不是去赴约。(不过,在她心中,这就是一次约会。她和戴恩刚刚开始交往,即使是跟他一起去跑腿当差,只要能在他身边形影相随,就像被拴在杂货店外面的小狗,也会让她觉得自己能被戴恩选中是多么特别。)到目前为止,戴恩和她的妈妈只见过两次面,而且还有些别别扭扭。妈妈有时候容易拒人于千里之外。她不会直截了当说出来,但艾比总能感觉到。

文森特夫妇俩刚把车开走,一辆厢式小货车猛地冲过来,占据了那个车位。整个街区停车位很紧张,几乎所有人家都没有车库。道尔顿家倒是可以把艾比父亲的五金商店当作车库——商店位于临街的地下室区域,大门开向人行道。如果非要戴恩按门铃,鬼知道他得把车停在什么地方,然后一路步行走到她家。照这么说,按喇叭其实也是合情合理的。

妈妈正在抱怨什么,语气还是一如既往地温和。"……如果我跟你说过的话,我可说了不下十次。"她还在继续数落着,爸爸瓮声瓮气地说了句什么,大概是"对不起,亲爱的",或者"跟你说过我会处理的"。艾比的猫大模大样下了楼,每走一步爪子都啪嗒啪嗒地落在楼梯上,好像气鼓鼓的。它跳上艾比身旁的扶手椅,蜷缩成一团,轻蔑似的打了个鼻息。

房间里的空气让人倍感压抑,不知道是因为空间狭小,家具塞得太满,还是因为和屋外洒满阳光的街道相对比显得一团晦暗,这让艾比突然产生了一种想夺门而出的冲动。虽然她真真切切爱自己的家,爱自己的家人,甚至有些迫不及待,希望大学一年级早一点结束,好赶快回到自己能够得到钟爱、珍视和仰慕的地方。然而,整整一个暑假,她感觉心里总是痒痒的,烦躁不安。爸爸动不动就搬出那些老掉牙的笑话,然后嘴巴张得大大的,发出嗬嗬的笑声,远远盖过了听众。妈妈有个习惯,每隔几分钟就信手拈来,哼唱起某一首赞美诗里的一个小片段,一开始是把声音压低一两度轻吟浅唱,接下来那首赞美诗大概停留在她的头脑中,继续无声地回旋,过了一会儿,她嘴里又冒出几个音符。她是一贯如此吗?如果艾比的哥哥在家,气氛会活跃一些,可他却在宾夕法尼亚的一个童子军营地担任救生员。

哦,戴恩来了!他开的是一辆蓝白双色别克,在拐角的停车标志处减慢了速度。她已经听到他收音机里传出的重击般的轰响。她抓起手包,一把拉开纱门,以百米冲刺的速度跑了出去,等戴恩把车开到街对面的自助洗衣店门前,贴着已经停在路边的一辆车旁边停好车时,她已经从房子一侧的楼梯上飞跑下来,根本不需要他按喇叭催促了。他的胳膊晃晃荡荡地垂在车门外,皮肤晒得黝黑发亮,强健的肌肉隐约可见,金黄色的汗毛闪烁着光亮,这都是艾比意想中的。他把脸转向了艾比,但艾比无法看清楚他的表情,因为他们之间隔着穿梭不止的车流。(突然之间,街道上车水马龙,仿佛是他的出现让这片街区变得鲜活生动起来。)艾比耐着性子,等一个小题大做的司机掉转了好大一个弯才绕过了戴恩的车,然后她紧跑几步过了马路,害得另一个司机猛地刹住车,冲她按了一下喇叭。她从别克的车头前面绕过去,打开客座门,随着裙子轻快地一旋,跳上了车。收音机里正在播放的歌曲是《约翰尼·B.古德》①。查克·贝里正反反复复敲砸出激越的节奏。艾比把手包放在他们之间的座椅上,转过脸来正遇上戴恩的目光。

他把手里的烟蒂扔到车窗外,说了声:"嘿,你来了。"

"嘿,你来了。"

就在昨天晚上,他们俩还搂搂抱抱,好一番浓情蜜意,今天两人显然都在耍酷。

戴恩换了挡,开动汽车,左胳膊仍旧垂在车窗外,右手手腕随随便便搭在方向盘上方。"你就像还没睡醒一样。"艾比对他说。

实际上,他平日里也老是这副样子。他一贯细眯着眼睛,让人看不清楚是什么颜色,浅黄色的头发长得都遮住了脸。

"我倒希望自己是在睡觉。"他说,"星期天早晨我最不想听到的声音就是闹钟铃响。"

"哦,那你去给他们帮忙真是个大好人。"

"与其说我人好,倒不如说我需要这笔钱。"他说。

"哦,他们会付钱给你吗?"

"你想什么呢,你以为我这么早起床是出于好心吗?"

不过,他只是喜欢口头上逞强而已。他和雷德是老朋友,艾比知道他很乐意帮忙。

话又说回来了,他也有可能真的是手头紧。几个星期前,他刚丢了工作。他家里倒还算富裕,至少比艾比家境好些,但是,最近几次

---

① 《约翰尼·B.古德》("Johnny B. Goode")是美国黑人音乐家、歌手、作曲家及吉他演奏家查克·贝里所创作的一首经典歌曲。

约会,他总带艾比去不用怎么破费的地方:在免下车餐馆吃汉堡啦,跟一帮朋友去某某父母家的娱乐室里闲坐着聊天啦,或者看场电影啦。电影院里不管放映什么电影他都一场不落,特别是西部片或者低劣的恐怖片,这种片子总是引得他哈哈大笑。艾比对此不大热心,因为看电影的时候他们无法倾心交谈。她是不是应该从现在开始为自己付账? 但是,她暑假打工挣来的那点儿钱,本来是打算用来贴补自己的奖学金,再说他可能觉得这是一种侮辱。艾比知道,他是个暴脾气。

此时,他们已经离开了汉普登。路边一座座房子之间的距离拉大了,草坪也显得更宽阔,更绿意盎然。戴恩开口道:"我记得,我还没跟你提起过吧,我爸给了我一靴子。"

"一靴子?"

"把我从家里赶出来了。"

"哦,天哪!"

"这段时间我住在我表哥那儿。他在圣保罗大街有个公寓。"

戴恩极少主动提起自己的私事。艾比闻听此言顿时变得很安静。(收音机里恰好开始播放《问候莫利小姐》,戴恩用尖细的嗓音拖着长腔,简直跟小理查德的声音别无二致。①)"不管怎么样我都得搬出来,"他说,"我和我爸经常吵架。"

"哦,为什么事儿吵架呢?"

戴恩取下钩在后视镜上的太阳镜,架在了鼻梁上。面罩型太阳镜把他的眼睛遮得严严实实,艾比根本无从窥见。

"怎么说呢,"她终于开口道,"在家庭中,这种事情有可能发生。"

---

① 《问候莫利小姐》("Good Golly, Miss Molly")是小理查德在1956年首先录制的一首流行一时的摇滚歌曲,于1958年推出。小理查德(Little Richard)1932年出生于美国佐治亚州,是美国著名的摇滚歌手及作曲家。

他们在罗兰大街等绿灯的时候,艾比才又一次大着胆子打破了沉默。"总而言之,今天你要给他们帮忙干什么?"她问道。

"我们打算把一棵树劈开。"

"一棵树!"

"昨天,维特山克先生手下的工人把树砍倒了,今天我们给截成一段一段的。为了这场婚礼,他想让院子看上去漂漂亮亮的。"

"可是婚礼要在教堂里举行啊。喜筵也安排在城里的一个什么地方。"

"也许是吧,不过摄影师还是要到家里去的。"

"哦。"艾比应了一声,还是不解其意。

"这么说吧,维特山克先生脑子里有一整套设想。他一股脑儿全都讲给我们听了。这位大叔说起话来滔滔不绝!简直把人的耳朵都磨出茧子了。他想拍两张照片。第一张,他打算让梅丽科身穿婚纱从楼梯上走下来,几位伴娘环绕在楼上的门厅四周。接下来,他想让梅丽科手捧花束顺着石板路往外走,几位伴娘排成 V 字队列跟在她身后,这是第二张。为此,摄影师将要站在街道上,用广角镜头把整座房子收入画面。麻烦的是,那棵鹅掌楸不偏不倚,正好挡住了位于左侧的伴娘,所以必须清除掉。"

"就为了一张照片,他把好端端的一棵鹅掌楸都砍掉了。"

"他说那棵树已经快要死了。"

"噢。"

"婚礼那天,梅丽科和她的伴娘必须一大早就打扮起来,因为拍摄这两张照片要花很长时间。"戴恩继续说道,"维特山克太太说,他这么一来会让梅丽科在自己的婚礼上迟到的。"

"还要考虑到拖地长裙!上面会沾满树叶和小树枝!"

"维特山克先生说不会的。他打算把整条石板路全铺上白色的地毯,靠近房子两侧伴娘站的地方也会铺上。"

艾比惊讶得张大了嘴巴,把目光转向戴恩。他的双眼在那副深色太阳镜的遮蔽下不露声色,看不出他对此有何想法。

"梅丽科居然会听之任之,这让我感到很吃惊。"她对戴恩说。

"哦,怎么说呢,你知道维特山克先生的为人。"戴恩答道。

其实,艾比丝毫不了解维特山克先生。(让她颇有好感的是维特山克太太。)不过,在她的印象中,他是个固执己见的人。

他们开车从教堂旁边经过——再过六天,梅丽科的婚礼就要在这里举行。人们三五成群地走向教堂,大概是去上主日学或者做晨祷吧。女人和小姑娘们身穿色彩淡雅的衣衫,头戴用花朵装饰的帽子,还戴着白色的手套;男人和男孩子们都穿上了西服套装。艾比在人群里寻找梅丽科的身影,却没有发现。戴恩也属于这个教堂,但他似乎从来没有露过面。

艾比从十三四岁的时候起就认识戴恩,至少有过几面之缘,但他们开始交往是从今年 5 月,她从大学回到家里的头一个星期开始的。一天晚上,她在"参议员"电影院排队买票的时候碰上了雷德·维特山克和他的两个朋友,其中一个就是戴恩·奎因。艾比恰好也是和自己的两个朋友结伴来的,这真是上天的巧妙安排。也许雷德当时希望和她的座位挨在一起(大家都知道,雷德有点儿迷恋艾比),但艾比只瞥了一眼戴恩,瞥了一眼他那冷峻阴沉的面容,还有他自我保护一般微微弓起的后背,就立刻走过去插在他和自己的朋友露丝之间,简直像个厚颜无耻的轻佻女人——这是露丝后来调侃她的时候说的。那一刻,仿佛有一股力量摄住了她,她感觉自己被生生拽到了他的身边。她喜欢他的犀利,他的小心谨慎,还有他对整个宇宙的敌意,这一点一望而知。且不说他俊朗的相貌。哦,大家都知道他的故事。他是个标准版的吉尔曼中学毕业生,后来进了普林斯顿,跟他的父亲以及祖父外祖父如出一辙。但是,就在今年 9 月他刚刚开始上大三的时候,他的母亲抛下他的父亲,从此一去不回头,和为她寄养夸特马①的那个男人一起生活在亨特谷。戴恩一听说这个消息,就立刻辍学回家了。起初,他待在家里一天到晚闷闷不乐,无所事事。不过,最后在他父亲的坚持下,他还是在史蒂芬森储蓄信贷公司谋了个什么差事。(伯蒂·史蒂芬森是他父亲的大学室友。)戴恩绝口不提自己的母亲,只要有人说到她,他整个人就像结了一层冰,但这恰恰向艾比证实,他一定是受到了很深的伤害。艾比对试图掩盖伤痛的人格外倾心。他成了她最新投入的一项高尚事业。她开始对他死缠烂打,想方设法让他走出自己的阴影,每次朋友聚会,她的眼睛只瞄准他一个人,表现出一股百折不回的劲头。然而,戴恩一开始的反应是拒绝。他总是躲开大家,一个人拼命喝酒,拼命抽烟,对于她充满关切和同情的话语,他依然是一副闷声闷气的腔调,只用一个字来应付。后来有一天晚上,那是在雷德·维特山克家的前廊上,戴恩几乎是凶巴巴地转向她,把她逼到墙边,质问道:"我想知道,你为什么老是围着我转来转去。"

她本来可以随便说出几个无懈可击的理由。她可以说,这是因为他的不开心就写在脸上,或者她坚信自己可以让他的生活有所改变。但是她脱口而出的却是:"因为你的鼻子和上嘴唇之间有个竖沟。"

他冒出一句:"什么?"

"因为你的头发乱蓬蓬地披垂下来,看上去像是有点儿精神错乱。"

他眨眨眼睛,后退了一步。"我不明白你是什么意思。"他说。

"你没有必要知道我是什么意思。"她说完,仿佛完全变了个人,凑到他跟前,抬起脸庞凝视着他,用自己的目光让他开始慢慢相信自

---

① 美国夸特马(American Quarter Horse),简称"夸特马",或译成"四分之一英里马"。夸特马以擅长短距离冲刺而著称,以其在四分之一英里或更短的距离赛马中能远远地超过其他马种而得名。

己的话。

现在,大家多多少少接受了他们是一对恋人,虽然她能感觉得出来,他们各自的朋友都为此吃惊不小。她没有做任何解释。在某种意义上,她变得和戴恩有点儿相近,待人处事越来越讳莫如深,避而不言。她开始注意到他们的朋友有多么乏味,虽然在此之前,她认为自己人生的终极目标是拥有一个丈夫、四个孩子,还有一座舒舒服服的房子,外带一个院落。然而就在突然之间,她开始对"家庭生活""郊区"这些字眼嗤之以鼻,每每提起总是眉毛上扬,嘴角向下一撇。"谁想去俱乐部吃晚餐?"如果有人这样提议,戴恩听了会说:"我的天哪,俱乐部,简直让人兴奋得无法形容。"大家都把目光转向他身旁的艾比,但她只是淡然地微微一笑,啜一口端在手里的可乐。她在心里说,她是唯一一个懂得他的人,唯一一个发现他的"坏"只是装装样子,实际上他是和"坏"根本不沾边儿的人。

不过有时候,在稍纵即逝的一瞬间,她脑子里也会闪过一个念头:到底是不是他的"坏"吸引了自己。并不是说他真的坏,而是说他身上带有一种危险的气质,给人一种背离正道、落拓不羁的感觉。比方说,他被解雇之后离开公司大楼的时候,带走了二十四盒订书钉。事后他算了算,足有五万七千六百枚。(他将此事告诉艾比的时候,那种沾沾自喜引得艾比嫣然一笑。)说起来,他甚至连个订书机都没有!他曾经深更半夜开车赶到他的母亲和那个"养马人"(这是戴恩对他的称呼)的住处,用强力胶带把所有的门都封了起来。这个恶作剧让艾比大笑了一场。"你到底是为什么……?"她问的这个问题,也许戴恩自己也回答不上来,也许是不想解释。从他嘴里说出"妈妈"这个词,那是绝无仅有的一次,大概他已经暗自后悔了。

他纵酒无度,着实令人叹惋,这让他走起路来跟跄摇晃,做事冒冒失失,给他平添了几许少年罪犯的味道,即使艾比在对着他连连摇头的时候,心也会被莫名触动。相隔半个街区,你都能认出这个男孩的身影。他走起路来一摇一晃,双手插在衣袋里,凌乱的头发遮住了半边脸,弓起的后背透出一种幽怨的感觉,你一看便知,是他走过来了。哦,并不是只有身处穷困的人需要同情!在某些方面,他的生活和艾比今年夏天辅导过的那些生活困窘的黑人孩子一样艰辛。他的忧伤可以像利剑一样直刺她的心脏。

艾比转过脸去,看着他的侧影,看着墨镜下方他那轮廓分明的脸庞,艾比向他投去温暖的浅浅一笑,虽然他并无察觉。

"但是。所以呢。总而言之,"戴恩一边抬起手臂示意要转弯,一边开口道,"我刚才提到了我表哥。"

"你表哥。"她跟着重复了一遍。

"他叫乔治。我现在就住在他那儿。"

"哦,我见过他吗?"

"没有。他年龄要大一些。已经有自己的事业之类的。下个星期,他要去波士顿看望他的女朋友。"

别克车身微微倾斜,拐了个弯,开上了布顿大街,艾比一把抓住了自己的手袋,免得它从座位上滑落下去。

"这样就只剩下我一个人了。"戴恩说。他在维特山克家门前停好车,从点火器上取下了车钥匙。音乐声戛然而止,但他并没有起身,眼睛透过挡风玻璃注视着窗外。"我在想,你星期五晚上可以过来。也许你可以告诉你妈妈,你要在一个朋友家过夜。"

她已经预感到类似的话题迟早会浮出水面。他们一直在朝这个方向发展。她自己也希望进展到这一步。

所以当她脱口说出下面的话,自己也无法解释。"哦,"她说,"这个我说不上来。"

戴恩转过头来看着她,墨镜后面依然是一副木然的表情。"你说不上来什么?"他问道。

"我确定不下来可以告诉她在哪个朋友家过夜,还有,那天晚上我可能没空,也许必须和父母一起干点儿什么,我确定不了。"

艾比应付得不够从容自然,她暗暗责怪自己听起来显得太慌乱不安。"我得看看情况。"她说完猛地拽开车门,想赶快摆脱这尴尬的一刻,匆忙之中,她下车的时候打了个趔趄。

不过,当她率先朝维特山克家的房子走去的时候,她清楚地意识到自己纤细的腰肢、飘逸的裙摆,还有披肩长发的律动。他事先一定盘算了很长时间。他心里一定有一个清晰的决定:他渴望得到她,而且还想象过那会是怎样的情形。想到这里,她不由自主地产生了一种神秘的感觉,觉得自己是那么妩媚性感,已经是个成熟的女人了。

雷德·维特山克和他的一个朋友沃德·雷尼站在草坪的下边缘,正在和两个工人说着什么。其中一个工人拿着一把链锯,雷德和另一个工人手持斧头。他们周围横七竖八躺着一大片粗大的树枝和截成一段一段的树干。那棵鹅掌楸一定是无比高大。(如果从碧绿的树叶来看,这棵树离枯死还差着十万八千里呢。)没有砍倒的树干大概有十英尺高,依旧矗立在前廊附近,呈现出一个完美的平顶圆柱体,宛如建筑物的立柱一般。

"……我觉得,还是等米奇来了再说吧,他能告诉我们他想留下多长一截。"雷德说道。拿着链锯的那个工人说:"哦,依我看,他想让我们一点儿不留。他不会连根拔起,对不对?那样的话,地上会留下一个大得出奇的洞。"

"什么?你觉得他会带来一个树桩研磨机?"

"好像这更切合实际。"

艾比喊了一声:"嗨,你们好。"

几个人回转身,雷德招呼道:"嗨,艾比!嗨,戴恩。"

"雷德。"戴恩面无表情地应道。

艾比总觉得雷德的长相和他的名字不相称。他应该是一头红发、皮肤略带粉色才对;他还应该有一张面团似的脸,上面点缀着点点雀斑。然而,他却是黑发白肤,长得清瘦颀长,喉结很突出,透着一股孩子气,手腕上的骨头就像橱柜门上的球形把手一样凸显出来。此时,他穿着一件汗衫,上面的破洞比布料还多,卡其布裤子的膝盖处脏分分的,简直会被当成他父亲手下的一个工人。"这是厄尔和兰蒂斯,"他介绍说,"是他们俩把这家伙放倒的。"

厄尔和兰蒂斯点了点头,脸上并没有露出笑意,沃德向她抬起了一只手。

"只有你们两个人就把树砍倒了吗?"艾比问两个工人。

"并不是,雷德也帮了大忙。"厄尔说。

"我就出了点儿体力,"雷德对她说,"厄尔和兰蒂斯知道干活儿的时候怎么避免撞倒别的东西。"

"把它像个小宝宝一样稳稳当当放倒在恰当的地方。"

艾比抬眼看了看树叶交织成的一个个树冠。余下的树还多得很,砍掉一棵她也没有发现透过树顶投射下来的光线有什么变化,可是,没有了那棵鹅掌楸似乎还是一个缺憾。截成一段一段的树干扔得到处都是,看上去没有一丝一毫的病态,树液的气味弥漫在空气中,像新鲜血液一样富有生命力和浓烈的气息。

几个男人又回到了如何去除树桩这个话题上。厄尔认为应该直接砍掉剩余部分,和地面齐平,兰蒂斯建议等一等米奇。"在等他这段时间,我们可以把树枝砍掉。"说着,他伸出一只脚,踩住离他最近的一根树枝,用手里的斧子试着敲了敲上面的一根小侧枝。艾比喜欢听工人们谈论工作安排方面的事情,这让她感觉自己仿佛又回到了小时候,坐在爸爸店里的柜台上,来回摇晃着两只脚丫,呼吸着浸润了金属和机油味的空气。

厄尔猛地拽了一下链锯上的电线,开动了电锯,震耳欲聋的轰鸣声随之传出。他放低锯身,把锯齿凑近一根树枝最粗的部分,与此同时,沃德弯腰抓住另一根树枝,用力把它拖到了一边。"我猜你没带斧子来吧?"雷德提高嗓门对着戴恩喊道。

戴恩点燃了一支香烟,晃灭火柴,说:"哦,我怎么会有法子弄来一把斧头呢?"

"我从地下室里再拿一把来。"雷德说着,把自己手里的斧头靠在一棵山茱萸上,"走吧,艾比,我带你进屋去。"

"你觉得这儿肯定没有我能干的活儿吗?"她问雷德。就这么撇下戴恩一走了之,好像有点儿不近人情。

但雷德却说:"如果你愿意的话,可以帮我妈做午饭。"

"哦,好吧。"

戴恩朝她耸了一下眉毛,相当于默默地跟她道了一声"再会",然后她和雷德转身踏上石板路,把链锯发出的嘈杂声响抛在了身后,她感觉刚才自己的耳朵似乎都失去知觉了。"你觉得他们会一直干到吃午饭的时候吗?"她向雷德问道。

"哦,时间比这可要长。"雷德说,"天黑之前能干完就算我们走运了。"

艾比觉得这倒也无妨。她能有更多时间重新收拾好自己的情绪,在戴恩面前表现得镇定自若。到了晚上,她会化身为一个迥然不同的人,一个沉静似水的成熟女人。

他们来到前廊的台阶跟前,但雷德并没有立刻走开,而是停下了脚步。"嘿,"他说,"我想问问你,你愿意搭我的车去参加婚礼吗?"

"我还没确定要不要去。"艾比答道。

其实,她已经决定不去了。收到邀请函(那么厚的卡片,邮寄都用了两张邮票)的时候,她颇有些惊讶。她和梅丽科之间并没有那么亲密。更何况戴恩没有收到邀请,梅丽科几乎和他素未谋面。所以艾比早在几个星期之前就打算写封回信表示歉意和遗憾了。

可是雷德又追问道:"你不打算去吗?我妈妈还指望你能到场呢。"

艾比蹙起了眉头。

"我也不想去。"雷德对她说,"因为来客那么多,闹嚷嚷的,别的人我也不怎么认识。"

艾比说:"难道你不需要充当引座员什么的吗?"

"从来没人提起过这档子事儿。"雷德答道。

"哦,谢谢你,雷德。你让我搭车真是一片好心。如果我决定要去会事先告诉你的,好吗?"

雷德犹豫了片刻,似乎还想说些什么,不过他只是冲艾比微微一笑,便和艾比各走各的路,独自朝房后去了。

一个面部棱角分明,相貌酷似亚伯拉罕·林肯,衣着打扮也和林肯差不多的高个子男人三步两步跨过前廊,迎面走来,此人正是小维特山克。他朝艾比微微颔首(头只低下了不到一厘米),动作敏捷地下了台阶:"早上好,年轻的小姐。"

"早上好,维特山克先生。"

"梅丽科还没起床呢,我简直不敢相信。"

"哦,我要找维特山克太太。"

"维特山克太太在厨房里。"

"谢谢。"

维特山克先生转身走下石板路,朝工人们干活儿的地方走去。艾比望着他的背影,心里直纳闷他究竟是从什么地方买的衬衫:一成不变的白色,旧式的衣领高高竖起,如同一条白色的宽带子包裹着他那细瘦的脖颈。她经常暗自猜想,某非他是在仿效某个偶像,他过去曾经无比钦佩和赞赏的某个显赫人物。可是,他经常穿一条黑色紧身裤,臀部显得瘪瘪的,Y形吊裤带更让他显得像个普普通通的劳碌之人,使他的身形也显得越发倦怠,仿佛身上压着沉重的负担。

"米奇来了吗?"艾比听见他吆喝了一声,接着是工人们瓮声瓮气的回答,盖过了电锯的声响,那声音就像空树干里的一大群蜜蜂嗡嗡嗡地喧闹个不停。

艾比走上台阶,穿过前廊,推开纱门,轻快地呼喊了一声:"哟——嚯!"这是丽尼·维特山克的做派。艾比不自觉地切换成了她的惯用语和她的声调,尖细而清亮。

"在后面呢!"厨房里传来了维特山克太太的回应。

艾比非常喜欢维特山克家的房子。哪怕是在炎热的7月天,屋子里也是一派荫蔽和凉爽,房顶的电扇在中厅上方不停旋转,餐厅里的另一个电扇也在发出轻柔的转动声。餐桌的一端摆放着一块折叠好的桌布,上面搁着一大把还没有分发下去的银餐具。艾比穿过餐厅,走进厨房,见维特山克太太正站在水池边洗秋葵。维特山克太太身材纤细,看上去有点儿弱不禁风,但她的胸部却异常丰满,沉甸甸的往下坠,把她身上那件方格棉布家居服撑得鼓鼓的。她的头发颜色浅淡,软蓬蓬的,几乎垂到了肩膀上。这是年轻女孩的发式。她转过头来看着艾比,脸庞也很年轻,没有一丝皱纹,素面朝天,朴实无华。"嘿,你来啦!"她招呼道。"嗨!"艾比应了一声。

"你今天看上去真漂亮!"

"我来看看有什么可以帮你做的。"艾比说。

"哦,亲爱的,这么美丽的衣服,你可不想弄得一团糟。就在这儿坐着给我做个伴儿好了。"

艾比从桌子旁边拉出一把椅子,坐了上去。她早就明白一个道理:不要和维特山克太太争辩,在做饭这件事情上,她就像一股自然力量,只会觉得艾比碍手碍脚的。

"那棵树怎么样了?"维特山克太太问道。

"他们刚开始砍树枝。"

"你听说过这样的事儿吗?就为了拍一张照片,把一整棵鹅掌楸都砍倒了。"

维特山克太太的发音是:"皂片。"她说话带有乡土口音,跟她丈夫不一样的是,她并不试图改变。

"戴恩告诉我说,据维特山克先生所言,那棵树已经快死了。"艾比说道。

"哦,小维特山克有时候会非常执迷于自己想要的东西。"维特山克太太对她说,她关上水龙头,在围裙上擦了擦手,"他都已经把相框买好了,真够可以的吧?两个大大的相框,是木头做的。我问他,我说:'你打算把照片挂在壁炉架上方吗?'他对我说了声:'丽尼·梅尔。'"维特山克太太故意发出低沉粗哑的声音,"他说:'没人把家庭照挂在客厅里。'我说:'这我可不知道。'你听说过吗?"

"我妈妈把照片挂得整个客厅到处都是。"艾比答道。

"哦,你瞧。明白了吧?"

维特山克太太从冰箱里拿出一瓶牛奶,往碗里倒了一些。"我准备做一道秋葵和番茄片,"她告诉艾比,"还有炸鸡,再配上我自己烤的饼干。哦,等会儿你可以帮忙做饼干,既然你已经知道怎么做了。甜点是桃子馅饼。"

"听起来真诱人啊。"

"雷德跟你说过了吗,他想开车带你一起去参加婚礼。"

"说了,"艾比答道,"不过我还没确定是不是要去。"

此时此刻,她对自己这么长时间犹豫不定感到有点儿尴尬。如果她的母亲知道的话,会大惊小怪一场,但维特山克太太只说了一句:"哦,我希望你会去!我需要有人把我支撑起来,免得我倒地不起。"

艾比哈哈大笑。

"梅丽科硬要我在哈特兹勒购物中心买下一件黄色礼服,"维特山克太太说,"穿上那件衣服我简直就像得了黄疸病一样,可是梅丽科主意非常坚决。她随她爸爸,继承了那种脾性。"说着,她往另一个碗里舀了几勺玉米粉。

艾比说:"我只是担心我什么人也不认识。梅丽科的朋友都比我年龄大。"

"嗨,我也不认识他们。"维特山克太太说,"大多是她在大学里认识的朋友,没有多少是住在这附近的。"

"你们整个大家族的人都要来吗?"艾比问。

"这是什么意思?"

"我的意思是说,爷爷奶奶、外公外婆、姑姑阿姨、叔叔舅舅什么的,他们要来吗?"

"哦,我们没有那些亲戚。"维特山克太太说。

她的语调并没有透出有多少遗憾。艾比等她细细道来,但她正在舀出一定量的盐。

"哦,我对雷德说,非常感谢他主动提出来让我搭车,"末了,艾比说,"如果我需要搭车的话,知道有人能带我一程,也不错啊。"

其实她应该一口答应,这件事情就过去了。她也不能断定是什么原因让她优柔寡断。参加婚礼只占用星期六半天时间,对她这一生来说只是一个小小的时间碎片。

那个星期六,是她和戴恩共度一个夜晚之后的星期六——如果她要在戴恩那里过夜的话。

在她想象中,他有可能会这么说:"哦,你不会想要把我一个人撇下吧,在我们……之后的大清早。"

在我们……之后。

她低下头看了看自己的裙子,轻轻抚平了膝盖上的裙褶。

"你的工作怎么样?"维特山克太太问她,"你喜欢那些黑人小孩吗?"

"哦,我很喜欢他们。"

"那就好,不过我真是不愿意想象你去那种社区。"维特山克太太说。

"那并不是一个糟糕的社区。"

"那是个很穷的社区,这话没错儿吧?住在那里的人穷得叮当响,他们只要看你一眼,就会打抢劫你的主意。我敢说,艾比,有时候,你在应该对什么人存有戒心方面判断力不是很强。"

"我对那些人根本不会有防备之心。"

维特山克太太摇摇头,把一菜筐秋葵倒在案板上。

"哦,什么世道,什么世道。"艾比感叹道。

"你在说什么,亲爱的?"

"这是《绿野仙踪》里那个邪恶女巫说的话。你看过吗?这几天城里在重放这部片子,昨天晚上我和戴恩一起去看了。女巫喊道:'我要融化了,我要融化了!哦,什么世道,什么世道。'"艾比说。

"我记得'我要融化了'这段情节。"维特山克太太说,"雷德和梅丽科还是小不点儿的时候,我带他们去看过。"

"是啊,怎么说呢,紧接着她又呼喊'什么世道'。看完电影之后,我告诉戴恩,我说:'我从来没有听到过这句话!我压根儿不知道她还说过这样的话!'"

"我也是。"维特山克太太说,"在某种意义上,这话听起来有点儿令人心生怜悯。"

"一点儿不错,"艾比说,"你知道吗,我立刻开始为她感到遗憾。我真的相信,大多数看上去凶巴巴的人,他们其实只是很悲哀。"

"哦,艾比,老天保佑你。"维特山克太太说着,发出轻轻一笑。

一双尖细的高跟鞋在楼梯上敲打出响亮的橐橐声,那声音穿过前厅,又穿过餐厅,一路而来,梅丽科随着脚步声出现在厨房门口,她身穿一件红色绸缎做的和服式晨衣,红色拖鞋上点缀着一簇簇红色羽毛。她头上戴着一个大大的金属卷发器,有点儿像是宇航员的头盔。"天哪,现在几点了?"梅丽科问了一句。她拖出一把椅子,坐在艾比身边,从衣袖里变出一盒香烟。

"早上好,梅丽科。"艾比说。

"早。那是秋葵吗?黏糊糊的让人恶心。"

"是午餐要吃的。"维特山克太太告诉她,"前面有好几个大男人在干活呢,需要给他们准备饭菜。"

"只有妈妈认为让来干活儿的自带三明治不合礼节。"梅丽科对艾比说,"艾比·道尔顿,你穿的是长筒袜吗?你不会融化了吧?"

"我要融化了!"艾比仿照邪恶女巫的腔调发出一声哀号,然后和维特山克太太一起哈哈大笑,但梅丽科却露出一副恼怒的表情。她点燃一支香烟,吐出长长一道烟气。"我做了一个特别可怕的梦,"她说,"我梦见我在弯弯曲曲的盘山公路上开车,速度有点儿太快,结果错过了一个弯道。我心想:'啊哦,这下坏了。'你知道,在那一刻,你意识到一切都避免不了,避免不了会发生。我的车掠过了悬崖的边缘,我紧闭双眼,惊恐之下把全身绷得紧紧的。但奇怪的是,我一直向前飞。永远也没有着地。"

艾比说:"真是个噩梦!"但维特山克太太继续切着秋葵,若无其事。

"我脑子里冒出一个念头:'噢,我明白了,'"梅丽科接着往下讲,"'我一定是已经死了。'然后我就醒了过来。"

"那是辆敞篷车吗?"维特山克太太问道。

梅丽科顿了一顿,正要送到嘴边的香烟也停在了半道上,她说了句:"你问我什么?"

"你梦里那辆车,是辆敞篷车吗?"

"哦,是的,的确如此。"

"如果你梦见自己开的是一辆敞篷车,这说明你将要做出一个严重的判断错误。"维特山克太太说。

梅丽科向艾比做了一个夸张的惊愕表情。"我不知道你脑子里想到的错误可能会是什么。"

"但是,如果不是敞篷车的话,这意味着你会得到提升。"

"哦,真是无巧不成书,我梦见的偏偏是辆敞篷车。"梅丽科说,"全世界的人都知道你拼命反对这桩婚事,所以说,别白费口舌了,丽尼·梅尔。"

梅丽科经常用"丽尼·梅尔"来称呼自己的母亲。这个名字从她嘴里说出来,带着阴阳怪气的味道,仿佛把自己母亲所有的缺点都表露无遗——她那拉弦一样的说话腔调,看上去像是饲料袋的裙子,还有一口乡土味的方言。艾比为维特山克太太感到有些难堪,但维特山克太太本人似乎毫不在意。"我只是说说罢了。"她的语气很温和,说话间将一把切成段的秋葵顺着案板滑进了那碗牛奶里。

梅丽科深深地抽了一口香烟,把烟气吹向天花板。

"不管怎么样,"艾比对梅丽科说,"我敢说,从这样一个梦里醒来,你一定是高兴极了,对不对?"

梅丽科只说了声:"嗯——嗯。"眼睛盯着头顶上方旋转不停的电扇叶片。

一个女孩的喊声传了过来:"梅丽科,在吗?"梅丽科坐直身子,回了一声:"在厨房里。"

纱门发出啪嗒一声,不一会儿,皮柯西·金凯和麦迪·雷恩进了厨房,两人都穿着百慕大短裤,麦迪手里拿着一个粉蓝色的新秀丽化妆包。"梅丽科·维特山克,你怎么还穿着浴袍呢!"

"我凌晨三点才参加完派对回到家。"

"哦,我们俩倒没有那么晚,不过现在都快十点了!我们今天要练习给你化妆,你忘了吗?"

"我记着呢。"梅丽科说着,捻灭了烟头,"咱们上楼去,这就开始吧。"

"您好,维特山克太太。"皮柯西这时候才想起打招呼,"嗨,哦——艾比。一会儿见。"麦迪只草草地挥了一下手,手臂就像摆动的雨刷器。三个人走了出去,梅丽科的高跟鞋橐橐一路声响。厨房里一下子变得寂静无声。

"我猜,梅丽科这些天一定有点儿紧张吧。"过了一会儿,艾比开口问道。

"哦,没有的事儿,她一贯就是这副德行。"维特山克太太爽朗地说,她已经切好了秋葵,用漏勺在牛奶里搅动着,"她过去是个粗野的小丫头,如今成了个粗野的大丫头。"她说,"我一点儿办法也没有。"维特山克太太开始把秋葵段舀出来放进玉米粉糊糊里,"有时候,"她又说,"我有这样一种感觉,好像在我们的生命里,总会有形形色色的人循环往复地出现,你明白我的意思吗?容易交往的类型,还有难以相处的类型;我们会一次又一次和他们相遇。梅丽科总让我想起我的因曼奶奶,那种对什么都不赞成的女人,舌头就像是一把锉刀。她从来都不把我放在眼里。你呢,你是个充满同情心的人,跟我的露易丝阿姨一个样。"

"噢,"艾比说,"没错儿,我明白你要说什么。这有点儿像是生命轮回。"

维特山克太太说:"嗯……"

"只不过是在一次生命历程里轮回,而不是散布在不同的生命历程里。"

"嗯,也许是吧。"维特山克太太说,紧接着她又加上一句,"亲爱的,你能帮我干点儿什么吗?"

"什么都行。"艾比答道。

"你从冰箱里把那罐水取出来,台面上有纸杯,把这些拿给在外

· 263 ·

面干活儿的人,好不好?我觉得他们一定都要渴死了。告诉他们午饭快好了,我敢说,他们正想着这档子事儿呢。"

艾比站起身,朝冰箱走去。她的长筒袜潮漉漉地贴在腿肚子上。在这样的天气穿长筒袜可能不是个好主意。

她穿过前厅的时候,正巧听见维特山克先生在阳光房里打电话。"今天下午?你在搞什么名堂?"他说,"真见鬼,米奇。我这儿有五个人正在外面等着你告诉他们怎么把树桩处理掉!"艾比放轻了脚步,担心如果自己撞见他在骂骂咧咧,他可能会感到难为情。

屋外的空气扑在她脸上,就像是一块暖暖的毛巾拂过面庞,前廊的地板散发出温热的清漆味。不过,一阵温柔而清新的微风撩起了她发际线上潮湿的头发。轻爽的风在这个季节是很罕见的,她抱在手里的水罐也让她手臂内侧感到一阵凉意。

兰蒂斯不知从什么地方又拿来了一把链锯,他和厄尔两个人正在把最粗大的树枝锯成一根根能放进壁炉里去的木头。戴恩和沃德在用斧子砍掉细一些的树枝,然后拖到街道边上,眼下已经堆了好大一堆。雷德自己设了一块垫板,在上面把每一根木头劈成四瓣。等艾比来到近前,他们全都停下了手里的活儿。厄尔和兰蒂斯一关上链锯,周围霎时变得静寂无声,他们的耳朵里回响着阵阵尖鸣,所以艾比的说话声听起来异常清亮:"大家要喝水吗?"

"我来一杯。"厄尔对她说,大家都放下了手里的工具,走到她身边。沃德已经脱掉了衬衫,让人一看就知道他是个生手,他和戴恩脸涨得通红。当然啦,雷德整个夏天的劳动强度都跟今天差不多,就连他脸上也是大汗淋漓。厄尔和兰蒂斯身上的蓝色粗布牛仔衬衫都湿透了,几乎变成了海军蓝。

艾比把纸杯分给了每一个人,让他们把杯子递到自己面前,好给他们往杯子里倒水,还没等她倒完一轮,大家就一饮而尽,又把空杯子伸给了她。等到第三轮过半,才有人说出"谢谢"以外的话。雷德问:"爸爸跟米奇联系上没有,你知道吗?"

"我看他这会儿正跟他打电话呢。"

"我还是那句话,直接动手把整个木桩放倒得了。"厄尔对雷德说。

"哼,我可不希望米奇来了之后,埋怨我们让他更难办了。"

戴恩和艾比的目光撞在了一起。戴恩的头发湿漉漉的,身上散发出一股洁净的汗水和烟草混合在一起的诱人气息。艾比突然有些不安:她没有漂亮的内衣。只有普普通通的白色棉质内裤和白色棉质胸衣,胸衣中间的 V 字部分缝着一朵小小的粉色玫瑰花蕾。她又移开了目光。

"嘿!"

冲他们打招呼的是一个体格健硕的男人,身穿一套泡泡纱质地的衣裤。他们家和邻家草坪之间以一道杜鹃花丛为界,那人正分开花丛,朝他们走过来,细小的树枝在他雪白的鞋子下噼啪作响。他走到近前,说了一声:"嗨,你们在忙啊。"他特意把目光定格在雷德身上。

"嗨,巴克罗先生。"雷德应道。

"我想问问你,你知道你们的工人今天早晨是从几点开始干活儿的吗?"

回答问题的是兰蒂斯。他说:"8 点整。"

"8 点整。"巴克罗先生重复了一遍,眼睛还是盯着雷德。

兰蒂斯说:"我和雷德、厄尔是从那个点儿开始的。其余的人后来才赶到这儿。"

"早晨 8 点钟,"巴克罗先生说,"而且还是在星期日早晨。大周末。你觉得这合适吗?"

"哦,我不觉得有什么问题,先生。"雷德的语调很沉稳。

"没有问题。星期日早晨 8 点钟开动链锯,在你看来没什么关系。"

巴克罗先生那一对姜黄色的眉毛怒气冲冲地直竖了起来,但雷德似乎毫无惧色。他说:"在我看来,大部分人都已经……"

"嘿,早上好!"维特山克先生喊了一嗓子。

他大踏步下了草坪的斜坡,朝众人走来,身上那件黑色西装外套一看就知道是匆匆忙忙穿上的,左边的领子都翻错了,就像一只狗耳朵从里向外翻了个底朝天。"天气真不错!"他对巴克罗先生说,"很高兴看见您出来透风。"

"维特山克先生,我刚才正在问你儿子,他觉得什么时候开动链锯是个恰当的时间。"

"哦,怎么啦,有什么问题吗?"

"问题在于今天是星期日,我不知道你们有没有意识到这一点。"巴克罗先生说。

他转而把浓密的眉毛下愤怒的目光射向维特山克先生,维特山克先生重重地点着头,似乎非常赞同对方的话。"是啊,没错儿,我们当然不想……"他开口解释道。

"你们这些人真是太不通情理了,偏偏喜欢在别人试图睡觉的时候弄出一片声响。又是用锤子在排水沟上敲敲打打,又是用冲击钻在石板路上打孔……就在昨天,你竟然把一整棵树给锯倒了!如果允许我多说一句,那还是一棵非常茂盛的大树。而且所有这些事情好像还总是,总是发生在周末。"

维特山克先生仿佛突然长高了几英寸。

"不是好像总是发生在周末,而是确实总是发生在周末。"他说,"只有在这种时候,我们这些勤劳正直的工人才不会忙着为你们这样的人干活儿。"

"你应该谢天谢地,我没有报告给警察。"巴克罗先生说,"他们一定有处理这类事情的条例。"

"条例！别开玩笑了。就因为你们都喜欢赖床不起,一直耗到中午——你,还有你那个娇生惯养的儿子,扭着他那又肥又大的……"

"大家来想想看,"雷德打断了他的话,"有没有相关条例并不重要。"

两人都把目光投向了雷德。

"重要的是,我们看样子时不时会把邻居吵醒。巴克罗先生,我对此深表歉意。我们当然从来无意打扰您休息。"

"打扰?"他的父亲用惊奇的语调重复了一遍这个字眼儿。

雷德说:"我想咱们是不是确定一个双方都能接受的时间。"

"双方都能接受?"他的父亲又一次重复道。

"哦,"巴克罗先生说,"好吧。"

"也许,10点钟大家都没问题?"雷德问他。

"10点钟!"维特山克先生附和道。

"10点?"巴克罗先生说,"嗯,怎么说呢,哪怕10点钟开工也……不过,好吧,如果非要这样的话,我看我们也可以忍受。"

维特山克先生抬头仰望苍穹,仿佛在祈求上天大发慈悲。雷德继续说道:"10点钟。就这么定了。我们以后一定会照办的,巴克罗先生。"

"好吧。"巴克罗先生说,似乎还有些迟疑,他扫了一眼维特山克先生,这才说,"哦,那么好吧,我看就这么定了。"他转身朝花篱走去。

"瞧你干的好事儿。"维特山克先生对雷德说,"10点钟,看在老天爷的分儿上!几乎都到午餐时间了!"

雷德一声不吭,把手里的纸杯递给了艾比。

兰蒂斯说了声:"哦,老板?"

"什么事儿?"维特山克先生问。

"米奇有什么消息吗?"

"他今天下午会把他姐夫的树桩研磨机带来。他让先把树干锯倒。"

"这么说来,一直锯到跟地面齐平?"

"越贴近地面越好。"维特山克先生说话间已经转身走到了斜坡的半腰,好像要甩开手任由他们自行其是了。艾比发现,他身上那件西装外套的衣摆不大服帖,两侧软塌塌地松垂下来,中间扯了上去,显得紧巴巴。这件衣服的主人更像是一个年迈、邋遢的老者。

艾比默不作声地走了一圈,从大家手里接过纸杯,然后也转身上了斜坡。

"有时候,小维特山克总怀疑邻居们瞧不起他,"维特山克太太听说院子里发生的一幕之后说道,"他这么想有点儿神经过敏。"

艾比没说什么,但她能体会到维特山克先生的感受。在她凭借奖学金就读的那几年,也曾经和巴克罗先生这种类型的人打过几次交道——他们总觉得自己享有特权,深信世界上只存在一种生活方式。毫无疑问,他的几个儿子都在打长曲棍球,几个女儿都在为进入社交圈的第一次舞会做准备。她摇摇头,抛开了这个想法,把案板上的面团又对折了一道,接着又是一道。("一下,一下,又一下,"维特山克太太教艾比做饼干的时候这样告诉过她,"直到你拍一下面团,能听到打嗝一样的声音为止。")

"不管怎样,"艾比说,"雷德促使双方各让一步,最后问题还是彻底解决了。"

"雷德不会轻易动怒。"维特山克太太说,她从冰箱里拿出一个大碗,掀开了盖在上面的擦碗布,"我觉得这是因为他从小到大就生活在这儿,已经习惯了巴克罗家这样的人。"

碗里盛的是浸在白色面糊里的鸡块,维特山克太太用罐头钳把鸡块一块块夹出来,放在一个大浅盘上沥干。"好像他跟两种人打交道都能应付自如,"她继续说道,"我指的是邻居和工人们。我知道,如果任凭他我行我素的话,他下一分钟就会退学,去和工人们一起干活儿,把这当成自己的全职工作。他之所以打算一直坚持到毕业,纯粹是因为小维特山克的缘故。"

"怎么说呢,有张大学文凭也不是坏事儿。"

"小维特山克也是这么跟他说的。他说:'你得去发现更好的人生。你不想跟我一样终老一生吧。'雷德说:'跟你一样终老一生怎么啦?'他还说,大学的问题在于不够务实。大学里的人也不够务实。'有时候,我甚至觉得他们很愚蠢。'这是他的原话。"

艾比从来没有听见过雷德对大学发表评论。他比艾比高两级,两人在校园里很少碰见。"他的分数怎么样?"艾比问维特山克太太。

维特山克太太回答道:"还可以。或者说差强人意。这么说吧,他的脑子走的不是这个路数。他是那样一类人,你给他看一个他从来没见过的小装置,他会告诉你:'哦,我明白了。这个部件连接到那个部件,然后又和这另外一个部件相连通……'活脱脱跟他父亲是一个类型,但他父亲偏偏希望雷德和他不一样。难道人世间总是这样事与愿违?"

"我猜,雷德小时候是那种把厨房闹钟拆得七零八落的小男孩。"艾比说。

"没错儿,不过好在他也会重新拼装起来,大部分小男孩可做不到。哎呀,艾比,你要用心干活儿。我看你没把玻璃杯摆正。"

她说的是艾比用来模切饼干的玻璃杯。"记得吗?要垂直向下压在面团上。"她提醒道。

"抱歉。"

"我给你把长柄锅拿来。"

艾比用手背擦了擦额头上的汗。厨房里渐渐热了起来,更何况她还系上了维特山克太太的一条连兜围裙。

艾比心想,如果她真的在维特山克太太的生命中代表着一个反复出现的人物,即一个富有同情心的人,那么同样也可以说,维特山克太太这个类型的人也曾经在艾比的生命中出现过:都是比她年纪大一些的女性,并且让她获益良多——比如那位曾经教她学编织的老奶奶,还有一直待到深夜帮她润色诗作的英语老师。艾比的妈妈做事干脆利落、风风火火,相比之下,她们更富有耐心,说话更温柔体贴,她们过去给了她那么多指导和鼓励,就像维特山克太太现在一样——"哇,看上去真漂亮!我也只能做成这样。"她赞许道。

"也许等到雷德大学毕业之后,可以进入他爸爸的公司做全职,"艾比说,"这样一来,就可以叫作维特山克父子建筑公司了。维特山克先生不愿意这样吗?"

"我觉得他没这个打算。"维特山克太太说,"他希望雷德从事法律工作。法律或者商业,二者择一。雷德很有商业头脑。"

"可是,如果他不快乐的话……"艾比开口道。

"小维特山克的说法是,无论在什么地方,都别想找到快乐。"维特山克太太对她说,"在他看来,雷德只要坚信自己是快乐的就好了。"

她在厨具抽屉里摸索了一阵,停下来解释道:"我说这番话并不是想让他显得很刻薄。"

"您当然不是。"艾比说。

"他只是想让自己家里的人能过上最好的生活,你明白吗?我们是他的一切。"

"哦,当然啦。"

"我们俩早已跟各自的家庭断绝了联系。"

"这是为什么?"艾比问。

"嗯,这个,怎么说呢,一连串的原因。我们不知怎么就跟他们失去了联系。"维特山克太太说,"他们全都住在更南边的北卡罗来纳州,以外,我家里的人始终不赞成我们俩在一起。"

"你是说你和维特山克先生?"

"就像罗密欧和朱丽叶的故事。"维特山克太太说着,哈哈大笑起来,可是紧接着她又冷静下来,"说起来,有件事情你可能不知道。你猜,朱丽叶爱上罗密欧的时候是多大年龄?"

"十三岁。"艾比立刻答道。

"噢。"

"是学校老师告诉我们的。"

"梅丽科在学校里也学过,那是在十年级的时候。"维特山克太太说,"她一回家就告诉了我。她说:'这难道不荒唐吗?'她还声称,得知这个细节之后,她再也不能严肃地看待莎士比亚了。"

"哦,我不明白为什么,"艾比说,"一个人有可能在十三岁的时候陷入爱情啊。"

"没错儿!完全有可能!比如我。"

"你?"

"我爱上小维特山克那年才十三岁。"维特山克太太说,"这是我想要告诉你的。"

"哦,天哪!瞧你现在,都和他结婚这么多年了!"艾比说,"真是太神奇了!维特山克先生那时候是多大年龄?"

"二十六岁。"

艾比说了声:"噢。"

"是不是很不一般?"

"没错儿,是很不寻常。"艾比说。

· 271 ·

"想当年,他长得相当英俊,有点儿狂野不羁。他在一个木材场工作,不过也只是隔三岔五去一趟,其余的时间他不是捕猎、打鱼、设陷阱诱捕野兽,就是拈花惹草。怎么说呢,他的魅力显而易见,谁能抗拒这样一个小伙子呢?特别是在你只有十三岁的时候。作为一个十三岁的少女,我算是有点儿早熟;我成熟得确实相当早。和他相遇是在教会组织的一次野餐会上,当时他是和另外一个女孩相伴而来的,我们俩可以说是一见钟情。他立刻开始对我发起攻势。从那以后,我们俩经常一有机会就偷偷溜出去。哦,我们俩简直是难舍难分!可是,有一天晚上,我们在一起的时候被我爸爸发现了。"

"他在哪儿发现了你们?"艾比问。

"哦,是在干草房里。可是,他发现我们正在……你明白的。"维特山克太太轻快地把一只手在空中挥舞了一下,"真是糟透了!"她无所顾忌地说,"简直像是电影里的场面。我爸爸拿一杆枪顶在了他的脖子上。后来,我爸爸和我的几个哥哥把他赶出了扬西县①。你能相信吗?老天爷,现在回想起来,这就像是发生在别人身上的事情。'那是我吗?'我在心里问自己。此后将近五年,我都没见过他一面。"

艾比做饼干的动作慢了下来。她只是站在那里,呆呆地看着维特山克太太,维特山克太太见状拿过了她手里的玻璃杯,自己亲自动手,三下五除二把剩下的活儿干完了:喊里咔嚓。

"但你们一直保持着联系。"艾比说。

"哦,完全没有!我根本不知道他在哪儿。"维特山克太太把饼干摆放在涂了油的长柄浅锅上,一个挨一个摆成了几个同心圆,"但我对他从来没有三心二意。我没有一刻忘记过他。我们俩的故事也许微不足道,但我们自己感觉可以列入世界上最伟大的爱情故事!

---

① 扬西县(Yancey County)是北卡罗来纳州西部的一个县,西邻田纳西州。

一旦两个人再次相逢,就像从来没有分离过一样。你知道,有的时候,事情就会这样发生。我们从哪里结束,就从哪里重新开始,一如从前。"

艾比欲言又止:"可是……"

难道维特山克太太心里从来没有闪过这样一个念头:她所讲述的是……怎么说呢,是一桩犯罪事件?

维特山克太太说:"我不知道为什么告诉你。这本来应该是个秘密。我甚至都没有告诉过自己的孩子!哦,特别要对我自己的孩子保密。梅丽科知道了会把我嘲笑一番。你必须发誓不告诉他们,艾比,用你的性命起誓。"

"我不会告诉任何人。"艾比说。

就算要说,她甚至都不知道该如何措辞。这个故事太不可思议,太让人惶惑不安了。

一共有八个人吃午餐:维特山克先生、维特山克太太跟雷德、厄尔和兰蒂斯,还有沃德、戴恩和艾比。(维特山克太太说,梅丽科不跟他们一起吃。)艾比开始绕桌一周分放刀叉。维特山克家的银器是纯银制成,上面刻有古英语字母 W 的浮雕图案。艾比暗自猜想这是什么时候置办的。想必不是在他们结婚的时候吧。

艾比的父母亲用的还是从廉价商店买来的餐具,甚至根本就配不成套。

突然之间,她对自己的爸爸妈妈产生了一种思念和依恋。她那一贯通情达理、整日忙碌的妈妈,还有温和慈爱的爸爸,衬衫口袋里一天到晚塞满了圆珠笔和自动铅笔。

餐厅里所有的窗户都大开着,窗帘被微风吹得向屋内飘摆,透过窗户她可以看见外面的前廊。皮柯西和麦迪正背对着她坐在秋千上,用懒洋洋的语调柔声细语地说着什么。给梅丽科化妆的环节看来已经完成了,艾比听见楼上的淋浴房里传来流水声。

她走进厨房去拿盘子,等她反身回来,其中一只链锯像突然苏醒过来一般,又开始拼命嘶叫。这时候她才体会到刚才的寂静。那一片嘈杂之声听起来就在身旁,她弯下身子透过一扇窗户向外面张望,看大家在干什么。显而易见,几个男人正在对付余下的那截树干。兰蒂斯站在左侧,厄尔手持链锯弯腰屈身,正在锯树干背对着她的那一面,从她所在的角度几乎完全看不到,厄尔大概是要先锯掉一截,这样树干倒下来不会砸到房子,但是从艾比站立的地方无法看个分明。她老是担心有人会被砸伤,虽然两个干活儿的人看上去很有把握。

她把餐盘在桌子上摆放了一圈,又从餐具柜里数出八张餐巾,在每个叉子旁边放了一张。然后,她回到厨房里,问维特山克太太:"我现在就给大家倒冰茶吗?"

"不用,咱们先等会儿。"维特山克太太说,她正站在炉子旁边炸鸡块,"去前廊上坐着凉快会儿吧,好不好?等到了时间我叫你。"

艾比没有争辩。她很乐意离开热烘烘的厨房。她解下围裙,搭在椅背上,然后走到屋外,在前廊上找了张摇椅坐下来,跟皮柯西和麦迪隔开了一段距离。她用目光寻找戴恩,见他正拖着一根绿叶繁茂的粗大树枝走向街道旁边,那里已经有好大一堆树枝了。当他走进阳光里,头发呈现出近似金属的光泽。

她怎么跟妈妈说呢?"我要去露丝家过夜。"她可以这么撒谎,不过妈妈可能会给露丝家打电话找她,这样的情况已经发生过了。即使艾比斗胆让露丝为她打掩护,露丝的父母也是个难题。

雷德正在把劈好的木柴扔进一辆独轮手推车。沃德用团成一团的衬衫擦着额头。就在厄尔关上了链锯的当儿,梅丽科走到前廊上,嘴里吐出一声"咻——",把身后的纱门砰的一声撞上了。"我感觉就像是从脸上洗掉了一张橡胶面具。"她跟皮柯西和麦迪说着话,从碗里抓了一把玉米片扔进嘴里。她走到一把藤椅跟前,用一只脚钩住,拖到秋千旁,然后坐在了椅子里。她头发上还夹着卷发夹,不过身上已经换上了百慕大短裤和一件白色的无袖短上衣。

"我们俩正在琢磨那位詹姆斯·迪恩①是谁呢。"皮柯西告诉她说。

"你说谁?哦,那是戴恩。"

"真是个美男子。"

"如果下个星期六跟今天一样热,"梅丽科说,"我脸上的粉底会一道道流下来。睫毛膏会让我的眼圈变得跟浣熊一样。"

"那样的话你就跟你婆婆成一对了。"麦迪咯咯地笑着说。

"哦,如果什么时候我跟她一样露着两个黑眼圈,干脆把我杀死好了。"梅丽科说,"你们知道我有个什么猜想吗?我怀疑她是自己涂上去的。她是那种喜欢让自己看上去显得病怏怏的人。她动不动就跑跑颠颠地去看医生,医生当然会对她说,她没什么问题,不过,她一回到家就说:'喔,医生认为我没什么问题……'"

"他会去参加婚礼吗?"皮柯西问。

"你问谁会不会去参加婚礼?"

"那个叫戴恩的。"

"哦,我不知道。戴恩会去参加我的婚礼吗?"梅丽科朝前廊另一边的艾比喊道。

艾比答道:"他没有收到邀请。"

"没有吗?不过,如果你愿意的话,尽管把他带来好了。"

"哦,你们两个一起去?"皮柯西问艾比。

---

① 詹姆斯·迪恩(James Dean,1931—1955),美国男演员,曾被美国电影学院评为"百年来二十五位最伟大的银幕传奇男星"之一。

艾比微微一耸肩,想暗示他们确实要一起去,但是自己可以带上他,也可以撇开他,皮柯西夸张地叹了口气,表示极度失望。

"好啦,现在最关键的问题来了,"梅丽科说,"关于我的卷发夹。"

"卷发夹怎么啦?"

"你们看啊,这么大个儿,还疙疙瘩瘩的。我从十四岁开始,天天上床睡觉的时候都戴着。要不然,我的头发会跟木棍一样直。问题在于,婚礼当天晚上我该怎么办?"

"这太简单了。"麦迪说,"上床的时候不戴就是了,傻瓜。第二天早晨,你要赶在特雷之前早早地起床,悄悄溜到卫生间里,戴上卷发夹,洗个热水澡。别把头发弄湿,只用蒸汽熏蒸一下就好。然后呢,你用吹风机——头天晚上,你一定要偷偷地把吹风机拿到卫生间里……"

"我不能带上我的吹风机去蜜月旅行!光这个吹风机得单独装在一个大手提箱里。"

"那就买一个那种可以手握的新式吹风机好了。"

"什么,让我像报纸里说的那个女人一样触电而死吗?再说了,你不知道我的头发有多么不服帖。两分钟蒸汽根本没有一点儿效果。"

皮柯西说:"你应该把头发照她的样子梳起来。"

"照谁的样子?"

"她。"皮柯西说着,朝艾比的方向抬了一下下巴,笑容里带着一丝得意,"艾比。"

梅丽科懒得回应她。"只要我能有一两个小时时间躲开特雷,"她说,"如果酒店里有个早晨五点就开始营业的美容院……"

链锯又开始轰隆作响,把她后面的话淹没了。兰蒂斯走到一棵山茱萸旁边,弯腰拾起了一卷绳子。戴恩走上斜坡,去拿他丢在那里的斧头。

    几个男人进屋吃饭之前,把脑袋伸到房子一侧的水龙头下面冲洗了一番,所以他们湿淋淋地走了进来,还一边用手抹着脸。厄尔甚至一边落座一边像狗一样抖了抖身子。

    维特山克先生坐在桌子上首,他的太太坐在下首。艾比的座位在戴恩和兰蒂斯之间。她和戴恩隔了将近半米距离,但戴恩还是悄悄地把一只脚伸过去,和她的脚挨在一起。不过,戴恩的眼睛始终没有离开过面前的餐盘,好像他们两个毫不相干。

    维特山克先生在餐桌上大谈特谈比莉·荷利戴[①]。这位女歌手几天前刚刚离开人世,维特山克先生不明白人们为什么感到无比哀伤。"在我的耳朵听来,她似乎总是跑调。"他说,"她的声音老是七拐八拐,有时候索性连调子都找不到了。"维特山克先生有个习惯:他总是一边说着话,一边慢条斯理地把脸从桌子的一边转到另一边,似乎是为了不漏掉每一个听众。艾比觉得自己就像一个门徒,正在努力捕捉大师嘴里说出的每一句话,她怀疑维特山克先生正是此意。于是她试图改变眼前的情景,想象自己正和一群打谷子或者收割玉米之类的农人围坐一堂,参加旧时收获时节的聚会。游思遐想是她顶擅长的一招,这也让她稍稍打起了点儿精神。等她有了自己的家,她希望拥有一座和维特山克家一样宽敞、舒适的房子,居无定所的人可以进来饱餐一顿,年轻人能在前廊上谈天说地。她父母家的房子总让人感觉很局促,维特山克家则显得轩敞明亮。这并非归功于维特山克先生。不过,难道事情不总是如此吗?为一个家定下基调的往往是女主人。

[①] 比莉·荷利戴(Billie Holiday,1915—1959),美国爵士乐巨星。

"哦,要说我本人喜欢的音乐类型,"维特山克先生说,"我更倾向于约翰·菲利普·苏萨①。我猜,你们都知道我想要表达什么意思。雷德克里夫,知道我说的是谁吗?"

"那位进行曲之王。"雷德嘴里塞得满满的,回了父亲一句。他正埋头啃着炸鸡腿。

"进行曲之王。"维特山克先生肯定了他的回答,"你们有谁还记得'美国城市服务乐队'吗?"

显然无人知晓。大家蜷缩起身子,俯在餐盘上。

"那是一个收音机节目。"维特山克先生说,"没有任何别的音乐类型,只有进行曲。《星条旗永不落》和《华盛顿邮报进行曲》是我最喜欢的。这个节目被取消的时候,我简直都要气炸了。"

艾比想在他身上找到一丝过去的影子——当年那个来自扬西县的狂野男孩。她看得出来,为什么有人会说他长相英俊:他的面孔棱角分明,甚至在五十多岁,也许是六十多岁的时候都丝毫没有隆起啤酒肚的迹象。不过,他的穿着太正经八百了,简直可以成为讽刺正经八百的典型漫画形象。(这时候他已经把胡乱支棱着的衣领整理好了)。他的外眼角向下耷拉,不免让人有一种幻灭之感,手背上能看到疙疙瘩瘩鼓出来的紫色血管,下巴上黑色的胡子茬星星点点,清晰可见。哦,千万别让艾比变成一副年老模样!她一转手把饼干递给了兰蒂斯,左脚踝和戴恩的脚踝紧贴在一起。

"我爸爸认为比莉·荷利戴无人可比。"戴恩开口道。他喝了一大口冰茶,靠在椅背上,看样子很惬意自在,"他说,巴尔的摩最让人津津乐道的就是,比莉·荷利戴曾经在闹市区给人刷洗前门台阶,一次二十五美分。"

---

① 约翰·菲利普·苏萨(John Philip Sousa,1854—1932),美国军人、作曲家、指挥家,创作过一百首以上的进行曲,被称为"进行曲之王"。

"哦,我和你爸爸只好求同存异啦。"维特山克先生说着,一个皱眉的动作一闪而过,"你父亲是谁?"

"迪克·奎因。"戴恩答道。

"奎因营销公司的那位奎因先生吗?"

"正是家父。"

"你将来会进入家族企业吗?"

"不。"戴恩回答得很干脆。

维特山克先生等着他继续往下说。戴恩只是饶有兴致地回望着他。

"我觉得这会是一个好机会。"片刻之后,维特山克先生说道。

"我和我爸一向不大合得来。"戴恩对他说,"除此以外,因为我被解雇,他好不恼火。"

戴恩似乎并不觉得和盘托出有什么难为情的。维特山克先生又皱起了眉头。"他们为什么解雇你?"他问。

"我猜,大概是事与愿违吧。"

"嗯,我经常告诉雷德克里夫,我说:'你这一生无论做什么,都要竭尽全力。我不在乎你的工作是不是拖运垃圾,就算是这样你也要做到极致。'我告诉他:'对你所做的事情,要引以为傲。'被人家解雇?那会成为你履历上一个永远抹不去的污点。它会像鬼魂一样纠缠着你。"

"那是一家储蓄信贷公司,"戴恩说,"我本来就没打算在储蓄信贷行业有什么发展,相信我。"

"问题在于,你会得到什么名声。你周围的人会怎么看你。要说起来,你也许觉得储蓄信贷行业不是你生活中一切的一切……"

这个男人怎么会成为维特山克太太浪漫故事里的主人公?不管你觉得这个故事是惊世骇俗还是华而不实,但至少这是个曲折的浪漫故事,其中包含了隐秘的私情、流言蜚语,还有让人悲苦难耐的分离。但眼前的小维特山克瘦得像一把干骨头,正没完没了地夸夸其谈,其余的人都在埋头吃饭,对他的话充耳不闻。只有他的妻子眼睛望着他,听他大谈特谈辛勤劳动的价值,听他对年青一代缺乏进取精神表示可悲可叹,听他历数经历大萧条时代给人们带来的裨益,她听得兴致盎然,脸上闪动着一种光彩。如果今天的年轻人跟他一样赶上一次经济大萧条——说到这里,他突然打住话头,喊了一声:"嗨!你要和小伙伴一起出去吗?"

这话是对梅丽科说的,她正穿过前厅朝门口走去,不过她还是停下脚步转身望着父亲。"是呀。"她说,"晚饭别等我。"梅丽科的头发变了模样,一头黑色的卷发颤颤悠悠地上下弹跳着。

"我们来说说梅丽科的未婚夫吧,那个小伙子就进入了家族企业。"维特山克先生对大家说,"我猜,应该干得还算不错。当然啦,他也不能说是个手脚勤快的人——他甚至都不会给汽车换油,你们能相信吗?"

"好啦,回头见。"梅丽科说着,朝餐桌这边晃了晃手指,转身而去。她的父亲眨了眨眼睛,又捡起了刚才的话头,张口闭口就是有钱人"娇生惯养",根本没有能力安身立命。然而,艾比完全听不进他的话。维特山克先生慢吞吞地拖着长腔,得意扬扬、自吹自擂;他那不大妥帖的说法——"我本人和你爸",他过分刻意模仿的北方口音,还有他对阶层和特权细致入微而又充满渴望的体察和关注,这一切让艾比感到有一股无助之感和挫败感突然袭来。不过,维特山克太太依旧面带微笑望着自己的丈夫;雷德刚刚叉起一片番茄;厄尔在盘子边上摞起了三块饼干,好像打算带回家一样;沃德的下嘴唇不小心沾上了一丁点儿鸡肉碎屑。

"所有这一切都说明了,"维特山克先生总结道,"为什么你在任何情况下,都不能,永远不能,屈从于那些人。我在跟你说话,雷德克里夫。"

雷德正在往番茄片上撒盐,他停下手上的动作,抬起头,问了一声:"我?"

"为什么不能向他们卑躬屈膝。奉承他们。讨好他们。跟他们说什么:'好的,巴克罗先生。''不会的,巴克罗先生。''您怎么说都行,巴克罗先生。''哦,我们无意打扰您休息,巴克罗先生。'"

雷德正在切盘子里的番茄片,他没有迎上父亲的目光,甚至对他的话置若罔闻,但是他的脸颊看上去热辣辣地红,就好像被什么人用手指甲挠了一把。

"'哦,巴克罗先生,'"维特山克先生故意用扭捏作态的语调说,"'这个提议大家双方都能接受吗?'"

"老板,我们把树干砍倒了,"兰蒂斯插了一句,"差不多和地面齐平。"

艾比真想拥抱他一下。

维特山克先生本打算再说些什么,但他还是顿了一下,把目光转向了兰蒂斯。"哦,"他说,"嗯,好极了。现在我们只需要等米奇在他岳母家吃完饭赶过来。"

"老板,这事儿我可要说一说。你见过他岳母吗?要说做饭做菜,那女人简直是个狂人。她有七个孩子,全都结了婚,而且都已经生儿育女。每个星期日去过教堂之后,他们全都拖家带口聚在他岳母家,他岳母每回都给大家准备三种肉菜、两种做法的土豆,还有沙拉、腌黄瓜、蔬菜……"

艾比往椅背一靠,这才意识到刚才全身的肌肉绷得有多么紧张。她已经不再感到饿了,维特山克太太劝她再来一块鸡肉,她只是默然地摇了摇头。

"还有件事儿。"雷德说。

大家离开餐厅的时候,他在艾比身边停了下来。艾比刚刚收了一大把用过的银餐具,转身看着他。

"如果你觉得因为收到邀请的时间太晚,不应该去参加婚礼的话,"他说,"那完全没问题,我跟你打包票。梅丽科邀请的人好多都不打算露面。普基·范德林所有的朋友,还有他们的父母亲,多半都说不能来。我敢打赌,婚宴上最后会剩下太多太多吃不完的东西。"

"我知道了。"艾比说着,轻快地拍了一下他的胳膊,表面上看,似乎是感谢他对自己说了这番话,但实际上她想表达的是,她已经把他父亲的长篇大论丢到脑后了,希望他也别放在心上。

戴恩在门口等雷德一起走,他冲艾比挤了挤眼睛。有时候,他喜欢拿雷德的对艾比的一片痴情开玩笑,说雷德是她的"老黄狗"。要是在往常,她会报以微微一笑,但今天她只是一转身,去继续收拾餐桌。过了一会儿,戴恩和雷德走到屋外,加入了另外几个人的行列。

维特山克太太正站在厨房的水池边上洗玻璃杯,她把银餐具放在一旁,又转身回到餐厅。维特山克先生正站在那儿,用手指从烤盘里挖出了一块又软又黏的桃子馅饼。他见艾比走进来,一时僵住了,但还是挑战一般抬起下巴,把手里的那块甜点扔进嘴里。他装出一副从容不迫的姿态,在一张餐巾上擦了擦手指。艾比说:"维特山克先生,你做人一定很累吧。"

他的手指在餐巾上停住了,问道:"你这话是什么意思?"

"你的女儿嫁给了一个富家子弟,你为此感到高兴,但是富家子弟的养尊处优又让你愤愤然。你想让自己的儿子进入上流社会,可是他用谦恭有礼的态度对待那些人的时候你又勃然大怒。我猜你怎么都不会满意的,对不对?"

"小姐,你没有资格用这种腔调跟我说话。"

艾比感觉自己就要喘不上气了,可她还是毫不退缩。"那么,"她又问了一遍,"你感到满意吗?"

"我的两个孩子都是我的骄傲。"维特山克先生冷冰冰地说,"在我看来,你说话如此出言不逊,我理应比你父亲更有资格这么讲。"

"我父亲为我感到非常骄傲。"艾比针锋相对。

"怎么说呢,考虑到你的家庭出身,也许我应该不以为怪。"

艾比张开嘴正要一吐为快,却又闭口不言。她一把端起馅饼托盘,大踏步走进餐厅,后背挺得笔直,头高高昂起。

维特山克太太已经不再洗盘子了,她开始把放在滴水板上的盘子一个个擦干。艾比从她手里拿过毛巾,维特山克太太说了声:"哦,谢谢你,亲爱的。"随即回到了水池边上。她没有注意到艾比的双手在剧烈颤抖。艾比感觉自己仿佛大获全胜,却又两败俱伤。她的心被深深刺痛了。

他怎么竟敢对她的家庭出身说三道四?而且还偏偏是他这样一个人——卑鄙无耻,有着见不得人的过去。艾比的家庭极其正派体面,祖上颇有几个可以拿出来显夸的人物:比如说她的曾曾祖父曾经救助过一位国王。(究其实,所谓救助不过是帮忙把陷在车辙里的马车轱辘抬出来而已,据说那位国王向他点了点头。)她还有一位远在西部的姨婆,这位姨婆曾经和薇拉·凯瑟①就读于同一所大学,虽然她当时并不知道薇拉·凯瑟是何许人也。道尔顿家族绝对不属于下层社会,也绝非平庸之辈,他们家的房子也许是小了点儿,但至少他们能够和邻居们和睦相处。

维特山克太太说起了洗碗机。她说,她觉得没什么必要。"要说起来,最让我感到愉悦的谈话,就是对着堆得满满的洗碗池和人聊天!可是小维特山克觉得我们应该有一台洗碗机。他恨不得这就出去买一台回来。"

---

① 薇拉·凯瑟(Willa Cather,1873—1947),美国小说家、诗人,代表作有长篇小说《啊,拓荒者!》(1913)、《我的安东尼亚》(1918)等。

"他对洗碗机又有什么了解呢?"

维特山克太太沉默了片刻。"哦,"她说,"他只是想让我轻松一点儿罢了,我猜。"

艾比发狠地擦起一个大浅盘。

"很多时候,人们不理解小维特山克,"维特山克太太说,"艾比,亲爱的,他这个人比你想象的要好。"

"是吗。"艾比不置可否。

维特山克太太冲她微微一笑。"你能不能到前廊上去一趟,"她说,"看看有没有丢在那儿的盘子?"

艾比巴不得离开一会儿,否则她有可能说出让自己懊悔的话。

前廊上没有一个人。她弯腰捡起梅丽科落在那儿的麦片碗和勺子,然后直起身,环顾草坪。这时候,两把链锯都止住了声响。天空似乎格外明亮;一眼望去,光秃秃的树干比她想象的要惹人注目,此时正平躺在地上,像个箭头一样指向街道。兰蒂斯正在解下套在树干上的一段绳子;戴恩停下手里的活儿,打算抽支烟;厄尔和沃德在往独轮车里装树枝;雷德低垂着脑袋,站在锯断的树桩旁边。

从他的姿势来看,艾比一开始猜想他可能还在对中午餐桌上发生的事情耿耿于怀,她飞快地转过身子,不想让他知道这一幕落在了自己眼里。不过,她这一转身才发现雷德其实是在数大树的年轮。

这一天真让他够受的:高强度的体力劳动、一片嘈杂声响、酷热的天气、和邻居发生的争执,还有父亲让他如坐针毡的情景。在经历了这一切之后,雷德此时此刻正在静静地研究树桩,好弄清楚这棵大树的年龄。

眼前的情景为什么会让她如此心动?也许是他的沉静和专注,也许是他对别人的侮辱淡然处之,或者是他心中没有怨恨。"哦,那个呀,"他仿佛在说,"别在意。每个家庭都有波折和起伏,我们还是来搞明白这棵鹅掌楸有多大年纪吧。"

艾比心里豁然开朗,一下子兴奋了起来,就像那棵树桩被伐倒之后,草坪顿时变得更加通透敞亮了。她步履轻快地回到屋里,几乎没有发出一丝声响。

"外面怎么样啦?"维特山克太太问道。她正在擦拭台面,所有的锅碗瓢盆都已经在擦干之后收拾停当了。

艾比说:"嗯,他们把树干锯倒了,但米奇还没露面。戴恩在抽烟休息,沃德、厄尔和兰蒂斯在清理院子,雷德在数大树的年轮。"

"年轮?"维特山克太太惊奇地问道,也许在她的想象中,艾比对自然界一无所知,于是她又加上了一句,"哦!他一定是在猜测树龄。"

"经历了这么多吵吵闹闹,他只是安静地站在那儿,心里想着那棵鹅掌楸的树龄有多大。"艾比说这句话的时候,突然感觉泪水在眼眶里打转,她自己也不知道为什么。"他是个好人,维特山克太太。"她说。

维特山克太太诧异地抬起眼睛,接着又是微微一笑——那是无比恬静、惬意而又灿烂的笑容,把双眼都笑弯了。"怎么说呢,没错儿,亲爱的,他是个好人。"

艾比又出门上了前廊,坐在秋千上。那是一个异常美丽的午后,微风轻轻吹拂,橙黄和青绿交织在一起,天空蓝得那么不真实,就像钴蓝色的诺克斯玛①玻璃罐。她打算再过一会儿,就告诉雷德,她愿意跟他一起去参加婚礼。不过,她要先独自守着这个秘密决定,拥抱着它,让它贴近自己的心。

她用脚轻轻推了一下前廊的地板,让秋千荡了起来,她慢悠悠地前后摇摆,心不在焉地用指尖触摸着秋千扶手的底面,体会着那熟悉的粗砺感觉。她的目光落在了戴恩身上,看着他,心头油然生起惋惜

---

① 诺克斯玛(Noxzema)是一个源自美国马里兰州的化妆品品牌。

之情,就像和他隔着一段遥远的距离。她看着戴恩把烟蒂扔到地上,用脚跟踩灭,然后弯腰捡起斧头,晃晃悠悠地朝一根树枝走去。什么世道,什么世道。后面的台词是:"谁曾想到,"女巫问,"像你这样的一个心地善良的小女孩,竟然可以摧毁我如此美丽的邪恶?"

虽然如此,艾比还是从秋千上站了起来,迈步朝雷德走去,每走一步,她就觉得自己变得更快乐,也更坚定。

第三部分

一桶蓝油漆

第 十 章

　　除了厨房,楼下的每个房间都装了双滑门,每扇门上方都加上了网格状气窗,便于夏天通风。窗户安得很严实,到了冬天,哪怕遇上最猛烈的风暴,也不会震得哗啦哗啦响。楼上的大厅有一道斜栏,在楼梯处来了个漂亮的转弯,一直向下通到门厅。地板全部是用老栗木铺成。所有的五金件都是实打实的黄铜制品:门把手、橱柜把手、甚至连用来收束遮光帘的双叉钩也不例外——每年春天,他们都会从阁楼里把海军蓝的遮光帘取出来装上。楼上楼下每个房间天花板上都吊着一个木质叶片的电扇,前廊上也装了三个。门厅上方的电扇扇叶差不多有两米长。

　　布里尔太太曾经想在门厅装一个枝形吊灯,要璀璨耀眼,全部用水晶制成,形状像个倒放的婚礼蛋糕。真是个蠢女人。小维特山克说服她放弃了这个念头,他指出:只要任何时候在水晶棱柱上发现有一丝蜘蛛网,他就得派一个工人带上将近五米高的活动梯子过去清理。(但他却没有透露一点:他曾经为另一个客户设计了一个新颖独特的电缆摇柄升降系统,可以随意调节枝形吊灯的高度。)当然啦,他提出异议的主要原因是,枝形吊灯和整座房子的风格不搭调。这是一座朴素的住宅,恰如纯手工制成的衣柜一样,简约朴实,但做工完美无瑕,小维特山克作为建造者自然深谙其中的道理。整座房子的每一个细部都是在他的监督下完成的,每个部分他都亲自动手,除非能找到更擅长的人,比方说在卫生间里铺设黑白相间、形如蜂巢的六边形小瓷砖,他就从小意大利雇来了两兄弟,这两人甚至连一句英语都不会讲。话又说回来,楼梯栏杆的支柱一根根齐刷刷地插入踏板上手工开凿的槽口,双滑门滑进墙体的时候几乎听不到一丝声响,这些都是出自小维特山克之手。他在别的方面都表现得大大咧咧,轻率鲁莽,碰上停车标志依旧快速而平稳地一驶而过,连刹车都不点一下;吃起东西来狼吞虎咽,如同风卷残云;他还会大声命令一个蹒跚学步的孩子:"别啰唆,有话快讲!"但是,一说到建造房子,他别提多么耐心细致了。

布里尔太太还想在客厅里贴上天鹅绒壁纸,在卧室铺上地毯,给前门上方的横窗镶嵌红蓝两色玻璃。这些她一样也没能称心如意。哈!小维特山克在每一次争辩中都是完胜而出。就像他否决枝形吊灯一样,他一贯的做法是用华而不实来抵挡,不得已他也会拿品味来说事儿。"讲实话,布里尔太太,我也说不好为什么,"他会这样劝导,"可是大家一般都不用这个。雷明顿家没有,韦林家也没有。"——这两个住在吉尔福德①的家庭是布里尔太太特别欣赏和仰慕的。他只要一提,布里尔太太就会改变主意:"怎么说呢,我看还是你最有发言权。"于是小维特山克就会按照他最初的设想行事。毕竟,这是他钟爱一生的房子(就像世界上另外一类男人拥有自己眷恋一生的爱人),而且不管这在任何逻辑上有多么行不通,他始终深信不疑地认为自己终有一天会成为这座房子的主人。哪怕布里尔一家已经住进去,用乱糟糟的装饰品把原本轩敞明亮的房间塞得满满当当,令人窒息,他依然从容淡静地保持着他的乐观主义精神。当布里尔太太开始抱怨自己感觉多么孤独,住得离城里多么远,当她发现阳光房里有窃贼留下的工具,整个人顿时陷于崩溃的时候,他仿佛

---

① 吉尔福德是美国马里兰州巴尔的摩市的一个历史悠久的知名社区。

听见随着咔嗒一声响,他的世界终于归入了恰当的位置。他总算成了这座房子的主人。

事实上,这座房子一直就属于他。

在他们一家人搬进去之前,他花了几个星期时间把房子装饰一新,有时候一大早就开车过去,只是为了在屋子里走上一遭,带着兴奋不已的心情独自欣赏和感受空荡荡的房间、踩上去完全不会作响的地板和卫生间洗手池上方结实耐用的水龙头开关。(布里尔太太本想选用她在巴黎某家旅馆见到的一款开关,形状是多面体水晶球,跟乒乓球差不多大小。在小维特山克看来,唯一可行的方案莫过于采用白色陶瓷制成的那种圆溜溜的十字形开关,就算手指上沾满肥皂泡也能毫不费力地拧开水龙头。只有这一回,布里尔先生明确表态,和他站在一边。)

小维特山克喜欢顺着楼梯向上张望,想象着自己的女儿——一个身穿白色丝绸结婚礼服、气质优雅的年轻女子——迈着轻盈的步子走下台阶。他还在脑子里构想出这样一幅图景:餐桌旁围坐着两排孙子孙女和外孙外孙女,一多半是男孩,全都是他的儿子的儿子,好给维特山克家族传宗接代。他们一个个都把脸庞转向小维特山克,宛如向日葵朝向太阳一般,听他滔滔不绝地讲述某个具有教育意义的话题。也许他可以在每天晚上开餐的时候指定一个话题:音乐、艺术或者时事新闻。他面前摆放着一只火腿或者烤鹅,等着被切开,水盛在高脚酒杯里,吃沙拉用的餐叉事先放在冰箱里冷藏过——这是他跟雷明顿家的女仆学会的一招,雷明顿家住在吉尔福德。

在此之前,他所拥有的一切都是因陋就简。不堪回首的成长岁月,偷偷摸摸的恋爱经历,磕磕绊绊的婚姻,还有他在一个破败街区租住的狭小而简陋的房子。不过,这一切都要大不一样了。真正的生活就要拉开序幕。

· 291 ·

布里尔家住在这座房子里的时候,前廊上的秋千是用熟铁制成的,漆成了白色,看上去很不美观,棱角锋利的花饰硬硬地戳着人的脊骨,锈蚀斑斑的"8"字形挂钩发出吱吱嘎嘎的呻吟,如果你一下子没抓好,沉重的链条会把你的手指夹得生疼。然而,布里尔太太对小维特山克说,这是她小时候荡过的秋千;她说话的语气带着萦绕不去的脉脉温情,由此可见,她对当年还是个小女孩的自己有着多么美好的回忆,她对自己小时候的可爱模样多么眷恋不舍。如此一来,小维特山克不得不依从她的要求。

布里尔一家搬走的时候,把前廊上所有的家具都留下了,因为他们要搬进一所公寓去住。布里尔太太用伤感的语调低声拜托小维特山克一定要照管好她的秋千。小维特山克一口应允:"没问题,夫人,我说到做到。"可是,布里尔一家刚刚离开,他就爬上梯子,亲自动手卸下了秋千。他非常清楚自己想换成什么样的:简简单单的木质坐板,涂上蜂蜜色清漆,竖起一排用车床车出来的纺锤形细柱做靠背,并且支撑起两个扶手。吊绳应该选用特殊的绳子,比一般绳子更洁白更柔软,不硌手,来回摆动的时候应该不会发出一丁点儿噪音,顶多只是轻柔舒缓的吱呀吱呀声,在他的想象中,那就像在帆船上听见的风帆鼓动的声音。他曾经在家乡的玛尔登先生家见过这样一架秋千。玛尔登先生经营着好几处云母矿,他家房前有一道长长的前廊,前廊的地板、台阶连同秋千都上了清漆。

这样的秋千小维特山克找不到现成的,他只有定做一架,为此花了一大笔钱。他没有把价格告诉丽尼。丽尼向他问起了这回事儿,因为钱成了个大问题,房子的预付款已经让他们几乎身无分文了。他却这样回答:"有什么区别吗?反正我绝不能忍受自家房子前面有一架白色的镂空秋千。"

按照他的要求,秋千送来的时候没有上漆,这样就可以刷上他想象中的颜色。他让他手下最好的漆工尤金负责刷漆,让另一个工人把吊绳和沉甸甸的黄铜五金件接合起来。这个伙计来自东部海岸,对这类事情非常在行。(当他看到黄铜五金件,情不自禁地吹了声口哨,但这是小维特山克私人的藏货,战争爆发可不是他的错。①)秋千终于挂上之后,木材的纹理透过清漆显得那么亮泽,白色的绳子看上去柔软光洁,而且摆动起来无声无息,他感到非常心满意足。终于有这么一回,他梦想得到的东西毫厘不差地呈现在自己面前。

到目前为止,丽尼·梅尔几乎没怎么去看过房子。她似乎不像小维特山克一样兴奋。小维特山克颇为不解。大多数女人都会欣喜若狂!可她却总是满腹牢骚:价格太贵啦,太装模作样啦,离自己的几个女友家太远啦。管他的呢,她总会回心转意的。小维特山克可不想多费口舌。不过,秋千挂起来之后,他迫不及待地想让丽尼看看。接下来的那个星期日早晨,他提议,从教堂回来之后,自己开上卡车带着她和孩子们一起去看新房子。他没有提起秋千的事儿,因为他想给她一个惊喜。他只是说,离搬家的日子只有两个星期了,也许她想把这些天来装好的箱子带过去几个。丽尼说:"哦,那好吧。"可是,做完礼拜之后,她又开始推三阻四。她说,干吗不先吃午饭,小维特山克告诉她可以回来再吃,她又说:"那我起码得先把身上的好衣服换下来。"

"你又何必多此一举呢?"小维特山克说,"就这么去吧。"他心里还在盘算着,等搬进新居之后,丽尼应该在穿衣打扮上多花些心思,但这话他还没来得及说出口。丽尼的装束还是和家乡那些女人一个样。她和两个孩子的大部分衣服都是她自己亲手缝制的。小维特山克发现,孩子们不管穿什么衣服,一律都是肥肥大大的,没有腰身。

丽尼却说:"我可不想穿着我最好的一套衣服去使劲儿拖拽那些布满灰尘的旧箱子。"小维特山克只好耐着性子等她换装,顺便给

---

① 第二次世界大战期间,由于大量使用黄铜制造枪弹,造成黄铜短缺。

孩子们也穿上了玩耍服,但他自己身上仍然是星期日上教堂才穿的最体面的西服套装。在此之前,未来的邻居们如果曾从窗口偷偷向外窥视,只会见过他穿工装裤的模样(他敢打赌那些人一定会偷窥),他想给他们瞧瞧自己衣冠楚楚的样子。

上了卡车,梅丽科坐在小维特山克和丽尼之间,雷德克里夫窝在丽尼的大腿上。小维特山克特意选了一条景致最美的路线,好向丽尼显示一番。时值四月,繁花似锦,映山红、紫荆和杜鹃花随处可见。他们一路来到布里尔家的房子跟前——现在应该说是维特山克家的房子了!他把开着白色花朵的山茱萸指给大家看。"也许我们搬进来之后,你可以栽种一些玫瑰,"他对丽尼说,丽尼却回了一句:"我根本没法在这个院子里种植玫瑰!角角落落都照不到阳光。"他立刻闭口不言了。他在屋前停了车,虽然他们要从车上卸下好多东西,把车停在后面其实更合情理。小维特山克下了卡车,等着丽尼把两个孩子从车里抱出来,与此同时,他抬头凝望自家的房子,试图通过丽尼的眼睛去感受一切。她必定会一见倾心。这房子本身就透出"欢迎"的意味,"家庭"的气息,还有"家道殷实"的感觉。但是丽尼却朝装载箱子的卡车后部走去。"先别管那些,"小维特山克对她说,"我们等会儿再说。我想让你一路走上去,认识一下你的新家。"

他把一只手搭在她纤巧的后背上,引着她往前走。梅丽科拉着他的另一只手紧紧相随,雷德克里夫则脚步蹒跚地跟在后面,用绳子牵着一个自制的木头玩具拖拉机,咔嗒咔嗒响个不停。丽尼说了声:"哦,瞧啊,他们把前廊上的家具留下了。"

"我告诉过你,他们打算这么做。"他说。

"他们向你要价了吗?"

"没有。说是我不用掏钱。"

"噢,那好极了。"

小维特山克不想把秋千指给她看。他要等她自己去发现。

有那么一会儿,他真有些怀疑丽尼会不会注意到。她有时候非常漫不经心。不过她停下了脚步,小维特山克也跟着停了下来,看她有何反应。"哇,"丽尼说,"小维特山克,这架秋千好漂亮。"

"你很喜欢?"

"我能看得出来,你为什么用这个换掉原先的熟铁秋千。"

他的手顺着丽尼纤巧的后背向下滑,托住她的腰,拥着她走上前去。"我想告诉你的是,这秋千看上去比原来的顺眼多了。"

"你打算把它漆成什么颜色?"

"什么?"

"漆成蓝色好不好?"

"蓝色!"他叫了一声。

"我脑子里想的是一种深度适中的蓝色,就像……怎么说呢,我不知道那种颜色到底叫什么,反正比淡蓝色深,比海军蓝浅。你知道吗,就是那种不深不浅的蓝? 就像是……也许是叫瑞典蓝? 或者……有没有荷兰蓝这个说法? 不对,大概没有。过去,露易丝婶婶家的前廊上有一架秋千,就是我想到的这种蓝色。她是盖伊叔叔的妻子,两个人住在斯普鲁斯派恩,有一座非常可爱的小房子。他们真是甜甜蜜蜜的一对。那时候,我总希望自己家里的人能跟他们一样。我家里人口多,哦,你是知道的。露易丝婶婶和盖伊叔叔总是那么和蔼可亲,那么开朗,那么喜欢嬉笑玩闹,而且他们没有孩子,我过去经常冒出这样的念头:'真希望他们问我愿不愿意成为他们的孩子。'赶上一个天气宜人的夏日夜晚,他们俩总是一起坐在屋外前廊的秋千上,那架秋千是一种无比美丽的蓝色。也许是地中海蓝。有地中海蓝这种颜色吗?"

"丽尼·梅尔,"小维特山克说,"这秋千已经上过漆了。"

"上过漆了?"

"换句话说,至少上了清漆,已经大功告成了。它就这个样子。"

"哦,小维特山克,难道就不能漆成蓝色吗？拜托？我觉得,形容那种蓝色最恰当的字眼是'天空蓝',不过我指的是真正的蓝天,夏季深蓝色的天空,不是浅灰蓝色、水蓝色或者淡蓝色,但更接近……这个怎么说呢……"

"瑞典。"小维特山克从牙缝里挤出了两个字。

"什么？"

"是瑞典蓝,你一开始就说对了。我知道这个是因为斯普鲁斯派恩每家每户前廊上的家具都是瑞典蓝。你会以为当地人通过了一项法律什么的。那是一种很常见的颜色。普普通通而且不上档次。"

丽尼看着他,惊愕地张大了嘴。梅丽科使劲儿拉扯他的手,催促他赶快进屋去。他把手指头挣脱出来,怒气冲冲地走上石板路,把丽尼和两个孩子都甩在了在后面。如果丽尼再多说一句,他就会猛地回过头来,像笼中困兽一般大吼大叫,但丽尼一语未发。

搬进新居之前,小维特山克的当务之急是给房子加上后廊。现在屋后只有一道用混凝土砌成的小斜坡——和布里尔夫妇发生争执的时候,他极少败下阵来,这就是其中一次,虽然他几次三番提醒他们,他们请的建筑师没有设计存放日常杂物的空间,像雪地靴啦,捕手面罩啦,还有曲棍球棒和湿淋淋的雨伞之类的。

一有人在他面前提起建筑师,小维特山克总是发出"呸"的一声,像是啐了口唾沫。

因为战争的缘故,他眼下人手很紧张。珍珠港事件爆发后,有两个工人当即报名参军,另有一个工人去了斯帕罗斯角造船厂,还有两个应征入伍。小维特山克别无他法,只好把给亚当斯家做工的多德和卡里抽出来,让他们做出了粗略的雏形,剩下的由他自己一手包揽。他通常在黄昏时分赶过去,趁天还没黑借着自然光干些户外的活儿,然后再转到室内(后廊的一端是封闭的),在电工安装好的顶灯的光照下继续做工。

小维特山克喜欢一个人干活儿。据他猜想,他手下的大多数工人都觉得他为严肃苛刻,让人望而生畏,至少年轻人会有这种感觉。他从不在他们面前发号施令,颐指气使。工人们总爱倾吐女人给他们带来的烦恼,互相说说周末纵酒作乐的经历,可是他一露面,大家就立刻屏气敛声,他心里不禁暗自发笑,因为这些人压根儿不知道他心中所想。最好他们永远都蒙在鼓里。时至如今,小维特山克仍旧亲自动手干活儿,他并不以此为骄傲,通常是独自在另一个房间操作。比方他来切割护壁板,而其余的人都在给扩建部分安装框架。他们东拉西扯说着闲言碎语,开着玩笑,互相挑逗戏弄,但一贯健谈的小维特山克却一声不响地干着活儿。他脑子里经常回旋着一首歌曲的旋律,完全是不经选择油然而生:他干一件活儿的时候,心里吟唱的是《你是我的阳光》,干另一件活儿的时候,心里回荡的是《蓝莓山》,不知不觉中,他的动作也和歌曲的节奏融为一体。他花了无比漫长的一个星期安装一段复杂的楼梯,发现自己脑海里一直萦绕着《多佛白崖》的旋律,挥之不去。他觉得手上的活儿永远都干不完,因为他的动作如此缓慢,而且充满了哀愁。不过,事实证明,楼梯的做工无可挑剔。哦,世界上没有哪种快乐能比得上把一件活儿做得恰到好处——看着榫头干净利落地插入榫眼,或者轻轻敲打削得分毫不差、大小合适的楔子,等它入位后结合处严丝合缝。

小维特山克带丽尼看过房子之后又过了几天,大约下午四点钟,他再一次开车过去,这回他把车停在了屋后。他从卡车里走出来的时候,突然发现一样东西,让他立时呆住了。

前廊秋千正躺在汽车道旁边的一块塑料布上。

秋千变成了蓝色。

天哪,多么糟糕的蓝色,沉闷无趣,看上去那么卑微低贱、那么让人不屑一顾的瑞典蓝。惊愕之下,他一时怀疑自己是不是产生了幻觉,就像是小时候的一幕场景又闪现在眼前,仿佛在奚落他。他喉咙里像是发出了一声呻吟,随即朝秋千走去。没错儿,是蓝色。他弯下腰,伸出一根手指头,落在一只扶手上,摸上去黏黏的,这一点儿都不奇怪,因为他站在旁边都可以嗅到新刷的油漆味。

他飞快地环视四周,感觉好像有人在偷窥他的一举一动。有个什么人正躲在阴影里看着他狂笑不止。可是根本没有别人,只有他自己。

他从口袋里掏出钥匙,这才发现后门是开着的。"丽尼?"他喊了一声,迈步走进屋,发现多德·麦克道尔正站在厨房的洗碗池边上,在一块污迹斑斑的破布上蹭着一把油漆刷。

"真见鬼,你知不知道自己干了什么?"小维特山克问道。

多德转过身来望着他。

"是你给秋千上的油漆?"小维特山克又问。

"哦,没错儿,小维特山克。"

"为什么要刷漆?谁让你这么做的?"

多德是个秃顶男人,面色十分苍白,亚麻色的眉毛和眼睫毛微微泛白,但此时他的脸涨得通红,眼皮都变成了粉色,看上去好像都要哭出来了。他说:"是丽尼让我刷的。"

"丽尼!"

"你不知道这件事儿吗?"

"你在哪儿见过丽尼?"小维特山克质问道。

"她昨天晚上给我打了个电话,问我能不能拿上一桶瑞典蓝的高光油漆,帮她把前廊上的秋千刷一下。我还以为你知道呢。"

"我费了九牛二虎之力才找到这么硬实的樱桃木,花了血本,还让尤金刷上了清漆,跟前廊地板呈出一样的颜色,你以为我这么做是为了让你往秋千上胡乱涂上一层蓝漆吗?"

"呃,这些我都不知道啊。当时我心里想:真是女人。你明白我的意思吧?"多德冲他摊开两手,手里还拿着油漆刷和破布。

小维特山克强迫自己长出了一口气。"没错儿,"他说,"女人嘛。"他呵呵一笑,摇了摇头,"你能拿她们怎么办呢? 不过,你听我说,"小维特山克又正色道,"多德,从现在开始,你只听我一个人的,明白吗?"

"我听见了,小维特山克。这件事儿我非常抱歉。"

多德还是一副要哭出来的表情。小维特山克说:"好啦,不要紧,还可以补救。女人啊!"他感叹一声,哈哈一笑,转身向外走去,顺手关上了门。他需要一点儿时间让自己冷静下来。

她总是给他带来无穷无尽的烦恼,恰如挂在他脖子上的一副沉重的磨盘。时间回到1931年的那个夜晚,他到火车站去接她,发现她正等在车站外面的大门前。她穿了一件下摆不规则的灰色大衣,根本不足以抵挡巴尔的摩的冬天,头上戴着一顶软塌塌的宽边呢帽,样式早就过时了,连小维特山克都能看得出来。她在他眼里显得别别扭扭,就像木材上的一块霉斑。你本认为已经抹掉了,可是某一天你会发现它又悄悄冒了出来。

他想过不去接她。她往他的寄宿公寓打电话,他一听到那一声让人厌烦的"小维?"(再没别人会这么叫他)声音又尖又细,就立刻知道是谁,心顿时像石头一样沉落下去。他真想砰的一声把听筒挂上。可是他已经无法逃避了。她有女房东的电话。天知道她是怎么查到的。

他问了一句:"什么事儿?"

"是我! 我是丽尼·梅尔!"

· 299 ·

"你想干什么?"

"我就在巴尔的摩,你敢相信吗?我在火车站!你能来接我一下吗?"

"为什么呢?"

她只停顿了短短的一瞬间,就脱口而出:"为什么?"她的语调一下子变得呆板沉闷起来。"求求你,小维,我很害怕。"她央求道,"这儿有好多好多黑人。"

"黑人不会对你怎么样的。"他说,他们家乡没有黑人,"装作没看见他们就好了。"

"那我该怎么办呢,小维?我怎么能找到你呢?你必须来接我一下啊。"

没门儿,他用不着非得去接她。她没有权利向他提出一丁点儿要求。他们俩之间什么都没有了。或者说留着一段对他来说最不堪回首的经历。

可是,他在内心已经不得以接受了这个现实:不能把她扔在那儿不管。眼下她孤立无助,就像一只刚出壳的小鸡。

再说,他心里也萌发了一丝好奇,犹如嫩枝探出头来。一个来自家乡的人。就在巴尔的摩!

说真的,他在巴尔的摩不认识几个能说得上话的人。

于是——"好吧。"他终于松了口,"那你就等在那儿。"

"哦,快点儿来啊,小维!"

"在车站大门口外面等我。从大门出来,站在门口,注意看我的车。"

"你有车?"

"当然啦。"他刻意做出轻松随意的语调。

他回到楼上拿了外套,等他再下来的时候,女房东把客厅门推开了一道缝,探出头来。她的头发呈现出特别的金色光泽,让他搞不懂

· 300 ·

的是她的发卷,每个都跟硬币一样圆圆的,扁扁的,紧贴着太阳穴。"维特山克先生,没什么事儿吧?"她问道。小维特山克说:"没有,夫人。"他两步跨过门厅,不见了人影。

要说起来,那时候小维特山克的全部家当都装不满一个像样的行李箱,但他的的确确有一辆勉强能开的汽车:那是一辆1921年产的埃塞克斯,他是花三十七美元从一个木匠手里买来的,当时正是困难时期的开始,他们全都丢了工作。他花这笔钱的理由是,拥有一辆车会有助于自己找工作,有了这个想法,虽然这辆车有不少划痕和损坏的地方,他也没有讨价还价。当他小心翼翼地发动汽车,让冷冰冰的发动机迸发出活力,他脑子里又闪过一个念头:他本来可以让丽尼搭乘有轨电车。但他知道她根本办不到。有轨电车她连听都没听说过,她会弄得稀里糊涂一团糟。他甚至无法想象她一个人坐火车来到巴尔的摩的情景,因为她得在华盛顿特区转车,更不要说此前还要经过一长串小站。

他住在火车站北边的磨坊区,说实话,离火车站相当远。要往南去,他得向东开到圣保罗,然后伴着突突的声响穿行在一排排灯光暗淡的屋舍之间,不时向前探身,擦去呼气在挡风玻璃上凝成的水雾。终于来到了火车站前,他开过去之后向右拐,火车站的立柱看上去颇有气势,前面横着一道石板路,他径直开了上去。他立刻发现了丽尼,那里只有她孤零零的一个人,苍白的面孔上挂着焦虑的神情,还不停地转来转去,东张西望。但他并没有停下来让她上车。他下意识地踩下油门继续往前开,又是一个右转上了查尔斯大街,朝回去的方向开去。然而,第一个街区才开过一半,他脑子开始闪现出她一看见自己眉头立刻舒展开来的样子,她一下子如释重负的表情,还有自己开着这辆红色的埃塞克斯出现在她面前时那种驾轻就熟、稳重老练的派头。他又掉头回去,从气势堂皇的立柱前经过,但这次他一转弯开上了接人车道。他减速停车,瞧着她一把拎起自己的纸板手提箱,匆忙跑过来开乘客座的门。

"你刚才是不是从我跟前开过去了一次?"她一坐下来就质问道。

这一下,他猝不及防地失去了自己的优越感。

"我本来都已经准备上床睡觉了,"他的声音听起来有点儿叽叽歪歪,"一路上半睡半醒。"

她说:"噢,可怜的小维。真抱歉。"她从自己的手提箱上方探过身去,亲了亲他的脸颊。她的嘴唇是温暖的,但整个人却散发出冷若冰霜的气息。她从里向外还透出另一种味道,让他联想到家的感觉:那是一种类似于煎熏肉的气味。不过,等他把自己的埃塞克斯发动起来,开车上路之后,那种一切尽在掌握之中的感觉又回到了他身上。"我不明白你为什么会在这儿。"他说。

"你不明白我为什么会在这儿?"她反问道。

"而且我也不知道把你带到什么地方去。我没有钱把你安顿在旅馆里。除非你自己有钱。"

即便她有钱,也不打算透露这一点。"当然是把我带到你家里去。"她对他说。

"不行,我不能。那个女房东只把房子租给男人住。"

"但是你可以偷偷把我带进去啊。"

"什么? 把你偷偷带到我的房间里?"

她点点头。

"想也别想。"

不过,他一直在朝寄宿公寓的方向开去,因为他不知道还有什么别的选择。

到了一个十字路口,他踩下刹车,转过脸去打量她。差不多五年过去了,她丝毫没有变化,在外人看来有可能仍旧是十三岁的模样。跟过去一样,她的脸让人感觉绷得过紧,好像皮肤不够用似的,嘴唇还是薄薄的,没有血色。仿佛自他离开之后,她一直凝固在时间里。他也纳闷自己当初为什么会觉得她妩媚迷人。但显然她看不透他的心思,因为她此时笑脸盈盈,收起下巴,歪着脑袋,抬眼看着他说:"我穿上了你特别喜欢的这双鞋。"

她穿了一双什么鞋?他脑子里完全没有关于鞋的印象。他朝她脚上瞟了一眼,瞧见一双深色系带高跟鞋,蠢笨宽大,衬托得她的小腿跟三叶草茎一样细瘦。

"你是怎么找到我的住处的?"他问。

她止住了微笑,坐直身子,把大大的手包立在膝盖顶上。

"这个呢,"她短促地点了一下头,(他都已经忘了她这个惯有的动作。这个动作表示"言归正传"或者"交给我好了"。)"四天前我刚过了生日,"她说,"我现在已经十八岁了。"

"生日快乐。"他木然地回了一句。

"十八岁,小维!法定年龄!"

"法定年龄是二十一岁。"他告诉她说。

"哦,也许是参加选举的法定年龄吧……反正我已经装好了行李箱,我已经攒好了钱。自从你走了以后,我每年秋天都靠采加莱克斯草挣钱。但是我不声不响,一直等到十八岁,这样就没人能阻止得了我了。过完生日的第一天,我就让玛莎·莫法特开车带我去帕里维尔木材厂,向那里的工友打听有没有人知道你的下落。"

"你问遍了整个木材厂?"他问。她又点了一下头。

他能想象得出来那一定是怎样的情景。

"有那么一个工友,他告诉我,你可能去了北方。他说,他记得你有一天上班去的时候,问起一个绰号叫'说一不二'的木匠去了哪里——因为他的真名叫'特林布尔'——当时他们告诉你,'说一不二'去了巴尔的摩。那个工友说,也许你也去巴尔的摩找工作了。所以我让玛莎开车带我到山城,买了一张来巴尔的摩的火车票。"

小维特山克想起了动画片里有个叫博斯克的家伙,或者叫别的什么名字,他从悬崖上一脚跨了出去,甚至都没有意识到自己脚下是一片虚空。丽尼难道不明白这其中有多大风险吗?他有可能几年前就离开了。他现在有可能住在芝加哥,或者法国巴黎。

突然之间,他觉得自己没有移居他地是一个失败,过了这么多年,他仍旧停留在这个地方,而且不知怎的,她知道他一定会待在这里。

"玛莎·莫法特改姓舒福德了,"丽尼说,"你知道玛莎已经结婚了吗?她嫁给了汤米·舒福德,不过玛丽·莫法特还是单身,看得出来,这让她心灰意冷。她经常为一点儿鸡毛蒜皮的小事儿就对玛莎大发脾气。不过,她们俩一直相处得不大妙,你想也想得到。"

"不大好?"他问了一句。

"你说什么?"

他懒得往下解释。

两人开车穿过市区,一座座大楼鳞次栉比,街灯闪闪烁烁,但丽尼几乎没有朝车窗外瞟过一眼。他本以为她会大惊小怪。

"我在巴尔的摩一下火车,立刻就去公用电话亭,在号码簿里查找你的名字。"她说,"我没能找到你的信息,就给每个姓特林布尔的人打电话。不过,好在'说一不二'的名字叫'迪恩',排在字母表里很靠前的位置,要不我就得给每个姓特林布尔的人打电话了。他说你曾经找过他,他告诉了你在什么地方有可能找到工作,但他不知道人家是不是雇用了你,也说不好你住在什么地方,除非你还待在贝丝·戴维斯太太的公寓里,好多工人刚到北方来都寄宿在那儿。"

"你真应该在平克顿①谋个职位。"小维特山克说。他得知丽尼

---

① 平克顿(Pinkerton)是美国知名的安保评估公司,为国家和国际组织提供可靠的风险管理服务和安保解决方案。

轻而易举就找到了自己,有些不大高兴。

"我担心你已经搬到别处去了,自己单独租了一个住处之类的。"

他皱起了眉头。"现在是大萧条,"他说,"你难道没听说吗?"

"我不在乎你是不是住在寄宿公寓。"她轻轻拍了拍他的手臂。他猛地抽开了胳膊,一时间,她没有再说话。

等到了戴维斯太太的公寓那条街上,离住处还有一段距离他就把车停下了,那是街区光线比较暗淡的一边。他不想让任何人看到他们。

"我来找你,你感到高兴吗?"丽尼问他。

他关掉引擎,开口道:"丽尼……"

"我的天哪,咱们用不着一上来就东拉西扯说这么多话。"丽尼说,"哦,小维。我好想你啊!自从你走了以后,我从来没有正眼看过一个单身男人。"

"你那时候只有十三岁。"小维特山克回了一句。

他的言外之意是:"从十三岁开始到现在,你一直以来都没有一个男朋友?"

但是丽尼误解了他的意思,对着他粲然一笑:"我知道。"

她拿起他仍旧搭在排挡头上的右手,紧紧攥在自己的两只手里。虽然天气寒冷,但她的手热烘烘的,想来他的手一定让她感觉冰冷异常。她说:"现在我来到了你身边,就要平生第一次和你度过一整个晚上了。"她似乎想当然地认为,他已经决定偷偷把她带进自己的房间。

"第一个,也是唯一一个晚上。"他对她说,"明天你必须给自己找个住处。今天晚上已经够让人提心吊胆的了,如果戴维斯太太听到一点儿风声,她会把我们俩都赶到大街上。"

"我才不在乎呢。"丽尼说,"只要和你在一起,我什么都不怕。

· 305 ·

流落街头会是一件很浪漫的事。"

小维特山克抽回自己的手,起身钻出汽车。

他让她先等在前门台阶下,自己一个人轻手轻脚地打开大门,看戴维斯太太在不在,然后示意丽尼跟进来。他和丽尼走在楼梯上,每听到"吱呀"一声,他都停下脚步,心里战战兢兢,但他们总算没被发现。两人刚一上到三楼,他就朝一扇半开的门抬了抬下巴,低低地说了声:"卫生间。"因为他可不希望丽尼整个晚上从自己的房间砰的一声进来又砰的一声出去。他总觉得三楼是给佣人住的,因为房间又窄又小,而且还是那种低矮的斜屋顶。丽尼冲他弯了弯手指,闪进了卫生间,他拎着丽尼的手提箱继续往前走。他掩上房门,只留了一道约莫五厘米宽的缝儿,屋里的灯光倾泻而出,洒落在过道地板上,直到丽尼溜进来之后顺手关好了房门。小维特山克见她一只手拿着帽子,盖在太阳穴上的头发湿漉漉的。她的头发比他刚认识她的时候短了一些。那时候,她的一头长发披垂在后背上,现在只能和下巴平齐。她有点儿上气不接下气,咻咻地轻笑起来。"我没带香皂,也没有面巾或者毛巾,什么都没带。"她说。她虽然压低了声音,但听起来还是尖声尖气,很有穿透力。他沉下脸说了声:"嘘——"趁她不在的时候,他已经脱去外衣,只剩下长身内衣裤。屋子一角有个小小的方形沙发,前面摆着一个不配套的软垫搁脚凳——除了一张窄窄的小床和一个有两个抽屉的小柜子,他就只有这件家具了。他尽可能舒服地窝在沙发里,把冬天的外套当作毯子盖在身上。丽尼站在屋子中央,张大嘴巴看着他,说了声:"小维?"

"我累了。"他说,"明天还得工作。"他把脸转到一边,闭上了眼睛。

一时间,他没有听见一丝动静。接着,他耳畔传来衣服的窸窸窣窣声、手提箱的两个扣环咔嗒一声响,还有一片沙沙声。然后是床单和被子发出的声音更大的一阵窸窸窣窣。台灯啪的一声关上了,他松开了紧绷的下巴,睁开眼睛凝视着一片黑暗。

"小维特山克?"她唤道。

他感觉得出来,她一定是平躺在床上。因为她的声音是向上飘浮的。

"小维特山克,你在生我的气吗?我做错了什么?"

他闭上了眼睛。

"我做错了什么,小维特山克?"

可是,他的呼吸声听起来那么舒缓平稳,她没有再追问下去。

第十一章

丽尼做错了什么？

怎么说呢，首先，她没有把自己的年龄告诉他。他第一次见到丽尼的时候，她是和莫法特家的双胞胎姐妹玛丽和玛莎一起坐在野餐垫上。那对姐妹是高中生，他想当然地认为丽尼跟她们是同样年龄。简直蠢透了。他本应该猜得出来她还是个孩子。她的脸干净清爽，没有涂脂抹粉，头发松松地垂在后背，而且一望可知，她为自己身体的发育变化感到十分骄傲，特别是她的胸部，她时不时就悄悄用指尖试探性地碰触一下自己的前胸。不过，她的乳房相当丰满，把那件带波点图案的裙子上身撑得鼓鼓的，而且她还穿了双大码的白色高跟凉鞋。他把她想成比实际年龄大几岁难道很奇怪吗？就小维特山克所知，没有哪个十三岁女孩会穿高跟鞋。

他本来是和蒂莉·古奇搭伴去的，但也不过是在她的邀请之下一同前往罢了，他并不觉得对她有什么特殊义务。他从摆满食物的野餐桌上拿起一块带花边的糖浆曲奇饼干，走向丽尼·梅尔。他深深地弯下腰——那动作一定像是鞠躬——同时把饼干递给了她。"给你的。"他说。

她抬起头,他发现她的眼睛呈现出像梅森罐①一样的浅蓝,几乎无色。"噢!"她的脸泛起了红晕,从他手里接过了饼干。莫法特家的双胞胎姐妹顿时提起了兴趣,一下子坐得笔直,等着看后面会发生什么,可丽尼只是垂下了美丽的浅色睫毛,啃起了饼干,然后又把手指头一根一根舔干净。小维特山克的手指也黏糊糊的,他真该挑一块姜汁饼。他从口袋里抽出手帕,把手指擦干净,但他的眼睛始终凝注在她身上。他擦完手,把手帕递给了她。她接了过来,眼睛没有迎上他的目光,草草地擦了擦手指头,把手帕递了回去,然后又从饼干上咬下半月形的一小块。

"你属于'救助来自何方'浸礼会吗?"他问。(因为这是教会为庆祝五一国际劳动节组织的一次野餐会。)

她点点头,斯斯文文地嚼着饼干,始终低垂着眼睛。

"我是第一次到这儿来,"他说,"你愿意带我到处看看吗?"

她又点了点头,一时间,似乎事情有可能就这么画上句号了,不过,她还是慌慌张张、磕磕绊绊地站起了身子。她一直坐在自己的裙边上,裙子还钩住了她的一只高跟鞋。她和他相伴离去,几乎连看都没看一眼莫法特姐妹俩,嘴里还在吃着那块饼干。两人来到教堂庭院和墓地的交界处,她停下脚步,把饼干换到另一只手上,又开始舔自己的手指头。他又递过自己的手帕,她也又一次接了过去。他觉得有些好笑,心想这可以无止境地循环下去。不过,她这回擦完手指以后,把饼干放在了上面,仔仔细细地折叠起手帕,就像在打包裹,然后一伸手递给了他。他把手帕连同饼干塞进了左边的口袋,两个人继续散步。

如果现在让他回过头去看,当时的每一个细节,她的一举一动,

---

① 梅森罐(Mason Jar)诞生自 1850 年代,由一位来自美国费城的铁匠约翰·兰蒂斯·梅森发明。

似乎都在冲他大声呼喊:"十三岁!"可是,他敢赌咒发誓,当时他没有萌生一丝怀疑。他绝不是那种故意引诱小女孩的家伙。

不过,他必须承认,他注意到丽尼的那一刻,她正在触摸自己的胸脯。当时这一动作似乎带有诱惑的意味,可是转念一想,他觉得这可以理解为孩子气十足。也许她只是在惊异于自己的乳房突然变得如此硕大丰满。

穿过墓地的时候,她走在他前面,细骨伶仃的脚踝在高跟鞋里摇摇晃晃。她还把自己祖父祖母的墓碑指给他看,乔纳斯·因曼和洛丽塔·卡罗尔·因曼。这么说来,她是因曼家族的一员,那可是个自命不凡的家族。"你叫什么名字?"他问。

"丽尼·梅尔。"她的脸又飞红了。

"噢,我叫小维特山克。"

"我知道。"

他很好奇她是怎么知道的,还有关于他,她可能听说过什么。

"告诉我,丽尼·梅尔,"他开口问道,"我能到教堂里面去看看吗?"

"只要你愿意。"她说。

他们转身离开墓地,穿过夯实的泥地庭院,走上"救助来自何方"教堂的前门台阶。室内昏暗不明,四壁被烟火熏得发黑,可以看到一个取暖用的大肚火炉,还有几排木椅对着一张铺着装饰性桌布的桌子。他们一进门就止住了脚步:里面再没有什么可看的了。

"你信教吗?"他问。

她耸了耸肩膀:"不怎么信。"

他一时稍稍有点儿语塞,因为这不是他预想中的回答。她显然比他想象的要复杂。他咧嘴一笑,说:"这样的女孩正合我意。"

她突然直视着他的眼睛,浅淡的眼眸摄人心魄,又一次让他为之心动。

"哦,我看是不是应该去瞧一眼跟我一起来的那个姑娘,"他开玩笑说,"不过,也许明天晚上,我可以带你去看电影。"

"好的。"她一口允诺。

"你住在哪儿?"

"我在药房跟你碰头好了。"她说。

"哦。"他应了一声。

他怀疑她是羞于让家里人见到自己,接着他心里又想,管他的呢,于是他问:"七点?"

"没问题。"

两人走出教堂来到阳光下,她连看也没看他一眼,就把他丢在门廊上,独自朝莫法特姐妹走去。莫法特姐妹俩当然在密切观察,简直像两只麻雀一样警觉,尖尖的小脸正朝向他们这边。

他们俩交往了三个星期以后才提起她的年龄这个话题。她并没有主动说出自己的年龄,只是不经意间提到她的哥哥第二天就要从八年级毕业了。"你的哥哥?"他加重语气问道。

她一时间没有听明白他的意思。她喋喋不休地告诉他,自己的弟弟聪明过人,但哥哥就大不一样了,他正在恳求父母允许他辍学,不想接着到山城上高中,虽然这是父母对他的期望。"他压根儿就不是读书的料。"她说,"他更喜欢打猎之类的。"

"他多大了?"小维特山克问道。

"什么?他十四岁了。"

"十四。"小维特山克重复了一遍。

"嗯——嗯。"

"那你多大了?"小维特山克又问。

这时候她才醒悟过来,脸顿时红了,可她还想糊弄过去。她说:

"我的意思是,他比我另一个弟弟年龄大。"

"你到底多大了?"他又问了一遍。

她抬起下巴,回答道:"我十三岁了。"

他感觉自己的腑脏就像被人狠狠地踹了一脚。

"十三岁!"他禁不住叫了起来,"你只是个……你只有我年龄的一半大!"

"可我是个十三岁的大人。"丽尼说。

"我的老天爷,丽尼·梅尔!"

因为这时候他们已经发生了关系。从第三次约会开始,他们就没有间断。他们不再去看电影,不再去买冰激凌,当然也不会跟朋友们厮混在一起。(说到底,他们会有什么样的朋友呢?)他们一见面就钻进他姐夫的卡车,直接开到河边,在一棵大树下胡乱铺上一条被子,紧接着两个人的身体便如饥似渴地缠绞在一起。一天晚上,下起了瓢泼大雨,也没能让他们停下片刻,事毕之后,他们俩张开四肢,呈大字形躺在那里,任凭雨水流进他们张开的嘴巴。但这并不是在他的劝诱之下发生的,而是丽尼最先采取主动。那天晚上,卡车停下之后,她从他怀里挣脱出来,身体颤抖不止,急不可耐地撕开了前面系扣的裙子。

为此他有可能被拘捕。

丽尼的父亲种植白肋烟,而且那片土地也完全归他所有。她的母亲来自弗吉尼亚,众所周知,弗吉尼亚人总觉得自己高人一等。他们会毫不犹豫地给治安官打电话,要求把他抓起来。哦,丽尼竟然在城镇中心的药店跟他碰面,打扮得花枝招展,还穿着高跟鞋,真是愚蠢到家,简直是没脑子,太让人窝火了。小维特山克住在帕里维尔附近,离这儿有十几公里,所以说,看见他们俩一起在耶罗进进出出的人也许没有谁认识他,但是大家一定会注意到他是个成年人,经常穿着破衣烂衫,脚下是一双老旧的工作靴,看上去有一两天没刮胡子,要想打听出来他姓甚名谁,查找他的下落,一点儿都不难。他问丽尼:"你把我们俩的事儿告诉过任何人吗?"

"没有,小维特山克,我向你发誓。"

"没告诉莫法特姐妹俩或者别的什么人?"

"谁也没告诉。"

"因为这个,我可能会进监狱,丽尼。"

"我没有告诉过任何人。"

他决定不再和她见面,但他当时并没有说得那么斩钉截铁,因为担心她会哭哭啼啼地恳求自己回心转意。丽尼很有点死缠烂打的劲头儿。她总是大肆渲染他们的爱情故事有多么惊心动魄,对他说自己有多么爱他,虽然他从来没说过"爱"这个字眼,还老是逼问他是不是觉得某某比她长得漂亮。他本以为这是因为一切对她来说是前所未有的。老天爷,他竟然跟一个未成年人纠缠在一起。他简直不敢相信自己会这么眼拙。

他们收起被子,上了卡车,小维特山克开车回城,一路上一语未发,只听见丽尼·梅尔喋喋不休地说着她哥哥将要举行毕业派对的事儿。把车开到药店前面之后,他才开了口,说第二天晚上不能和她见面了,因为他已经答应帮父亲干一件木工活儿。她似乎并不觉得晚上做木工活儿有点儿奇怪。"那就后天晚上?"她问。

"看情况吧。"

"可我怎么知道什么时候见面呢?"

"等我有空就给你个信儿。"他说。

"我会想你想得发疯的,小维特山克!"

丽尼一下子扑到他身上,两条胳膊紧紧地缠住他的脖子,但他拉开了她的胳膊,说:"行啦,你最好赶紧下车吧。"

他当然不会托人给她捎话。(他简直想不明白,他都说了他们

· 313 ·

之间的事情不能让任何人知道,她居然还指望他会托人带口信。)他待在自己的地盘里不出一步,那是帕里维尔镇外用波纹状篱笆围起来的一处方圆两英里的红土地,他和父亲还有最后一个尚未结婚的哥哥一起住在一座有三间卧室的小木屋里。

那个星期,碰巧他们一家三口人确实有活儿要干:给马路那头一位女士家的棚屋换屋顶。他们每天一大早就赶着骡车出发,带上一锡罐脱脂牛奶和一大块玉米饼当午餐。他们放开骡子,让它在霍尼柯特太太家的草场上随便溜达,然后爬上屋顶,在炎炎烈日下干上一整天。到了晚上,小维特山克累得只能勉强吃下晚饭。(他的哥哥吉米在母亲死后接手了做饭的活儿,木制火炉上的煎锅里永远积着一层一厘米多厚的白色油脂,他只是用油脂把最近杀好的猎物煎一煎而已。)三个人一到八点钟或者八点半就上床了——这是工人的作息时间表。连续三天,每晚如此,丽尼·梅尔的影子只是偶尔从小维特山克头脑中一闪而过。有一回,吉米问他想不想吃过晚饭进城去一趟,看能不能泡到一个姑娘,小维特山克只说了声:"不去。"不过这并不是因为丽尼的缘故。他只是有点儿一蹶不振。

屋顶完工之后,他们暂时没有别的要紧的活儿。第二天,小维特山克虽然一整天都泡在家里,但是却感到穷极无聊,父亲还老是乱发脾气,于是他琢磨着第二天早晨也许可以一路走到木材场去找点事情做。他一贯来去无时,那里的人都已经习惯了,一般来说他们也需要人手。

他坐在屋外的门廊上抽着烟,身边伴着家里的几只狗。暮色中,空气依然澄澈透明,院子里的萤火虫开始明明灭灭,闪闪烁烁,就在这时候,一辆他从没见过的车开了过来,那是一辆破旧的雪佛兰,开车的家伙头上戴着一顶有种子商店标识的帽子。一个女孩从前排右侧车门里跳出来,一边向他走来,一边招呼道:"嘿,小维特山克。"来人原来是莫法特姐妹中的一个。几只狗抬起脑袋瞧了瞧,就又把下巴搭在了爪子上。"嘿,你好。"小维特山克没有直呼其名,因为他不知道站在面前的到底是两姐妹中的哪一个。女孩递给他一张白纸,他打开来,在幽暗的黄昏中却难以看清。"这是什么?"他问道。

"是丽尼·梅尔给你的。"

他举起那张纸,对着从纱门透出来的微弱灯光,读道:"小维特山克,我需要跟你谈谈。让莫法特姐妹开车带你到我家来一趟。"

他的胸口瞬间就像堵上了一块冰。如果一个女孩告诉你,她想和你谈谈……哦,天哪。他有一部分心思都已经开始琢磨往哪儿跑,怎么在她把这个消息告诉自己之前一走了之,否则会一辈子无法脱身。但是女孩的问话打断了他的思绪:"你去吗?"

"什么?现在吗?"

"就是现在,"她说,"我们开车带你过去。"

他站起身,用脚踹灭了烟蒂。"哦,"他说,"好吧。"

他跟着女孩来到汽车跟前。这是一辆有四个车门的封闭式小客车,女孩上了前座,他只有坐在另一个双胞胎姐妹身边。和他并排而坐的女孩招呼道:"嘿,小维特山克。"

"嘿。"他应了一声。

"你认识我们的哥哥弗雷迪吗?"

"嘿,弗雷迪。"小维特山克打了个招呼。他不记得两人曾经见过面。弗雷迪只是含含糊糊地咕哝了一声,换好挡,把车开出院子,顺着七英里公路往南走。

小维特山克知道自己应该和大家聊点儿什么,但他满脑子想的都是丽尼将要告诉他的事情,以及自己该如何是好。他能怎么办呢?他可不是那种假装自己跟此事毫无干系的混蛋,虽然他确实动过这个念头。

"今天晚上,丽尼家正在给克利福德举行派对呢。"

"克利福德是谁?"

"克利福德是她哥哥。他刚刚读完八年级。"

"噢。"

在他看来,八年级毕业就这么小题大做,未免有些好笑。他当年读完八年级的时候,家里的焦点是他究竟为什么一门心思要继续读高中。父亲早就拿定主意让他去工作,但小维特山克认为自己还有没学到的东西。

丽尼该不会等着他前去参加聚会吧?就算是丽尼也不会愚蠢到那个份儿上。

幸好莫法特姐妹俩有一个人告诉他说:"他们家到处都是亲戚朋友,她很容易就能从家里偷偷溜出来,谁也不会注意到她没在家。"

"噢。"他顿时松了口气。

他们似乎再也找不出别的话题了。

车没有直接开进耶罗,而是拐到了索亚路上,因此他猜想因曼家的农场一定在镇子北边。新鲜的马粪气味开始从敞开的车窗飘进来。索亚路上全是碎石子,破旧的雪佛兰每颠簸一下,车灯就会一闪一闪的,好像要完蛋了。这让他有些心慌意乱。真见鬼,随便什么事儿都能让他方寸大乱。

他怀疑这有可能是个圈套。他们会不会已经找来了治安官,正等着他自投罗网?小维特山克一向不受治安官待见。小时候,他和几个伙伴坐在一辆马车的后斗里,向紧随其后的一辆汽车示意可以通行,结果差点儿造成一场事故。这些年他还惹过几次别的乱子。

索亚路渐渐变宽,汇入小溪路,弗雷迪在交会处向左拐,开上了铺好的路面,这下平稳多了。走了一段之后他又向右一拐,上了一条土路。丽尼家的房子在他看来相当高大,整体刷成了白色或者浅灰色,所有的窗户里都亮着灯。房子前面的草地上胡乱停着好几辆汽车和卡车,停放角度各不相同。弗雷迪开车绕到了屋后,小维特山克隐约看出周围黑魆魆的暗影是几座棚屋和谷仓。"我们到了。"坐在前座的姐姐或者妹妹开口说道。

一个人影从离他们最近的谷仓里闪了出来,看得出来是丽尼,她身上穿着一件浅色的裙子。趁着丽尼朝汽车走来的当儿,小维特山克问莫法特姐妹俩:"你们都会在这儿等我,是不是?"

两人还没来得及回答,丽尼已经来到他的车窗前,轻声唤道:"小维特山克?"

"嘿。"他应了一声。

她往前凑得紧紧的,她总不会以为他会当着这么多人的面有什么温存亲昵的举动吧。他打开车门,轻轻推了她一把,借此挡开了她。"你们都等在这儿,"他对莫法特兄妹说,"我还得搭你们的车回家呢。"

丽尼开口道:"谢谢你,弗雷迪。嗨,玛莎;嗨,玛丽。"

"嗨,丽尼。"莫法特姐妹俩齐声说。

等小维特山克下了车,随手关上车门之后,弗雷迪立刻换成倒挡,开始倒车。"他们要去哪儿?"小维特山克问丽尼。

"哦,可能要去什么地方吧,我猜。"

"那我怎么回家呢?"

"他们还会回来的!跟我来吧。"

丽尼紧紧抓起他的手,领着他走向自己刚从里面出来的谷仓。他想要抗拒。"我只能待一会儿,"他说,"他们几个应该等在这儿才对。"

"快点儿,小维特山克。会有人看见你的!"

他只好顺从她的意思,跟着她走进了谷仓,她刚一关上门,仓内顿时陷入漆黑一片。"咱们到上面的干草仓去。"她小声说道。

可他感觉不妥。在谷仓顶上他可能会被逼到死角里无法脱身。"咱们就在待在下面,在这儿说好了。"他说,"我不能待多长时间。

我得回家。你敢肯定莫法特姐妹他们知道来接我吗？你为什么把我们俩的事情告诉他们？你发过誓不会告诉任何人。"

"我没有跟别人说。只有莫法特姐妹俩。她们觉得这非常浪漫。她们真心为我们感到高兴。"

"我的老天爷,丽尼。"

"说真的,咱们到上面的干草仓去吧。那儿有干草,比这儿待着舒服。"

他对她不理不睬,踩着吱嘎作响、洒满干草的地板径自走向谷仓后部。她说:"我不明白你为什么总是找别扭。"她在黑暗中伸手摸索着什么,然后猛地一拉,头顶上的一个灯泡霎时亮了起来,刺得他眼睛生疼。这些人,就连外屋也通了电。他发现自己脚边有一副生锈的犁头,不远处的角落里堆着干草,被踩成了一道斜坡,只是薄薄的一层。在突然倾泻而来的亮光下,丽尼的脸看上去皱皱缩缩的,想必他的面孔也是一样。她身上穿的这条裙子领子开得有点儿低。她的母亲竟然会任凭她这么穿衣打扮,他感到不可思议;丽尼总把她母亲说成是一个非常严苛的人。眼下,他都能看到她那像两座小山一样的乳房在衣领下面鼓鼓地耸起,半掩半露,不过这并没有让他心荡神驰。他从衬衫口袋里掏出一包骆驼香烟。"你想跟我说什么?"他问。

"你不能在这儿抽烟。"

他把烟收了起来。

"有什么话你就直接说吧。"他催促道。

"说什么呢?"

"你让我到这儿来想告诉我什么,尽管说。"

她把身子挺得直直的。"小维特山克,"她开口道,"我知道你为什么不再和我见面了。你觉得,我对你来说年龄太小。"

"什么?等等。"

"但年龄只是日历上的一个日期罢了。你这样很不公平。你这样固执己见我毫无办法。而且你看得出来,我是个成熟的女人。我的种种表现难道不像个女人?我给人的感觉不像个女人吗?"

她拿过他的一只手,放在自己的U形领口处,她那丰满的胸脯在他手下起起伏伏。他问:"这就是你想告诉我的吗?"

"我想告诉你,你太狭隘了。"

"嘘,丽尼,"他说,"你没有碰上麻烦①吧?"

"麻烦!当然没有!"

他不知道她为什么如此震惊,因为他们并不是每次都很小心。不过,他心里总算是一块石头落了地,他朗声一笑,弯下腰,把自己的嘴唇压在丽尼的嘴上,手顺着她的衣领往下滑,一直伸进了她的衣服里。她好像没有戴胸罩,不过她也确实该穿了。小维特山克用力搓揉着她的乳房,她猛地抽了一口气,他推着她一步步退到谷仓的角落里,让她躺在干草上,他的嘴唇始终都在狂吻着她。他不知怎么就甩掉了脚上的靴子,只一个动作就把工装裤连同内衣全脱了下来。丽尼扭动着身子想剥下自己的内裤,就在他伸手去帮她的时候,耳畔传来——不是说话声,而是一声咆哮,就像一头公牛发出的怒吼,接着是一声大叫:"我的老天爷啊!"

他翻了个身,慌忙爬起来。一个瘦得皮包骨头、像根枯树枝一样的矮个子男人张着两手朝他冲了过来,但小维特山克闪到了一旁。那人被犁头绊了一下,急忙站直身子。"克利福德!"他大声呼喊,"布兰顿!"

混乱之下,小维特山克还以为对方在试着用不同的名字叫他,不过,紧接着从房子的方向传来了另一个声音,喊道:"爸爸?"

"快到这儿!拿把枪来!"

---

① 此处意指怀孕。

矮个子男人急冲冲地想要用双手卡住小维特山克的喉咙。小维特山克心里还琢磨着对方应该给他点儿时间穿上工装裤,这样一来,他处于劣势。他没怎么费力就掰开了因曼先生的手指,可是当他转身去拿衣服的时候,对方又抓住了他。这时候,只听有人喝了一声:"别动!"他转过脸来,发现两个男孩正站在门口,两杆温彻斯特杠杆步枪同时对准了他。

他一下子僵住了。

"把枪给我。"因曼先生命令道。年龄小一些的男孩走上前去,把自己手里的步枪交给了他。

因曼先生后退一步,让自己和小维特山克之间只有一杆枪的距离,然后他拉动枪栓上了膛,对小维特山克说:"转过来。"

小维特山克转过身,恰好面对着两个男孩,他们俩与其说是愤怒,倒不如说是颇有兴趣,眼睛紧盯着他的胯部。小维特山克感到冷冰冰、圆溜溜的枪口抵在他后脖颈的正中间。枪口猛地戳了他一下。

"往前走。"因曼先生厉声说。

"呃,我能不能……"

"往前走!"

"先生,我能不能拿上衣服?"

"不行,你不能拿衣服。他竟然还想把衣服拿上!只管往前走。马上从我的谷仓里滚出去,滚出我的地盘,滚出这个州,你听到了吗?如果你明天早上没有跑到两个州以外,我就会起诉你,我对老天发誓。我现在就想把你送上法庭,只不过我不想让一家人蒙受耻辱。"

"可是,爸爸,他半裸着身子呢。"丽尼说。

"你闭嘴。"因曼先生叱道。

他用枪杆猛戳了一下小维特山克的脖子,小维特山克向前一个趔趄,绝望地朝干草堆上那堆皱巴巴的衣服投去最后一瞥,一只靴子的鞋尖从衣服堆里露了出来。

院子里一片黑暗,但丽尼家后门上方吊着个明晃晃的灯泡,把他照了个清清楚楚,一览无余,他能感觉到这一点,是因为门廊上挤满了人:一群女人、两三个男人,还有一大帮孩子,多大年龄的都有。大家全都惊得倒抽了一口气,而且还在嘀嘀咕咕,他们的眼睛睁得简直跟月亮一样圆,几个小男孩用胳膊肘你碰碰我,我碰碰你。

幸好他们不一会儿就摆脱了电灯泡的光圈,走进黑天鹅绒一般深沉的夜色中。因曼先生最后一次用枪口猛戳了他一下,随即停下脚步,让他自己跟跟跄跄独自往前走。

小维特山克自打上学以来再也没有赤脚走过路,此时此刻,他每踩到一段树桩或者一块石头,都疼得龇牙裂嘴。

从因曼家再往前走是一片树林,低矮的树丛荆棘密布,不时刺到他裸露的皮肤,但这总比走在空阔的大路上要好。在那里,时时刻刻有可能开过来一辆亮着前灯的汽车,把他暴露于刺目的灯光之下。他找到一棵不高不矮的树,藏身在树后,因为他还没走多远。透过矮树丛,还可以看见因曼家亮着灯光的窗户在枝叶的遮掩下显得影影绰绰、零零落落。他还抱着最后一丝寄希望,等着丽尼·梅尔抱着他的衣服追出来。

蚊虫在他耳边嘤嘤嗡嗡,树蛙发出阵阵鸣叫。他站立不宁,不停地从一只脚倒到另一只脚,还挥手打飞了一只毛茸茸的小东西,大概是只蛾子。他的心跳逐渐恢复了正常。

丽尼没有出现。他猜想她是被家里人锁了起来。

过了一会儿,他脱下衬衫,把袖子系在腰间,让衣襟像围裙一样垂在身前。然后他从树后走出来,深一脚浅一脚地走向大路。大路边上是夹杂着石头的土地,于是他走上了经过一天日晒,还微有余温的沥青路面。他一步一步向前走,每时每刻都竖着耳朵捕捉汽车的声音。如果碰上莫法特兄妹开的车,他就要把车拦下来。他都能想象出莫法特姐妹俩看到他这副德行心里暗自窃笑的样子。

有那么一次,他听见前方传来轻微的哼唱声,看见地平线上灯光闪烁。他赶紧躲回灌木丛,一方面以防万一,另一方面也为了偷眼观瞧,可是路上空荡荡的,灯光也渐渐消失了。不管来者是谁,一定拐到别的地方去了。他又回到了大路上。

就算是莫法特兄妹从这儿经过,他能及时认出他们的车吗?他会不会认错车,结果让几个陌生人发现他没有穿内裤?

跟他一起干活儿的男人们总喜欢拿他眼下正在经历的这种窘迫和尴尬开玩笑,但是他无法想象自己跟任何人说起这段故事。首先,故事里的女孩只有十三岁。这让一切都变了味道。

过了好长时间,他才看到索亚路,他都开始担心是不是已经走过了。他敢发誓本来没这么远。他横穿到了马路的另一侧,这样做是为了确保自己不会错过路口,虽然另一侧的田地里生长着低矮的庄稼,他更容易被人发现。他听见头顶上传来拍打翅膀的声音,接着是一只猫头鹰的叫声,不知怎的,这让他心里感到些许安慰。

时间比他想象的要晚得多,他横穿过狭窄而暗淡的路面,拐到了索亚路上。碎石子对他毫无怜悯之心,但他已经不再是迈着小碎步向前快步走,而是拖着沉重的步子倔强向前,想到自己的脚底板一定是皮开肉绽、鲜血淋漓,他竟然萌生了一种奇怪的快感。

他希望丽尼已经想办法从家里逃脱出来,站在院子里扭绞着双手,急切地呼喊:"小维特山克?小维特山克?"祝她好运吧,反正她在有生之年别想再见到他了。如果她没有注意到他是在没穿裤子的情况下被抓了个正着,也许他还能原谅她,但是她喊了一声:"爸爸,他半裸着身子呢!"眼下,就算他曾经有可能对她怀有那么一点点感情,现在也已经化为灰烬,荡然无存了。

当他终于踏上七英里公路的时候,已经无法判断此刻是几点钟。他走在马路正中间,因为那里的沥青路面是最平坦光滑的,可此时他的脚伤痕累累,哪怕走在平滑的路面上也是一种折磨。他到家的时候天光已经微微发亮,或者是他刚刚变成了某种夜视动物。他用光脚把一只熟睡的狗轻轻推开,打开纱门,走进幽闭的、散发着陈腐气息的黑暗之中和一片鼾声的包围之中。进了卧室,他解开系在腰间的衬衫,摸索着从衣橱里翻出一条内裤。把腿伸进内裤对他来说是世界上最美好的感觉。他躺在皱巴巴的床单上,闭上了眼睛,吉米就在他身旁。

然而他难以入眠。哦,根本睡不着。在走回家这一路上,他一直渴望安然入睡,可现在却彻底清醒了,就像被电击过一样,生动鲜活的画面从他脑子里一幕幕闪过。他那两条干瘦的大白腿,上面没有穿内裤。丽尼那张傻乎乎的脸,还有她张得大大的嘴。

他半裸着身子呢!

他恨她。

刚来到巴尔的摩的前几个月,那些画面总让他皱眉蹙额,猛地把头甩向一边,仿佛想把这些场景从脑子里甩出去。可是渐渐地,那些画面变得越来越模糊。他还有别的事情要盘算,比方说,在这个世界上安身立命。搞明白一切都是如何运转的。适应这一带让人惶惑不安的天际线——他不管往哪儿拐,满眼都是密密麻麻的低矮建筑,杂乱无章,远处没有高高耸起连绵的紫色群山,宽厚广阔,传递给他一种安全感。

他偶尔也会产生这样的念头:因曼先生起诉他的可能性微乎其微。他自己也说过,他可不想让一家人蒙羞受辱。小维特山克只需要躲出去一段时间,如果碰巧去错了地方,也许会跟人动一两次拳头。但这个想法并没有促使他打好行囊踏上回家的旅途。一个原因是,他惊讶地发现,原来背井离乡竟然是一件很容易的事情。母亲曾经是他最在意的人,但在他十二岁的时候就去世了。父亲从那以后脾气变得很暴躁,哥哥姐姐都比他年龄大很多,小维特山克跟他们一向不怎么亲密。(说实在的,他是不是只是为远离家人找一个借口呢?)不过,更为重要的是:他已经找到工作了。一份让人引以为豪的工作,让你每天早晨都带着热切的心情从床上爬起来的工作。

那天,他跑到木材场去打听"说一不二"去了什么地方,也是别有一番心思,他想看看有没有可能跟他一起工作。在他眼里,"说一不二"一向是个很有意思的人物。他挑起木材来可以说是一丝不苟。说到底,他得到这个绰号绝非偶然:他的卡车一出现在木材场,大家就故意叫苦连天,因为他们知道,"说一不二"会把每块木板都仔仔细细研究一番,就好像打算娶回家一样。木板上不能有任何节孔,木板两头的边缘不能参差不齐,就连纹路不美观也不行。(他用的原词儿正是"不美观"。)因为他要制作质量上乘的家具。他曾经在海波因特的一家工厂做工,但是因为干得不开心,就索性辞职了,后来他在帕里维尔安顿了下来,那里是他妻子的老家。他不止一次对木材场的工人们说,他真想打定主意,离开帕里维尔往北部去,他制作的这类优质家具在那儿更有市场。

所以,那天早晨小维特山克终于走出了家门(他穿上了上教堂做礼拜才穿的系带鞋,害得他那双皮开肉绽的脚更加疼痛难忍),一路来到姐夫家,问他们能不能在出城的路上开到木材场停一下。他在木材场只听人提到了巴尔的摩这个地名,不过也算是聊胜于无。他又爬上卡车,搭车来到了80号公路上的加油站。"你告诉家里人一声,就说等我到了地方,会给他们寄一张明信片。"他说完就下了车。雷蒙德只是从方向盘上抬起了一只手,然后就开回到公路上去了。小维特山克走进加油站,打听有谁要开车往北去。

他随身带了一个大纸袋子,里面装的是两套衣服、一个剃须刀和一把梳子,除此以外,他的口袋里还塞着二十八美元。

不过,他早就应该想到,"说一不二"不会愿意雇用他。这个人喜欢独自干活儿。(说到底,他大概也没钱雇一个帮手。)小维特山克花了两天时间才找到他的作坊,"说一不二"只给了他一杯水喝,不过他还是表现得客客气气。"工作?你是说木材场的工作?"他说话的时候,眼睛一直盯着他正在打磨斜角的抽屉面。

小维特山克说:"我想干点儿需要技能的活儿。我还挺擅长制作物件的。我希望能做出让自己将来感到骄傲的东西。"

听到这里,"说一不二"停下了手里的活儿。他抬头看着小维特山克说:"哦,这片儿有个建筑商,我感觉好像很不一般。他的名字叫克莱德·沃德。有时候我帮他打柜子。我也许可以告诉你到哪儿去找他。"他还建议小维特山克在戴维斯太太的寄宿公寓里找个住处,小维特山克听了很高兴,因为他当时住在港口附近的一家水手旅馆,每天晚上他们都要求他唱赞美诗。

从那以后,他再也没有和"说一不二"见过面。戴维斯太太在汉普登有一座三层高的房子,他租住了其中一个房间,那座房子早先一定是属于一个工厂主,至少是个经理人。而且他也去给克莱德·沃德干活儿了,这是他遇见的最苛刻的建筑商。他就是从沃德先生身上领会到,把事情做得恰到好处能给人带来极大的快乐。

最终,他确实给家里人寄了明信片,但却没有收到回信,他也就此打住了。这倒也无所谓,因为他甚至都不会想到他们。他也没有想过丽尼·梅尔。她是那么微不足道、黯淡无光的一个人,连同另外一个他——过去的他——被现在的他一并抛到脑后,掩埋在时光的尘埃里。过去的他,每个周末都出去饮酒作乐,把钱都换成香烟和私酿的威士忌,还频繁更换女朋友。过去那个小维特山克已经和他毫无干系了。全新的他有了自己的人生规划。总有一天,他会成为自己的老板。他的人生是一条笔直的金光大道,有着一个清晰的目标,他觉得自己应该感谢丽尼让他走上了这条路。

第十二章

丽尼来到巴尔的摩做的第一件事,是引得房东把他们俩赶了出来。

那天夜里,小维特山克醒过两次。第一次醒来,他的心狂跳不止,因为他感觉屋子里有别的什么人,不过他紧接着发现自己正睡在沙发里,这才回过神来:"噢,只不过是丽尼。"此情此景之下,丽尼的存在对他来说是个宽慰。第二次,他从无梦的沉睡中猛地惊醒,突然明白过来,丽尼先前对他说,自己现在已经到了法定年龄,她大概说的是法定结婚年龄。"她简直像是……像是一只猴子,"他心中默念道,"用两只手臂紧紧地缠抱着街头手风琴手的脖子。"这一回,他一连几个小时也无法入眠。

即便如此,他第二天早早就起了床,一方面是习惯成自然,另一个原因是,每天早上大家会争抢卫生间。他穿好衣服之后就去刮脸,然后回到房间里,在丽尼突起的肩胛骨上敲了一下,说了声:"起床。"

丽尼翻了个身,面朝向他。他看得出来,丽尼已经醒了一会儿了,她的眼睛睁得大大的,目光明亮有神。"我工作的时候你不能待在这儿。"他对丽尼说,"你必须出去。有个姑娘每天上午会上来打扫卫生。"

"噢,"她应了一声,"好吧。"她坐起身,掀开被子,双脚一荡,落在了地板上。她身上的睡衣像是一件白色的薄棉布衬裙,几乎连膝盖都遮不住,按理说更适合在夏天穿。这是见面以来他第一次看见丽尼没有穿得里三层外三层,他这才意识到,她比自己一开始想的变化要大。也许她还是太瘦,但她原来的稚拙和腼腆全都褪去了,小腿和上臂显出玲珑的曲线。

丽尼刚一站起身,他就背过脸去,走向屋角的小柜子,免得看见她换衣服。柜顶上有个装燕麦片的锡罐,他打开罐子,从里面掏出一条从商店买来的面包,放在罐里是为了避免被老鼠啃咬。接着,他抬起窗扇,伸手去拿牛奶。"吃早餐了。"他说。

"这就是你的早餐?女房东不提供早餐吗?"

"没我的份儿。其他人有的是女房东给提供早餐,他们付得起一日三餐的钱,可我不行。"

他关上窗户,打开牛奶瓶盖,对着嘴喝了一大口。(显示一下自己能多么从容不迫地面对逆境,有点儿像是一种享受。)他把牛奶瓶递给丽尼,仍旧谨小慎微地将眼睛转向别处,他感觉丽尼把他握在手里的瓶子抽走了。"可是大热天怎么办?"她问道,"等到天热的时候,我们怎么能让牛奶不变质呢?"

我们?他心里一阵恐慌,又一次感觉自己就像是被猴子缠抱着脖子的街头手风琴手。"天气炎热的时候,我改喝脱脂牛奶,"他说,"这样该不会有什么大问题吧?"

丽尼用牛奶瓶轻轻碰了碰他的胳膊肘,他接过来,随手把一片面包递给了丽尼,脸依然执拗地朝向窗户。窗外的烟囱冒出的烟直直地向上升腾,似乎是因为天气太冷了,连烟气也被冻得难以飘散。今天晚上应该把牛奶拿进屋里才好,他可不想让牛奶给冻成冰块。

听声音,他知道丽尼·梅尔正在打开手提箱。小维特山克把手里的面包片对折了两次,好快一点儿吃下去,他咬了一大口,一边使劲儿嚼着,一边听着身后窸窸窣窣的声响。过了一会儿,他听见门锁咔嗒响了一声,急忙转过头去,见丽尼正攥着门把手,转动了一下,他猛地冲过去,挡在了她前面。他看得出来,丽尼吓了一大跳,人不由得向后退缩,似乎以为他会给她一下子。虽然他并无此意,但她还是能感觉得到,他不是在开玩笑。

"你要去哪儿?"他问道。

"我需要去卫生间。"

"不行,会有人看见你的。"

"可是我要小便,小维特山克。我都快憋不住了。"

"街边的餐馆里有卫生间,"他说,"穿上大衣,我们这就出门。我告诉你那家餐馆在什么地方。"她身上像是穿着一件夏天的裙子,系着腰带,而且还是短袖。难道在他们的家乡,人们不再过冬天了怎么着?她脚上穿的也还是那双高跟鞋。"穿上暖和点儿的鞋子吧。"他说。

"我没带暖和的鞋子。"

她的脑子到底是怎么长的?"那就随你的便吧。"他说,"在这儿用卫生间太危险,每天早晨都有六个男人进进出出。"

她从壁橱里拿出大衣,颇费心思地穿在身上,仿佛成心要惹恼小维特山克,然后又从壁橱的架子上取下了手包。这工夫,小维特山克把牛奶放回窗外,一躬身套上夹克,又走到了床边。丽尼的手提箱大开着摆在床上,一副厚颜无耻的样子,他合上手提箱,弯下腰,把箱子顺着地面往床底下滑,一直推到墙根。他最后又扫视了一眼整个房间,这才说:"好啦。我们走。"

他先往门外偷眼观瞧,确定走廊里没有人,于是打了个手势让丽尼先走一步,他跟在后面锁好了门。两人穿过走廊,下了两段楼梯,没有碰上任何人。门厅是最容易被人撞见的地方,不过客厅门还是锁着的,他们顺顺当当地通过了难关。小维特山克听到瓷器清脆的叮当声,同时闻到了咖啡的香气。他并不喜欢喝咖啡,但那股香味总是让他心向往之,或者说他是渴望和一群人围坐在一起吃早餐,享受一缕早晨的阳光斜斜地照在桌布上的情景。

出门来到人行道上,清冷的空气一下子让人感觉畅快了许多(三楼一向是热气汇聚的地方)。小维特山克停下脚步,指着这条路和荷兰街的交叉路口,那家餐馆的招牌可以看得清清楚楚。"可是,如果餐馆还没开门怎么办?"丽尼问道。她已经不再刻意压低声音说话,虽然两人正站在戴维斯太太家客厅的窗户下。

"会开门的。这一片住的都是工人。"

"然后怎么办?我去什么地方呢?"

"那是你的事儿。"

"我不能跟你一起去你工作的地方吗?也许我还能帮上忙呢。我会用锤子和锯子。"

"这主意不怎么样。"

"那我就坐在你的车里等着好了!我总不能大冷的天一整天都待在外面。"

她就站在他鼻子跟前,仰脸看着他。他甚至都能感觉到她暖烘烘、雾蒙蒙的呼气,还能闻到夹杂在里面的那股昏昏欲睡的气息。她的头发看上去不大整洁,给人感觉就像是没有梳理过,鼻子微微发红。

"你来之前就应该想到这一点。"他说,"去坐在火车站里或者别的什么地方好了。五点钟过一点儿我在那家餐馆前面跟你见面。"

"五点钟!"

"然后我们来谈谈你有什么打算。"

丽尼的眉宇间登时云开雾散,他能感觉得出来,丽尼还以为自己说的是他们两个人的打算。他懒得跟她把话说明白。

那个星期,他在霍姆兰德的一对老夫妇家里干活,给尚未完工的阁楼铺地板,把装有百叶窗板的阁楼通风孔改成窗户。这段时间,他

· 329 ·

大部分活儿都是通过开车到比较富裕的社区,挨家挨户敲门找到的,眼下这个差事也不例外。沃德建筑公司被迫歇业的时候,沃德先生给他写了一封推荐信,他一直把这封信存放在车内的杂物盒里,不过,一般来说,大家都相信他是个干活儿的行家,正如他自己所言。他一贯穿着干净整齐,每天刮胡子,言谈彬彬有礼,并且还尽量讲究文法。一旦确定下来一份工作,他就会开车去采购需要的材料。他和洛克斯特港口的一个建筑材料供应商达成了信贷协议。开车回来的时候,他那辆埃塞克斯负重累累,就像一只蚂蚁背负着一颗超大的面包屑。他有生以来最明智的决定就是买下了这辆埃塞克斯。很多工人不得不搭乘有轨电车来回运材料,那样那就得按照管道或者木材的长度多付车费,还得麻烦售票员帮忙把这些东西用绳子捆在车厢外面。小维特山克可不想这么干。

眼下这份工作并不是很有意思,但是跟他给沃德先生做工的那段日子,天天安装手工雕刻的壁炉台和嵌入式陈列架相比,要有用得多。这对老夫妇已经成年的女儿打算带着四个孩子和丢了工作的丈夫搬回来住,阁楼就是给几个孩子预备的。而且小维特山克确信,情况迟早会好起来。等到那时候,住在这些地方的人就会重新考虑安装壁炉台和陈列架,而小维特山克就会成为他们最先想到的名字。

住在霍姆兰德的人通常会很排外,但这对老夫妇待人非常和善,有时候,妻子会站在阁楼楼梯最下面一级台阶上,朝阁楼上喊话,说给他留了点儿东西当午饭吃。今天她给小维特山克留的是一个鸡蛋三明治,沿着对角线切成了两半。小维特山克只吃了一半,把另一半用手帕包了起来,打算带回去给丽尼。虽然他巴不得赶紧把丽尼打发走,但是,知道有人在某个地方等自己回去,也不是那么糟糕。

说实话,到了巴尔的摩,小维特山克在结识女孩方面不怎么走运。北方的姑娘更难交往。心思更难让人琢磨透,个性也更让人难以招架,两者兼具。

所以,他那天下工比平时稍稍早了一点儿,更接近四点半,而不是五点。

他从戴维斯太太的公寓又往前开了半个街区,找到了一个停车位,这也算是早回家的一个好处。他一边停车入位,一边不经意地回头朝寄宿公寓瞟了一眼,扑入他眼帘的正是那顶软耷耷的老式呢帽,帽子下面是丽尼·梅尔,身上裹着一件大大的牛仔夹克,坐在戴维斯太太的前门台阶上,一副死皮赖脸的模样。他简直不知道哪个情况更让他气不打一处来:是她居然堂而皇之地现身于大庭广众之下,还是她竟然设法拿到了她自己的帽子还有那件夹克——早晨他没见丽尼头上戴那顶帽子,夹克是他挂在壁橱紧里头,打算等天气暖和起来再穿的。她是怎么办到的?她回过房间?她是把锁给撬开了还是怎么?

他一把推开车门,下了车,丽尼发现了他,顿时面露喜色。"你回来啦!"她喊了一声。

"这到底是怎么回事儿,丽尼?"

丽尼站起身,裹紧了身上的夹克,穿在夹克里面的是她自己的大衣。"听我说,小维,你别生气。"丽尼等他走近了几步,立刻说道。

"你应该在街角等着我。"

"我已经试过在街角等你了,可是那儿没有地方坐。"

小维特山克抓住她的胳膊肘,动作很生硬,把她从台阶上拽到了邻家房前。"你怎么穿着我的夹克?"他质问道。

"哦,"她说,"事情是这样的。一开头儿,我走进那家餐馆去用卫生间,可他们说不行,因为我没有买任何东西。于是我告诉他们,等用完卫生间,我就买一杯热巧克力。后来我捧着那杯热巧克力坐了下来,坐了又坐,每隔差不多三十分钟才喝一小口。可是,小维特山克,他们态度很不友好。还没过多长时间,他们就说需要用到我坐的凳子。所以我就离开那家餐馆,走了好长好长一段路,终于在一个地方找到了一把长条椅,就在那儿坐了一会儿。有个老太太跟我聊了起来,她告诉我,再往前走三条街,可以排队领救济食品,还说她打算要去,我也应该跟她一起去,必须早点儿去排队,要不吃的东西就发完了。那会儿刚到十点或者十点半,可她说我们应该马上去占位子。我说:'救济食品!'又问了一句:'慈善机构?'可我还是跟她一起去了,因为我心想,怎么说呢,不管怎样,总会有个暖和的地方坐一坐。我们站在队伍里,好像永远没个头儿。我们身边有很多很多人,有的还是孩子呢,小维特山克,我的双脚都没有知觉了,就像两块冰坨一样。开门时间一到,你猜怎么样?他们根本不让我们进去,只是从里面走出来,站在门廊上,给我们每人发了一个包在蜡纸里的三明治——两片面包中间夹了一大块奶酪。我问跟我一起来的老太太:'他们干吗不给我们找个地方坐下来?''坐下来!'她说,'能有东西填饱肚子就已经够走运的了,要饭的甭想挑肥拣瘦。'她是这么说的。我心想:'噢,她说得没错儿。我们是要饭的。'转念又一想:'我刚才站在领救济食品的队伍里,从陌生人手里讨到了一顿午餐。'想到这儿,我忍不住哭了起来。我离开了那个老太太,晕头转向地到处乱走,一边吃着三明治,一边哭泣,完全搞不清楚自己在什么地方,也不知道跟你约定见面的那家餐馆在哪儿,三明治嚼在嘴里跟木屑一样干巴巴的。跟你说,我当时急着想要喝水,双脚就像被刀割一样。走着走着,我一抬头,你猜我看到了什么?是戴维斯太太的寄宿公寓。经历了这么多事情,还是这里给我一种家的感觉。我心里琢磨着:'嗯,他告诉我说,有个姑娘每天上午过来打扫卫生。现在上午已经过去了,所以……'"

小维特山克一声叹息。

"……于是我就走了进去,门厅里是那么温暖,那么舒适!我神不知鬼不觉就上了楼梯,来到你的房间,试着打开门,但是门上了锁。"

"你是知道的,"小维特山克说,"你看着我锁上了门。"

"是吗?哦,我不知道,当时我一定是没留神。你心急火燎地催我赶紧出门……'怎么办呢?'我心想,'好吧,我就坐在走廊里等。至少这儿很暖和。'我这么想着,就在你卧室门前的地板上坐了下来。"

小维特山克又是一声叹息。

"再后来,我听见一声'醒醒!'看来我一定是睡着了。我听见有人叫了一声'醒醒',这才发现有个黑人姑娘站在我面前俯视着我,眼睛就跟月亮一样大。'戴维斯太太!快来啊!有小偷!'她尖叫起来。可是她能看得清清楚楚,我穿得很体面啊。戴维斯太太听到喊声,跑了过来,她爬上楼梯,累得上气不接下气。'你这是怎么回事儿?'她问道。我琢磨着,她是个女人,也许会大发善心,于是就试图博得她的同情。'戴维斯太太,'我说,'我也不拐弯抹角了,我是从南方老家到这儿来看望小维特山克的,我们俩是恋人。外面天气冷得很,您可能都不会相信,真是冷得要死。我一整天只喝了一点儿热巧克力,吃了一块讨来的三明治,还喝过一口从小维特山克的窗户外面拿进屋来的牛奶,吃了一片他从商店里买来的面包……'"

"老天爷啊,丽尼。"小维特山克话里充满了厌恶。

"唉,我能怎么说呢?我满以为,既然她是个女人……你难道不这么想吗?我猜她可能会说:'哦,可怜的小东西。你一定感觉冰冷刺骨吧。'可是,小维特山克,她对我态度很恶劣。我早就应该料到,看她那染过的头发就不是什么好人。她大喊了一声:'滚出去!'她说:'你和他两个人,都给我滚出去!我还以为小维特山克是个勤劳体面的工人!'她还说什么,'真是的,我本来可以把房子租给一个在这儿包伙食的人,那样的话房租要高得多,可是,我出于基督精神把他留下了,这就是我得到的回报?滚出去,我可不是开妓院的。'她抓起拴在皮带上的一串钥匙,打开了你的门锁,对我说:'把你们的东西收拾好,你的和他的东西都包括在内,然后给我滚出去。'"

小维特山克用一只手紧捂着额头。

"我收拾东西的时候,她就站在那儿,监视着我的一举一动,就好像我是个罪犯一样,小维特山克。那个黑人姑娘也站在她旁边,眼睛还是跟月亮一样大。她们以为我会偷什么呢?我想要偷什么呢?我找不到手提箱装你的东西,于是我非常礼貌地问她:'戴维斯太太,您看我能不能借用一个纸板箱,如果我向您保证用完之后会给您还回来的话?'可她却说:'哈!你以为我会相信你?'就好像一个不值钱的旧纸板箱是什么珍贵的物件一样。我只好拿出你的一条工装裤,扎上裤腿,然后把你的东西都塞进了裤子里,因为实在没有更好的办法。"

"你把我所有的东西都装进去了?"小维特山克问道。

"都塞进了一个鼓鼓囊囊的大袋子里,就像是流浪汉的行李。然后,我又只好……"

"把我的阿尔伯特王子烟盒也装进去了?"

"一件小东西都没落下,我向你保证。"

"可是,丽尼,你把我的阿尔伯特王子烟盒装进去没有?"

"千真万确,我把你的阿尔伯特王子烟盒装进去了。你干吗为这点事儿大惊小怪?我还以为你抽的是骆驼烟呢。"

"我这阵子什么烟也不抽了,"他怏怏不乐地说,"抽烟花钱太多。"

"那为什么……"

"让我把这件事儿搞清楚,"他对丽尼说,"我现在没有地方住了,这是你要告诉我的吗?"

"不光是你,还有我呢。你能相信吗?你能想到她会这么不近人情吗?然后,我又只好把所有的东西从楼上搬下来,放到街边:我的手提箱,那个鼓鼓囊囊的大口袋,你装面包的罐子,还有——哦!

小维特山克！你的牛奶瓶！我忘了带上你的牛奶瓶！真对不起！"

"这是让你感到抱歉的事情？"

"我再买一瓶好了。我今天路过一家商店,牛奶是十分钱一瓶。十美分我还是有的,没什么大不了。"

"你这是在告诉我,我今天晚上得露宿街头了是吗？"小维特山克说。

"不是,等我把话说完。我正要告诉你呢。我带上我们俩所有的家当,顺着街道一路走一路哭哭啼啼,我到处看有没有'房屋出租'的标识,可是连一个也没有发现,最后我只好敲开了一位女士的家门,恳求道:'我和我丈夫刚刚失去了住处,现在无家可归,拜托您收留我们。'"

"哦,这万万行不通。"小维特山克说(他此时已经顾不得计较"丈夫"这个说辞了),"全国上下有一半的人都会这么说。"

"没错儿,"丽尼开开心心地说,"确实一点儿也行不通。她,还有下一位,再下一位女士都拒绝了我,不过对于我的请求,她们态度很和善,她们说:'抱歉,亲爱的。'其中一位女士还给了我一块姜汁饼干,不过我吃了那块从慈善机构讨来的三明治,还不觉得饿。那时候,我已经顺着荷兰街走了很远。我从那家餐馆门前向左拐了过去,他们早上那样对待我,我当然懒得去跟他们费口舌。不过,我问到的下一位女士说她愿意接纳我们。"

"什么？"

"而且房间比原来的要好,床也更大一些,这样你就用不着睡在椅子上了。屋子里没有抽屉柜,但是有一个带抽屉的床头柜,还有一个壁橱。那位女士把房子租给我,是因为她丈夫失业了,她说,她已经考虑了好一阵子,心里盘算着也许应该让他们的小儿子搬到姐姐的房间去住,这样就可以把他的房间租出去,一个星期五美元。"

"五美元！"小维特山克惊呼起来,"租金怎么这么高？"

"高吗?"

"住在戴维斯太太那儿,我只付四美元。"

"是吗?"

"这个价钱包括吃饭吗?"小维特山克问道。

"哦,不包括。"

小维特山克用渴望的眼神看着戴维斯太太的房子。有那么半秒钟,他脑子里闪过一丝冲动,想走上台阶,按响门铃。也许他可以跟她理论一番。她似乎一向对他颇有好感。她甚至还让他喊自己贝丝,不过,直呼其名感觉不大得体,戴维斯太太得有四十岁出头了。就在刚刚过去的圣诞夜,她还请小维特山克下楼到她的客厅里,喝上一杯她从油漆店买来的特别的东西(这是她的原话)。不过,当时的情景有点儿尴尬,因为小维特山克虽然渴望有机会与人交谈,但是和戴维斯太太共处一室,他怎么也想不出一个话题。

也许他可以装作去归还钥匙,然后不经意地提起他几乎不怎么认识丽尼·梅尔(事实上的确如此),她对自己来说无关痛痒,只是一个从家乡来的女孩,需要有个地方住,他只不过是起了怜悯之心罢了。

可就在他注视着那座房子的时候,客厅窗帘中间的一道缝隙呼啦一下合上了,透着几分怒气。他知道辩解也无济于事。

他转身朝自己那辆埃塞克斯走去,丽尼跟在他身旁,每走一步都一颠一颠的,简直是连蹦带跳。"你一定会喜欢上科拉·李,"丽尼说,"她是从西弗吉尼亚来的。"

"哦,你已经开始管她叫'科拉·李'了,是吧。"

"她觉得我们离开家人,从那么远的地方来到北方自立谋生,很可爱,也很有冒险精神。"

"丽尼·梅尔,"他突然在人行道上停下了脚步,质问道,"你为什么声称我是你的丈夫?"

"可是,除此以外,我能跟人怎么说呢? 如果不告诉他们我们已经结婚了,谁会把房间租给我们呢? 再说了,我感觉自己确实已经结婚了。我甚至都没觉得是在编故事。"

"在这个地界,他们管这叫作'撒谎',"他对丽尼说,"他们不会模棱两可,把这说成什么编造'故事'。"

"这我管不了。在老家,说一个人'撒谎'太不给人留情面了。你自己也清楚得很啊。"她轻轻地戳了一下他的肋骨,两人继续往前走,"不管怎么样,"她说,"'撒谎'也罢,'编造故事'也罢,哪个说法也不恰当。我真觉得你和我一直以来就是夫妻俩,甚至在我们还没有出生之前就是。"

小维特山克一时想不出从哪里来反驳她。

两人来到小维特山克的汽车跟前,他绕到驾驶座那一侧,坐进车里,发动了引擎,任由丽尼·梅尔自己打开乘客座的门。若不是只有她知道自己的全副家当现在何处,他会乐得把她丢下不管。

新租的房间并不比原来的强,甚至连面积也缩水了。那是一个磨坊工人擅自用隔板搭建的房子,从戴维斯太太的公寓往南大概五个街区。屋里有一张单人床,床垫都凹陷下去了,不可否认,比起戴维斯太太公寓里的那张小床,确实宽了点儿,但也宽了没多少,窗户附近的天花板上还有一块水痕。不过,科拉·李为人相当和气。她是个一头棕发的丰满女人,三十岁刚出头,她带着小维特山克去看房间,几乎头一句话就是:"好啦,要是有什么不合适的地方,你们尽管说出来,因为我们以前从来没有接待过房客,也不知道该怎么办。"

"怎么说呢,"小维特山克开口道,"在我原来住的地方,我只付四美元。我们只付四美元。"

科拉·李的脸猛地一怔,顿时僵住了。他看出来,对方决意要收五美元。如果换作一个油滑老到的人,即便如此,可能也会接着讨价

· 337 ·

还价,但小维特山克不是这种人,他把话题转到了卫生间的使用安排上,科拉·李的脸色这才由阴转晴。她说,因为她丈夫现在不工作,早晨的时候,小维特山克可以第一个用卫生间。与此同时,丽尼忙着在屋里转来转去,把床罩拉平,其实这是多此一举。她显然觉得谈钱是一件很难为情的事儿。

科拉·李刚一离开,屋子里只剩下了他们两个人,丽尼就走过来站在他面前,用双臂环抱着他,仿佛他们是在度蜜月什么的,但小维特山克挣脱开来,去查看壁橱。"我的阿尔伯特王子烟盒在哪儿?"他问。

"和你刮脸用的东西放在一起了。"

他把手伸进壁橱架上的一个皱巴巴的纸袋子里。果然,他摸到了烟盒,他那一卷钞票也仍旧塞在里面。他放回了烟盒。"我们需要买点儿东西当晚饭。"他说。

"哦,咱们出去吃吧,我请客。"

"去哪儿?"

"你刚才注意到街角那家餐馆了吗?萨姆和戴维小吃店。科拉·李说店里挺干净的。今天晚上的特价菜是烘肉卷拼盘,一个人二十美分。"

"那两人一共是四十美分。"小维特山克说,"杂货店里卖的那种长筒三文鱼罐头,一个才二十三美分,够我吃三四天呢。"

他恍然意识到,如果是两个人的话,就不够吃三四天了,想到自己以后要养活两个人,不再是一个人填饱肚子就行,他感到一阵心慌,近似于恐惧。

"可是我想去庆祝一下,"丽尼说,"这是我们俩头一回一起过夜,昨天晚上不算。晚餐的钱,我希望让我来付。"

小维特山克问:"不管怎么着吧,你有多少钱?"

"七美元五十八美分。"丽尼答道,听她的口气,仿佛这是一件值得炫耀的事情。

他叹了口气,说:"你最好还是省着点儿花吧。"

"就这一回行吗,小维?只在今天,为了我们一起度过的第一个夜晚。"

"求求你,能不能别叫我'小维'?"他问。

不过,他已经在穿夹克了。

出门来到街上,丽尼一副兴高采烈的样子,紧紧挽着他的胳膊,一路走,一路喋喋不休。她说到科拉·李同意让他们占用冰柜里的半个架子。"是冰箱,"她纠正了自己的说法,"他们有一台凯尔维纳托牌的。我们可以把牛奶和一些奶酪放进去。等跟她混熟了,我找个时间要求用一回炉子,用完之后我会自己动手给她清理得干干净净,这样下一回我再提出要求的话她也会答应,不知不觉,这厨房就跟是我们的一样了。我知道这种事情怎么办。"

小维特山克完全相信她能说到做到。

"而且我打算找份工作,"她说,"明天我就去找。"

"哦,你打算怎么去找呢?"小维特山克问道,"眼下大街小巷能有一千个成年男人跑来跑去,为找一份差事简直都能挤破头。"

"哦,我会找到的。等着瞧吧。"

他抽出自己的胳膊,跟丽尼分开走路。他感觉自己就像被几股太妃糖死死缠住了:刚把一只手从她的手指里挣脱出来,另一只手又被她牢牢抓住。但是他也要掌握好分寸,因为他需要丽尼租到的那个房间。假如他实在无法说服戴维斯太太重新收留他的话。

萨姆和戴维小吃店是一家很小的店面,特价菜用白色颜料写在雾气蒙蒙的前窗玻璃上。标价二十美分的烘肉卷拼盘包括面包和四季豆。小维特山克由着丽尼把他拽进了餐馆,只见里面有四张小桌子,吧台前还配有六个凳子。丽尼挑选了一张桌子,不过小维特山克觉得还是坐在吧台前会更自在一些。选择坐在吧台前面的,清一色是穿着工作服的单身男人,而坐在桌子旁边的,都是成双结对而来。

"你用不着非得选烘肉卷,"丽尼对他说,"你可以点贵一点儿的。"

"烘肉卷就行了。"

一个系着围裙的女人走了出来,给他们往玻璃杯里加了水。丽尼仰起头,眉花眼笑地对她说:"嘿,你好。我叫丽尼·梅尔,这位是小维特山克。我们刚刚搬到这附近。"

"是吗,"那女人说,"哦,我叫伯莎,是萨姆的妻子。我猜你们是住在墨菲家,对吧?"

"哇,你是怎么知道的?"

"是科拉·李顺道过来告诉我的。她简直高兴极了,因为自己遇上了这么讨人喜欢的一对年轻夫妇。我说:'亲爱的,应该是他们高兴才对。'这片地方再也找不出比科拉·李和乔·墨菲更和善的人了。"

"我能看得出来,"丽尼说,"我立刻就感觉到了。我只看了一眼她那张温柔的笑脸,就觉得她是个好人。她就跟我们家乡的人一样。"

"我们都跟家乡的人一样。"伯莎说,"我们都是来自家乡的人。住在汉普登的人都是这样的。"

"啊,那我们真是太幸运了!"

小维特山克只管仔细研究贴在柜台后面那面墙上的价目表,直到她们俩结束谈话。

这道烘肉卷是小维特山克很长时间以来吃过的味道最棒的一餐,两人一边吃着,丽尼说她有个办法可以减少房租。"你要睁大眼睛,看有什么小地方需要修理。"她说,"松动的地板啦,脱落的合页啦,或者别的什么。你问科拉·李介不介意你帮她修好。不要提钱啥的。"

"什么的。"小维特山克说。

丽尼闭口不言了。

"如果你想融入这个地方,就别再说起话来土里土气的。"

"好吧,等过几天之后,你再修点儿别的什么。这回你别问她,直接修理就是了。她听见锤子叮当乱响,就会跑过来看。'希望你不会介意,'你这样对她说,'我一发现有什么地方不对劲儿就忍不住想收拾好。'她当然会说一点儿也不介意,我们那间屋子的天花板有个裂缝,从这儿就能看得出来,她丈夫是不会动手修补的。然后你就对她说:'哦,我一直在想,我觉得您好像需要有人时不时地帮忙维修这座房子,我看咱们是不是可以商量一个办法。'"

"丽尼,在我看来,他们需要的是现金。"小维特山克对她说。

"现金?"

"他们宁愿让自家的房子散架,也得吃饱肚子,我想说的是这个意思。"

"呃,怎么会? 他们头顶上总得有个房顶吧! 他们总得有个不会漏水的房顶吧!"

"你告诉我:难道在扬西县,大家日子过得不艰难吗?"小维特山克问道。

"怎么说呢,大家确实过得很艰难! 有一半的商店都关了门,失业的人到处都是。"

"那你为什么无法理解墨菲家的境况呢? 也许他们有一笔分期付款拿不出来的话,房子就得归银行了。"

丽尼·梅尔说了一声"哦"。

"一切都跟原来不一样了。"他说,"没有人能给我们让价,也没有人能给你一份工作。等你的七美元花完之后,你就一无所有了,即使我愿意供养你,也无能为力。你知道我那个阿尔伯特王子烟盒里装的是什么吗? 四十三美元。那是我的全部积蓄。在情况没有发生变化之前,我曾经攒了一百二十美元。我已经过了好多年省吃俭用的日子,即使在情况好些的时候也是如此。我戒了烟,戒了酒,比我父亲养的那几条狗过去吃得还差,如果肚子实在空得难受,我就走到杂货店里,花一分钱买一根装在大桶里的酸黄瓜。加了小茴香叶的酸黄瓜绝对能让人大倒胃口。我是在戴维斯太太那儿住得时间最长的房客,不是因为我喜欢和另外五个大男人争抢卫生间,而是因为我有自己的追求。我想创立自己的公司。我想为懂得欣赏的人建造漂亮的房子,房顶上用的是货真价实的石板,地板上铺的是实实在在的瓷砖,再也不用沥青纸和油毡。我手下要有几个能干的工匠,比方说沃德建筑公司的多德·麦克道尔和加里·谢尔曼。我要开着属于自己的卡车,两侧打着我公司的名称。可是,要实现我的梦想,我需要客户,眼下压根儿就没有什么客户。现在看来根本就没戏。"

"哦,当然有戏啦!"丽尼说,"小维特山克!你以为我什么都不知道,可我清楚得很:你从头到尾读完了山城高中,成绩从来没有下过A。你还是个小家伙的时候就跟着父亲做木工活儿,在木材场干活儿的人都知道,不管大家问你什么问题都难不倒你。哦,你一定能做成的!"

"不可能,"他说,"今非昔比啊。"顿了一下,他又说,"丽尼,你得回家去。"

丽尼张大了嘴巴。她问了一句:"回家?"

"你读完高中了吗?没有吧,对不对?"

她抬起了下巴,这已经够说明问题了。

"你家里的人会到处寻找你的下落。"

"他们会不会到处找我,对我来说都是一样的。"她说,"反正他们也不在乎我。你知道,我和我妈关系一直都不大好。"

"那毕竟还是你妈。"小维特山克说。

"爸爸在过去的四年零十个月里,没有跟我说过一句话。"

小维特山克放下了手里的叉子。"什么？没有说过一句话？"他问。

"一句话也没有说过。如果他需要我把盐递过去,就对我妈说:'让她把盐递过来。'"

"啊,那真是太过分了。"小维特山克说。

"哦,小维特山克,你以为会怎么样呢？他们头一天发现我在干草仓里和一个小伙子在一起,第二天就全都忘了？有一阵子,我满以为你可能会来找我。我经常想象你突然出现的情景:我顺着小溪路正走着走着,你开着你姐夫的卡车来到我身边,对我说了声:'上来。'你告诉我说:'我要带你离开这里。'后来我又想,你可能会给我寄封信,里面夹带着让我买车票的钱。如果你真么做了,我下一分钟就会收拾好行装离家出走！对我不理不睬的人不光是我爸爸,别人也不怎么跟我搭腔。就连我的两个哥哥对我也跟以前大不一样,学校里的女同学态度倒是很亲热,我后来发现,她们试图跟我成为亲密的朋友,是为了让我把所有的细节都说出来。等到上了高中,我以为大家不会知道我的过去,一切能够重新开始,可是他们全都知道,这是自然而然的,因为跟我一道升上高中的初中同学已经把这件事儿传开了。'那是丽尼·梅尔·因曼,'他们会说,'她和她的男朋友在她哥哥的毕业聚会上一丝不挂,赤身裸体走来走去。'因为到了那会儿,事情已经被大家添油加醋,说成那个样子了。"

"你这么说就好像是我的错,"小维特山克对她说,"这一切都是你引起的。"

"我没说不是我引起的。我确实很差劲。可我当时在恋爱中。我现在仍然在恋爱中。而且我知道你跟我一样。"

他开口道:"丽尼……"

"求求你,小维特山克,"丽尼说,他不明白为什么,她脸上挂着微笑,眼中却泪光闪闪,"给我一次机会,难道不可以吗？现在我们

· 343 ·

什么也不说了,好好享受我们的晚餐吧。这顿晚餐是不是很棒?烘肉卷是不是非常好吃?"

他低头看看自己的盘子。"是啊,"他说,"很好吃。"

然而他再也没有拿起叉子。

回家的路上,她开始问起他的日常生活:晚上都是怎么过的,周末干些什么,有没有朋友,诸如此类。虽然刚才吃饭的时候他只喝了些水,小维特山克却开始眉飞色舞地侃侃而谈,过去他喝了酒经常会这样。一定是他想说的话在心里沉积得太久了,突然一下喷涌而出,才显得异常兴奋。因为自从沃德建筑公司倒闭,他和其他工友就失去了联系,他基本上没有任何朋友。(交际应酬需要花钱,至少男人是免不了的。他们需要买酒和汉堡,还要给汽车加油;他们总不能围坐成一圈无所事事,跟一帮女人一样谈天闲聊。)他告诉丽尼,他晚上没什么事儿可干,经常是在浴缸里洗自己的衣服,听到丽尼哈哈大笑,他说:"不是开玩笑,我说的是真的。周末我总是呼呼大睡。"他已经不再死要面子了,话说得很坦率,并不试图显得自己很讨人喜欢、事业成功或者精于世故。他们走上墨菲家的台阶,进了前门,从房门紧闭的客厅前面经过的时候,可以听见里面的收音机正在播放某个伴舞乐队演奏的音乐,两个孩子正在轻声细语地为什么事争吵不休。"你偷看了,我亲眼看见的。""不,我根本没有!"虽然这并不是小维特山克的客厅,他也从来没有见过那两个孩子,但他心里油然萌生了一种家的感觉。

他们走上楼梯,来到自己的房间(门上没有锁),小维特山克立刻开始紧张起来,不知道下一步该怎么办。如果只有他一个人的话,他会立刻上床睡觉,因为他早晨通常起得很早,但这可能会让丽尼产生误解。甚至她有可能已经误会了,从她的一举一动就能感觉出来。她脱下大衣的时候,动作里带着几分羞涩,把衣服挂起来的样子也透着小心和拘谨。她摘下帽子,放在壁橱的架子上,犹豫不定地用指尖轻轻拍了几下有些凌乱的头发,始终背对着他,仿佛正在为面对他做准备。她脑后的头发无意中分开了,露出苍白的后脖颈,显得那么温驯、胆怯,这让他为她感到怜惜。他清了清喉咙,叫了一声:"丽尼·梅尔。"

她转过身来问:"怎么啦?"接着又说,"你干吗不脱掉夹克,让自己舒服点儿。"

"嗨,我现在跟你实话实说,"小维特山克说道,"我想把我们两个之间的事情说个明白。"

丽尼的眉头之间出现了一道细纹。

"你在家里经历的那些事情,我很过意不去。"他说,"我想,那滋味肯定不好受。可是,丽尼,你想想看,我们两个之间真的有什么关系吗?我们彼此之间几乎什么都不了解!我们约会还不到一个月!我独自来到这里,试图安身立命,对我一个人来说就已经够艰难的了,两个人根本不可能。回到家乡,至少你还有家人可以依靠。不管他们怎么看待你。我觉得你应该回家去。"

"你说这番话,只是因为你在生我的气。"丽尼对他说。

"什么?不是那么回事儿,我并不是……"

"你很气恼,因为我没有告诉你我的年龄,可是你为什么不主动问我呢?你为什么从来不问我是在上学还是在什么地方工作,我不和你在一起的时候都做了些什么?你为什么对我毫无兴趣呢?"

"什么?说真的,我对你很有兴趣!"

"哦,我们俩都很清楚你对什么感兴趣。"

"慢着,"小维特山克说,"你这么说话公平吗?是谁最先开始脱衣服的,需要我提醒你吗?是谁把我拽进谷仓的?又是谁让我把手放在她身上的?还有,你对我怎么打发时间感兴趣吗?"

"是啊,我感兴趣。"丽尼说,"我问过你这个问题。只是你从来

· 345 ·

都懒得回答,因为你正急不可耐地让我躺在地上。我说:'小维特山克,跟我讲讲你的生活,说说吧,我想了解你的一切。'可是你告诉我了吗?没有。你只顾着解开我的衣扣。"

小维特山克觉得自己输掉了一场争辩,一场他甚至根本不在乎的争辩。他本来想说的完全是另一回事儿。他说了声:"好了,丽尼。"把两个拳头重重地插进夹克口袋里,可是左口袋有东西堵在里面,他掏出来一看,是包在手帕里的半个三明治。

"那是什么?"丽尼问他。

"是一块……三明治。"

"什么三明治。"

"鸡蛋?是鸡蛋。"

"你从哪儿弄来的鸡蛋三明治?"

"我今天去给一位女士干活儿,是她给我的。"小维特山克答道,"我吃了一半,剩下的一半带回来给你,可是后来你非要出去吃晚饭。"

"哦,小维特山克,"她说,"你真是太体贴了。"

"不不,我只是……"

"你真是太好了!"她说着,从他手里接过了三明治,还有包在外面的手帕,她的脸颊粉扑扑的,霎时显得那么美丽动人,"你给我带了三明治,我心里真是说不出的高兴。"她说着,近乎虔诚地打开了手帕,仔细端详了一会儿,然后抬起头来看着他,眼里泪水满盈。

"可是已经挤扁了。"他说。

"我不在乎挤扁了没有!让我高兴的是,你在干活儿的时候还能想到我。哦,小维特山克,这些年我太孤独了!你不知道我有多孤独。我一直是孤孤单单的一个人!"

她一下子扑在他身上,抽抽搭搭地哭了起来,手里还拿着那块三明治。

停了一会儿,小维特山克抬起双臂,把她拥入怀中。

丽尼没有找到工作,这也是意料之中的。找工作的计划没能如愿以偿,但她的共用厨房计划成功了。她和科拉成了朋友,两个人一起在厨房里做饭,随随便便聊着一些女人的话题,没过多久,小维特山克和丽尼就顺理成章地开始和科拉一家人一起同桌吃饭了。天气变暖之后,两个女人想出了一个点子,她们从赶着四轮马车到汉普登来的农民那里买下水果和蔬菜,然后忙碌一整天加工装罐,厨房里热浪滚滚,简直都要爆炸了。两个女人中还是丽尼胆子大,接下去,她开始走街串巷,向街坊邻居们兜售自己制作的东西。她们还是挣了些钱,虽然不多。

小维特山克也确实在房子里下了些修修补补的活儿,他这么做只是因为如果他不动手的话,永远也没人过问,但他没有收费,也没有试图少付房租。

甚至在大家的经济状况有所改善,小维特山克和丽尼搬到科顿大街上的一座房子里之后,丽尼和科拉·李仍旧保持着朋友关系。怎么说呢,在小维特山克看来,丽尼似乎和所有人都是朋友。有时候他忍不住会想,是不是那几年被排斥被孤立的经历让她对社交生活有一种病态的渴求?他下班回家,经常发现厨房里挤满了女人,她们的孩子都在后院里厮混在一起玩耍。"还不能吃晚饭吗?"他这么一问,女人们就会四散而去,出门的时候顺便捎上自家的孩子。可他并不觉得丽尼是个懒女人。哦,绝对不是。她和科拉还在做着罐装水果蔬菜的小生意,随着小维特山克的客户开始逐渐增多,她还负责替小维特山克接电话,开具账单。事实上,她比小维特山克更擅长和客户打交道,经常乐得花点儿时间和大家寒暄闲聊几句,碰上出了什么问题或者有人抱怨,她也能巧妙地化解。

那时候,他已经有了自己的卡车,虽然是二手车,但也相当不错。

· 347 ·

他还雇了几个工人,凑齐了一整套上好的工具,是他零零散散从运气不佳的同行手里买来的,件件都是结实耐用、做工精美的老式工具。比方说,他有一把锯子,上过油的木头手柄上用蚀刻手法镌刻着一枝迷迭香的图案,无比精巧细致。的确,并不是他的祖先前辈挥洒的汗水一次次浸润锯子的把手,使得它颜色变暗,但他仍然为之倍感骄傲。他一贯悉心呵护自己的工具,还总是亲自到木材场一块一块地挑选木板。"嘿,伙计们,我知道你们脑子里有可能在打什么主意,想用花言巧语哄骗我。带死结的我不要,变形或者发霉的也别拿来糊弄我……"

"如果我已经结婚了呢?"多年以后,他才想起来问丽尼这个问题,"如果你跑到北方来,发现我已经有了老婆,还生了六个孩子,你该如何是好?"

"哦,小维特山克。"丽尼说,"那是绝对不可能的。"

"你凭什么这么肯定?"

"这个嘛,首先,你怎么会在五年里生下六个孩子?"

"是不可能,但是,你知道我想说的意思。"

她只是微微一笑。

在某些方面,她表现得比小维特山克还老成,但在另一些方面,她似乎永远是个十三岁的少女——活力四射、桀骜不驯,而且还固执己见。丽尼这么轻易就和自己的家人断绝了所有联系,这让他惊诧不已。这说明她真真切切会产生刻骨铭心的怨恨,这一点他从来没有怀疑过。她似乎根本无意改变带有乡土气息的说话方式。时到如今,她还是不说"喊一声",而是说"吼一嗓子",她不说"累坏了",而是说"累得慌",不说"赶快",而是说"麻溜儿"。她还硬要喊他"小维"。丽尼有个习惯让小维特山克大为恼火,每当她要给他讲一件好笑的事情,话还没出口,自己先笑得前仰后合,极度夸张,就好像在教他怎么纵声大笑。丽尼想要说服他做什么事情的时候,真可谓软磨硬泡。他正在和别人谈话,丽尼就用尖尖的手指一个劲儿拽他的衣袖。

啊,那些认为你独归他们所有的人,是多么可怕、多么沉重的负担,简直压得人喘不上气来!

如果说小维特山克是两个人中放荡不羁的那一个,为什么自他们相识以来,他遇上的每一次麻烦都是丽尼·梅尔造成的?

小维特山克生得棱角分明、胸膛窄小,身上几乎没有一点儿脂肪,对吃的东西从来没有什么兴趣。不过,有时候他傍晚下班回到家,碰上丽尼正在和隔壁邻居聊得起劲儿,他就站在冰箱前面,风卷残云一般吃掉所有的剩饭剩菜:猪排、法兰克福香肠、凉丝丝的土豆泥和豌豆,还有煮熟的甜菜,一样接一样落入他的肚子,这些食物他甚至压根儿就不喜欢。他这样狼吞虎咽一气,就好像饿得饥肠辘辘,就好像口腹之欲从来没有真正得到过满足,等到丽尼问起来:"你看见我留在那儿的豌豆没有?豌豆跑哪儿去了?"他闭口不言,仿佛是一尊石雕。丽尼一定心知肚明。她能怎么想:小梅丽科酷爱冷豌豆,吃个没够?不过她从来没有说出口。因为这个,在小维特山克心里,感激和嫌恶交织在一起。居然在他面前摆出一副居高临下的姿态,真有她的!她肯定自以为对他了如指掌!

在这种时刻,他脑子里总会再次上演很久以前开车去火车站的过程,这一回情节不同。他沿着昏暗的街道一路向南,过了火车站朝右拐,接着又是一个右拐弯开上查尔斯大街,然后一路开回寄宿公寓。开门进屋之后,他随手上了锁。倒在小床上。独自睡去。

第十三章

小维特山克让尤金把秋千送到码头区附近的迪尔曼兄弟公司。每当遇上某位客户的百叶窗油漆涂得太厚,黏糊糊的,简直像是舔了一半的太妃糖,维特山克建筑公司就会把百叶窗送到那儿去处理。迪尔曼兄弟显然有一大桶苛性碱溶液,任何东西都能去除得一干二净,只剩下木头。"让他们不多不少一个星期以后就给我们送回来。"小维特山克嘱咐尤金说。

"从今天算起,一个星期以后?"

"我说的就是这个意思。"

"老板,那些家伙可能会花上一个月时间。他们不喜欢被催来催去。"

"告诉他们这是个急活儿。你就说,需要我们多付钱也没问题。从现在起,再过两个星期日,我就要搬家了,我想在那之前就把秋千挂上。"

"哦,那我就尽力吧,老板。"

小维特山克看得出来,尤金心里在嘀咕:为这么一架秋千折腾来折腾去真是小题大做,不过他是个通晓事理的人,并没有表露出来。尤金是小维特山克的一个尝试,那是他头一回雇佣黑人,当时正赶上公司里的一个油漆工应征入伍,他就录用了尤金。到目前为止,尤金干得还算不错。事实上,小维特山克上个星期刚刚又雇佣了一个黑人。

丽尼·梅尔最近一直担心小维特山克自己也会被征召进军队。他说自己都已经四十二岁了,但丽尼说:"我不管这一套,他们随时都有可能提高征募年龄,而且你也有可能主动去参军啊。"

"参军!"小维特山克叫道,"你把我当成天大的傻瓜了吗?"

有时候,他觉得自己的人生就像被遗弃在侧轨上的一节车厢,闲置了多年:那些虚掷时光、狂野不羁的年轻岁月,还有大萧条时期的艰难时日。他落在了后面,他奋起追赶,终于纳入了正轨,如果欧洲爆发的什么见鬼的战争阻挡他的脚步,他就完蛋了。

秋千送回来的时候,完全变成了裸木,这简直是个奇迹,连最细小的木头缝儿里都看不到一丝蓝色。小维特山克围着秋千绕了一圈,目光中透出惊奇。"天哪,我真不敢想象他们那个大桶里装的是什么奇妙的玩意儿。"

尤金呵呵一笑,问道:"要不要我刷上清漆?"

"不用,"小维特山克说,"我自己来。"

尤金诧异地看了他一眼,但是没有作声。

两人把秋千抬到后院,倒放在一块垫布上,这样小维特山克就可以给底部上漆,然后放一阵子,等漆干透之后再调个过儿。那是一个暖洋洋的五月天,天气预报也没有雨,所以小维特山克琢磨着晚上可以把秋千留在外面,第二天早晨再来把剩下的活儿干完。

跟大部分木匠一样,他非常厌烦上油漆,而且他心里也很明白,这并非自己的长项。但是,由于某种原因,独自完成这道工序对他来说似乎至关重要。他一丝不苟、慢条斯理地刷着清漆,虽然秋千的底部根本不会显露出来。说真的,这个活儿干起来很让人惬意。阳光透过树丛斜射过来,微风吹在脸上凉丝丝的,他脑子里回旋着《查塔努加火车》①的旋律。

> 三点四十五分,你离开了宾州火车站,
> 翻完一本杂志,巴尔的摩就在眼前……

收工之后,他洗净刷子,把清漆和溶剂油收好,然后回家去吃晚饭,心里颇有点儿扬扬得意。

第二天早晨,他去把剩下的活儿干完。秋千上的清漆倒是干了,但是座板底面沾上了一层细细的花粉。他早该预料到。也难怪他讨厌油漆活儿!他低声咒骂着,把垫布连同上面的秋千拖向后廊。紧接着,他在后廊封闭好的一端又铺了一块垫布,把秋千拖到上面,正面朝上。老天在上,这回应该万事大吉了。他握住扶手的时候,指尖蹭在下表面上,感觉很毛糙,他试着不把这当成一回事儿。

这星期早些时候,尤金刚刚给后廊里面刷过漆,此时,油漆和清漆的味道混合在一起,让小维特山克微微有点儿昏沉沉的感觉。他用刷子顺着木头一下一下地刷着,恍如在梦中。这难道不是很有趣吗:木头的纹理仿佛在向你讲述它自己的故事,你可以追根溯源,当你了解到它经历过多么漫长的旅途,又在哪里被意想不到地拦腰折断,你会倍感惊奇。

他开始胡思乱想:将来会不会有一天,一个男孩趁梅丽科坐在这架秋千上的时候向她求婚;雷德克里夫的孩子们会不会一边起劲儿地荡着秋千忽上忽下,一边大声吵闹喧哗,孩子们的母亲见状会不会抓住绳子,让秋千慢下来。

自从小维特山克体会到,一个男人会对自己的孩子怀有怎样的感情,他对自己的父亲产生了一种强烈的愤慨,埋藏在心里挥之不

---

① 《查塔努加火车》创作于1941年,由麦克·戈登填词,哈利·华伦谱曲。

去。他的父亲有六个儿子和一个女儿,对子女一贯放任不管,比狗妈妈对小狗还随意。小维特山克年龄越大,越觉得父亲的态度难以理解。

他急促地甩了一下头,动作十分突兀,又把刷子在清漆里蘸了一下。

他用的清漆颜色跟荞麦蜜一样,能突显出木头的质感,同时加深颜色。家里绝不能再装上一成不变的瑞典蓝色秋千!绝不能再有乱七八糟的绳条地毯和锈迹斑斑的金属摇椅!绝不能再把门廊的顶板涂成淡蓝色,在他看来,那是为了让人联想到天空,门廊的地板也绝不能再漆成蓝灰色,跟军舰一个样。

到了搬家的日子,当丽尼顺着石板路走上来,站在前廊台阶下,会禁不住惊呼一声:"啊!"她会目瞪口呆地看着秋千,飞快地把一只手掩在嘴上。"哦,为什么……!"丽尼也许并非如他所想。也许她会把自己的错愕掩饰起来;她可能有足够的心机,深藏不露。不管她反应如何,小维特山克会毫不迟疑地大踏步走上台阶。他不会流露出一丝异样的表情,就好像有什么地方不对劲儿。"咱们进屋吧?"他会这样发出邀请,转过身去看着她,亲热而殷勤地打个手势,指着大门方向。

想象着这样的场景,小维特山克不由得沾沾自喜,可是他总感觉还缺了点儿什么。丽尼不会充分认识到这背后所隐含的一切:她的任性之举让他感到多么惊愕、震怒和愤愤不平;他怎样劳神费力地修复她所造成的损害;尤金为此还去了趟迪尔曼兄弟公司——这项加急服务的收费真是高得离谱(是正常费用的两倍);小维特山克自己专门跑了两趟,才给秋千上好了清漆,星期五早上还要来把吊环螺栓拧回去,重新将绳子拴在螺栓的"8"字形挂钩上,然后再装上秋千,垂吊在顶板上——这一切丽尼全都不明就里。要说起来,这很符合他们朝夕相处的生活模式:他把所有秘密都深藏在心里,尽管他也有一吐为快的欲望。她永远也不会知道,这些年来,他多么渴望解脱出来,他对她不离不弃只是因为他心里明白,如果他弃她而去,她会茫然无措;她永远也不会知道,日复一日,年复一年,他都是在弥补自己过去犯下的错误,这样的生活对他来说是多么沉重的负担。不,她不知道,她坚信他留下来是因为他深爱着自己。如果他告诉他,自己根本不爱她;如果他设法让她明白,自己所做的一切都是自我牺牲,她会被彻底击垮,这样的话,他的自我牺牲到头来只是一场空。

他用刷子绕着每一根纺锤形细柱刷了又刷,让清漆舒缓地渗入每一个接口,他在木板条上的每一个裂缝上勾了一下又一下,动作非常轻柔,简直可以说是温情脉脉。

在餐车里来一顿美餐,
没有什么能比得上
在卡罗来纳吃的火腿和鸡蛋……

星期五他去挂秋千的时候,又从家里带了几个箱子,还有几件小家具,是儿童房里的游戏桌和配套的几把小椅子。他盘算着还是尽量提前多运些东西过去的好。他在屋后停下车,把所有东西通过厨房送进屋里,然后再搬到楼上。上楼之后,他打算尽情欣赏一番自己的新房子。他站在过道栏杆边上,俯视着楼下熠熠生辉的门厅,又走进主卧室,心满意足地打量着轩敞阔大的房间。他和丽尼的床已经摆好了,是上个星期塞福家具店刚刚送过来的成对单人床,跟布里尔家原来的布置一样。丽尼不明白干吗不继续用他们原来的双人床,小维特山克却说:"你想想看,这样的床更实用。你知道我半夜经常翻过来掉过去。"

"我不在乎你翻过来掉过去。"

"总之,我们先试试看吧,干吗不呢?反正我们也不会把双人床扔掉。如果我们改了主意,随时都可以把双人床从客卧搬回来。"

不过,他私下里根本不想再把双人床搬回来。他喜欢成对单人床这个构思,有一种好莱坞式的奢华之感。再说他小时候前前后后和好几个哥哥睡过一张床,已经过够了那种日子。

卧室靠里的角落摆放着原来属于布里尔家的大衣柜,在他眼里也是个华美的物件,虽然他一想起自己第一次向布里尔太太提起的时候说成了"橱子",两颊还会一阵发烫。

"布里尔太太,"他当时是这样说的,"我听说您不打算把橱子搬到新房子去,您看我能买下来吗?"

布里尔太太蹙起了眉头。"我的什么?"她问。

"您卧室里的橱子。听您儿子说,那个橱子太大了。"

"噢!哎呀,当然可以。吉姆,小维特山克问我,他能不能买下我们的大衣柜。"

这时候,小维特山克才意识到自己犯了个可笑的错误。虽然他必须承认,布里尔太太表现得很得体,但自己的话全落在她耳朵里了,这让他大为恼火。

从某种意义上来说,正是布里尔太太的委婉得体让他怒火中烧。

哦,事情总是这样,总是分成"我们和他们"。不管是城镇里那些上高中的孩子,还是住在罗兰帕克的有钱人,总有人向他挑明,他不怎么入流,也不大够格。而且在一般人看来,这是他自己造成的,因为在他生活的这个国家里,从理论上说,他完全可以提升自己,进入上流社会。没有任何东西给他造成阻碍。不过还是有点儿什么东西,他自己也说不清道不明。穿衣打扮或者谈吐举止方面总有些非常微妙的机巧难以把握,让他只能站在上流社会的圈子外面往里面张望。

一派胡言。够了。他现在有了一个用杉木做衬里的大壁橱,就为了保存羊毛衣物,别的一概不放在里面。卧室的壁纸是从法国大老远运来的。窗户也开得高高的,他站在窗边,街上的人几乎可以从他的头顶一直看到他的膝盖。

可是,小维特山克发现有个窗台的一角鼓起了一个油漆泡。布里尔家一定是在某一天下大暴雨的时候没关窗户,或者是热胀冷缩造成的。这可不大好。

还有,窗台下底和壁纸的接合处缝隙太明显了。要说起来,那个缝隙已经在开裂。实际上,和窗台相接合的壁纸已经微微翘了起来。

星期六,小维特山克通常去走访客户,给他们报价,那时候男主人一般会在家。所以他没有顺道去新房子看看。他早早就结束了约定的会面,因为第二天要搬家,收拾打包的活儿还没干完。小维特山克回到家是大约三点钟,他从厨房走进去,发现丽尼正在从洗碗池底下的一个橘色塑料箱里往外拿清洁用品。她光着脚跪在地上,脚底板正冲着他,上面灰扑扑地沾满了土。"我回来啦。"他对丽尼说。

"哦,太好了。冰箱顶上有个大浅盘,你能给我拿下来吗?我忘得一干二净!我很有可能把它丢在那儿,就这么走了。"

他伸手从冰箱顶上拿下那个大浅盘,放在了台面上。"我有点儿想趁天还没黑,再运一趟东西。"他对丽尼说,"这样明天早晨就省事儿多了。"

"唉,别再跑一趟了。你会把自己累坏的。等明天多德他们来了以后再说吧。"

"我不拿重东西,就带上几个箱子之类的。"

丽尼没有作声。小维特山克希望她把头从橘色塑料箱里缩回来看着他,可是她只顾忙着手里的活儿,小维特山克过了一会儿就走开了。

客厅里,两个孩子正在把空纸箱垒起来,堆建什么东西,或者说是梅丽科一个人在堆,雷德克里夫年龄还太小,脑子里没有什么想法,但梅丽科带着他一起玩让他很兴奋,他摇摇晃晃地跑来跑去,梅丽科让他把箱子拖到什么地方他都乖乖照办。地毯已经卷了起来,准备运走,有一大片空地板可以让他们尽情玩耍。"爸爸,你看我们的城堡。"梅丽科对他说。"很棒啊。"小维特山克夸赞了一句,回到卧室去换下了自己的好衣服。他去给客户报价的时候,通常会穿上西服套装。

等他回到厨房,丽尼正在把清洁用品装进一个有"杜兹"牌清洁剂标志的纸板箱里。"艾伯特太太的丈夫把她想要的项目砍掉了一半,"小维特山克说,"他当即把清单过了一遍,问了一堆问题:'这个价格怎么这么高?要这个有什么用呢?'我要是早知道他会那么做就好了,省得我费工夫算来算去。"

"真是遗憾。"丽尼·梅尔说,"也许她会跟她丈夫再说说,让他改变主意的。"

"不可能,她只会言听计从。她丈夫每划掉一项,她就又伤心又惋惜地发出一声'噢'。"

他等着丽尼发表意见,但丽尼没有开口。她正在把一瓶氨水裹在擦碗布里。小维特山克希望她朝自己看一眼。他开始感到有点儿心神不定。

丽尼·梅尔为什么事情心怀愠怒的时候,她不会大吵大闹,不会生闷气,也不会乱扔东西,她可不是那种人,她只会刻意不去看他。怎么说呢,在不得已的情况下她也会把目光投向他,但她不会细细地打量他。她说话的语调也还算轻松愉悦,她会面带微笑,一举一动无异于平常,然而,她的心思仿佛放在别的事情上。这种时候,他会惊讶地发现,自己多么急切地渴望得到她凝注的目光。他突然之间意识到,平日里,她的目光多么频繁地停留在他身上,她的眼睛总是在他身上流连、徘徊,仿佛只是纯粹喜欢看着他。

然而,此时此刻,他想不出来她因为什么而生气,按理说应该是他气不打一处来才对——而且他确实压抑着心头的怒火。可是,他讨厌这种不确定感。于是他走了过去,面对面站在她跟前,两人之间只隔着那个印有"杜兹"牌清洁剂标志的纸板箱。他问丽尼:"今天晚上你想去餐馆吃饭吗?"

他们很少在餐馆吃饭,除非是个特殊的日子。即使这样,丽尼仍然没有抬眼看他,只是说了一句:"我看也只能这样,因为我把冰箱里所有的东西都拿到新房子去了。"

"是吗?"他问,"你是怎么带去的?"

"嗯,今天多丽丝帮我看孩子,我可以腾出空来打包,我心想:'干吗不自己到新房子去一趟呢?'你知道我从来没有一个人去过。于是我就装好两个提袋,乘坐有轨电车过去了。"

"我们本来可以等到明天,把吃的东西放在卡车上啊。"小维特山克说。他的脑子在飞快地旋转。丽尼看到重新刷上清漆的秋千了吗?她一定看见了。于是他又开口道:"我不明白,你干吗非得一个人费那么大劲儿把东西带过去。"

"我只是觉得,既然我不管怎样都要去,那就带些东西。"她说,"这样一来,我们明天就能在那边吃早饭了,免得在这儿碍手碍脚的,给搬家的人添麻烦。"

她把一罐"好友"清洁剂竖直放在纸板箱的一角,眼睛只顾盯着那个金属罐。

"噢,"他说,"你觉得新房子怎么样?"

"看着还不错。"她说着,又将一个长柄刷子塞进箱子的另一个角落,"不过,门有点儿卡。"

"门?"

"前门。"

这么说来,她是从前门进屋的。嗯,她从车站一路走过去,当然会走前门。

他说:"前门根本不卡啊!"

"你按一下插销按钮,门就是打不开。有那么一会儿,我以为自己刚才开锁的方法不对。不过,我又先把门往外拽了一点儿,然后再按一下按钮,门就开了。"

"那是挡风雨条造成的。"小维特山克说,"门上的挡风雨条相当宽,所以才会那样。那扇门并不卡。"

"总之,我觉得好像有点儿卡。"

"总之,门不卡。"

他等着丽尼跟他摊牌。他几乎就要脱口而出,他几乎直接抛出了心里的疑问:"你注意到那架秋千了吗?你发现秋千又变回了原来的样子,不感到惊讶吗?你难道不同意我的看法,觉得还是现在这样子看上去更顺眼吗?"

但是那样的话,就会让自己在她面前一览无余,让她明白自己很在乎她的看法,或者说让她认为他很在意。

她可能会告诉他,那架秋千看上去蠢透了,一看就是刻意模仿有钱人家的秋千,他在假装自己属于上流社会,其实他根本没有跨进去。

所以,他只说了一句:"相信我的话吧,等到了冬天,你会非常庆幸我在门上装了挡风雨条。"

丽尼默不作声地把一盒肥皂片塞在了那罐"邦艾米"清洁剂旁边。小维特山克又站了一会儿,就离开了厨房。

他们在暮色中走向餐馆,每当遇到坐在前廊上的人,不管是朋友还是陌生人,大家都会问候一声"晚上好"或者说一声"多美的夜晚啊"。丽尼说:"我希望等搬了新家,邻居们也会跟我们打招呼。"

"哦,他们当然会啦。"小维特山克说。

他让雷德克里夫骑在自己肩膀上,梅丽科蹬着一辆木制的旧三轮脚踏车,咕噜咕噜跑在前面,其实对于那辆车来说,她个子已经太大了,但是因为橡胶匮乏,也没法给她买一辆新的。

"那个布里尔太太,"丽尼说,"你记得吧,她张口闭口说什么'我的杂货店老板','我的药剂师',就好像这些人是属于她的!圣诞节的时候,她给我们送来一篮子东西,还说:'槲寄生是从我的鲜花店店主那儿买来的。'我心想:'花店店主听说自己成了她的,不会感到吃惊吗?'我真希望新邻居们不会用这种腔调说话。"

"她并不是那个意思。"小维特山克说着,往前迈了两大步,然后转过身来倒退着走,眼睛盯着她的脸,"她可能是想说,我们的花店店主也许没有槲寄生,但是她的花店店主有。"

丽尼咯咯地笑出了声。"我们的花店店主!"她重复了一遍小维特山克的话,"你能想象出来吗?"

可说话的时候,她的目光却投向上了年纪的厄里先生,他正在用水管冲洗自家门前的台阶。丽尼冲他挥了挥手,说:"你好啊,厄里先生。"

小维特山克只好改成脸朝前走路。

丽尼用目光回避他持续时间最长的一次,是因为她想要个孩子而他却不想要。她盼了好几年,他却总是推三阻四。没有足够的钱啦,时机不对啦,这些理由她暂时都接受了。最后他又说:"丽尼·梅尔,跟你说实话,我根本没打算要孩子。"她惊得目瞪口呆。她也哭过,吵闹过,还说他有这种想法是因为发生在他母亲身上的事情。(他的母亲死于难产,腹中的婴儿也没能活下来。但这其实毫不相干。说真的!他早就把那件事儿抛到脑后了。)从那以后,丽尼似乎渐渐地不再用欣赏的目光打量他。他不得不承认,自己有一种失落感。他心里一直很清楚,在丽尼眼里,他是个相貌英俊的男人,这甚至都不需要她说出口。并不是说他在意这些事情!可他一直能真真切切感觉到,现在就好像缺了点儿什么。

那一次是他做了让步。他坚持了一个星期,最后,他不得已主动开口说:"听着,如果我们打算要孩子的话……"霎时,她的眼睛闪出一道机敏的目光,从他脸上扫过,让他感觉自己就像一株焦渴枯萎的植物终于得到了雨露的滋润。

晚餐桌上,小维特山克告诉梅丽科和雷德克里夫,他们将会有自己单独的房间。雷德克里夫只顾忙着把利马豆从豆荚里挤出来,梅丽科听了说:"我都等不及了。我讨厌和别人住一个房间。雷德克里夫每天早晨身上都有一股尿味儿。"

"哎,说话好听点儿,"丽尼·梅尔对她说,"你也有过身上一股尿味儿的时候啊。"

"我从来没有过。"

"你是个小婴儿的时候就有啊。"

"雷德克里夫是个小婴儿!"梅丽科故意用唱歌的调子逗弄雷德克里夫。

雷德克里夫只是又挤出了一颗利马豆。

"谁想要冰激凌?"小维特山克问道。

梅丽科喊道:"我要!"雷德克里夫也说:"我要!"

"丽尼·梅尔?"小维特山克又问她。

"好呀。"丽尼·梅尔应了一句。

但她却把脸转向雷德克里夫,随手拂掉了他手上的利马豆豆荚。

孩子们上床睡觉之后,他们俩总是一起听收音机,丽尼顺便干些缝缝补补的活儿,小维特山克整理第二天的工作计划。但此时,客厅里一团乱糟糟,收音机也装进了一个纸板盒里。丽尼说:"我看,要么我就自己上床睡觉去了。"小维特山克说:"我再待一会儿。"

他花了点儿时间把商务文件打包,准备搬家的时候带走,然后熄灯上楼。丽尼已经换上了睡袍,但她还在卧室里东转转西转转,把写

· 361 ·

字台上的几件东西收进抽屉。她问了一句:"你需要上闹铃吗?"

"不用,我肯定会自己醒的。"他说。

他脱下外衣,把衬衫和工装裤挂在壁橱里的挂钩上,平常他都是把衣服搭在椅子上,反正第二天早上还要穿。"我们在这儿过的最后一个晚上了,丽尼·梅尔。"

"嗯——嗯。"

丽尼把写字台上的台布折叠起来,放进了最上面一层抽屉里。

"也是我们睡在这张床上的最后一晚。"

她穿过房间,来到壁橱前,收起了一把空衣架。

"不过,我还可以到你的新床上去探望你呀。"他说着话,丽尼正巧从他面前走过,他戏谑地在她臀部轻轻拍了一下。

丽尼巧妙地做了个缩身动作,让他那轻轻一拍落了空,随即又弯下腰,把衣架塞进写字台抽屉。

"小维特山克,"她开口道,"跟我说实话,窃贼的工具袋是从哪儿来的?"

"窃贼的工具袋?什么窃贼的工具袋?"

"在布里尔太太家的阳光房里发现的那个。你知道我说的是什么。"

"那我可一点儿也不清楚。"小维特山克答道。

他上了床,拉上被子,脸朝墙闭上了眼睛。他听见丽尼又走到壁橱旁,横杆上响起了刮擦声,那是她在把几个衣架收拢起来。敞开的窗户外面传来一辆汽车驶过的声音,听那扑哧扑哧声,应该是一辆老款车,接着不知道是谁家的狗叫了起来。

过了几分钟,他听见丽尼啪嗒啪嗒地朝床边走来,凭感觉,他知道她在自己那侧坐了下来,躺下之后翻了个身,背对着他。他感觉到丽尼轻轻拽了拽被子,接着她那边床头柜上的灯啪的一声熄灭了。

他暗自琢磨着,当丽尼看到重新上好清漆的秋千,她的第一反应是什么。她是不是眨了眨眼睛？她有没有倒抽一口气，或者惊呼一声？

他想象着她吃力地拎着两袋食物，步履沉重地走在石板路上的情景：丽尼·梅尔·因曼，戴着她那顶乡里乡气的草帽，帽檐上点缀着几颗木头做的樱桃，袖口外翻的短袖棉布裙露出了她那瘦巴巴的胳膊和皮肤粗糙的胳膊肘。这让他莫名感觉……受到了伤害。她的表现刺伤了他。她一定是孤零零的一个人，蜿蜒而行，上了缓坡，来到几株高大的鹅掌楸跟前，又继续走向敞阔的前廊。她一定是独自搞明白了怎么搭乘有轨电车，这个线路她以前从来没有坐过；一直以来，她只乘电车进城逛过霍华德大街上的商店。下车以后，她站在街角，判断了一下该往哪个方向走，从别人家房子前面经过的时候，她肯定是骄傲地扬起了下巴，免得碰巧有邻居向这边张望。

小维特山克睁开眼睛，换成了平躺姿势。"丽尼·梅尔，"他冲着天花板说，"你睡着了吗？"

"我醒着呢。"

他又翻转了一下，向丽尼侧过身子，两只胳膊从她身后环抱着她。她没有挣脱，但她的身体很生硬。他做了个深呼吸，丽尼身上有一股咸咸的味道，还带着点儿烟火气。

"请你原谅我。"他说。

丽尼沉默不语。

"丽尼，我只是在尽力而为。我猜，我大概努力过了头。我只是在试图让自己够格。我只是想把事情做得恰如其分，如此而已。"

"哦，小维特山克，"丽尼说着，把身子转向了他，"小维，亲爱的宝贝儿，你当然是在努力。我心里很明白。我懂你，小维特山克。"她用双手捧住了他的脸庞。

在黑暗中，他看不清楚丽尼是不是在凝视着他，但他能感觉到她的手指在触摸他的面庞，接着又把自己的嘴唇凑在了他的嘴唇上。

多德·麦克道尔、汉克·洛锡安和新来的黑人工匠预定八点钟到他们家来——如果周末有活儿要干,小维特山克一般会让工人比平时晚一点儿开始,今天他打算七点钟开车把丽尼和孩子们送到新房子去,顺便带上了几箱厨房用品。他们的计划是让丽尼留在那里拆包,他再开车回去,跟工人们一起把家具装上车。

他们刚把车开到路边,住在隔壁的多丽丝·尼维尔斯穿着家居服跑了出来,手里还捧着一盆花。丽尼摇下窗玻璃,喊了一声:"早上好,多丽丝!"

"我强忍着不让自己把泪珠子哭出来了,"多丽丝对她说,"没有了你,街坊四邻感觉会跟以前大不一样!好啦,这盆花,你可能不是那么喜欢,不过,再过几个星期就要开花了,能开出好多百日菊。"

多丽丝是用巴尔的摩口音念出来的:"白日菊",并把那盆花递给了车窗里的丽尼。丽尼双手接了过来,把鼻子埋进枝叶里,仿佛花儿已经朵朵绽放。"我不打算说'谢谢',"她对多丽丝说,"因为我不想让我们俩变得生分起来,可你要知道,我每次看到这盆花,都会想起你的。"

"这样最好!再见啦,孩子们。再见,小维特山克。"多丽丝说着往后退了一步,朝他们挥挥手。

"再会,多丽丝。"小维特山克说。两个孩子刚刚睡醒,还处在迷迷糊糊的状态,只是呆呆地望着多丽丝。丽尼挥着手,头伸在窗外,一直到他们的卡车在街角转弯,再也看不见多丽丝为止。

"哦,我会非常非常想念她的!"丽尼缩回头,对小维特山克说,她弯下身子,绕过雷德克里夫,将盆栽放在自己两脚之间,"我感觉就像是失去了一个姐妹之类的亲人。"

"你并没有失去她!你只不过是搬到了两英里以外的地方去住!你随时都可以邀请她到家里做客。"

· 364 ·

"不是你说的那样,我知道接下来会是什么结果。"丽尼说,她用食指在右眼下面抹了一下,随即又抹了一下左眼,"就算我请她过去吃午饭,"她说,"叫上她和科拉·李,还有别的人一起。如果我给她们吃的东西太破费,她们会说我变得自以为是了,但是如果我给她们准备平平常常的饭菜,她们又会说我肯定是认为她们低人一等,比不上新邻居们。她们不会回请我,她们会说她们的房子配不上我了,渐渐地,她们也不再接受我的邀请,一切就这么结束了。"

"丽尼·梅尔,搬到大房子里去住不是犯下了死罪。"小维特山克说。

丽尼·梅尔从衣袋里掏出了一块手帕。

小维特山克把车停在了房子前面,丽尼问:"我们是不是应该绕到后面去停车?我们带来的东西怎么办?"

"我看还是先吃点儿早餐吧。"他答道。

要说起来,他这话根本讲不通——把车停在屋后也一样能吃早餐,其实他只不过想给全家人入住新居增添了一种仪式感。丽尼大概也猜到了这一点,她说:"好吧。你瞧见没有?幸亏我昨天把吃的东西带过来了,你现在满意了吧。"

丽尼正收拢东西准备下车,在脚边摸索着找自己的手包,弯腰去拿多丽丝送给她的盆栽,这时候,小维特山克绕过去为她打开了车门。丽尼脸上露出惊讶的神色,把雷德克里夫递给了他,自己随后也下了卡车。"来吧,孩子们。"小维特山克说着,将雷德克里夫放在地上,"我们要隆重登场了。"于是一家四口人开始顺着石板路往上走。

在树丛的荫蔽下,早晨的阳光没有照到房子正面,这反倒让深邃而清幽的前廊更显出家的感觉。此时,透过栏杆,可以看到蜜金色的秋千,这让小维特山克心里一阵欢悦。他强忍着才没有对丽尼说出这样的话:"瞧见了吗?这看上去多么令人赏心悦目,你看到了吗?"

突然间,他眼前闪过一片蓝色,他把这归于心理暗示的作用。大概是先前发生的事情对他产生了一种古怪的影响。

他又定睛一看,顿时惊呆了。

石板路上有一道蓝色的油漆蜿蜒而下:从台阶前面爆炸一般四溅开来,然后汇聚成一条宽宽的带子,顺着石板路往下流淌,渐渐地越来越窄,到他脚下变成了涓涓细流。蓝色的油漆那么浓厚,仿佛可以用手剥落下来;色彩那么鲜亮,他本能地缩回了靠前的那只脚,不过,他仔细看了看,发现油漆已经干了。任何人打眼一看就知道,蓝色油漆是有人在气急败坏之下,狠命扔在地上的。还是说只有小维特山克这么觉得?

这时候,丽尼甩开他的手,跑到了前面,嘴里喊着:"慢点儿,梅丽科!慢点儿,雷德克里夫!得让爸爸先把门打开!"

他手下的人需要花上几天工夫才能去除蓝色的油漆,还得用上研磨料和化学剂,他一时也说不上用哪种才好。擦呀,刮呀,磨呀,但还是会留下痕迹。那一片蓝色永远也不会消失得无影无踪。蓝色的微粒将永远沉积在灰泥里,陌生人也许觉察不到,但在小维特山克眼里是那么清晰可见。他的未来一幕幕展现在眼前,如同播放电影一样,那般鲜明生动:他尝试了一种又一种方法,请教了一个又一个专家,整夜整夜躺在床上睡不着觉,像着了魔一样研制各种溶液,而且最终,毫无疑问,他不得不把整片石板挖出来,重新铺设。如果不这么办,石板路上会留下不可磨灭的印迹,永远镌刻着瑞典蓝。

与此同时,丽尼·梅尔正顺着石板路往上走,她后背笔挺,帽子稳稳当当地戴在头上,显得那么不谙世故,那么无忧无虑。她甚至都没有回头看一眼小维特山克有何反应。

他为什么在那一刻会不忍心把她抛弃在火车站。就算没有他,她也会活得好好的!她无论在什么地方都能活得好好的。

她千里迢迢跑来纠缠他,没怎么费力气就达到了目的。整整五年,她经受了众人的轻蔑和鄙视,完全是一个人撑了下来。谁知道她乘坐了多少趟火车,换了多少条支线,最后顺顺当当地找到了他的下落。他看见她站在接人过道旁,伸长脖子东张西望;他看见她拖着手提箱,还有跟流浪汉一样的行囊,一次次按响陌生人家的门铃;他看见她在厨房里和科拉·李一起开怀大笑。他看见她把自己的整个人生使劲儿生拉硬拽,就像从洗衣盆里拎出一件湿淋淋的毛衣,又是拉又是拽,重新定型。

他觉得自己应该为最后那一部分感到庆幸。

雷德克里夫打了个趔趄,但还是站直了身子,梅丽科仍然跑在最前面。"等一等。"小维特山克喊了一声,因为他们已经到了台阶跟前。他们停下脚步,转过身来看着他,他紧走几步赶了上去。几只鸟儿在他头顶上方的鹅掌楸枝叶间欢唱。小小的白蝴蝶在一片阳光下轻快地飞舞。他走到丽尼身边,抓住了她的手,四个人一起踏上台阶。他们跨过前廊,小维特山克打开家门,他们走了进去。生活从此拉开序幕。

第四部分

一卷蓝色的线

第十四章

　　多年前,孩子们还小的时候,艾比便开始在每年10月沿着前廊外沿挂上一排"幽灵",这成了他们家一直以来的传统节目。"幽灵"一共有六个,脑袋是用白色橡胶球做成的,裹扎在轻薄透明的白色粗纱布里,纱布几乎垂到了地面,只要微风一吹,便会轻轻飘荡。这样一来,他们家屋前整个儿呈现出一派朦朦胧胧、飘飘摇摇的景象。到了万圣节,上门来讨要糖果的孩子们不得不拨开透明的纱布穿过前廊,大点儿的孩子发出咯咯的笑声,但年纪小点儿的孩子可就吓得惊慌失色,特别是刮风的夜晚,纱布上下飘舞、翻卷,甚至还会裹在他们身上。

　　这一年,斯戴姆家的三个男孩子吵吵闹闹地想跟往年一样把"幽灵"挂起来,但诺拉说不行。"到星期三才是万圣节呢,"她对孩子们说,"在那之前我们就搬走了。"他们打算在星期天把自家的房子腾空,那是雷德可以搬进公寓去住的最早时间。他们的计划是在工作周一开始,就让所有人都重新安顿下来。

　　不过,雷德无意中听到了他们的对话,于是说:"嗨,给他们把幽灵挂起来吧,干吗不挂呢?这对他们来说是最后一次机会了。工人们星期一来的时候可以帮我们拽下来。"

　　"太好啦!"小男孩们欢呼起来,诺拉呵呵一笑,摊开两手表示认输。

・ 371 ・

于是他们上了阁楼,从纸巾盒里取出"幽灵",前廊顶板上钉着一排铜钩,斯戴姆爬上梯子,把"幽灵"挂在了钩子上。凑近了看,"幽灵"给人以脏兮兮的感觉。本来也到了定期更换道具的时候了,但是大家都在为别的事情忙忙叨叨,没人能腾出时间来。

珍妮和阿曼达选好的东西已经分别由她们的丈夫用雷德的小卡车运走了。斯戴姆要的东西全都堆放在餐厅一角。丹尼只有一个箱子,放在他自己的房间里,但他说他没法带上火车。"我们用UPS寄给你。"珍妮拿定了主意。

"或者,也许,你们中间哪个人保存着好了。"他说。于是,这个话题就暂时丢下了。

阁楼和地下室里还有些东西,大部分都是要扔掉的。房子的其他地方空空荡荡,都能听到回声。客厅里光秃秃的地板上只有一个沙发和一把扶手椅,等着运往雷德租下的公寓房。餐桌已经送进了寄售商店,取而代之的是原来摆在厨房里的桌子,看上去小得不成样子,别别扭扭的。这张桌子雷德也要带走。大件家具必须通过前门搬运,因为曲里拐弯地从厨房搬出去实在太费劲了。每搬一件家具,都得有人把挂在前廊中间那两个"幽灵"长长的"裙裾"收拢起来,用橡皮筋固定在两侧。就算是这样,斯戴姆和丹尼或者别的人在搬运过程中,还是会时不时被纱布缠住,他们左躲右闪,嘴里发着牢骚,把自己挣脱出来。"真见鬼,干吗要在这个时候把这玩意儿挂起来……"有人会嘟嘟囔囔地抱怨,但是也没有谁建议取下来。

全家人都说丹尼最近给家里帮了大忙,但是接下来他会何去何从?星期六晚上,他突然宣布第二天早晨就要告辞而去。"早晨?"珍妮问了一句。当时,住在布顿大街房子里的家庭成员正聚在她家吃晚饭,因为他们已经把锅碗瓢盆都打好了包。珍妮刚刚把烤猪肉摆放在阿曼达的丈夫休面前,让他切成片,闻听此言,她扑通一声跌坐在椅子里,还没来得及摘下防热手套,就忙不迭地说:"可是明天早晨爸爸要搬家!"

"是啊,我心里很不好受。"丹尼应道。

"斯戴姆下午也要搬走!"

"可我能怎么办呢?"丹尼对围坐在餐桌旁的众人说,"飓风要来了。计划赶不上变化。"

全家人困惑不已。(最近,关于飓风的消息传得沸沸扬扬,不过据天气预报说,飓风会袭击他们以北的地区。)珍妮的丈夫休开口说道:"大家一般都会远离飓风,不会赶往飓风侵袭的地方啊。"

"怎么说呢,我需要回家去看看房子各个地方用板条加固好没有。"丹尼说。惊异之下,大家一时语塞,气氛有点儿压抑。大家谁也不会把"家"这个字眼跟新泽西联系起来。在此之前,他们满以为就连丹尼也不会有这样的感觉。珍妮眨了眨眼睛,张嘴欲言又止。雷德环顾一周,脸上带着探询的表情,也不知道他是否听清楚了方才的谈话。黛博第一个开了口,她说:"丹尼叔叔,据我所知,您的东西都打包放在车库里了呀。"

"是啊,"丹尼回答道,"都放在女房东的车库里。可是她现在只有自己一个人,我总不能让她独自抵挡飓风吧,对不对?"

斯戴姆问:"你至少等到我们帮爸爸搬好家之后再走,难道不行吗?"

"可是,气象频道说,全国铁路客运公司到明天下午可能就会停运。那样的话我就困在这儿了。"

"困在这儿!"珍妮看上去仿佛被触怒了一样。

"他们说打算切断通往整个东北走廊的线路。"

"这么说来……"雷德深深地吸了一口气,"这么说,大家看我听明白了没有。你打算明天早晨就走。"

"对。"

"在我搬到新地方之前就离开这儿。"

· 373 ·

"恐怕是这样。"

"可是,问题在于,"雷德说,"我的电脑怎么办?"

丹尼问:"你的电脑怎么啦?"

"我还指望你帮我设置好无线网络呢。你知道我对这个一窍不通!我要是连不上网怎么办?如果我的笔记本电脑因为重置老是出故障怎么办?如果我试着上网,结果屏幕上除了'你没有互联网连接'这几个见鬼的字以外,什么也看不到怎么办?要是屏幕上有个沙滩球不停地转啊转,我根本无法退出,没法和人取得联系,和哪里都连接不上怎么办?"

他不光是在问丹尼,而是在问所有人,抓狂一般看看这个,又看看那个。丹尼说:"爸爸,在电脑方面,阿曼达家的休比我懂得多多了。"

但阿曼达的丈夫休却说:"谁?我?"雷德只是继续盯着这个看看,又盯着那个瞧瞧。最后,坐在他身边的诺拉把一只手放在他的手上,宽慰道:"我们来帮你把一切全都搞定,我向你保证,维特山克爸爸。"

雷德盯着她看了一会儿,终于放了心。没有人说出,诺拉自己连电子邮箱都没有。

"哦,这真是太棒了。"珍妮对丹尼说,她摘下手上的防热手套,使劲儿摔在自己的盘子边上,"你什么时候想离开,就抬起脚来大摇大摆地走了,不管什么事儿都得给丹尼老爷让道。你只要能待在这儿,不管多长时间,大家都得感恩戴德。你能跟我们在一起,让我们万分荣幸,对我们来说是多么难得、多么值得显耀的特权。"

"浪子回头金不换。"诺拉平静地吐出几个字,一脸微笑看着坐在自己对面的皮蒂,问道,"是不是啊?"

但皮蒂满脑子想的还是飓风。他说:"丹尼伯伯,如果你被卷到半空中可怎么办,就像《绿野仙踪》里那个可恶的邻家女人?你觉得接下来会发生什么?"

"谁知道呢?"丹尼说着,从面包筐里挑出一个小圆面包,轻快地往上一抛,面包飞到空中又落在了他的盘子里。

星期天的清晨阴云密布,不是个好兆头。这也并不奇怪,即使飓风不会直扑而来,整个城市也一定是风雨交加,供电故障此起彼伏。正因为如此,在天气还没有变得更糟糕之前,珍妮和阿曼达开车把她们各自的丈夫送过来帮忙搬重物,阿曼达还把三个小男孩和他们的狗带到了自己家,免得他们碍手碍脚。珍妮的任务是开车把雷德送到他的公寓,顺便捎上一小部分厨房用具,让雷德开始在新家里安顿下来。大家认为没有必要让他亲眼看着房子最后被搬空,只剩下一片七零八落,可他自己硬是拖拖拉拉不肯走。平日里,雷德是一个很不愿意硬要怎么样的人,可是诺拉给他端来冷麦片当作早餐,他气呼呼地拒绝了,竟然还要求吃鸡蛋——这时候,鸡蛋已经放进了一个冷藏箱,平底煎锅也装在一个纸箱子的最底下。"爸爸……"斯戴姆开口欲言,诺拉抢在了他前面:"没问题。我马上就给他煎好鸡蛋。"

雷德磨磨蹭蹭地吃着鸡蛋,花了很长时间,珍妮进来的时候他还在吃。珍妮等在一旁,毫不掩饰自己的焦躁,雷德则慢条斯理地叉起一小块鸡蛋,脸上带着沉思默想的表情,一边慢慢咀嚼,一边看着斯戴姆和两个女儿的丈夫来来回回穿过餐厅往珍妮的车上搬东西。"她老是对我说,从她当年发现我不回收利用废品这件事情上,就应该认清楚我属于哪一类人。"阿曼达的丈夫休对斯戴姆说,"可是,从她写给我的那张抗议纸条上,我应该看出什么呢?"

珍妮晃了晃手里叮当作响的车钥匙,说:"爸爸,我们是不是该出发了?"

"昨天夜里,我梦见房子被大火烧毁了。"雷德对她说。

"什么?这座房子吗?"

"自从我父亲建好这座房子,所有的横梁和立柱都是看不到的,一场大火把一切都暴露在我眼前。"

"嗯,怎么说呢……"珍妮偷偷地向诺拉做了个浅浅的悲苦表情,诺拉这时候正在用报纸把煎锅重新包起来,"说实在话,这是可以理解的。"珍妮说完又问,"丹尼走的时候顺利吗?"

"他没走,"雷德说,"照我看,他还没起床呢。"

"没起床!"

诺拉说:"刚才我敲过他的房门,他说马上就起来,但是他有可能又睡过去了。"

"昨天迫不及待要走的人也是他!"

"别急别急,"丹尼的声音传了过来,"我起来了。"

他站在门口,已经穿上了夹克,两个肩膀上各吊着一个筒形帆布行李包,还有一个大得多的袋子搁在脚边。"大家早上好。"他打了个招呼。

珍妮说:"哦,终于露面了!"

"我看,到目前为止,我们已经赶在大雨前面了。"

"只不过是撞大运罢了。"珍妮说,"我还以为你着急得很呢!"

"我睡过头了。"

"你误了火车吗?"

"没有,我还有时间。"他转过头去看看父亲,雷德正全神贯注地试图用叉子叉起一小块来回出溜的蛋白。"爸爸,你感觉怎么样?"他问。

"我还好。"

"就要搬到新地方了,心里很兴奋?"

"那倒不是。"

"这儿有咖啡。"诺拉告诉丹尼说。

"不用了。等我到了车站再去买吧。"他停顿片刻,又开口问道,

"我是叫一辆出租车,还是怎样?"

他把目光投向珍妮,但做出回应的却是诺拉,她说:"我可以送你过去。"

"你好像有很多事情要做,腾不出空儿来吧。"

他的眼睛又转向珍妮。珍妮怒气冲冲地把马尾辫猛地向后一甩,说:"反正,我没法送你。我的车已经塞得满满的了。"

"一点儿都不麻烦。"诺拉插了一句。

"准备好了吗,爸爸?"珍妮问道。

雷德放下叉子,用纸巾擦了擦嘴,说:"我就这么一走了之,让别人收尾,这么做好像不大对头。"

"可是我们要去你的新家里忙活呀。只有你能告诉我,你想把锅铲放在哪儿。"

"哦,我干吗要管锅铲放在哪里呢?"雷德这句问话直冲冲地冒了出来,声音也大得出奇。

他用力撑起了身子,诺拉赶紧迈步上前,把脸颊贴在他的脸上,对他说:"明天晚上,我们会去看你的。别忘了,你答应过要来我们家吃晚饭。"

"我记着呢。"

雷德从椅背上拎起自己的防风夹克,正要穿在身上,却又停顿了一下,眼睛望着丹尼。"嘿,"他说,"那个吹法国号的家伙,你是在干这个吗?"

丹尼问了一句:"什么?"

"你把一切安排好了吗?我可以想象得出来。干这个甚至还能挣到大把的钱。这样一来,我们全都会想你的。"

"我不明白你在说什么。"

雷德摇了一下头,又说:"没错儿。"他咯咯一笑,仿佛在自我解嘲,"那样的话简直太疯狂了。"他说着,一耸肩膀,套上了防风夹克,

· 377 ·

整好衣领,"话又说回来了,"他又加上一句,"那些穿无袖背心的家伙,有多少会听古典音乐呢?"

丹尼用询问的表情看着珍妮,珍妮却视若无睹。"东西都带好了吗,爸爸?"她问。

"哦,还没有。"雷德答道,"不过,照我看,其他人会带上的。"他走到丹尼身边,把一只手放在他后背上,像是轻轻一拍,又像是一个拥抱,"儿子,一路顺风。"

"谢谢。"丹尼说,"希望你能在新公寓里住得习惯。"

"是啊,我也希望。"

雷德转过身走出餐厅,珍妮和诺拉跟在他身后,丹尼拎起脚边的行李袋,也跟了上去。

"一会儿见。"雷德在门厅里对两个女儿的丈夫说——他们正走进来搬下一样东西,两个人都有点儿气喘吁吁。

珍妮的丈夫休问珍妮:"你现在要走吗?我在想,也许你的车里可以再塞进去一个箱子。"

"这不要紧,就放在卡车上好了。"她说,"我想马上出发。"她侧身从休身边挤了过去,急匆匆地赶上了雷德,仿佛担心他有可能会试图逃跑。他们一行人来到前廊上,穿过用橡皮筋扎起来的纱布,斯戴姆闪到一旁,好给他们让开路。"我们再过大约一个小时,应该就过去了。"他告诉雷德。雷德没有应答。

雷德站在最下面一级台阶上,停下脚步,回头看着自家的房子。"其实,那根本不是梦。"他对珍妮说。

"爸爸,你在说什么?"

"我梦见房子被大火烧毁的时候,那其实不是梦。更像是一个人在半睡半醒之间,脑海里呈现出的画面。当时我躺在床上,那幅画面闯入了我的头脑:一座被大火烧得只剩下骨架的房子。但是我立刻又想:'不,不,不,把这个念头赶出去。'我在心里默念:'没有我们,这房子也会好好的。'"

"房子会好好的。"珍妮说。

雷德回转身,开始顺着石板路往下走,但珍妮没有跟上去,她等到丹尼和诺拉赶上来,拥抱了一下身上挂着几个行李袋、负重累累的丹尼。"跟这座房子道个别吧。"她对丹尼说。

"再见啦,房子。"丹尼说道。

"上回我错过去教堂做礼拜,是因为要在医院里陪皮蒂。"诺拉一边开着车,一边对丹尼说。

"所以,这意味着你要下地狱?"

"不会,"诺拉一本正经地说,"但确实感觉怪怪的。"她啪嗒一声打开了转弯指示灯,"也许我可以争取赶上晚祷仪式,如果在那之前我们可以搬好家。"

丹尼透过身边的车窗凝视着窗外,看着一座座房子徐徐经过。他把左手放在膝盖上,持续不断地敲打着只有他自己知道的节奏。

"我猜,你这次回去教书会感到很开心吧。"沉默了一会儿,她又开口说。

丹尼说了声:"呣?"随后又加上三个字,"当然啦。"

"你会一直担任代课老师,还是希望将来谋一个稳定的职位?"

"嗯,那样的话,我就得担任更多的课时。"丹尼回答道。他的心思仿佛飘到了别处。

"我能想象得出来,你会跟高中孩子相处得非常好。"

丹尼飞快地瞟了她一眼。"并非如你所想的那样。"他说,"事实证明,教书这件事儿把我整个人都压垮了。这让人有点儿灰心丧气。按道理应该教给他们的东西,你却清楚地知道那只是沧海一粟,不管怎么说,多数时候对实际生活也没么有用。我正在琢磨,也许会去试试别的行当。"

· 379 ·

"比方说呢?"

"嗯,我在想是不是从事制作家具。"

"家具。"诺拉的口气像是在尝试着说这个词。

"我的意思是说,那种工作能给我一些……看得见摸得着的东西,对不对?到头来可以有点儿什么拿给人看。再说了,我何必硬要跟自己对着干呢:我本来就出身于一个建造房屋的家庭。"

诺拉点了点头,这个动作只是做给她自己;丹尼又别转头,透过车窗向外张望。"他刚才提起了什么法国号,"丹尼对着一辆从旁边驶过的公共汽车说,"那是怎么回事儿,你知道吗?"

诺拉说:"不明白。"

"我希望他不是老糊涂了。"

"他不会有事儿。"诺拉说,"我们一定会留意他的。"

他们来到了圣保罗大街的最顶头,一直往南开就能到达宾州火车站。诺拉靠在座椅后背上,十指松松地放在方向盘底部。即使在开车的时候,她也给人一种轻盈优雅的感觉。她说:"丹尼,我想告诉你——道格拉斯和我想对你说,我们非常感谢你能过来帮忙。这对你的父母亲来说非常重要。我希望你心里明白这一切。"

丹尼又把眼睛转向诺拉。"谢谢你。"他说,"我的意思是,帮忙是我应该的。怎么说呢,我也非常感谢你们俩。"

"你没有说出他母亲的事情,真是个好心人。"

"哦,怎么说呢,那其实不关任何人的事儿。"

"我是说,你没有在道格拉斯年龄还小的时候,把他母亲的事情告诉他。"

"噢。"

又是一阵沉默。

"你知道发生了一件什么事情吗?"丹尼突然问了一句,他的嗓音里有一丝惊惧,仿佛直到这一刻他才有意开口说话,"你还记得我给爸爸缝补过他的衬衫吗？"

"知道。"

"他那件什么大喜吉装。"

"对,我记得。"

"当时,我心里暗想,我怎么也找不到相配的蓝色丝线,因为那件衣服蓝得那么耀眼。可是,当我走到妈妈平常放针线盒的壁橱跟前,刚一打开柜门,还没有伸手去拿针线盒,一个线轴从搁板里面滚了出来,偏巧就是那种亮闪闪的蓝色丝线。我把手拢在搁板底下,线轴就落进了我手里。"

他们正巧停下来等红灯。诺拉向他投去淡远的一瞥,仿佛若有所思。

"怎么说呢,这当然是可以解释通的。"丹尼说,"首先,妈妈本来就很可能备有那种颜色的丝线,因为当初是她给爸爸置办的那套大喜吉装,一般来说,没人会因为嫌旧扔掉一个保留了很多年头的线轴。至于线轴为什么会在针线盒外面……嗯,早些天,我在缝一颗纽扣的时候,确实把几个小物件丢在了外面。我猜,线轴自己滚了出来一定和我打开壁橱门有关系。我一开门就掀起了一股气流什么的。我也说不好。"

绿灯亮了,诺拉继续往前开。

"但是,在那短短的一瞬间,我自己几乎都没有意识到,"他说,"在我的意念中,是她把线轴递给了我。这就像是某种,怎么说呢,就像是某种暗号。这个想法很愚蠢,是不是？"

"不。"诺拉只说了一个字。

"当时我心里暗想:'她似乎是在用这种方式告诉我,她原谅我了。'"丹尼继续说道,"后来我把大喜吉装拿到自己的房间里,坐在床上开始缝补,这时候,我不知道从哪儿又冒出一个念头。我想:'或许她是在告诉我,她知道我原谅了她。'突然之间,我感觉如释重负。"

诺拉点点头,打开了转弯指示灯。

"不过,要说起来,这种事情谁能想明白呢?"丹尼对着车窗外一闪而过的联排式住宅问道。

"我倒觉得你的想法恰如其分。"诺拉对他说。

她拐进了宾州火车站。

在送客车道上,诺拉换成驻车挡,弹开了后备箱。"别忘了跟家里人保持联系。"她对丹尼说。

"哦,那是当然。我怎么也不会消失得无影无踪。他们需要我时不时冒出来增添戏剧效果。"

诺拉嫣然一笑,两个酒窝变得更深了。"他们大概有这个需要,"她说,"我真的这么认为。"她任由丹尼在自己的脸颊上轻轻一吻,在他下车的时候,淡淡地向他挥了挥手。

头顶上的云团此时变成了深灰色,就像从湖底搅起的浊流在空中翻滚。车站里的天窗平日里呈现出半透明的浅绿色,像万花筒一样变幻不定,此时只是一片晦暗。几台售票机前都排着曲曲弯弯的长队,贯穿整个大厅,丹尼绕了过去,站在人工服务的队列后面。即便如此,他前面也排了大约十个或者十二个人,于是他把几个行李袋放在地上,随着队伍向前移动,用脚把行李袋往前推。他能感觉到人群里弥漫着焦躁的情绪。站在他身后的一对中年夫妇显然事先没有想到要预订车票,妻子一个劲儿地唠唠叨叨:"哦,天哪,哦,天哪,他们不会没有剩余的座位吧,你觉得呢?"

"肯定会有的。"她的丈夫对她说,"别再大惊小怪了。"

"我早就知道应该先打个电话。大家都想赶在飓风到来之前乘上火车。"

"飓风"从她嘴里说出来就像是"榉风"。她的语调坚韧而富有弹性,这是典型的巴尔的摩口音,她的嗓音还有些沙哑,像是个吸烟成癖的人。

"如果这趟车没有座位,我们就改乘下一趟。"她的丈夫回答道。

"下一趟!你要知道,根本没有下一趟了。在这之后他们就停运了。"

丈夫不耐烦地长吐了一口气,然而丹尼很同情那位妻子。拿他自己来说,哪怕提早预订了座位,他心里也不是很踏实。如果他将要乘坐的火车还没到站,他们就停运了怎么办?如果他万不得已,还得转身返回布顿大街怎么办?困在家里,不知所措。就像倒生的脚指甲一样。

站在他前面的人被招呼到一个窗口跟前,丹尼又把自己的行李袋往前挪了挪。他就知道,接待他的会是那个上了年纪的售票员,耷拉着脸,一副不以为意的表情。"对不起,先生……"售票员会这么打发他,口气里并没有一丝遗憾。

但事实并非如此,接待他的是那位一脸喜色的非裔女士,他报出自己的确认号码之后,对方的第一句话是:"你很幸运啊!"他愉快地签收了车票,没有像平常那样嘟嘟囔囔地抱怨票价。他谢了那位女士,拖着行李来到唐恩都乐甜甜圈店买咖啡,转念一想,他又加了一块糕点,算是庆祝一下。他总算可以离开这里了。

店外的几张桌子都有人占用,等候室里的椅子上也都坐满了人。丹尼只好靠在一根柱子上吃东西,行李袋就堆在脚边。越来越多的乘客互相簇拥着转来转去,甚至比圣诞节或者感恩节期间还拥挤,他们脸上都挂着疲惫而烦躁的表情。"不行,你不能买糖棒。"一个小男孩的妈妈对他厉声吼道,"紧挨着我,要不然你会走丢的。"

扩音器里,一个甜美悦耳的女声通知大家,一列向南行驶的火车到达了 B 站台。"B 是 Bubba 里的 B。"那个声音这样解释道。丹尼感觉有点儿怪怪的。他旁边的一位年轻女子显然也是这么觉得。那是个魅力十足的红发姑娘,金棕色的皮肤配上红头发,经常给人带来意想不到的视觉享受。她朝丹尼弯了弯眉毛,仿佛在跟他一起分享这令人忍俊不禁的笑料。

有时候,你把目光投向一个女人,她也向你报以一瞥,这其中有一种微妙的彼此欣赏,眉来眼去的一刻过后,任何事情都有可能发生,或者任何事情压根儿都不会发生。丹尼转身把手里的纸杯扔进了垃圾桶。

停靠在"Bubba 里的 B"站台上的列车将要前往华盛顿特区,似乎没有什么人要往那儿去。当扩音器里开始播报丹尼乘坐的往北去的列车即将到站,倒是有一股人流向楼梯蜂拥而去。丹尼想起了珍妮的丈夫休昨天晚上说过的话,难道所有这些人不是应该远离飓风吗?他愿意相信,北方有他们的家,他们就像是一群候鸟,家对他们有一股不可抗拒的吸引力。人群裹挟着他往前走,一路下了楼梯,来到站台上,当丹尼被簇拥到离轨道太近的地方,他不禁感到一阵头晕目眩。他奋力往前挤,走向靠前的车厢将要停靠的地点。然而,他不想坐在安静的车厢里,那反倒会让他烦躁不安。他喜欢被素不相识的人喋喋不休的说话声包围着,他喜欢听人们用手机打电话的交谈声混杂交织在一起,那会给他一种舒适和亲切之感,如同坐在客厅里。

火车从远处沿着一道弧线朝他们驶来,车体几乎和阴沉沉的天空是一样的深灰色,几节车厢在他面前掠过之后,火车发出一声尖啸,停了下来。似乎没有一节车厢里是安安静静的,起码在丹尼看来是这样。他从离自己最近的车门上了火车,碰上第一个空座位就坐了下来,旁边是一个穿皮夹克的十几岁男孩——因为他知道根本没有独自占一排座位的可能性。他先把行李举起来,放在头顶上方的行李架上,然后才问了一句:"这个座位有人吗?"男孩耸耸肩,把脸转开了,目光投向窗外。丹尼一屁股跌坐在座位上,从胸前的衣袋里抽出了车票。

当你终于在某个地方安顿下来,心里通常会发出一声感叹:"哎呀——"几分钟过后,你通常又会厌烦起来,心想:"再过多久才能离开这个鬼地方?"但此时的丹尼感觉十分惬意,还有些暗自庆幸。

大家在闹哄哄地找座位,他们堵在过道里,背着鼓鼓囊囊的背包笨拙地往前挤,心急火燎地呼喊着彼此的名字。"狄娜,你要往哪儿去?""妈妈,我在这儿呢。"一个检票员在车厢最前面扯着嗓子喊:"旅客们,往前走,这儿有地方!"

火车开动了,仍旧站在车厢里的人东倒西歪,急忙抓住什么东西让自己稳住。有一个女人,说不好是不是到了别人给她让座的年纪,在丹尼身边足足站了一分钟,气势逼人地俯视着他,丹尼只好聚精会神地研究自己的车票,直到另一个女人叫她的名字,她才走开了。

一座座联排式住宅缓缓向后退去,看上去那么凄凉惨淡:屋后的窗户上挂着死气沉沉的窗帘,或者用卷曲变形的遮光纸贴得严严实实,后廊上塞满了烧烤架和垃圾桶,院子里乱七八糟堆放着废弃不用的生锈物件。车厢内的喧嚷渐渐平息下来了。丹尼的邻座把头抵在车窗上,凝望着窗外。丹尼尽量不让周围的人觉察到他的动作,悄悄从口袋里掏出手机,按了一下记忆功能键,向前弯下腰去,身体几乎对折了起来。他不想让自己的对话被别人听见。

"嗨,你好,我是艾莉森。"手机里传出答录机的声音,"我现在不在家或者无法接听您的来电,不过您可以给我留言。"

"艾莉,快接电话,"他说,"是我。"

片刻停顿之后,他听到咔嗒一声响。

"你好像只要说一声'是我',我就得放下手头的一切事情,跑过来接电话。"艾莉森说。

换成别的时间,他可能会说:"难道不应该吗?"三个月以前,他大概会这么应对,可是现在,他的措辞是,"怎么说呢,一个人总可以抱有一丝希望吧。"

艾莉森没有接话。

"你在干什么?"他终于问道。

"我在尽力为桑迪的到来做准备。"

"桑迪是谁?"

"应该说'桑迪是什么',你这傻瓜。我说的是飓风桑迪。这些天你跑哪儿去了?"

"啊哈。"

"这几天,新闻里老给大家演示怎么在门口堆上沙袋,可是,这些玩意儿到底上哪儿去买呢?"

"这事儿交给我好了。"丹尼对她说,"我已经上了火车。"

又是一个停顿,他静静的,没有发出一丝声音。最后,艾莉森只是唤了一声:"丹尼。"

"怎么了?"

"我还没有答应你呢。"

"我知道你还没有答应我。"丹尼抢着说,这样她就来不及收回那个"还"字了,"不过,我寄希望于自己的魅力,你一看到我,我身上不可抗拒的魅力就会打动你。"

"是吗。"她的语调很平淡。

丹尼眯起了眼睛,几乎紧紧闭上,等着艾莉森的下文。

"我们已经谈过这件事情了。"她说,"没什么变化。我无论如何也不能像原来那样继续下去了。"

"我知道。"

"我累了。我疲倦了。我都已经三十三岁了。"

检票员居高临下站在他面前,丹尼坐直身子,直愣愣地把车票递给了他。

"我需要一个可以依靠的人,"艾莉森继续说道,"我需要一个不会频繁地换工作,甚至比大多数人更换健身房还勤的人,我需要一个不会连个招呼也不打,就在公路上搭车去长途旅行的人,我需要一个不会一天到晚穿着运动裤,闲坐在家里抽大麻的人。最最重要的是,我需要一个不会乱发脾气、乱发脾气、乱发脾气的人。无缘无故就乱发脾气!喜怒无常!"

丹尼又把身子向前探去。

"听我向你解释,艾莉。"他说,"你不止一次问过我,我究竟有什么问题,但是,你以为我自己不觉得纳闷吗?我从小到大一直在问自己这个问题;我半夜醒来也会左思右想:'我究竟有什么问题?我怎么会落到这个地步,搞得一团糟?'有时候,我回头审视自己的所作所为,就是无法给出一个解释。"

手机另一头陷入了沉默,没有一丝声息,他都怀疑对方是不是已经挂断了电话。他唤了一声:"艾莉?"

"什么事儿?"

"你在听吗?"

"我在听。"

他说:"我爸爸说,他即使在睡梦中,也会意识到我妈妈已经不在了。"

"真让人伤心。"片刻之后,艾莉森回了一句。

"可我也一样啊。"他说,"我不在你身边的时候,每一秒钟我都能意识到,你已经离我而去。"

他耳边只是一片沉默。

"所以我想回来,"他说,"这一次,我不会再像以前那样了。"

还是一片沉默。

"艾莉?"

"要我怎么说呢,"她终于开口道,"我看,我们可以一天一天试着慢慢来。"

· 387 ·

他松了口气,说:"你不会为此后悔的。"

"说实话,我可能会后悔。"

"不会的,我向天发誓。"

"不过,这只是一次试运行,你明白吗?你待在我这儿,我不满意可以随时退货。"

"绝对服从。没有问题。"他说,"只要我有什么不对,你可以让我立刻走人。"

"哦,天哪,我真不明白,我怎么这么容易被人说动。"

他又问:"我的东西还放在你的车库里吗?"

"我上次看的时候还在。"

"这么说……我可以把东西搬回屋子里?"

她没有立刻回答,丹尼顿时握紧了手机。"我不是说必须,"他解释道,"我的意思是,如果你告诉我,作为一个新的开始,我必须再一次住在车库上面,我会理解的。"

艾莉森说:"怎么说呢,我倒不觉得需要那么大费周折。"

他这才放松了紧握着手机的手。

坐在他身后的两个年轻女孩一直在说说笑笑。咯咯的欢笑声、嘀嘀咕咕的说话声,还有刺耳的尖叫声,像一股股瀑布喷涌倾泻而下。真搞不懂那个年龄的女孩都有些什么笑料。别的乘客有的在读书,有的在听音乐,还有人噼里啪啦地在电脑键盘上打字,只有她们俩嘴里"嗷嗷"地叫着,乐得喘不过气来,接着又爆发出一阵阵笑声。

丹尼扫了一眼他的邻座,有点儿期待和他交换一个困惑的眼神,然而这一瞥让他大吃一惊,他发现那个男孩正在哭泣。这孩子不光是在流泪,他剧烈地抽噎着,浑身颤抖,嘴巴张得大大的,看样子十分痛苦,两只手抓着膝盖,抽搐不止。丹尼想不出来该如何是好。表示同情,还是撇下不管?但是,装作没看见是不是显得太冷酷无情了。

如果一个人当众表露自己的悲伤,难道不是在寻求安慰吗?丹尼环视一周,然而,其他乘客似乎都没有注意到此情此景。他收回目光,紧盯着前面的椅背,心中默念让这一刻赶快过去。

斯戴姆刚到他们家的时候就是这个样子,当时他住在丹尼的房间里,每天晚上都是哭着哭着,渐渐沉入睡梦。丹尼总是静静地躺在床上,纹丝不动,眼睛凝望着头顶上方那片黑暗,试图把哭声排斥在耳朵之外。

或者像是他几年后在寄宿学校的情形,那时候他整天盼望上床睡觉,这样就可以让眼泪悄悄地顺着两颊滑落到枕头上,虽然他的泪水毫无来由,因为天知道他离开自己的家人心里有多么欣喜,大家也乐得把他送走。其他男孩一直没有发现他的秘密,真是谢天谢地。

最后这段联想让他恍然明白该如何对待自己的邻座了:什么也不做。旁若无人。目光越过他,投向雨滴斑斑的窗玻璃。把心思完全凝聚在窗外的风景上——此时,眼前早已换成了开阔的郊野风光,把凋敝的联排式住宅抛在了后面,把翻滚跌宕的阴云笼罩下的火车站抛在了后面,把火车站四周空荡荡的城市街道抛在了后面,连同车站以北那一条条变窄的道路和路旁在风中狂舞的树木,还有布顿大街上那几个穿着薄纱裙的"幽灵"。它们在前廊上嬉戏、舞蹈,却没有一个人留下来充当观众。